schrieb Sebastian Haffner in KONKRET: »Hochhuths ›Soldaten‹ spürt der Frage nach, warum der Zweite Weltkrieg trotz seiner Notwendigkeit eine Tragödie war – eine Tragödie auch für die Sieger, auch für den Sieger Churchill. Er setzt den Hebel an zwei Punkten an: am Bombenkrieg und an der englisch-polnischen Verstrickung. England, das Polen zum Kriegsanlaß nahm, schmiedete die Koalition der Giganten, die den Krieg gewann. Aber in diese Koalition paßte Polen nicht mehr hinein: Der Verbündete der ersten Stunde – und aller folgenden Stunden: keine englische Schlacht des Zweiten Weltkrieges, in der Polen nicht mitgekämpft hätten! – mußte ihr geopfert werden. Mußte! Denn Treue zu Polen hätte von einem bestimmten Punkt an die Koalition der Großen Drei gesprengt, und ohne diese Koalition war der Krieg nicht zu gewinnen. Trotzdem bleibt die Geschichte, die sich zwischen England und Polen im Zweiten Weltkrieg abgespielt hat, eine Geschichte von seltener Schäbigkeit.

Ob Churchill im Verlauf dieser schrecklichen Geschichte den Chef der polnischen Exilregierung in London, Sikorski, wirklich hat ermorden lassen – was Hochhuth glaubt und glaubhaft macht, aber nicht beweisen kann –, scheint fast nebensächlich. Was Churchill Polen angetan hat, steht historisch fest. Es ist nicht weniger schrecklich, als es der Mord an Sikorski gewesen wäre; und wenn es durch Notwendigkeit entschuldigt ist, dann wäre es die Ermordung Sikorskis auch. Wer im Krieg den Zweck will – unbedingt will –, der muß die notwendigen Mittel wollen. Nur die notwendigen Mittel, gewiß. Aber die Aufopferung Polens, die ein gräßlicher Verrat war, war notwendig; war sogar nachweislich notwendiger für den Sieg, als es der Bombenterror war – der sich ja bei nachträglicher Analyse als ziemlich unwirksam herausgestellt hat. Was man freilich, ehe es sich dann nachträglich herausstellte, nicht wissen konnte. Notwendige Schuld: Das ist der ewige Stoff der Tragödie.

Hochhuth hat die Tragödie Churchills geschrieben, und sein Churchill ist ein wirklich tragischer Held ... Man muß es Rolf Hochhuth lassen: an Sprachgewalt und Erfindungskraft mögen ihm einige seiner Zeitgenossen überlegen sein, an moralischem und intellektuellem Ernst und an Spürsinn für die zentralen wunden Punkte unserer Zeit übertrifft er sie alle.«

Martin Esslin (New York Times Magazin): Kein Zweifel, Hochhuth kann Bühnenfiguren schaffen, ja er kann sogar die eminent schwierige Aufgabe lösen, ›große Männer‹ wie Pius XII. oder Churchill völlig glaubwürdig auf die Bühne zu bringen. Sein Idealismus und sein heftiger Unwillen über das Böse in unserer Zeit durchstrahlen Hochhuths Dialoge und geben ihnen Feuer und dichterische Kraft.«

»Soldaten, Nekrolog auf Genf« erlebte bisher 35 Inszenierungen in 11 Ländern und Buchausgaben in 10 Sprachen.

Rolf Hochhuth, am 1. April 1931 in Eschwege geboren, war Verlagslektor, als er 1959 während eines Rom-Aufenthaltes sein erstes Drama »Der Stellvertreter« (rororo Nr. 997) konzipierte. Weitere Veröffentlichungen: »Berliner Antigone« (1964), »Der Klassenkampf ist noch nicht zu Ende« (1965), »Soldaten« (1967), »Guerillas« (1970; rororo Nr. 1588), »Die Hebamme. Komödie, Erzählungen, Gedichte, Essays« (1971), »Krieg und Klassenkrieg. Studien« (1971; rororo Nr. 1455), »Die Hebamme. Komödie« (1973; rororo Nr. 1670), »Lysistrate und die Nato. Komödie« (1973; das neue buch Bd. 46) und »Zwischenspiel in Baden-Baden« (1974).

Rolf Hochhuth

Soldaten

Nekrolog auf Genf

Tragödie

Mit einem Vorwort von
H. C. N. Williams, Propst
an der Kathedrale zu Coventry

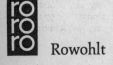 Rowohlt

Umschlagentwurf Werner Rebhuhn
unter Verwendung eines Fotos
des Imperial War Museum, London
Bild Seite 18: Durch Hitzeeinwirkung mumifizierte Frau
aus Axel Rodenberger: »Der Tod von Dresden«, Frankfurt
am Main 1951

1.–25. Tausend September 1970
26.–33. Tausend April 1972
34.–38. Tausend April 1974
39.–43. Tausend Juni 1976

Ungekürzte Ausgabe
Veröffentlicht im Rowohlt Taschenbuch Verlag GmbH,
Reinbek bei Hamburg, September 1970
© *Rowohlt Verlag GmbH, Reinbek bei Hamburg, 1967*
Alle deutschen Rechte, auch die des auszugsweisen Nachdrucks
und der fotomechanischen Wiedergabe, vorbehalten
Die Rechte der Bühnenaufführung, der Übertragung durch
Rundfunk und Fernsehen sowie des öffentlichen Vortrags
liegen beim Rowohlt Theater-Verlag, Reinbek bei Hamburg
Der Aufsatz von Kathleen Tynan erschien zuerst im
New York Magazine, Mai 1968
Das Vorwort schrieb H. C. N. Williams im Oktober 1968
für die englische Ausgabe
Gesamtherstellung Clausen & Bosse, Leck/Schleswig
Printed in Germany
480-ISBN 3 499 11323 6

Vorwort von H. C. N. Williams

Propst an der Kathedrale zu Coventry

Rolf Hochhuths Stücke analysieren klinisch die verborgenen menschlichen Kräfte, die für eine halb informierte Öffentlichkeit unter den sichtbaren Umrissen historischer Ereignisse im Dunkel liegen. Einige mögen mit seinem historischen Gerüst nicht einverstanden sein, niemand aber kann ihn allen Ernstes zur Rechenschaft ziehen für seinen Zynismus gegenüber den Vorgängen, durch die beständig die menschliche Hoffnung betrogen wird. Bei jedem Abkommen und jedem Vertrag, bei jeder Vision und jedem Traum, die den Pfad des Menschen auf der Suche nach Frieden markieren, erhebt sich sein Geist voller Hoffnung, nur um dann verhöhnt zu werden durch die Spiele der Mächtigen, in denen sie Taktiken und Strategien »verhandeln«, während der Gegenstand dieser Spiele – menschliche Hoffnung und Menschenleben – hartherzig als bloßer Aufwand ignoriert werden. Und dieser Betrug ist es, der die Anklage des Stückes verdient.

Coventry, Hamburg, Berlin, Dresden, Rotterdam, Nagasaki, Okinawa oder irgendein anderer Ort auf der immer länger werdenden Liste – dies sind die Stätten, wo menschliche Hoffnung ans Kreuz geschlagen und getötet worden ist. Aber die menschliche Hoffnung ist ebenso verraten, gekreuzigt und begraben worden durch das hochtönende Abkommen, welches man nicht erfüllen konnte, durch den gebrochenen Vertrag, durch die Abrüstungskonferenz, die äußerem Druck nachgab, durch all die Lügen und Halbwahrheiten, die des Volkes Ängste betäubten, bis zur Hinnahme des nächsten Brandopfers.

Rolf Hochhuths Stücke sollen nicht innerhalb des historischen Zusammenhangs beurteilt werden, in dem er sie geschrieben hat, sie sollen beurteilt werden aus der Perspektive der nie endenden Tragödie vom Verrat an der Hoffnung des Menschen.

Coventry, Oktober 1968   H. C. N. WILLIAMS

Die Erde ist ein Tempel, in dem ein Mysterienspiel vor sich geht. Es ist kindisch und bissig, lächerlich und sicher ziemlich grausig.

Joseph Conrad, Briefe

Ich habe meinem Ballett einen komischen Charakter gegeben, weil ich die Empfindung hatte, ich müsse dem Krieg Rechnung tragen.

Waslaw Nijinskij, Journal

Personen

Dorland, *der Regisseur*
Sein Sohn, *Oberleutnant der RAF*
Der Steinmetz
Bombermarschall a. D. Harris
Ein Schauspieler, *der einen RAF-Stabsoffizier spielen wird*
Ein Schauspieler, *der einen polnischen Hauptmann spielen wird*
Ein westdeutscher Oberst, *später ein amerikanischer*
Ein russischer Militärattaché
Ein hoher Richter, *später Lord Cherwell*
Ein japanischer Professor
Ein französischer General
Ein Polizist, *im zweiten Akt der hinkende Bote*

Bei Bühnenaufführungen sind mindestens die durch eckige Klammern bezeichneten Texte auszulassen.
Anläßlich der ersten Londoner Inszenierung, Winter 1968, wurden im dritten Akt die Rollen des Bischofs Bell von Dorland, dem Regisseur, und die des Bomberpiloten Dorland des Jahres 1943 von dem jungen Oberleutnant Dorland des »Everyman« gespielt – Vater und Sohn des Vorspiels standen sich somit auch im »Park« gegenüber, ein geglückter Versuch, die Zahl der Schauspieler um zwei zu verringern.

Herbst 1964: einhundert Jahre nach der Unterzeichnung der Ersten Genfer Konvention; im neunzigsten Lebensjahr Sir Winston Churchills; ein Vierteljahrhundert nach Hahns Bekanntgabe seiner ersten Kernspaltung und nach Hitlers Einzug in Prag und Warschau; und zehn Jahre nach der Explosion der ersten Wasserstoffbombe, die Amerikas Mitgliedschaft im Internationalen Roten Kreuz als schwarzen Humor kennzeichnete.

Mondweiße Nacht auf den Stufen zur dachlosen Ruine der Kathedrale St. Michael in Coventry. Im November 1940 errichteten deutsche Kampfflugzeuge hier ein Hitler-Denkmal, als sie während des Angriffs auf das Zentrum der englischen Flugzeugmotorenindustrie auch den Dom einäscherten und dreihundertachtzig Zivilisten umbrachten. Die Engländer konservieren diese Ruine. Die neue Kirche, geweiht 1962, steht neben der zertrümmerten.

Die Jahre romantisierten diese Trümmer – verklärten, wie der Pinsel Lyonel Feiningers das getan hätte, die »zerblitzte« gotische Mauer, die weit im Hintergrund die ganze Breitseite der Bühne abschließt, sie entmaterialisierten den brandbefleckten Sandstein und gaben ihm seine ideelle Transparenz. Nur ein hohes Baugerüst hinter der demolierten Front aus dem 13. Jahrhundert, und sie überragend, deutet noch an, wie die geduckte Bauhütte des Steinmetzen ganz links vor der zerfetzten Fassade, daß diese Ruine erst in unseren Jahren entstanden ist ... Von der neuen Kathedrale in ihrem Baugerüst soll hinter der verbrannten immerhin ein charakterisierendes Stück Architektur des 20. Jahrhunderts sichtbar sein.

Der freie Platz vor der gotischen Front, die durchbrochen ist von glaslosen Spitzbogenfenstern und -eingängen ohne Türen, nimmt fast die ganze Bühne ein, kaum gegliedert durch wenige sehr flache und sehr breite Stufen der ehemaligen Münster-Freitreppe und einige Sandsteinquader des alten und des neuen Baues, die einzigen Requisiten dieses Präludiums.

Dieses Bühnenbild verschwindet, sobald die Generalprobe des Londoner Kleinen Welttheaters einsetzt, das – wie andere Theaterstücke auch – i n der Ruine inszeniert wird, dort, wo im Augenblick noch das Orchester probt und wo morgen das Zentenarium veranstaltet werden soll. Schon bei geschlossenem Vorhang hört man immer wiederkehrende, hartnäckig, ja komisch erbittert geprobte Motive aus dem für Coventry komponierten War Requiem Benjamin Brittens oder Orchesterklänge des ersten Satzes der neunten Symphonie Anton Bruckners.

Daß es sich nicht um eine Ouvertüre handelt, wird auch schnell deutlich durch das respektlose Dazwischenhämmern der zwei Bühnenarbeiter

9

und das Schleifen des Steinmetzen an einer Statue – zwei Schatten-
risse im spärlichen Licht einer unbeschirmten Glühbirne an der niedrigen
Baubude. Alle optischen Vorgänge haben Werkstattcharakter wie die
akustischen.

EVERYMAN denkt nicht mehr wie jener im Spiel des Jahres 1529 »on
fleshly lustes and his treasure«, sondern er ist Soldat geworden, so wie
bereits ab 1550 verschiedene Autoren den »reichen Mann« des Peter
Dorland und des Hans Sachs in den mehr oder weniger christlichen Rit-
ter verwandelt hatten, dessen Taten vor seinem Tode gemessen werden
an dem Auftrag, den der Apostel Paulus den Inhabern des Schwertes
gab. Denn im Zeitalter der allgemeinen Wehrpflicht und der vorwiegend
auf Wehrlose gelenkten Bomben und Raketen wird das Gewissen des
Mannes der heikelsten Belastungsprobe während seiner Soldatenjahre
ausgesetzt.
Daß er persönlich als Bomberpilot zu einem der exemplarischen Sünder
der Epoche wurde, hat den Regisseur Dorland – wir geben ihm diesen verschollenen Namen, weil vermutlich der Autor des frühesten Everyman
so geheißen hat – an der Schwelle zu seinem Tod produktiv gemacht.
Das »gute Werk«, das ihn entsühnen soll in der Frist, die ihm gewährt
ist, um seine irdische Rechnung – eine andere gibt es nicht – zu beglei-
chen, ist seine Bearbeitung und Inszenierung des aus dem 17. Jahrhundert überlieferten Londoner Kleinen Welttheaters. Dieses Spiel, hofft
Dorland, soll unter seinen Zeitgenossen, Feinden und Mitpiloten aus
dem Zweiten Weltkrieg und in der Generation seines Sohnes, darum
werben, dem vom Roten Kreuz entworfenen Luftkriegsrecht zum Schutz
der Städte internationale Gesetzeskraft zu geben ... denn alle Genfer
Bemühungen wurden einstimmig von den Militärs der zivilisierten Nationen bis zur Stunde sabotiert: der Entwurf, in Neu-Delhi den Repräsentanten von 85 Nationen bereits 1957 vorgelegt, verschwand in den
Aktenregalen der Bürokratie. Es gibt ein Seekriegsrecht, es gibt ein
Landkriegsrecht – ein Luftkriegsrecht jedoch ist nicht da. So können
noch hundert Jahre nach der Ersten Genfer Konvention alle Verteidiger
der Zivilisation ihre Pläne auf die Gewißheit gründen, selbst die Einäscherung von Rotterdam, die Kesselrings zweite Luftflotte 1940 mit der
moralischen Anspruchslosigkeit eines Kidnappers inszenierte, sei nicht
»gesetzwidrig« gewesen ...
Und so wird – vielleicht – diese Inszenierung Dorlands anläßlich der
Jahrhundertfeier des Roten Kreuzes zum R e q u i e m auf Genf.

Der diesen Nekrolog bei ihm bestellte, im Namen des Festkomitees von
Coventry, ist einer der Bildhauer, die an der neuen Kathedrale mitwer-
ken – Dorland kennt ihn seit Jahren. Dennoch bleibt diese Erscheinung
im Zwielicht der Allegorie wie jener Requiem-Besteller, der anno 1791
als Todesbote vor Mozart hintrat. Der schrieb im September: »Das
Bild eines Unbekannten will nicht vor meinen Augen weichen. Immer
sehe ich ihn vor mir, er bittet, er drängt mich, ungeduldig fordert er die
Arbeit von mir ... Ich fühle es, mein Zustand sagt es mir: Die Stunde
schlägt! Ich werde sterben müssen.«

Dorland erfuhr das schlicht von seinem Arzt. Aber auch Mozart durchschaute rasch den »realen« – doch welche Erscheinung wäre realistischer als die des Todes –, den nicht-mysteriösen Gesandten eines Musikfreundes vor sich zu haben: Das hinderte ihn nicht, in dessen Auftrag die Bestellung der eigenen Grabmusik zu erblicken. Denn der Tod ist, wo immer drei versammelt sind, an ihn zu denken, soviel zuverlässiger als Gott, schon mitten unter ihnen.

Auch hier hängt nichts davon ab, ob dieses Everyman-Spiel real oder als Traum inszeniert wird: Figuren und Schauplätze in einem Gewissensprozeß sind genauso wirklich und gegenwärtig, wie wir sie nehmen und zulassen in uns. Sucht Dorland hier in Anlehnung an die Motive des überlieferten Everyman seine Gefährten auf, um Begleitung, um Rechtfertigung bei ihnen zu finden: ob er den rosenzüchtenden AirMarschall oder den Sohn, der Städte-Tilgung projektiert, oder den Bildhauer jetzt, im Moment der Inszenierung, spricht; oder ob er das vor einem Jahr oder vor einer Woche getan hat und sich heute dessen nur erinnert; oder ob er das erst tun wollte: Erinnerungen, Vorhaben, Entwürfe, Selbstverhöre, Taten – das ist unwesentlich.

Dieser Sicht entspricht der Aufbau des Präludiums, dessen Szenerie ganz befreit ist vom Zwang des Zimmers und der Zeit. Die Komposition ist den Wegen unterworfen, die der Dialog geht – nicht umgekehrt. Sie scheint so sprunghaft, wie manche Gespräche und alle Selbstgespräche – um so ruhiger, fast statisch ist es auf den Brettern. (»Gehen ist undramatisch«, mahnt der bewegungswildeste aller Akteure, Chaplin.) Allenfalls ein Schleier – ein Gazevorhang – ist zuweilen zwischen Dorland und den lebenden oder schon verstorbenen Figuren seiner Inventur. Die Prosa, wo sie rhythmisiert ist, soll auch dort, wo sie zum fast gezählten Vers wird – prosaisch gesagt werden: Sie sucht nur Halt im Vers, der vor Überschwemmung schützt, gerade dort, wo das Gefühl – oft unvermeidbar im Drama – in Katarakte gerät. Die kälteste Definition, typischerweise von einem Romantiker gesucht, soll Maßstab sein: »Der Vers ist die optische Form des Gedankens« (Hugo).

Zwei Arbeiter nageln links an der Fassade der verbrannten Kathedrale ein weißes, breites Spruchband mit dem Roten Kreuz an, nicht nur unbekümmert um das in der Ruine probende Orchester, sondern mit der Lust zu stören. Jetzt tragen sie die Leiter nach rechts, vor allem aber ihre Bierflaschen: Einer hebt das Band auf, der andere schlägt die Nägel ein. Man liest die schwarze Aufschrift:

1864 Erste Genfer Konvention 1964

Von rechts, ganz dicht an der Rampe ihren Weg suchend, sind fünf Herren aufgetaucht: ein hoher britischer Richter mit Allongeperücke, von den Schnallenschuhen über die Seidenstrümpfe und den Talar im bizarren Schwarz der Cromwellzeit; neben ihm ein Oberleutnant der RAF, der Sohn Dorlands, und ein westdeutscher Fliegeroberst in großer Uniform, ohne Mantel, daher man Orden sieht, die zwischen Guernica und Leningrad verdient wurden, jetzt allerdings durchweg ihr Stigma, das Hakenkreuz, verleugnen – das wurde abgekratzt wie im Hitlerstaat die Namen der für Deutschland im Ersten Weltkrieg gefallenen zwölftau-

send Juden von den Kriegerdenkmälern. Mühsam folgt ein japanischer Zivilist mit Krücke und narbenbuntem Kopf, dem selbst die Haare an einer Seite auf Nimmerwiederwachsen weggebrannt sind – ein Professor, der als der meistfotografierte Renommierkrüppel von Nagasaki seit achtzehn Jahren vergebens Kongresse wie den hiesigen bereist. Neben dem ein zierlicher Franzose mit rotgoldener Generalsmütze.

Der deutsche Oberst, dessen Akteur alsbald auch einen amerikanischen geben wird, entspricht einem Hermanns-Denkmal, zu dem Werner Finck Modell gestanden hat – nur Parodie macht anhörbar, was er mit nationalem Ernst, zunächst als Deutscher, dann als Amerikaner, hier kundgibt, kein Charakter, nur ein Potpourri.

RICHTER *(der als erster an den Trümmern vorübergeht oder klettert, stehengeblieben):*
  Abgesperrt hier – verlaufen! Orchesterprobe!
DEUTSCHER *(deutet auf die Ruine):* Wird dieser Teil *nicht* aufgebaut?
RICHTER *(während die Arbeiter noch hämmern):*
  Nein, wir erhalten die *Ruine.*
  Die neue Kathedrale entsteht neben der zerbombten.
DEUTSCHER: Amtierten Sie schon in Coventry – bei der … äh, damals?
RICHTER: Bei der Zerstörung, meinen Sie?
  Vor vierundzwanzig Jahren: nein.
  Damals »amtierte« ich – ha, bei der Infanterie.
  Hören Sie – die – wir müssen
  den Japaner von dem Franzosen trennen!
  (Denn man hört, noch bevor der Franzose und der Japaner zu sehen sind, deren Stimmen –)
FRANZOSE *(fast schreiend):*
  Demagogisch – jawohl – bleibe dabei: demagogisch.
JAPANER: Ihren Arm weg! Brauche Ihre Hilfe nicht.
  (Jetzt tritt rückwärts, weil er dem Japaner doch beisteht, langsam der Franzose über Geröll auf die Szene, der Richter und der Deutsche sind schon in Richtung der Streitenden zurückgegangen – deren Geschrei geht weiter, der Japaner krückt, verbissen die Hilfe des kleinen Generals verschmähend, redend heraus):
  Kein Zweifel – Sie alle sind sich einig,
  alle Militärs, ganz gleich, aus welchem Land,
  hier *wieder* wie vor sieben Jahren in Neu-Delhi:
  den Entwurf des Roten Kreuzes nur zu akzeptieren,
  um ihn verschwinden zu lassen –
  eine Farce dieser Kongreß.
FRANZOSE *(den anderen erläuternd):*
  Habe ich gar nicht gesagt – ich sagte nur:
  demagogisch vom Roten Kreuz,
  uns Offiziere ausgerechnet nach *Coventry* zu locken!
  Uns am Tatort *Hitlers*
  die Zivilisten aufs Gemüt zu binden.
  Natürlich bedauern wir alle die Zivilisten:

Aber sollen deshalb Offiziere
Angriffe auf Städte *überhaupt* ablehnen?

Demagogisch das.
Flugzeugwerke müssen gebombt werden dürfen,
auch wenn dann, Herrgott: eine Kirche mit verbrennt.

RICHTER: Sie können es Genf nicht übelnehmen, General,
daß es nicht in *Genf,* sondern in einer Stadt wirbt
für sein Luftkriegsrecht, die deshalb gebombt wurde,
weil es ein Luftkriegsrecht nicht *gibt.*

DEUTSCHER *(um Vermittlung bemüht)*:
Das müssen ja nun auch Zivilisten kapieren, Professor:
Im Raketenzeitalter sind schließlich Städte
die effektivsten Ziele.

FRANZOSE: Treffen *Sie* mal mit Raketen – *Panzer!*
Panzer fahren, Städte halten still.

RICHTER: Ja, wie die Städte dem Herrn von Braun stillhielten:
der brachte es schon damals, in Antwerpen,
mit *einer* Rakete auf zweihundertsiebzig Kinobesucher.

DEUTSCHER: Wir Offiziere sind in Coventry,
damit das Rote Kreuz
sich an der Strategie orientiert, *realitätsnah,*
nicht umgekehrt. Das Rote Kreuz . . .

JAPANER *(am Ende seiner Beherrschung)*: – ist eine *Zote* in Ihrem Mund!
Denn sie *wissen,* die Genfer Konvention ist annulliert,
wenn sie sich an – an
Ihren Städtetilger-Plänen »orientieren« soll
statt umgekehrt.

RICHTER *(ablenkend)*: Suchen wir unser Bankett, meine Herren.

DEUTSCHER: Wie mein französischer Freund schon sagte:
wir Offiziere aller Länder sind uns einig, abzureisen,
morgen früh – abzureisen,
auch Russen und Amerikaner.

FRANZOSE: Jawohl – wenn man uns Piloten die *Ehre* beschneidet!
Wir verlassen den Kongreß, wir alle,
wenn man uns an die *Ehre* geht.

JAPANER *(trocken)*: Wo sitzt die eigentlich bei Männern?

FRANZOSE *(böse)*: Was!

JAPANER: Die Ehre – *wo?* Bei Frauen weiß man, wo sie sitzt.

FRANZOSE *(schreiend)*: Ich verbitte mir Ihre Unverschämtheit.

JAPANER: Ich *fragte* nur – ich las uns als Attaché in Berlin
bei einem Deutschen, bei Lichtenberg –

DEUTSCHER: – Ja, unsre Literaten: peinlich!

JAPANER *(sofort)*: Oh, ein Klassiker: eine *feine* Ehre, schrieb der,
die die Frauensleute haben, ein halbes Zoll vom Arschloch.
Wo, General, haben wir Männer die Ehre?

FRANZOSE: In anständigen Zeiten hätte ich Sie auf Pistole gefordert.

JAPANER: In anständigen Zeiten hätte ich auch zurückschießen können:
seit aber Offiziere es mit ihrer *Ehre* vereinbaren,
Zivilisten zu Krüppeln zu bomben wie mich in Nagasaki
– mich und vierzigtausend Mitbewohner –,
kann ich leider nicht mehr schießen auf Offiziere.

13

(Der Franzose verläßt ostentativ die Szene. Der junge Dorland sieht seinen Vater kommen und hebt grüßend die Hand.

RICHTER: Ich sagte ja: nicht trinken vor dem Essen!

DORLAND *(steht vor ihnen, das Orchester lebt pathetisch auf. Der Regisseur ist rasch durch die Trümmerfassade aufgetreten und herrscht jetzt mit Ungeduld die zwei Bummelanten an, ohne eigentlich sie zu meinen:*
Warum probt das Orchester noch!
(Zu den Arbeitern, die auch im Abgehen sind:)
Was ist mit dem ersten Bild – gehen Sie schon 'rein,
bauen Sie auf. Die wollen um halb neun fertig sein –
Ah, 'n Abend, Peter.
(Er deutet auf das Spruchband:)
Richtet einen Spot auf die Schrift.

RICHTER *(hat vergebens versucht, während die zwei Arbeiter mit Leitern und Handwerkszeug durch die Ruine abgehen, zu Wort zu kommen, jetzt, mit ironischer Höflichkeit):*
Entschuldigen Sie, wir wollen nicht stören –
nur einen Ausweg finden, zum Festbankett des Roten Kreuzes.

DORLAND: O bitte, stören Sie, gehen Sie auch durch die Ruine!
Dann links, Hotel Leofric.

RICHTER: Danke.
(Er geht ab, dem Professor helfend, sie nehmen den gleichen Weg wie die Arbeiter.
Der von Dorland verlangte Spot erhellt jetzt das Spruchband.
Peter tritt an seinen Vater heran und legt ihm von hinten die Hand auf die Schulter.)

SOHN: 'n Abend, Vater – darf ich dir vor dem Bankett noch meinen Wing Commander vorstellen. Oberst Weinmüller aus Deutschland.

DORLAND *(freundlich zu dem Grüßenden):*
Wie praktisch, Herr Weinmüller, daß *Sie* die deutsche Delegation führen:
so bekam auch mein Sohn Urlaub, um mein Spektakel morgen anzusehen.

OBERST *(bescheiden bis befangen: auch er sagt, wie der britische Städtetilger Benett in seinen Memoiren, »anfliegen« für einäschern):*
Weiß nicht, Herr Dorland, ob ausgerechnet *ich* der Richtige bin:
Sie werden gelesen haben, gewisse Zeitungen halten mir vor,
daß ich Guernica und Belgrad mit angeflogen habe.

(Das wirkt um so gelassener, als der Oberst einen ausgeprägt niederrheinischen Salondialekt redet.)

DORLAND: Und *ich* bin der Meute vorangeflogen, die Kassel
und ein halbes Dutzend anderer Cities eingeäschert hat.
Deshalb können wir beide ja morgen mitreden hier,
wenn das Rote Kreuz über sein Luftkriegsrecht
vor den Militärs referiert.
Hat der Entwurf *diesmal* Chancen?

OBERST *(der hier wörtlich argumentiert – in Anführungsstrichen –, wie jener Professor von Salis, der von einer »Vision« spricht, wenn er 1955 feststellt, heute habe »der Mensch aufgehört, das Maß aller Dinge zu sein. Die neuen Maße aber haben nicht die Geisteswissenschaften, hat nicht die humanistische Tradition geschaffen, sondern die Naturwissenschaften und ihre technischen Anwendungen«):*

Nein, »wir müssen versuchen« mit »der Bombe zu leben. Nicht internationale Konventionen zur Humanisierung des Krieges und zum Schutze der Zivilbevölkerung ..., sondern eine Politik, die unter allen Umständen dem Ausbruch eines Krieges vorbeugen will, kann die Lösung des ... Problems bringen –«

DORLAND *(kalt)*: Es *ist* Krieg, permanent seit Korea, Oberst!
Wie können Sie da noch träumen von einer Politik,
die Kriegen »vorbeugt«?

[OBERST *(wieder entströmt seinem Mund ein Zitat jenes Welthistorikers und Visionärs, wie angenehm warmes Wasser einer Brause. Er bewegt dabei ein wenig seinen Rumpf, der den Umriß ungefähr einer Butterbirne hat. Das Wort Fortschritt benutzt er, selbst in diesem Zusammenhang, total ironielos, als werde auch er von einer technischen Hochschule abgelohnt)*:
»Mit der Technik und Industrie macht selbstverständlich auch die Kriegstechnik Fortschritte. Man kann sich nicht vorstellen, daß in der jetzigen Industriegesellschaft und Stadtlandschaft von neuem Armeen in der Art des preußischen Friedrichs oder Moltkes miteinander Krieg führen werden, wobei übrigens zu bemerken ist, daß ... die Bewohner der Kriegsgebiete ... schwer zu leiden hatten.«

DORLAND *(jetzt feindselig, auch mit der Gereiztheit des Kranken, Erschöpften, und es charakterisiert Herrn Weinmüller, daß er nichts davon merkt)*:
Aber genau deshalb hat man ein Landkriegsrecht geschaffen. Warum kein *Luft*kriegsrecht?
Ob Bewohner schwer mitbetroffen werden – oder erstes vorsätzliches *Ziel* der Waffen sind wie heute: bleibt doch immer ein Unterschied. Und hat nicht Moltke seine schnellen Siege allein durch Umklammerung der *Armeen* erreicht? Die Beschießung Wiens hätte doch Sadowa nicht herbeigeführt; nicht jene von Paris die Kapitulation bei Sedan und Metz. Und was Ihren König betrifft: wenn der bei Kunersdorf fast die Hälfte seiner Soldaten einbüßte und der Gegner mehr als ein Fünftel, dann stand erstens das Leiden der benachbarten Dorfbewohner in keinem Zahlenverhältnis zu den Verlusten der Kombattanten; zweitens hätte es die Könige sowenig in ihren Entschlüssen beeinflußt wie das Wegbrennen von Eingeborenenhütten heute das Weiße Haus. Und *uns*, Oberst – hat denn euch Deutschen und uns Briten das Städtebomben nur *einen* Schritt dem Sieg genähert? Sie wissen: *verzögert* hat es ihn!

OBERST *(jetzt fast belustigt)*: Aber – entschuldigen Sie, weder Sie noch wir hatten damals Atombomben.

DORLAND: Gewiß, die haben wir jetzt – und, Gott sei Dank:
der Gegner hat sie auch.
Dies Ehepaar Rosenberg hat für die Welt so viel getan
wie Henri Dunant.
Denn nur noch Angst macht uns Gewissen – allen.]

(Er deutet, dankbar für den Wink, der ihn entkommen läßt, auf einen Bühnenarbeiter im Hintergrund, der ihm ein Zeichen gab.)
Entschuldigen Sie – ich spiele selber den Piloten,
der ich vor einundzwanzig Jahren war:
ich muß mich noch verjüngen.
Ihr Bankett, glaub' ich, wartet – gesegnete Mahlzeit!

(Oberst grüßt pikiert – Dorlands Bemerkung über die Rosenbergs hat sein polsterglattes Gesicht »springen« lassen wie ein Steinwurf eine Spiegelscheibe: daß Verrat anständiger sein kann als etwa dem Installateur von Auschwitz die Front zu halten und die Beitreibung seiner Opfer jahrelang zu ermöglichen, diese Einsicht hat dieser Söldner Hitlers wie fast alle seine Herren Kameraden stets mühelos verdrängt.)

OBERST: Auf Wiedersehen.
SOHN: Sie müssen Vaters Gereiztheit entschuldigen:
er weiß, daß er todkrank ist – und dies
heut' abend seine letzte Inszenierung.
OBERST: Tut mir leid – auch für Sie, Peter.
(Beide ab.)

(Dorland mißt leise zählend mit Meterschritten die Breite der Münster-ruine. So kommt er auch zum Hintergrund links, wo auf einem nicht hohen Gerüst der Bildhauer an seiner überlebensgroßen, tuchbehan-genen Statue arbeitet. Die Plastik, soweit deutlich, erinnert an den von Epstein für Coventry geschaffenen Engel. Der Steinmetz im wei-ßen Kittel und mit flacher Mütze trägt einen Barlachbart und hat die klagenden, schwerbeschatteten Augen des Verfemten – aber seine Stimme ist gelassen amüsiert wie sein erster Satz.)
STEINMETZ: Nun, Dorland – wie geht's der Krankheit?
DORLAND: Keine Schmerzen, Morpheus ist barmherzig.
Reden wir von Ihrem Engel – weitergekommen?
STEINMETZ *(indem er die Figur verhängt)*:
Sein Gesicht machte mir Mühe. Nun gar nicht mehr.
Ich werde ihm *Ihr* Gesicht geben.
DORLAND: Das Gesicht eines Masterbombers?
STEINMETZ *(da Dorland befangen lacht)*:
Engel *waren* Sünder, eh sie Boten wurden.
[DORLAND *(ablehnend)*:
Daß ihr das überhaupt noch könnt, Maler und Bildhauer:
Engel! – Raffiniert, sich so naiv zu stellen.
Den Tod hauen Sie ja auch in Stein, gut.
Der Tod *lebt* unter uns und *wie*. Aber Engel?]
STEINMETZ: Angelos – heißt doch nur der Bote.
Von *wem* die Botschaft stammt . . . [nehmen Sie
die *Idee* dieser Figur, sagen Sie meinetwegen:
ein Pneuma, das die Fragen provoziert,
die an der Börse der Welt außer Kurs sind.]
Sooft wir sprechen – spricht auch ein anderer aus uns.
Was wäre einer, der nichts anderes wäre
als seine äußere Erscheinung!

DORLAND *(ironisch)*: Akzeptiert – aber seit der Mensch
den eschatologischen Kompaß einbüßte –
kann ihn kein Engel mehr retten vor der Erfahrung:
»Die Sonn' ist fort, die Erde auch, und kein Verstand
Dem Menschen zeigt, wo er sie wiederfindet...
Die Welt – ganz aufgebraucht, wenn in Planeten
Und am Firmament man lauter *neue* sucht,
Doch sieht, daß in Atome alles auseinanderfällt,
In Stücke alles, kein Zusammenhang...«
[STEINMETZ: Wo steht das?
DORLAND: Bei Robert Burton, um sechzehnhundertzwanzig.
Nein, mein Lieber – seit ich anfing mit dem Stück,
hab' ich, sooft ich an den Schreibtisch ging,
vergebens gefragt: wer bin ich, wie kam ich hierher.

*(Er sagt diese Sätze Kierkegaards – im Gegensatz zu den Burtons –
nicht, als zitiere er, sondern integriert sie stimmlich ganz organisch in
seine eigenen Räsonnements –)*
Was ist das für ein Ding, genannt Welt.
Wieso bin ich beteiligt an diesem großen Unternehmen.
Und wenn ich gezwungen bin, daran teilzuhaben,
wo ist der Direktor des Unternehmens?
(Provozierend:) Ich möchte gern eine Bemerkung zu ihm machen!
STEINMETZ: Welche? – Nein! Es war richtig,
daß Sie bei Ihrer Aufbereitung des alten Welttheaters
die Gottvater-Figur gestrichen haben.
Sie lenkt nur ab von *unsrer* Haftung.
Deshalb sind die Religiösen so selten human,
sie vergessen über ihrem Gottgequassel,
daß es stets nur *einen Weg* zu ihm gab:
den Mitmenschen als sein Ebenbild behandeln.
DORLAND *(gereizt)*: Sagen Sie das mir, weil Sie wissen,
wie viele Zeitgenossen ich *nicht* so behandelt habe?]
Ich schreibe meist am offenen Fenster.
Mein Tisch steht so, daß mir die dunkle Scheibe
des Fensterflügels vor der grauen Wand
mein Gesicht vorhält – entmutigend.
Sooft ich aufsah in den schwarzen Spiegel,
stand mir das Bildnis des Piloten gegenüber.
– Wie leicht das *früher* gewesen sein muß,
zu leben, zu morden, leicht wie im alten Everyman:
man legte seine Last auf Gott – und starb entlastet.
Heute – heute ist nur der *Tod* noch unser Partner.

(Der Tod erscheint.)

*(Das Licht hat schlagschnell den Steinmetz und seine Statue verlassen.
Hinter Dorland – und die Orchesterprobe hat geholfen, durch bestimmte Klänge diesen Moment vorzubereiten, dieses sehr reale Foto
transparent zu machen: steht riesig wie die Trümmerfassade der*

17

durch Feuerwind mumifizierte Schädel, *dem unerklärbarerweise sein
Haar geblieben ist, die sitzende Tote auf einer Straße in Dresden.
Pause. Bild und Dorland allein.)*

Groteske

*(Dorland hat die Tote zunächst im Rücken – und doch nur sie vor
Augen. Er sagt, als spräche er zum Steinmetz, aber der ist nicht mehr
sichtbar:)*
Seit Sie das Stück bei mir bestellten,
scheint mir durch jedes Blatt, das ich beschreibe,
als Wasserzeichen dieses Bild.
Beim zweiten Schlag auf *Dresden* geschah mir,
was uns heute selten zustößt –
und was jenen, die morgen mit Raketen schießen werden,
schon nie mehr passieren kann:
sehen, *anfassen* müssen – wen wir getötet haben.
Denn ich mußte aussteigen über meinem letzten Tatort,
wegen Vereisung der Tragflächen.
Und als die Dresdner mich befreit hatten vom Schirm,
einen Tag ließen sie mich hängen und schreien
im Dachstuhl eines Kinos,
sie kamen nicht heran, um mich zu lynchen …
als sie mich hatten, die Schweine,
da zwangen sie mich, das Schwein,
zwei Wochen lang mit bloßen Händen
die verschmorten, schnell faulenden Kadaver
aus Kellern, Parks und Wohnungen
und von den weichgekochten Asphaltstraßen
zu den fünf Scheiterhaufen
des Altmarkts hinzuschleppen.
Und diese Frau – als erste …
Die Frau saß da, wie sie die Hitze hingeworfen hatte,
die Glut des einkreisenden Feuerwindes,
Augen und Fleisch herausgeschmolzen,
nur ihr Nasenbein, unerklärbar,
war noch bedeckt mit Haut, wie imprägniert.
Und ihr Haar war erhalten …

*Dorlands
Erfahrung in
Dresden.*

(Er verliert sich an das Bild, murmelnd, überwältigt:)

Erst mein Opfer, jetzt mein Verfolger, bald mein Abbild.
Pferdewagen brachten die Totenhügel –
Manche Toten waren groß wie Pferde, aufgedunsen –
ich mußte abladen und schichten,
viel Fleisch in Lumpen oder nackt
war kürzer als die Holzscheite,
zwischen denen wir es auftürmten zur Verbrennung.
Immer fünfhundert Leichen – dann der Flammenwerfer.
– Die Deutschen waren ja geübt in der Errichtung
von Scheiterhaufen – erst für Bücher, *folglich*

*Wirklichkeit-
Gewissen*

KZ!

für Menschen: die Reihenfolge,
die einst die Kirche festgelegt hat ...
Diese Hände, über vielen Städten, lösten sie
die Zielbeleuchtungsbomben aus – später ... bald
reinigte ich sie,
am Leib einer Frau, ich zeugte sogar ein Kind –

(Er verliert sich wieder an seine Erinnerung:)
Hände ... nichts – nichts, das ihnen anzusehen wäre,
wie unsre Haut uns *tarnt!*
*(Während der Tod oder die Tote »zerfließt«, dann verschwindet und
Dorland noch an der Rampe verharrt, den Blick nach innen gerichtet,
hat das Licht den Steinmetz wieder herangeholt. Ihm zugewendet sagt
Dorland:)*
Daß jetzt mein Sohn unter deutscher Führung,
in einem Bomberkommando Ernstfälle »durchspielt«!
STEINMETZ: Freundlich ist er immerhin, der NATO-Chef Ihres Sohnes.
DORLAND: Wie alle – familiär nett, aber der Beschwichtigungs-Deutsche.
Die bringen fertig, wenn sie geschlagen sind,
sich die Vokabel Vize-Sieger zu erfinden.
Deutschland – Vizeweltmeister zweier Kriege und des Fußballs.
Neulich sah ich drüben,
zwanzig Jahre nach der Kapitulation, die doch bedingungslos war,
auf der Wetterkarte des Fernsehens
die ehemaligen Ostprovinzen als deutsches Land.
Viermal täglich wird jedes Schulkind verführt, zu hoffen,
allein Polen sei verpflichtet, den deutschen Krieg zu zahlen.
STEINMETZ: Ein Volk zieht aus, das Nachbarland zu teilen,
zum viertenmal in hundertsechzig Jahren.
Daß es *folglich* selbst geteilt wird,
scheint ihm die größte Untat der Geschichte zu sein.
[DORLAND: Oder: ganz Polen, ja die Krim und Belgien noch
will sich das Volk da einverleiben, samt der Ukraine.
Ergebnis: man raubt ihm selbst ein Fünftel seines Landes.
Und keiner drüben kommt auf den Gedanken,
das könne konsequent sein.]
STEINMETZ: Laßt sie doch den Grenzstreifen zum deutschen Landsmann
als einzigen in der Welt mit Atomminen bestücken:
dann nimmt wenigstens keiner ihr Winseln ernst,
diese Grenze müsse weg.
DORLAND: Im Fernsehen sah ich den Oberst Weinmüller zuerst,
als er der Presse bekanntgab:
daß dieser Atom-Minenfritz Chef der Bonner Armee wurde.

*(Dorlands Albtraum personifiziert sich zunächst in dem Oberst, der
jetzt ohne Mütze, dafür mit Brille und Papieren, auch mit einer Zeitung rechts im nachtschwarzen Hintergrund einen Sockel erstiegen
hat und nun, vom Licht beglänzt – seine Orden trägt er hier nicht –
in jene Richtung hinabredet, in der man die Pressemeute vermuten
darf. Dorland und der Bildhauer verschwanden mit dem Licht, wo sie
standen, ist es dunkel und leer.)*

Oberst Weinmüller ist blond, fad und trocken wie Deutscher Marken-
zwieback. Er möchte nur bescheiden auftreten, wozu er in Coventry spe-
ziellen Grund hat, wenn auch kaum – als Düsseldorfer – so viel Anlaß,
daß er so devot kommt. Er hilft auf dem englischen Flugstützpunkt
West Raynham Angehörige der NATO-Nationen an Düsenbombern
auszubilden.
Weinmüller ist vertraut mit den Pisten aller Militärflughäfen zwischen
Sizilien und Irland und hat daher seinen Patriotismus von Restdeutsch-
land auf die westliche Hemisphäre ausgedehnt. Sein politischer Hori-
zont schließt jetzt nach der einen Richtung sogar Alaska noch ein, endet
jedoch nach der anderen strikt an der Elbe, die Weinmüller wahrhaftig
niemals zu überqueren wünscht: in Kenntnis der modernen Waffen liebt
er den Frieden wie sein Enkelkind. Daher fand auch die Abkommandie-
rung als Repräsentant der westdeutschen Luftwaffe zum Zentenarium
der Genfer Konvention seine gefühlvolle Zustimmung. Da er, wenn
auch nur zur Vorbeugung einer feindlichen Aggression – wie erkennt
man die –, den sogenannten preemptive strike für notfalls erlaubt hält,
das heißt die Wegmerzung der Bevölkerungszentren im Lager des Geg-
ners, so ist sein Auftauchen in Coventry heute ein Witz. Aber das ahnt
er nicht – Flake nannte den Deutschen »den Menschen des ungefähren
Erfassens«.
Der Oberst ist veranlagt, treu und ehrlich zu sein, was bekannt-
lich während des Krieges schon ebensowenig zu vereinen war wie
heute. So wurde aus ihm, was aus uns allen wurde: der Beschwichti-
gungs-Deutsche. Politisch ermüdet, moralisch überfordert wie jeder
Waffenträger, hat er die damals noch übliche, aber bald abgeschaffte Prü-
fungsfrage bei seiner Einstellung in die nachhitlerische Armee: »Bejahen
Sie die Offiziersrevolte am 20. Juli 1944?« aus dem Wunsch, wieder ver-
wendet zu werden, mit dem klaren Blick des von der Geschichte gedrill-
ten Lügners positiv beantwortet. Aber so privat wie er unter den Nazis
einen Witz über Hitler nacherzählte, so vertraulich stellt er als Mann
der Luftwaffe gern fest, bekanntlich habe von seiner Waffengattung so
wenig wie von der Marine am 20. Juli ein Offizier zum ·Bruch des
Fahneneides sich entschließen können.
Da jedoch ein adeliger Vorgesetzter es öfters erwähnte, sah Weinmüller
sich eines Tages gesellschaftlich genötigt, mit interessiertem Argwohn
ein Buch über die deutschen Widerstandsgruppen gegen Hitler aufzu-
schlagen – selbstverständlich eines, das, wie alle anderen, den einzigen
Einzelgänger, der tatsächlich durch eine Hitler zugedachte Bombe ein
halbes Dutzend Nazis zerfetzte, nicht einmal im Register erwähnt: denn
dieser Georg Elser war nur ein Arbeiter. Immerhin, gegen den Strich ge-
lesen, hatte das Buch Weinmüller doch bedächtig gemacht. Und als er
bald nach der Lektüre mit anderen Stabsoffizieren eingeladen war, im
Bonner Parlament einer Debatte über die Polizeiaktion gegen ein Nach-
richtenmagazin beizuwohnen – da weckte zum erstenmal das Benehmen
auf der Regierungsbank in ihm die Frage, ob nicht die negative Auslese
dort hinaufgelangt sei, weil die positive durch Strick und Beil und
Gas und auf den Schlachtfeldern dezimiert worden ist. Regierungs-
fromm hatte er das Hohe Haus betreten, beeindruckt vom Schneid, mit
dem diese Zivilen offenbar landesverräterische Redakteure eingelocht hat-

ten – nun mußte er den Kanzler und dessen Staatssekretär beobachten, ja den Innenminister. Als dann noch sein Chef mehr zu schwitzen als zu reden begann, entdeckte der Oberst, daß Prominenz kein Synonym für Elite ist; so alt wie der Bayer Strauß da wäre jetzt ungefähr der Bayer Scholl, den die Studentenrevolte 1943 aufs Schafott gebracht hat, sagte sich Weinmüller, und er machte, daß er an die Luft kam, beschwipste und beschwichtigte sich aber bald, indem er bei Cognac sagte, der Soldatenberuf erspare nicht nur, sondern verbiete geradezu die Beschäftigung mit der »Scheißpolitik«.

Ihr zu entgehen, war einer seiner Gründe gewesen, fünf Jahre nach Deutschlands totaler militärischer Bankrotterklärung seinem eingefleischten Uniformierungsbetrieb wieder zu erliegen. Der andere Grund: Weinmüller hatte als Kaufmannssohn altmodischer Denkart Instinkt für Qualität und einen wachen Widerwillen gegen den neudeutschen Maßstab aller Dinge: das Auto, dessen Marke den Wert seines Besitzers markiert.

So flüchtete er, schon junger Opa – anstatt Schlaraffe auf dem Hörselberg der deutschen Wirtschaft zu werden und sich brandmarken zu lassen mit dem Großen Verdienstkreuz samt Schulterband und Mercedes-Stern – in die Armee, die einst Hitlers geistvollster Offizier die aristokratische Form der Emigration nannte, weil er Skrupel hatte, nicht emigriert zu sein. Ihr dient Weinmüller unter erheblicher Lebensgefahr für einen Sold, den fast der »herrschaftliche« Chauffeur seines Bruders im heimischen Rheinruhr-Kraal obendrein erhält, weil der auch serviert.

Treue und Gehorsam, bei Untergebenen und Schäferhunden als Voraussetzung zur Dressierbarkeit geschätzt, haben auch Weinmüller und die britischen Wing Commander, mit denen er arbeitet, zu uneingeschränkt verwendungsfähigen Offizieren gemacht – natürlich nur im Rahmen dessen, wozu sie ausgebildet worden sind und andre heranbilden:

Wehrlose beispielsweise nur aus der Luft, aber niemals Auge in Auge auf der Erde zu ermorden, wie es die primitive SS und Feldgendarmerie getan haben. Daß zwischen seiner Beteiligung beim Überfall auf Belgrad, Sonntag früh, ohne Kriegserklärung, und dem Verbrennungstod seiner Schwester und ihrer Kinder anläßlich der Phosphoreszierung Hamburgs ein direkter Zusammenhang besteht: diese Einsicht hat Weinmüller schon während des Krieges nicht in sich beschwichtigen können. Daß aber er über Belgrad wie der englische Freund über Lübeck sich persönlich der anständigen Berufsbezeichnung Soldat begeben haben, wie sie jedem Jagd- oder Kampfflieger oder Infanteristen zusteht: vor dieser Einsicht hat die Geborgenheit im internationalen Kollektiv der Bombardeure sie beide bewahrt.

Der Oberst hat nun den »offiziellen« Stil eines Regierungssprechers. Er zeigt Merkmale jener Verkrampfung, die er für männlich sachlich hält, trotzdem gleitet seine Stimme wohlgeschmiert im Düsseldorfer Society-Dialekt.

Der Aufbau dieser aus Dorlands Erinnerung inszenierten Pressekonferenz zeigt, daß sich der Regisseur an Schlimmeres erinnert als an den Auftritt nur des Obersten – in seine Gedanken schieben sich auch der potsdam-schneidige Tagesbefehl von von Küchlers und das Pathos Kesselrings.

Oberst: — und möchte ich, meine Damen und Herren, auf dieser Pressekonferenz auch betonen, daß die Absurdität derartiger Angriffe, was die Person des neuernannten Generalinspekteurs betrifft, längst am Tag liegt, und haben ja auch unsere holländischen Herren NATO-Kameraden Einwendungen gegen Verwendung desselben keineswegs erhoben. Es wurde ja nicht einmal der Befehlshaber der betreffenden Luftflotte, Herr Feldmarschall Kesselring, nach Herrn Kriegsende — äh, nach Kriegsende wegen der Verbrennung der City von Rotterdam verurteilt, weil dieselbe durchaus den Paragraphen 25 und 26 der Haager Landkriegsordnung entsprochen hat.

(Empörung, die sich aber nur murmelnd und maulend »artikuliert« im Hintergrund — jäh abgeschnitten von einem Befehl auf Tonband, Stimmung: Oberleutnantsschnoddrigkeit im Kasino des Potsdamer Regiments Nr. 9 [»Graf 9«]:)

»Widerstand in Rotterdam mit allen Mitteln brechen, nötigenfalls Vernichtung der Stadt zu drohen und durchzuführen.
von Küchler, Oberbefehlshaber
der 18. Armee.«

(Oberst, als habe er Gegenargumente abzuwehren):   *Rechtfertigung*

Aber — *bitte*: neununddreißigstes Panzerkorps hat ja noch einmal versucht, Rotterdam zur Übergabe zu bewegen — als jedoch endlich die Holländer ihre Parlamentäre entsandten, da hatten leider — da war — befehlsgemäß auch die Luftflotte zwei schon entsandt, und als man sie stoppen wollte — ja, lieber Gott, das ist doch Schicksal, [daß nur *vierzig* der hundert Maschinen die roten Leuchtpatronen noch erkannten und abdrehten. Schücksal doch!] Wir besitzen zudem die Memoiren, in denen der Herr Feldmarschall erläutert:
(Wieder das Tonband, nun ein bauchig geschlechtswarmes Organ:)
»Daß gerade in den wichtigsten Zeiten des Kampfgeschehens die Verbindungen abreißen, war mir als altem Soldaten etwas Alltägliches geworden.«

(Murmeln wieder, Maulen, bitteres Lachen, auch noch während der Oberst spricht — aber zu mehr reicht es auch hier nicht bei der Opposition.)
Oberst *(lächelt wie ein Fettkräppel, verlegen):*

Wie? — Zugegeben, nicht glücklich, ja: »etwas Alltägliches« ist kein sehr glücklicher Ausdruck hinsichtlich des schücksalhaften Tatvollzugs der Tötung von neunhundertachtzig Rotterdamer Zivilisten. Jawohl. Aber wem nun, meine Damen und Herren, des Herrn Feldmarschalls Argumentation zu — äh: militärisch klingt, dem sei empfohlen, sich doch dem Problem der Haftung des einzelnen im technisierten Krieg einmal unter hohen geisteswissenschaftlichen Aspekten zu nähern, und zitiere ich hier aus der Schweizerischen Nationalzeitung philosophische Erkenntnisse des westdeutschen Schriftstellers Herrn Dr. phil. Reinhard Baumgart, wobei ich betonen möchte, daß es sich weder

23

bei der Zeitung noch bei dem Philosophen meinen Erhebungen zufolge um kommunistische ... äh, Organe handelt.

(Er hat die Brille und drei Zeitungsblätter hervorgezogen und hantiert damit zwischen Kommentar und den – hier kursiv gedruckten – Zitaten, die wir statt einer Parodie bringen.)
Ich zitiere: »*Hinter der technischen Kriegsmaschine ließen sich die Täter nicht mehr fixieren. Zerrissen war der ... Kausalnexus von Tat und Schuld.*« [Denn, sagte er, bereits die Vorgeschichte schon des Ersten Weltkriegs, habe – Zitatbeginn: »*... den Menschen als einzelnen so unsichtbar wie unerheblich*« gemacht. Seine Begründung: »*das, was Menschen zugefügt werden konnte*«, sei geeignet gewesen – Zitat wiederum hier: »*die überkommenen moralischen und theologischen Kategorien von Schuld und Sühne, die noch immer geglaubte Autonomie des Individuums endgültig auszuhöhlen.*«] Und auch dies eine uns Soldaten wahrhaft freisprechende Erkenntnis – Anführungsstriche: »*Der verfügbare Tod war über menschliche Entscheidung endgültig hinausgewachsen.*«
(Oberst setzt seine Zeitung ab und kommentiert:)
Das beweist nicht nur die Margarinefabrik, sondern auch die städtische Feuerwehr von Rotterdam, denn haben wir ja nachweislich, meine Damen und Herren, Brandbomben überhaupt nicht geworfen, trotzdem aber wurden durch Feuer über siebzigtausend obdachlos! Hat Dr. Baumgart nicht völlig recht, meine Damen und Herren, wenn er angesichts der technischen Kriege postuliert – ich zütiere wieder: »*Die Begriffe von Schuld und Unschuld klingen wie Anstandsregeln aus der Kinderstube – Literatur ... müßte sich schämen, das noch zu reproduzieren.*« / Zitatende.
Und ich möchte namens aller befehlsgebenden Offiziere diesem Philosophen unseren Dank aussprechen, daß er am Beispiel der Schlacht bei Stalingrad eindeutig jene Richter und Linksintellektuellen widerlegt, die etwa Feldmarschall Paulus und Reichsmarschall Göring als wesentlich mitverantwortlich an der schicksalhaften Tragödie denunzierten – denn sie *war* schücksalhaft, meine Damen und Herren. So dürfen wir bei ihm lesen: »*Gerade die konventionellen Stalingrad-Fragen nach der Schuld dieses oder jenes einzelnen, nach dem Tag, an dem noch zu retten gewesen wäre, was dann doch verloren wurde*«, seien »*der Kriegsdimension schon unangemessen*«, weil *sie* nur »*dem zeitkritischen Banausentum ... gebrauchsfertige Parolen*« liefern.
Denn, hält der Philosoph fest, nur »*der Rhetorik zuliebe*« werde heute »*eine Wahlfreiheit zwischen Gut und Böse*« noch »*installiert*«.
Auch diese Richtigkeit – auch die Richtigkeit dieses ist bewiesen durch General Graf Sponeck, der sich anders als Marschall Paulus *gegen* einen Befehl Hitlers stellte, weil er noch prätendierte, ein autonomes Individuum mit Willensfreiheit zu sein. Herr Dr. Baumgart hätte dem General gleich sagen können, daß es lächerlich und absurd ist, heute noch anzunehmen, »*eine einzige hohe Person könne durch ihr Votum die geschichtliche Situation verändern ... die Geschichte angeblich immer noch treibenden Figuren*« – spottet der Philosoph mit Recht, denn Graf Sponeck wurde ja erschossen, als er dieser altmodischen Vorstellung anhing: Der glaubte nämlich, er könne noch als

einzelner autonom handeln, er räumte die Insel Kertsch, anders als
Paulus, der pariert hat, räumte, um seine Soldaten zu retten, und ret-
tete zwar – wurde von Hitler aber zum Tode verurteilt. Hätte er doch
Baumgart gelesen! Er hätte gehorcht und überlebt! Denn der Philosoph demonstriert ganz in unserem Sinne – Zütat: »*Wie herrschende
Unmenschlichkeit schließlich jeden einzelnen zum Mitmachen nötigen
kann ... überlebt der*«, schärft er uns ein, »*welcher sich dem Niveau
der Lage anpaßt, auch auf die Gefahr hin, daß er selbst nun unmenschlich scheint.*« Herr Baumgart sagte expressis verbis: »*scheint.*« Das ist
tröstlich.

Sie sehen, je höher das Niveau der Betrachtung, je objektiver die Lage:
Es ist gar nicht mehr festzulegen, ob nun die deutschen Sprengbomben
oder die unverantwortlich veralteten Handspritzpumpen noch auf
zweirädrigen Schiebekarren der Rotterdamer Feuerwehr oder die zuerst getroffene Margarinefabrik, so daß ihr Öl in Brand geriet und
auslief – schuld sind an der Tragödie von Rotterdam.

[Aber wir wollen ja ohnehin, meine Damen und Herren, endlich nicht
mehr von Schuld reden (natürlich spreche ich hier nicht von der polnischen Schuld der Annektion urdeutscher Gebiete), sondern vom westlichen Abendland und uns gemeinsam freuen über den prompten
Wiederaufbau der Bundesw... Verzeihung, der Rotterdamer City, die
dem damals stattgehabten Schicksalsschlag obendrein verdankt, feuer-
fester und hygienischer wiederaufgerüstet worden zu sein und die
Einsicht, daß ihre städtische Feuerwehr radikalst modernisiert werden
muß. Ich danke Ihnen, meine Damen und Herren.]

Fortschritte dank der Verstärkung!

*(Das Licht wandert weg von dem reflektierenden Kretin, und schnel-
ler, als man sich von dem erholen kann – »die Trauer reichte nur für
Späße« heißt eine Kästner-Zeile –, sagt, während sie langsam an der
Rampe die Bretter überqueren, zu dem Bildhauer ...)*

DORLAND: Dort steht das Rote Kreuz noch heute:
    die Haager Gesetze konnten zwar nicht Rotterdam schützen
    – den aber, der Rotterdam vernichtet hat:
    den nehmen sie in Schutz!

Schutz!

    Wie diese Deutschen beschwichtigte auch ich mich –
    mit *Luftaufnahmen*, die niemals einen *Menschen* zeigen,
    nie einen *einzelnen*,
    von dem der Philosoph sagt, den gäbe es nicht mehr ...
    [(»*nur Propaganda kann noch versuchen, aus dem anonymen
    Krieg einzelne Gesichter zu isolieren*«: Baumgarts Credo)
    »Anonym« ist der Krieg – auf denn!
    Wie schnell das eingeübt ist, eingefleischt.
    Wir tragen unsre Worte wie falsche Zähne,
    es lebt und kaut sich schmerzlos,
    mit Wort-Ersatz, mit Zahn-Ersatz ...]

STEINMETZ: Aber *Sie* dürfen sich sagen, der Deutsche auch –
    da, dieser Oberst: Keiner von Ihnen beiden
    hat irgendwas getan im Krieg,
    wobei er nicht das Leben riskiert hat.
    Erst später kamen wie heute – die Feiglinge zum Schuß:

nur anders als spätere Raketen relative Sicherheit!

Lichter Spot, wie die Schauspieler vor den Augenzusteller

Raketenschützen, die aus pensionsruhiger Distanz
in die Londoner Häuserfelder schossen...
DORLAND *(schief lächelnd)*:
Andererseits, tiefer kann ein Soldat nicht fallen,
als seine Taten dadurch rechtfertigen,
daß er sie mißt an denen *Hitlers*.
Aber auch *ich* mußte das tun,
ich fand mein Gleichgewicht erst wieder,   Eigene Rechtfertigung
als ich befreit aus der Gefangenschaft
das Hitler-Denkmal Bergen-Belsen sah.

*(Bei der Erwähnung Belsens konzentriert das Licht sich auf Dorland
und bewirkt den Abgang des Bildhauers.)*
Ich wurde aus Dresden längs der Elbe
nach England über Hamburg heimgefahren –
und sah in Belsen, wie die Infanteristen Montgomerys
die Leichenhalden der Opfer Deutschlands
mit Bulldozern in Gräber schoben, deren jedes
für mehr als tausend Totgeschundene
tief und breit genug war...
Nun konnte ich mir einreden – solche Familien,   • Deutsche Opfer
wie ich in ihren Häusern weggeschwefelt hatte: Belsen
hatten *auch* dem Hitler die Mordknechte geboren.
Und der Krieg war aus, ich begann zu leben,
Filme zu drehen, Theater zu spielen.
Zuweilen noch... ein Anhauch fluktuierender Angst:
umstellten mich nachts Figuren mehr des Träumens
als des Bewußtseins... *Einzelne* – immer.
Oh – als könnten nicht *viele* Ermordete uns
ebenso ansehen wie *einer*...
[die Schatten der Phphoreszierten.
Wasser unter den Brücken, Schemen in schwarzen Strudeln,
so flossen sie neben meinen Straßen stromab die Jahre.]
*(Wasser unter den Brücken – mit diesen Worten beginnt das Licht den
Sohn Dorlands heranzuholen. Er ist diesmal nicht in Uniform, sondern in Pullover, Jeans, Sandalen, häuslich abendlich angezogen. Er
hat in der Hand etwas zum Basteln, das man später als das Modell
eines Flugzeuges ausmachen kann – jetzt noch nicht, denn er sitzt
noch im Hintergrund, dort ungefähr, wo der Oberst während seiner
Konferenz stand: Diese anfängliche Distanz zum Vater, der noch von
dem Sohn spricht, als sei der nicht anwesend, deutet wieder an, daß
auch der folgende Dialog nicht heut und hier, sondern früher stattfand und jetzt nur erinnert wird; die halbe Stunde von zwanzig Uhr
bis zwanzig Uhr dreißig an diesem Oktoberabend 64 vor Dorlands
Generalprobe – ist nur eine, nur die äußerliche Zeitebene dieser
Inventur.)*
Seit mich das Krankenhaus als inoperabel heimgeschickt hat
[und in meiner Familie das sanfte Aussparen dieses Themas
zum Gesellschaftsspiel wurde –]
ist auch mein Sohn so taktvoll häuslich geworden...
ich bin immer neu gerührt über die Ausreden,

mit denen er abends oft meine Gegenwart sucht...
[sie hat bald Erinnerungswert.
Nun, und dann sprechen wir, trinken,
er bringt zu lesen mit,
und da er weiß, meine Zeit ist befristet,
muß die Lektüre meine letzte Arbeit fördern.]
*(Dorland wendet sich ab von der Rampe oder von dem – unsichtbar
gewesenen Bildhauer: es bleibt offen, ob er das Parkett oder den alten
Mann ansprach, wendet sich direkt an den Sohn, der weiterbastelt,
während er mit dem Vater spricht, der aus der Rocktasche bedruckte
Blätter zieht und sie dem Sohn gibt –)*
Hier hast du den Vortrag von General Baudissin zurück,
schneidiger als die Väter waren –

SOHN *(ohne aufzusehen)*:
Na! – Den hat Bonn abgeschoben zu uns, als Lehrer,
weil er noch zu sehr Bürger in Uniform war.

DORLAND: Der spricht aber doch allen Ernstes
– von Zivilisten als von *Zielen*,
sogar von lohnenderen: wenn auch mit der üblichen Heuchelei,
als seien es nur die *Russen*, die so dächten,
die Russen,
die bekanntlich nie einen Bombenkrieg geführt haben.

SOHN: Ja, weil sie keine Bomber hatten.
Jetzt planen sie das gleiche wie wir alle.

DORLAND: Trotzdem eine Verdrängung deutschen Ausmaßes,
die *Russen* als potentielle Sünder des Bombenkrieges
zu exemplifizieren – wenn man NATO-Komplicen hat,
die binnen *einer* Nacht in Tokio
hundertvierundzwanzigtausend Menschen verbrannt haben.
[Ich hätte diesen Deutschen gern gefragt, ob er sich einbildet,
selbst ein Hunnengeneral wie Falkenhayn,
den man im Hauptquartier Hindenburgs den Verbrecher nannte,
und der Verdun »erfunden« hat, das Abnutzungsverfahren:
ob Baudissin glaubt,
Falkenhayn hätte ihm noch die Hand gegeben,
würde er in sechzehn erwogen haben,
zunächst die *Zivilisten* Frankreichs auszurotten.
Das ist doch *ehrlos* –
und Offiziere quasseln unentwegt von Ehre.]
Ist deine Generation *irrsinnig*?

SOHN *(ganz ohne Schärfe, noch beleidigend unberührt, mit der liebens-
würdigen Dummheit des guten Gewissens)*:
Meine Generation geht in den Spuren der deinen, Vater!
[Hast du in Hildesheim und Weimar
wie Herr von Braun in London – habt ihr *nicht*:
mit Vorsatz Zivilisten ausgerottet?

DORLAND: Ja – ja, zuletzt.]
Aber wir brauchten den Krieg
und einen Gegner namens *Hitler*!
Ihr richtet schon im Frieden mit Planspielen die Städter hin.

SOHN *(gleichsam achselzuckend, weil er betroffen ist)*:

In keinem Nürnberger Prozeß
ist je ein Bombermarschall angeklagt worden.
DORLAND: Ein Orden und der Galgen werden auf dem gleichen Weg
verdient.

Wenn das nicht mehr gelten soll in Europa,
gibt's nur noch *eine* Sünde: Kinder machen.
SOHN *(lacht, auch der Vater)*: Und die hast du auch begangen!
DORLAND *(herzlich, persönlich)*:
Hau doch ab aus diesem Job, Junge,
such dir einen ehrlichen, schmeiß die Uniform weg.
(Er nimmt das Flugzeugmodell in die Hand.)
SOHN *(schwach)*: Vater, es ist nicht Sache der *Soldaten*,
die Kriegs*technik* zu diskutieren –
DORLAND *(galgenlustig)*: Nein? – Und »Soldaten«!
Vorsicht, Soldat ist, wer Soldaten bekämpft,
Kampfflieger, die Panzer anzielen, Brücken,
Industrien, Staudämme.
Du bist keiner – sowenig ich über Dresden einer war.
Oder der Raketen-Braun einer ist.
SOHN *(aufstehend)*: Was bin ich sonst als Planungsassistent?
DORLAND *(affektlos, ganz ruhig, ein Sachwort)*:
Ein Berufsverbrecher. Ein potentieller Berufsverbrecher.
SOHN *(endlich erbittert amüsiert)*:
– Also ... jetzt argumentierst du wie die Asiaten,
die abgeschossene Bomberpiloten ermorden.
DORLAND: [Ist dir bekannt, daß die Amerikaner Gefangenenlager
erst dann eingerichtet haben,
als die Vietkong lebende Amerikaner in den Krallen hatten?
Bis dahin lieferten die USA jeden sogenannten Rebellen
an die Südvietnamesen zur Ermordung aus.
SOHN *(traurig)*: Daß du als Wing Commander, als Träger des
Distinguished Flying Cross –
irgendeine Entschuldigung findest
für die Ermordung von Piloten, *das* erschüttert mich.
DORLAND: – Und *dies* nicht:] Piloten töten Wehrlose,
als *gäbe* es kein Rotes Kreuz.
Doch nur *Minuten* später,
wenn sie abgeschossen, selber wehrlos
denen in die Hände fallen, die sie bombten:
dann soll es gelten, das Rote Kreuz – für *sie*.
SOHN *(ertappt, daher sehr trotzig)*:
Nun – wir können auch anders: schicken wir halt keinen Piloten –
schicken wir Raketen 'rüber.
DORLAND *(verächtlich)*: Zu erwarten, ja.
Da ihr Hitlers Raketen-Braun *sofort* importiert habt.
Hitlers gemeinstes Mittel nach der Gaskammer:
ungezielter Raketenbeschuß auf Wohnzentren.
Wie sinnvoll, daß *jener* Mann,
der die Abschußbasen Richtung London baute,
das *Krematorium* von *Auschwitz* konstruiert hat.
SOHN *(doch etwas kleinlaut, ablenkend)*: Wo ist dieser Mann *heute*?

DORLAND *(ätzend)*: Wollt ihr *den* auch verwenden?
SOHN *(leise)*: Vater – sei doch nicht so böse, ich meine . . .
DORLAND *(verächtlich)*: Wie du das vorhin sagtest: dann eben mit Raketen
statt mit Piloten . . .
Hat deine Generation keinen Ehrgeiz,
sich aufzulehnen gegen *Hitlers* Erbe?
SOHN: Zugegeben – d e i n e Generation
hat Europa gerettet vor der deutschen Hegemonie;
Chinesen, Juden, Afrikaner bauten Staaten;
[die Kommunisten befreiten sich vom Stalinismus;
die UNO ist – nicht praktisch, aber als Idee da.]
Und als ich neulich in unserem Archiv
Wochenschauen durchsah,
aus dem Krieg gegen Japan, auch japanische –   *Leiden*
da *erschrak* ich: diese Leiden
des Seemanns und der Infanteristen,
und diese . . . Todesarten,
dort bei den Insel-Ausräucherungen!
[DORLAND: – Und wie diese Armee ohne Tradition über Nacht,
nach Pearl Harbour, wenn das auch keine Überraschung *war*,
eine *Fülle* erstrangiger Ingenieure, Heerführer,
Admirale, Organisatoren hinstellte –
weltgeschichtlich sicher ebenbürtig den Taten Maos.]
SOHN *(nickt)*: – die Generation Franklin Roosevelts beschämt uns alle.
Trotzdem. – Dein Vorwurf,
daß nicht meine Jahrgänge sich »auflehnen«
gegen das übelste, was wir geerbt haben – ist Rhetorik.
[Denkst du, man kann die Atombomben – Lüge,
schlimmer als die Waffe selber – in die Welt setzen:
und wir, Enkel und Kinder, könnten davon 'runter?
Wie denn!
Steht doch in jedem Schulbuch wie im Truman:
man habe die Babies geworfen, um in Japan
die Invasion zu sparen.]
DORLAND: *Wir* wußten doch noch nicht, daß Japan
schon Monate *vor* dem Abwurf Kapitulationsversuche machte,
alle nur mit der *einen* Einschränkung,
die zugestanden wurde – *nach* dem Abwurf:
sein Kaiserhaus behalten zu dürfen.
Daß der Krieg dauern *mußte*, bis die Bombe fertig war,
um die *Russen* einzuschüchtern:
Ihr heute könnt das aufklären!
SOHN *(lacht, schüttelt den Kopf)*: Aufklären? – Um noch:
den Sündenfall zum Präzedenzfall aufzuwerten?
Der weiße hat den gelben Mann gelehrt,
wie weit die Diplomaten gehen dürfen. Punkt.
Diese Lehre, glaubst du, lasse sich rückgängig machen?
Die Vivisektion der Zivilisten des geschlagenen Japan,
um *Stalin* mit Angst zu erfüllen: rückgängig machen?
Du hast mich nicht besonders religiös erzogen –

DORLAND *(Geste des Bedauerns)*: Nur ein Schelm gibt mehr als er hat –
SOHN *(abwinkend)*:
    Oh – ich wollt' nur sagen, man braucht kaum religiös zu sein,
    um doch zu fühlen, eine solche Untat muß bezahlt werden.
    Nicht denen, die sie erlitten haben;
    und nicht von den Tätern – aber irgendwann an irgendwen
    bezahlt vom Volk der Täter.
    Die Amerikaner müßten noch überheblicher sein,
    überschlügen sie sich heute nicht in der Erfindung
    immer neuer Anti-Raketen-Raketen . . . berechtigt, ihre Angst,
    daß ihr »Manhattan«-Projekt,
    wie sie die ersten Bomben auch noch nannten:
    als Bumerang Manhattan wegmacht.]
    Ihr, Vater – habt's durch euch tun lassen.
    Meine Jahrgänge schieben nur Wache,
    daß eure Enkel es nicht büßen.
DORLAND *(Bewegungen, die andeuten, daß er dem Sohn Recht gibt.*
    Pause, dann):
    Aber ihr *könnt* die Städte nicht schützen,
    nicht durch Waffen. Versucht's mit einem Luftkriegsrecht.
SOHN: Bin nicht sicher, daß ein solches Verbot standhielte
    wie im Zweiten Weltkrieg die Absprache,
    an den Fronten kein Gas einzusetzen. Nicht sicher.
DORLAND *(ungeduldig)*: »Sicher« – sicher ist, wer auf dem Friedhof
                                               wohnt.
    Versucht's! [Bildet eine internationale Verschwörung.
    Rotes Kreuz und Offiziere, pensionierte zuerst,
    die man deshalb nicht hinauswerfen kann,
    gegen die ehrenrührige Zumutung der Regierungen,
    mit Waffen »arbeiten« zu sollen,
    die schon technisch nicht erlauben,
    fremde Städte zu schonen, eigene zu schirmen.]
    Ihr seid die *fahrlässige* Generation.
    Neulich gastierten doch Deutsche in unserm Theater,
    mit ›Minna von Barnhelm‹ – später sagte einer,
    mit Lessing ging schon mein Vater auf Tournee,
    vor zwanzig Jahren – ins Auschwitzer Offizierskasino.
    Und sah mich an, der Junge, ich sollte ihn bedauern
    wegen des charakterlosen Papas.
    Erstaunt hat mich nur, *er* kam nicht auf die Idee,
    sein Sohn könne ihn nach einer Katastrophe
    auch einmal ins Fegefeuer verwünschen,
    weil *er* es heut gelassen hinnimmt, daß Westdeutschland
    – im Gegensatz zu Frankreich –
    sich Atomwaffen einkellern läßt von seiner »Schutz«-Macht,
    die nach Auskunft des US-Kriegsministers, Weihnachten,
    die Sprengkraft von fünftausend Hiroshima-Bomben haben.
    (Lacht:) Fünftausend! – Steht als *Beruhigung* in der ZEITung.
SOHN *(zynisch und ehrlich)*:
    Ist auch beruhigend, daß deshalb *die* da drüben,
    nicht wir: Punkt eins in der russischen Zielkartei sind.

Die Wiedervereinigung Deutschlands durch die Wasserstoffbombe!
Oder: alle Füchse kommen endlich beim Kürschner zusammen.
Vater – uns sollte interessieren, wer in Hongkong regiert,
nicht in Berlin.

DORLAND: Wenn ihr euch nur für überhaupt was interessiert,
Aufgaben gäbe es so viele wie arme Leute,
aber was deine Jahrgänge an Protestantismus im Leibe haben,
reicht höchstens noch,
gegen den schnelleren Wagen des Vordermannes loszuziehen.

SOHN *(heftiger)*: Wer eine Uniform trägt,
der will nicht revoltieren –

DORLAND: Schmeiß sie weg.

SOHN: – der will Waffen, die den Gegner friedlich stimmen.
Du *weißt*, nicht einmal den Zweiten Weltkrieg –
jedenfalls nicht in Europa – haben *Soldaten* begonnen!

DORLAND: Genügt ja auch, wenn die ihn führen.

[SOHN *(macht es sich schwer, er wirkt älter)*:
Vater, *ich* denke auch nach, auch Kameraden,
wir *wissen* nur so wenig.
. . . Wie neulich das Weiße Haus die Erhöhung der Stahlpreise
nicht stoppen konnte –

DORLAND *(nickt)*: So flott geht der Krieg – jaa.
Verdienen tun wir ja alle gern – ergo:
wenn Menschen noch am *Krieg* verdienen,
ist es auch *menschlich*, Krieg zu wollen.
Besonders wenn der Gegner unfähig ist,
meine Fabrik zu bomben –
die General Motors sind heut' so sicher wie der Zürcher Bührle.
Im Kriegstheater besitzt die *Kasse*,
wer aus der Loge *zusieht*.

SOHN: Wir Soldaten sind es nicht, die in der Rüstung
die Besitzverhältnisse aus den Scharnieren reißen könnten!

DORLAND: Richtig; das wäre eine zivile Beschäftigung, die friedlichste.

SOHN: Aber man liest, es sei total *veraltet*,
verstaatlichen zu wollen.

DORLAND *(lacht)*: Wo? – Wo kann man das lesen?
In der *einzigen* überregionalen Tageszeitung,
die sich noch halten konnte in New York?
Eine!
Veraltet kann diese Anschauung mindestens in den USA nicht sein,
denn dort konnte sie niemals vertreten werden:
im einzigen Land der Erde, das es bis heute
zu keiner Arbeiterpartei gebracht hat. –
Der soziale Millionär Roosevelt, dieser Humanist,
wurde stets als »Verräter seiner Klasse« verschrien.
Wäre ohne Krieg vermutlich sowenig im Bett gestorben wie Kennedy.

SOHN: Aber die Gewerkschaften sind doch höchst machtvoll.
Begnügen die sich drüben auch mit Runterhandeln
der Zahl der Arbeitsstunden?

DORLAND *(belustigt)*: Wer dem eigenen Sohn durch Ford Foundation
das Studium finanzieren läßt – kann den schlecht aufwiegeln,

im Anti-Kartellgesetz zu fahnden, ob's einen Paragraphen gibt,
Herrn Ford ins Zuchthaus zu bringen –]

*(Der Sohn hat – schon während der letzten Worte seines Vaters durch
das Licht von ihm distanziert – mit der ihm wie vielen Gleichaltri-
gen eigentümlichen Achselbewegung, die Resignation andeutet, sich
schließlich entfernt . . . oder hat das Licht ihn entfernt, das ist nicht zu
unterscheiden.)*

*(Dorland – nun zum Steinmetz, den man wieder an seiner Plastik be-
schäftigt sieht: Es bleibt offen, ob Dorland dem Bildhauer berichtet
hat, soeben, oder ob der Dialog sich allein in der Erinnerung des Regisseurs noch einmal ereignete:)*
[So stritten wir uns zueinander, fast wie Mann und Frau,
aber] ich blieb unfähig,
ihn fortzulocken in ein seriöses Gewerbe.
Ich bin's sogar gewesen, der ihn zur Fliegerei verführt hat,
ich fing damit an, ihn solche Modelle basteln zu lassen,
meine Schuld!
*(Er dreht das kleine Flugzeug, das er vom Sohn übernommen hatte, in
den Händen, stellt es dann weg. –)*
STEINMETZ *(lacht)*: Schuld? – Ach! Verhängnis, glaub' ich, ist nicht,
was man ver*schuldet*,
sondern was man selber einfädelt mit höchster Umsicht
und mit bestem Willen.
DORLAND *(nickt)*: So war's bei Churchill – wie hat der, uns zu retten,
diese Insel ohne Infanterie,
dazu getrieben, den Langstreckenbomber zu bauen
und die Atombombe. Doch seine letzte Einsicht,
als das Zeug endlich da war – sprach er so aus:
Gott sollte, schaffte er die Welt noch einmal,
die Atmosphäre aus einem Explosivstoff bilden,
der alles zerfetzen würde,
das höher als hundert Meter aufsteigt.
[Er plagte sich noch mit dem Selbstvorwurf,
genau diese zwei Waffen hätten
die jahrtausendealte Unantastbarkeit Britanniens vernichtet.
STEINMETZ: Nur üblich –] dem Sieger, der die Nike bestellt,
dem kann der Steinmetz gleich die Nemesis liefern:
am Ende ist das stets die *selbe* Plastik.
Als ich die Büste Churchills machte,
da war er siebenundsiebzig – und war noch immer
der manische faszinierende Monologist.
Trotzdem kam ich einmal mit der Frage dazwischen:
Hätte nicht wenigstens der *Erste* Weltkrieg
verhindert werden können?
O nein – der *Erste* gerade nicht, wehrte er ab.
Im Grunde hätten sie alle, in allen Ländern, *gewollt*.
Und dieser »Grund« – Abgrund *bleibt*, Dorland.
Er ist das zeitlos Menschlichste in uns.
Dieser orgiastische Jubel in allen Metropolen anno vierzehn!

DORLAND: Warum dann bei Beginn des *Zweiten* Weltkriegs nirgends
Jubel,
    nicht einmal in Berlin, wo man den angestiftet hat?
STEINMETZ: *Verdun* war noch nicht vergessen,
    nicht das Wirtschaftselend und nicht das Giftgas.
    [Wenn aber Erdteile zu *lange* unterm Druck des Friedens stehen
    wie Westeuropa seit der Schlacht bei Sedan,
    wird offenbar das Blühen in der Windstille
    erstickend wie die Luft im Treibhaus.]
    Wenn die Sauereien meiner Generation und Ihrer vergessen sind,
    hilft kein Kraut gegen neue Probierlust.
    [H. G. Wells, kein Schwärmer, nicht wahr –
    schrieb nach dem Ausbruch neunzehnhundertvierzehn,
    gut sei der Krieg mindestens als *Entspannung!*
    Franc Marc – ich kannte ihn –
    noch bevor er fiel bei Verdun, bejahte er den Krieg:
    »Lieber Blut als ewig schwindeln;
    der Krieg ist ebensosehr Sühne
    wie selbstgewolltes Opfer, dem sich Europa unterwirft,
    um ins reine zu kommen mit sich.«
DORLAND *(er schüttelt sich angewidert, gibt aber zu):*
    Steht schon in ›Troilus und Cressida‹:
    zuviel Sicherheit fördert den Streit.
STEINMETZ *(nickt):* Ja, weil sie geisteskrank macht.
    Nach Marc verwirklichte die Schlacht nur,
    was der Erdteil »längst in der Gesinnung beging«,
    weil man, wie er sagte in seinem redlichen Irrsinn:
    »die Verlogenheit der europäischen Sitte nicht mehr aushielt.«
    Die Jahrgänge um Wells und Wilhelm
    und selbst ein Mann wie Trakl – hatten *vergessen,*
    daß etwa der Krieg von siebzig/einundsiebzig
    zwar kurz gewesen war,
    doch der verlustreichste auf beiden Seiten,
    gemessen an der Zeit der Kampfhandlungen.
    Dieses Wissen *langweilte* nach vierzig Friedensjahren . . .]
    Ihre Spieler!

*(Die Orchesterprobe, lange kaum hörbar, drängt jetzt machtvoll ihrem
Ende zu – die Bewegung überträgt sich auf die Figuren, die aus der
Ruine kommen oder in die Ruine gehen, ein Polizist und mehrere
Schauspieler, teils halb kostümiert. Die Helen ist dabei. [Der Schau-
spieler, der den PM spielen wird, zeigt sich im Vorspiel noch nicht.]
Bühnenarbeiter haben schon während der Gespräche zwischen Vater
und Sohn und Dorland und dem Bildhauer Teile des ersten Bildes in
die Ruine getragen.*
    *Der Akteur, der den Generalstäbler Clark spielen soll, prescht wie
ein Keiler zwischen Steinmetz und Dorland.)*
SCHAUSPIELER *(hysterisch):*
    Ich *distanziere* mich von meiner neuen Rolle.
    Engagiert als Oberluftmarschall, als eine Art – *Nelson!*

... muß ich in letzter Minute die dürftige Rolle eines
total anonymen Obersten spielen.
Ich fühle mich degradiert.
DORLAND *(zermürbt vor Ungeduld)*:
Lieber ... *(Er nennt dessen bürgerlichen Vornamen.)*
glauben Sie doch: vor Monaten schon
lag mein Manuskript Sir Arthur zur Korrektur vor.
Ich hab' ihm schriftlich angeboten,
jedes Wort zu streichen, das gegen die Wahrheit verstößt.
Ich *konnte* nicht ahnen, daß Marschall Harris
mir mit einer Anzeige drohen würde, wenn ich ihn seine
historische Rolle auch in meinem Stück spielen lasse.
[Es ist einmalig in der Weltgeschichte,
daß ein Marschall aus der Historie *verschwinden* will,
nachdem er eine halbe Million Zivilisten verfeuert hat,
um in sie hineinzukommen.]
SCHAUSPIELER: Ich verstehe nicht, wieso Harris *verbieten* kann,
an seine Taten zu erinnern.
DORLAND: Man muß das Gesetz nicht *verstehen*, um verurteilt zu werden.
SCHAUSPIELER: Es ist doch nicht recht –
DORLAND: Es geht nicht ums *Recht*, sondern ums Gesetz:
die sind, fürcht' ich, selten identisch.
Es gibt keinen Richter auf der Welt,
der nicht vom Staat bezahlt wird.
SCHAUSPIELER: Was wollen Sie damit sagen?
DORLAND: Sagt das nicht genug?
Ziehen Sie sich an.
*(Der Hysteriker geht nun handzahm ab. Als habe der nicht unter-
brochen, setzt, zum Steinmetz gewendet, Dorland ihre Überlegungen
fort –)*
Kennen Sie Churchills Bild:
nicht Schachfiguren, nicht Marionetten,
die einander zugrimassieren in der Quadrille –
sind die Nationen. Wie Himmelskörper sind sie,
die einander im Raume nicht nahe kommen können,
ohne magnetische Störungen zu erzeugen:
nähern sie einander zu sehr, auch als Freunde,
gerade als Artverwandte,
wie Engländer und Deutsche damals –
so zucken Blitze auf:
ist ein gewisser Punkt – ein ungewisser, vielmehr –
dann überschritten,
so reißt es die Gestirne aus den Bahnen,
sie prallen aufeinander,
der Kosmos wird zum Chaos.
STEINMETZ *(mit Einverständnis, wenn er es auch anders erklärt)*:
Friedvolles Nebeneinandergrasen – dem Fleisch, Zähnen und Säften,
der konstitutionellen Tragik des Menschen
(und der erotomotorischen Ruhmsucht der fürchterlichen Einzelgänger)
ist das erträglich nur, wenn es nicht dauert.
Sehen sie in Ehen – Ehe ist Liebe ohne Sehnsucht,

34

daher man in ein Laster eskapiert, zur Front, zur Freundin,
in ein Sportvehikel –,
das nur deshalb als moralischer empfunden wird,
weil es noch ein Risiko auferlegt.
[(*Lacht:*)
Ein Schaffner, ein Studienrat, ein Schornsteinfeger, besitzlos –
soll patriotisch fühlen, bevor er schießen darf . . .
und darf geschossen werden?
Das Mädchen, das mit Puppen spielt,
kriegt später meist, was es erträumt.
Die Träume der Jungen aber: äonenfern jenseits
aller zivilisatorischen Erfüllbarkeit!
Der Indianerhäuptling – denaturiert zum Schalterhäftling,
um dreiundvierzig Jahre schikaniert zu werden
von seinem Sparkassendirektor . . . wie ehrlich dagegen
lebte doch der Polizist,
den sie neulich als Bankräuber entlarvt haben.]
Attlee sagte: Ein großer Fehler, eine Regierung
zu langweilig werden zu lassen.
[Den menschlichen Gefühlstümpel als Laichplatz der Aggression:
ignorieren solche rationalistischen Dummköpfe,
die mit achthundert Seiten Dokumenten die Alleinschuld
eines Volkes am Ersten Weltkrieg beweisen!
Die widernatürlich domestizierte Masse –
(zu der stets *einer* mehr gehört, als *jeder* glaubt)
treibt ein Instinkt, sich periodisch verschleißen zu lassen.
Was man Normalverbraucher nennt – ist der Normalverbrauchte.
Er *will* am Palmsonntag Hosianna dem Sohne Davids
und am Freitag Barrabbas rufen,
will mitlaufen zum Reichsparteitag und zum »Heiligen Rock«.
Er *drängt* sich als Korn in die Mühlsteine.]
Warum werden die Täter geliebt in dem Unmaß,
in dem sie *Opfer* fordern?
[Unheimlich, wie lang das dauert, bis sich ein Schwede findet,
der endlich Karl XII. umlegt – von hinten.
Hat je ein Russe auf Stalin geschossen?
Die Franzosen warfen sich dem landfremden Korsen,
der sie abfraß bis zum Skelett, immer wieder an den Hals
wie die Griechen dem Playboy Alkibiades.
Die Deutschen lassen sich von einem Fremdprovinzler zerhacken,
nachdem sie ihm als Hackbeil gedient haben.
Der populärste aller Briten – halb ein Yankee.
Waren die nüchternen Londoner je enthusiastischer
als in den Nächten, da Churchill ihre Stadt
als Köder hinhielt, um Hitlers Flugzeuge
von Dowdings Jägern wegzulisten?]
Jene Parteiführer, die geborene Dompteure sind,
kommen *die* zu Wahlsiegen – legal! –
weil sie den Dompteur nicht verbergen?
DORLAND (*deprimiert und angewidert*): Widerlich!
STEINMETZ (*ebenso*): »Natürlich« – denn wir sprechen vom Menschen.

Lemmingsgeschichte!

DORLAND: Demnach – Geschichte *auch* der Wanderzug der Lemminge?
    Sie wissen, es treibt die Wühlmäuse auf die Klippen,
    sie stürzen sich, Hunderttausende, ins Meer,
    um zu zerschellen, zu ersaufen . . .
    wäre also Krieg unvermeidbar als Ventil des Todestriebes?
    [Soll der die Art vor sich selber schützen durch Reduzierung?
STEINMETZ *(leise)*: Vielleicht durch Energieverschleiß –
    um sechsundfünfzig Millionen Passagiere,
    die im Zweiten Weltkrieg über Bord geworfen wurden,
    hat sich die Menschen-Arche »erleichtert«.
    Ob zuviel Kraft nicht mehr soziabel wäre?]
    Zweck der Geschichte ist Potenzverschleiß.
DORLAND: Hoffnungslos.
[STEINMETZ: Nein – *hoffen* darf man! Vielleicht,
    daß unsere Einsicht zum Instinkt wird – zum Instinkt,
    die großen Waffen zu meiden,
    weil die nicht mehr Turniere gestatten,
    wie noch am Skagerrak oder in der Battle of Britain,
    sondern zur Apokalypse führten.
DORLAND: Wie aber dann – soll das gestaute Tier sich ausleben?
STEINMETZ: *Revolutionen,* hoffe ich, ersetzen ihm die Kriege.
DORLAND *(ungläubig)*: Auch in Europa?
STEINMETZ: Wenn es allzu friedlich zugeht: darf man das hoffen.
    Bedenken Sie, wie wird in hundert Jahren die Automation
    den Leuten in der Industrie die Arbeit stehlen!
    Die brauchen dann keineswegs hungrig zu sein,
    um Wut zu speichern – gelangweilt sein genügt . . .
    und diese jährlich groteskere Verzerrung   *Langeweile*
    der Besitzanteile. Aber Städte bombardieren –
    nein: Städte werden sie deshalb nicht bombardieren!
DORLAND *(mit Lachen)*: Ihr Optimismus.
STEINMETZ: Hoffnung und Glaube hatten sich *immer*
    gegen besseres Wissen zu behaupten –]
    Die Stimme Amerikas!

*(Er deutet auf Radiomusik im Hintergrund, die kreischend die Orche-
sterprobe überlärmt – und er flieht in den Schatten seiner Statue.
Dorland geht ab in die Ruine. Ehe sie in Front der Kathedrale auftauchen, hört man die Schritte, das Ächzen und Artikulationsversuche
zweier Herren, die sich – wie man nun sieht – brüderlich aufrichten
wollen und dadurch zu Boden ziehen, aber doch auf den Beinen halten.
Neben dem amerikanischen Oberst, der das Radio an seiner Hand
spielen läßt, ein noch junger russischer General und Attaché. Beider
Zungen rollen auf der schweren See des Alkohols wie leichte Schiffe,
so quälen sie sich heran bis fast zur Rampe. Der Russe bleibt ein wenig zurück, er versucht mehrfach vergebens, seinen Schuhriemen zu
binden. Den Amerikaner sollte derselbe Schauspieler darstellen, der
den deutschen Oberst verkörpert hat.)*

36

Russe: Der Wodka macht das nicht, das macht der Weltraum!
Amerikaner: Dort geht es – nein: hier geht es zum Bankett!
Russe: Ein Staatsgeheimnis, Herr Kamerad – ich bin – bin nicht
  der *erste* Astronaut, dem's – halt: verdammt, seit...
  seit seiner Rückkehr in den Ohren klingelt. Ha.   *betrunken.*
  Ihr habt in USA die gleichen Defekte – Klingelohren
  bei euren Weltraumfahrern festgestellt.
  Wie ich doch jeden Mensch beneide,
  der ohne ihn zu balancieren,
  den Kopf ganz einfach auf dem Halse trägt!
  (Einer reißt den anderen unmittelbar vor dessen Sturz über die Rampe
  zurück.)
[Amerikaner: Lassen Sie mich – ich *kann* mich bücken,
  ich binde Ihnen den Schuhriemen – aber welchen?
Russe: Nein – nicht, stehen Sie doch auf,
  die anderen kommen ...
Amerikaner *(sucht den offenen Schuhriemen, seine Mütze ist ihm vom*
  Kopf gefallen):
  Die sind doch betrunken!]
Russe *(gibt ihm die Mütze, die er ihm aufgehoben und sauber gestrichen*
  hat, sie haben sich notgedrungen auf die Straße gesetzt):
  Mein Gleichgewicht ist hin – halt! – und hergerissen
  ist mein Gleichgewicht. Speiübel. Startverbot.
  Mein Wasser beschäftigt die Labors.
  Ich selber hab' in der Forschung nichts mehr mitzureden,
  nur mein Wasser.
  [Das ist der Ruhm: man steht am Pranger.
  Man fährt hinauf, kriegt Angst, kriegt Orden,
  kriegt einen Ehrendoktor – nur seine Schuhe
  kriegt man nicht mehr zu ... Speiübel.]
  (Wegwerfend, leidend:) Ich war der Mann, die Fahne Rußlands –
  auf dem Mond zu hissen. Jetzt: alles aus.
  Und jeden Abend – dort, heut wieder, grinst er,
  der Arsch des lieben Gottes,
  mich voller Schadenfreude an.
  (Der Amerikaner hat das Radio hingestellt, nun gibt er dem Russen
  einen Stärkungstrunk.)
  Danke, Kamerad, danke, wie schade – daß wir, Bruder,
  nicht Brüder sein können – denn leider!
  Dieser Unterschied ist niemals wegzuwischen:
  im Kapitalismus, da beutet der Mensch den *Menschen* aus.
  Im Kommunismus aber: da ist es umgekehrt!
[Amerikaner: Politisch, Kamerad – dort, wo es ernst wird,
  sind wir uns aber einig,
  jetzt wie im Krieg: *allgemeiner Ziel*
  wer einmal gegen Deutschland kämpfen mußte,   *in der Kriegszeit*
  wie Sie, wie ich ...
  der liebt dies Land so sehr,
  daß er unbedingt *zwei* davon behalten will, wie!
Russe *(lacht zustimmend, übermüdet bis weinerlich):*
  Ist wahr, ist wahr – nur daß ihr ...

meine Flasche hier: im Kapitalismus
werden einfach – die Flaschen einfach immer kleiner.
Ein Liter ist auch nicht mehr, was er mal war.]
AMERIKANER: – Vielleicht, ich bin kein Wirtschaftsfachmann,
mein Schwager aber, Eisen en gros,
Besitzer des größten Schiffe-Friedhofs von Boston –
RUSSE: Schiffe-Friedhof? – Was man bei euch so alles besitzen kann!
AMERIKANER (– *man sollte spüren: Kabarett ist nur die Form. Die Fakten dagegen sind zwar irrsinig, aber real. Diese druckten zum Beispiel die Frankfurter Allgemeine Zeitung am 13. Januar oder die Basler Nachrichten am 18. Februar 1967*):
Ach – war lange kein Vergnügen, so'n Friedhof!
Der Schwager hat noch vor *drei* Monaten
einen ausgedienten Tanker des Zweiten Weltkriegs
für knapp zwohunderttausend Dollar lostreten müssen –
eine Schande, nur der Schrottpreis . . .
erst Vietnam hat dann den Friedhof da belebt.
Der Schwager kriegt – das *Doppelte*,
kriegt jetzt genau das – für *genau*,
das gleiche Schiff, genau das Doppelte!
[Nickel – meine Frau hat nur Papiere geerbt,
der Schwager den Friedhof – Nickel ist gestiegen
um hundertfünfunddreißig Prozent.]
Krieg ist ja auch – ah: ich will mal sagen:
eine *soziale* Maßnahme.
Wenn man ihn, versteht sich – in *Grenzen* hält,
das heißt: *außerhalb* der Grenzen,
der eigenen.
[Der Mittlere Osten ist auch immer geeignet.]
RUSSE *(mit Herz)*: Aber wenn nun – nun wenn aber da eure Jungen!
Asien ist groß – wie schnell da einer verlorengeht.
AMERIKANER: Sein' Sohn hat mein Schwager freiwillig gemeldet.
RUSSE: Nach *Asien?*
AMERIKANER: Nein, der studiert ja, den hat er in Princeton
freiwillig gemeldet, beim CIA . . ., der kämpft an der Heimatfront,
weil ja *gemein*gefährliche Kommilitonen
demagogisch unsern Kampf gegen die Armen sabotieren.
RUSSE: Gegen die Armut?
AMERIKANER: Wie? – Kampf gegen die Armut, ja.
Wie wollen Sie die Armen – wegbringen,
erst muß man sie anständig ernähren,
einkleiden, bilden, wir ziehen ja fast nur Ungelernte,
Arbeitslose, Schwarze und sonstige Kriminelle.
Aber da wird ein *Mißbrauch* getrieben!
Neulich haben sie in Boston eine Pediküre festgenommen,
die hatte in elf Städten je einen GI geheiratet,
der nach Vietnam ging – nur wegen der Witwenpension.
(Der Polizist – im zweiten Akt der pensionierte Sergeant – zögert am Ausgang der Ruine, das Gespräch der hohen Herren im Vordergrund zu stören . . .)
Wir hätten den Krieg da schon längst gewonnen,

aber wenn er gewonnen ist, sagt mein Schwager:
dann ist er *aus*.
Da hat dann auch keiner mehr was von.
Dann hätten wir ja ebensogut den Kennedy behalten können!
Und *daß* wir ihn nicht gewinnen,
daran ist nur die Presse schuld.

RUSSE: Ach – die *Presse*? Unsre stört gar nicht.

(Dorland ist hinter dem Polizisten erschienen und drängt ihn wortlos, die Strategen wegzubringen, zum Bankett. Gerade will er wieder in die Ruine gehen, da drängt sich ihm der Akteur auf, der den Polen Kocjan spielen soll...)

POLIZIST *(zu den im Vordergrund Sitzenden, grüßend)*:
Gentlemen – zum Bankett des Roten Kreuzes?

(Die stehen auf, er hat sie noch im Gespräch unterbrochen, der Amerikaner hat sein Radio abgestellt, gibt es dem Polizisten, rückt seine Mütze – jetzt stellt sich heraus, er hat dem Russen die Schuhe versehentlich zusammengebunden...)

RUSSE: Oh –

(Ehe der Polizist begreift, entschuldigt sich der Amerikaner und bückt sich, um ihn freizuschnüren.)

AMERIKANER: Verdammt –

(Jetzt deutet er auf das Spruchband des Roten Kreuzes und klopft dem Polizisten auf die Schulter:)

Kamerad – das Spruchband da: hier hundert Dollar,
zweihundert, wenn Sie mir das *nach* der Feier...
sicherstellen. Seltenheitswert!

(Auch zu dem Russen, während sie schon wegtorkeln, der Polizist hinter ihnen:)

Ich habe auch den Strick, an dem in Tokio General Tojo
aufgehängt wurde – meine Mutter ist nämlich Kunstsammler.

(Der Schauspieler [der Kocjan spielen wird] hat inzwischen Dorland eingeholt und fragt –)

SCHAUSPIELER: Sollen wir uns heute überhaupt schminken – bei diesem Licht?

DORLAND *(mit einiger Ungeduld)*: Noch nicht umgezogen, James?
Natürlich schminken.
Vergessen Sie nicht, daß Sie das erste Wort haben im Stück.

SCHAUSPIELER *(lächelnd)*: Und das letzte – daher, gestatten Sie eine Frage, an den Herrn Professor, ich komme pünktlich.

(Er wendet sich dem Bildhauer zu, der im Begriff ist, in sein Hotel zu gehen. Dorland geht der Ruine zu, spricht einen anderen Schauspieler an: »Kommen Sie schon!« – und verschwindet mit ihm. Auch der Polizist läuft ihm nach, bemüht, ihn anzusprechen. Der Bildhauer ist auf die Worte des jungen Schauspielers stehengeblieben.
Der sagt –)

Mein Name ist..., ich spiele den polnischen Hauptmann.

STEINMETZ *(der ihm die Hand reicht)*: Ich weiß.

SCHAUSPIELER: Eine Frage. In Ihren Gesprächen, als Sie
die Büste Churchills machten, kam da auch einmal die
Rede auf *Polen*?

STEINMETZ: Oft! Er berichtete von seinen quälenden Kämpfen, 1945,
  mit dem polnischen Ministerpräsidenten,
  der Sikorskis Nachfolger war.
  Sie haben sich ange*schrien*, aber Churchill wußte im voraus:
  nichts, was er je erreichen konnte für Polen,
  würde die Polen zufriedenstellen.
SCHAUSPIELER: Das habe ich gelesen, auch in den Memoiren Mikolajczyks,
  der dennoch ein Verehrer Churchills blieb.
STEINMETZ *(lächelnd)*: Wie wir alle.
  (. . . ebenfalls lächelnd, so aufrichtig wie bald in seiner Rolle:)
  Gewiß. Haben Sie den Premierminister
  nie auf General Sikorski angesprochen?
STEINMETZ *(ausweichend bis abweisend)*:
  [Ich glaube nicht, daß irgendwer – außer dem Arzt,
  dem Marschall Stalin und Smuts, dem großen Buren:
  jemals imstande war, Sir Winston auf etwas anzusprechen,
  das er nicht selbst besprechen mochte.]
  Hören Sie den Rat eines Mannes, der es gut meint:
  lassen Sie den Polen ruhen.
SCHAUSPIELER: – nun, da ich seinen Hauptmann spielen soll,
  suchte ich Lektüre über den General – und fand nichts,
  gar nichts: in keiner einzigen der vielen, vielen
  Memoiren und Biographien aus Whitehall
  wird das Ende . . . immerhin doch:
  des *Ministerpräsidenten* auch nur *erwähnt*!
  (Steinmetz, von dem jungen Mann angesehen, schweigt.)
  Alle Prominenten haben schon publiziert
  außer General Menzies, natürlich,
  der seinen Report nur für die Downing Street schreiben darf.
STEINMETZ *(um überhaupt etwas zu sagen, denn wieder sieht ihn der
  junge Mann erwartungsvoll an)*:
  Das ist üblich: in keinem Land *publiziert*
  der Chef des Geheimdienstes seine Memoiren.
SCHAUSPIELER: Aber – haben Sie, Herr Professor, eine Erklärung dafür,
  daß Sir Winston *jegliche* Erwähnung Sikorskis
  in der sonst nur wenig gekürzten einbändigen Endfassung
  seiner Geschichte des Zweiten Weltkriegs getilgt hat?
STEINMETZ: Die Zeit tilgt unsere Namen alle, junger Freund.
  [Geschichteschreiber beschleunigen das nur –
  dort wo sie es nicht verzögern.]
  Auch die anderthalb Zeilen über Dresden
  fehlen in der letzten Fassung. Es läutet –
SCHAUSPIELER *(äußerst verwirrt, eilig abgehend)*: [Oh, danke,] ja.

*Der Steinmetz blickt unschlüssig ins Parkett. Die Bühne ist unbelebt,
die Musikprobe vorüber. Im Begriff, abzugehen in sein Hotel, wendet
sich der alte Mann noch einmal Dorland zu, der bis zum Beginn seiner
Generalprobe jetzt nichts mehr zu tun hat.*

STEINMETZ *(spöttisch)*:
  Der Generalstäbler Clark kann Ihren Harris nicht ersetzen;

ein bißchen zu leicht für Sie,
jetzt im Stück die heiklen Vater-Sohn-Komplexe
zwischen Harris und Ihnen wegzudrängen.
DORLAND *(nickt):* Vor allem widerspricht das meinem Stil:
den einzelnen bis in seinen Familiennamen
als unverwechselbar mit jedem anderen persönlich anzureden.
Uniformen haben am Hals ihre Grenze –
daher ich die klassische Ausrede
unsres Zeitalters der Verantwortungsflucht:
Befehlsnotstand – nie ernst genommen habe.
Wir *haben* es getan.
Zu sagen: hätte nicht *ich* es getan, so ein anderer,
führt nur dazu – Hannah Arendt hat das bei Eichmann ausgeführt:
sich auf die Kriminalstatistik zu berufen.
Da so und so viele Verbrechen jährlich geschehen,
mußte irgendwer sie schließlich tun –
also habe auch *ich* eines begangen.
STEINMETZ: Gegen Soldaten hege ich den Verdacht:
sie ziehen die Uniform an, *damit* sie aufhören,
einzelne zu sein, von anderen unterscheidbar,
persönlich haftpflichtig.
DORLAND *(nickt, dann):*
Aber Uniformen schützen uns nicht länger, als wir sie tragen.
Dort im Spital hatte ich ganz schlicht
den Pyjama an, mit dem ich demnächst beerdigt werde.

*(Den Blick nach innen gerichtet, beginnt er wieder das Zwiegespräch
mit dem Mann, der ihn zum Mörder werden ließ – und ihn innerlich
herumhetzt, seit er weiß, daß er sterben muß:)*

Dort habe ich gehadert mit Harris in ungezählten
imaginären Dialogen – nachts, mit dem Wissen,
ein Moribundus zu sein.
STEINMETZ *(sein letztes Wort, dann nimmt das Licht ihn zurück, er
überläßt Dorland wieder dem Zweikampf mit dem übermächtigen
Schattenriß des Komplicen seiner Untat):*
Sie waren damals so alt ungefähr wie heute Ihr Sohn?
DORLAND *(nickt – und ist allein im Kerker seiner Erinnerung):*
Man sagte, ich hätte die *Ehre,* den ersten Schlag
ins Zentrum der unzerstörten Stadt zu leiten,
von der wir *wußten,* sie sei ein Flüchtling-Auffanglager.
*(Das zweite Klingeln. Die Bühne ist unbelebt, die Orchesterprobe am
Ausklingen. Aus der Ruine kommt rasch der –)*
POLIZIST *(und reißt Dorland los vom zwingendsten seiner inneren Ge-
sprächspartner):*
Ein alter Marschall hat man gesagt, sucht Sie, Herr Dorland.
Aber ich ließ ihn abweisen – doch heute abend,
wenn die vom Bankett heimgehen, dann stören die Ehrengäste be-
stimmt.
DORLAND: Dann sind die doch betrunken – warum sollten die zu meiner
Probe kommen?

Sorgen Sie dafür, Colonel,
daß eine halbe Stunde länger abgesperrt bleibt . . . das Orchester!
POLIZIST: Selbstverständlich, Sir. Regen ist keiner gemeldet,
aber Demonstranten.
Studenten aus London und Oxbridge!
*(Man hört einen sehr schweren Rolls-Royce vorfahren, hart bremsen,
Türenschlagen)*
DORLAND: Die hoffen, hier die prominentesten Bomberpiloten zu attak-
kieren.
Es folgten aber nicht viele der Einladung.
Vor den Demonstranten *nicht* absperren!
POLIZIST *(während er Dorland wie einen Irren mustert:)*
Nicht absperren, Sir!
Die machen morgen alle Ansprachen des Roten Kreuzes hier kaputt –
DORLAND *(während er schon auf einen die rote Absperrungskordel mit
jugendlicher Wut durchbrechenden schweren Greis im Hintergrund
blickt):*
Demonstrationen sind *auch* Ansprachen, Colonel –
wer ist denn . . . Gott, was will denn *der* hier!
*(Der Bobby geht auf den am Stock hinkenden, aber eiligen kleinen
Alten in üblichem Zivil zu, der um sich blickt, weil er Dorland sucht –
und nun heran ist über Trümmer und Treppe, ohne sich durch den
Polizisten behindern zu lassen.)*
HARRIS *(mit einer Stimme, die ihm sofort Respekt verschafft, seine gro-
ßen wodkagrauen Augen, rotumrändert, wie Flinten auf den Polizisten
gerichtet):*
Durchlassen, Mann! – mir aus dem Weg, Colonel.
Wo ist hier der Regisseur, Mr. Dorland?
Wissen Sie nicht, *wem* Sie gegenüberstehen:
Oberluftmarschall *Harris!*
*(Der Polizist fährt zurück wie angeschossen, salutiert zitternd, Harris
prescht auf Dorland zu, die Musik in der Kathedrale schweigt. Nun in
grotesker Erregung zu Dorland:)*
HARRIS: Sind *Sie* dienstaufsichtig? – Ich mache Sie haftbar!
Harris – kennen Sie mich?
DORLAND *(mit vorsichtiger Ironie):*
Aber, Sir Arthur – ich bin Wing Commander Dorland
aus Generalmajor Benetts Pfadfinder-Staffel – ich . . .
HARRIS: *Ungeheuer!* – dachte ich mir, dachte ich gleich.
Times gelesen heute früh – denke: Coventry fahren!
Selbst hinfahren! – ein Mann also aus *meinem* Kommando!
In der Times – beinah' trotzdem nicht geglaubt:
(brüllend:)
Denken Sie, Dorland, das lasse ich mir bieten!
Ich werde den Lord Chamberlain herantelefonieren,
lebe noch und lese in der Times, daß ich eine – eine
Theaterfigur geworden bin –
DORLAND: Die Times, Sir, ist wieder mal nicht aktuell:
ich habe Ihnen doch zugesagt, Sir Arthur,
daß ich Ihre Rolle gestrichen habe –
obwohl Sie ja tatsächlich eine historische Figur waren . . .

und sind – und *bleiben.*

HARRIS *(sehr befriedet, er hat das gern gehört)*:
Selbstverständlich, ja. Aber ich habe um Sie nicht verdient,
daß Sie überhaupt den Bombenkrieg zum Theaterspektakel erniedri-
gen.

Ich habe dreiundvierzig von Seiner Majestät,
das Distinguished Flying Cross für Sie losgeeist,
als Sie die Edertalsperre gelocht hatten.
Hitlers Rüstungschef, sein Speer, hat nach dem Kriege zugegeben:
sechs weitere Städte angeflogen wie Gomorrha,
die Nazis hätten ihre Buden schließen müssen.
Ich bitte Sie: Hamburg erbrachte vierzigtausend Tote.
Mal sechs – was wäre das, verglichen mit der Zahl *derer,*
die *wirklich* umkamen bis zum Kriegsschluß!
Jedoch Soldat ist, wer beschimpft wird.
[Wie verlogen heute,
unser Bomberkommando aus der Klubsessel-Sicherheit
borniert Friedensjahre als *überflüssig* zu erklären,
wie es den Herren Historikern zu tun gefällt.
Natürlich lese ich sie gar nicht, die im Auftrag der Regierung
verfaßte vierbändige Geschichte des Bomberkommandos:
ekelhaft.]
Der Dank der Nation – daß sechsundfünfzigtausend Briten
und über vierzigtausend Amerikaner
in Bombern über Deutschland gefallen sind . . .
(Er ist erschüttert, Dorland auch.)
Die Gefallenen des Jägerkommandos, alle, *jeder* einzelne,
der in der Battle of Britain fiel,
hat seinen *Namen* auf der Ehrentafel in Westminster.
Von *euch,* von *meinen* Männern, den Bombern:
ist nicht einmal die *Zahl* in Westminster zu lesen.
DORLAND *(bestürzt)*: Weil es so viele sind, Air-Marschall – *zu* viele.
HARRIS *(lacht schauerlich)*: Wem reden Sie das ein, Major:
Die *Zahl* meiner toten Männer – die *Zahl,* wie:
ließe sich doch wohl unterbringen in Westminster.
Aber *unsre* geopferten Kameraden, wie – die sind,
plötzlich, nicht wahr: nicht mehr gesellschaftsfähig.
[Wer mich kennt, der weiß, ich pfeife auf solche Scherze,
beleidigend aber doch für meine toten Piloten,
daß ich als einziger Marschall nach dem Krieg
nicht zum Viscount ernannt wurde – *mich* hat das überhaupt . . .
überhaupt nicht, ha: berührt. Überhaupt nicht.
DORLAND *(eilt sich, zuzustimmen)*: Das weiß ich –
HARRIS: Überhaupt nicht! Ich ging am ersten Jahrestag von Dresden,
sechsundvierzig, für Jahre heim nach Rhodesien –
mich also hat das überhaupt nicht berührt!
DORLAND *(wieder zur Beruhigung)*: Das weiß ich –
HARRIS: Ich war der populärste Marschall Großbritanniens,
doch nach dem Sieg der einzige, der *nicht* Viscount wurde,
weil man entdeckte, daß ich die Befehle,
Wohnzentren wegzuäschern . . ., wörtlich befolgt hatte.]

43

Im *Krieg* nannte der PM das Bomberkommando
die leuchtende Spitze unseres Speers – *heute*, ha . . .
Fünftausend! – Fünftausend Gäste hat meine Frau bewirtet,
im Bomberkommando – was Macht und Titel hatte:
antichambrierte als mein Gast . . . plötzlich sind wir Bomber
die – weiß nicht, Mélac, die Tilly, Torquemada . . . pfui,
die Nachrichter,
mit denen man nicht zu Tische sitzen will.
(Er wankt und setzt sich, Dorland beugt sich mitfühlend zu ihm,
besorgt, daß der Beginn seiner Probe nun auch noch durch einen Schlag-
anfall hinausgezögert werden könnte. Laut ruft er den bürgerlichen
Namen des Akteurs, der erst Harris spielen wollte und jetzt Clark
spielen muß, in die Ruine:)
DORLAND: Moment, Sir Arthur! Herr . . . ! Herr . . . !
Bitte, Sir Arthur, sehen Sie doch den Schauspieler an,
der Sie hatte verkörpern sollen, ein sympathischer Mann!
HARRIS *(mit einem Taschentuch beschäftigt):*
Ich will *nicht*, daß ich – daß *der* als ich –
will nicht, daß Harris auftritt.
Anderseits: ohne mich ein Stück über Bombenkrieg?
Macht mich *noch* skeptischer!
DORLAND *(während der Clark-Darsteller völlig anders als zuvor heran-*
kommt, nämlich fast bucklig vor Angst):
Hier – ich mache bekannt: Herr . . .
Oberluftmarschall Sir Arthur Harris.
HARRIS *(ohne aufzustehen, zunächst. Er verhaspelt sich beim Reden,*
aufs höchste irritiert, bereits in der Uniform eines Obersten der RAF
einen Mann vor sich zu sehen, der er selber hatte sein sollen):
So – Sie also sollten sich – mich – mich in sich,
– sich in mich: »verkörpern«, verdammt,
man kommt ganz durcheinander.
So lange ich lebe – merken Sie sich das:
bin ich mir selbst genug.
(Er hat sich erhoben, herrisch:)
Ich bin Harris – Harris brauch kein Double.
DER SCHAUSPIELER *(bescheiden, unironisch, ja kleinlaut – aber er macht*
eine wesentlich sympathischere Figur als der, den er hatte darstellen
sollen):
Sir Arthur – es wäre mir eine hohe Ehre gewesen,
Sie darstellen zu dürfen. Leider . . .
HARRIS *(tippt ihm hart auf das Ordensband):*
Schon falsch! – Das Band des Bathordens trägt man –
nicht *links*, man trägt es *rechts*, Mann:
rechts vom Band des Indien-Verdienstkreuzes.
Historisch getreu – aber erst nach meinem Tod.
(Es läutet abermals, der Schauspieler versucht, sich zu verabschieden.)
HARRIS: So lang ich lebe, schützt mich das Gesetz.
Ich schrecke vor nichts zurück, heute wie damals:
maßen Sie sich meine Rolle an,
kommt Polizei, Gummiknüppel, Berittene, Tränengas,
Handschellen, Lord Chamberlain –

44

SCHAUSPIELER *(absolut dienstliche Haltung, grüßend, Meldeton)*:
  Airmarshall –
  wir würden uns würdig erweisen der außerordentlichen Ehre,
  zum erstenmal in der Geschichte des Theaters
  einen genialen Feldherrn, der noch unter uns *lebt,*
  die Rolle überprüfen zu lassen, die er gespielt hat.
  (Das wirkt denn doch.)
HARRIS *(jetzt ziemlich sanft)*:
  Nein! – spielen Sie einen anonymen RAF-Generalstäbler.
  Nennen Sie sich Smith, Miller – egal. Harris nicht,
  so lang ich lebe.
DORLAND *(ergänzend)*: Clark nenne ich ihn.
  Sie können jetzt gern die *Probe* ansehen,
  im ersten Akt treten Sie noch gar nicht auf –
  ich wollte sagen: Oberst Clark.
HARRIS *(pikiert)*:
  Was! *Warum* nicht? *Schon* falsch:
  Ich war von Anfang an dabei – schon zwoundzwanzig
  noch mit den unzulänglichsten Apparaten
  im Sudan Araberdörfer zur Räson gebombt,
  weil die Strolche keine Steuern bezahlen wollten –
  ha, die lachten, soweit sie überlebten.
  Polizeiaktion. Schon damals – beschimpft worden, ha.
  (Zu dem Akteur, ein letztes Wort:)
  Nennen sich, wie Sie wollen – Harris *nicht*! Weggetreten.
DORLAND *(resignierende Geste)*:
  Also – Sie spielen einen . . .
HARRIS *(verächtlich)*:
  Group-Captain, schlag ich vor – für mehr reicht es nicht.
  Gar keine Marshalls-Konduite, dieser Mann. Weggetreten!
  (Der Zurechtgewiesene verneigt sich und schleicht weg.)
HARRIS *(ganz anders jetzt, warmherzig, persönlich)*:
  Als Sie mich da besucht haben, vor einigen Monaten . . .
DORLAND: Im März – man hatte mich aus dem Spital entlassen.
HARRIS: Sie sagten nicht, Major, daß Sie dieses Stück schreiben!
  [Sagen Sie – Richard Löwenherz, Francis Drake:
  Bücher da gelesen, neulich – höchst fesselnd,
  warum machen Sie, Dorland, *die* nicht . . . zu Stücken?
  Müssen wir Bombardeure –
DORLAND: Sir Arthur, die Bühne ist kein Museum.
  Historie ist dramatisch statt museal nur dort,
  wo sie die Bedrohung des Menschen durch den Menschen
  – die Formel für Geschichte – *heute* demonstriert.
  Löwenherz, so tot, weil ungefährlich, ist nur noch Kostüm.
  Was aber die Deutschen und wir vor zwanzig Jahren praktizierten:
  wurde zur ABC-Fiebel der *heutigen* Piloten.
  Korea, Vietnam – die Zivilistenmorde dort:
  das ist *unsre,* ist deutsch-britische Schule!
HARRIS *(mit unbestimmten Empfindungen)*:
  Schule gemacht, ja. Traditionsbildend –]
DORLAND: Sir – angesichts einer Operation

45

läßt mich nicht los, was unsre Generation angestellt hat,
ich, der Raketen-Braun, der Nagasaki-Pilot.
Sie hatten mir am 13. Februar den Befehl erteilt –
HARRIS: *Ich?* – Aber: weitergegeben, nur *weiter*gegeben!
Ich war gar nicht versessen auf Dresden, ich –
DORLAND: – Ich frage doch ... wie lebt es sich,
wenn fünfhunderttausend Zivilisten, Hunnen gewiß,
aber auch Franzosen, Italiener, Belgier,
an unsrer Lebensstrecke liegen –
die Brauns, die Kesselrings sind nicht für *mich* zuständig.
Wer für Hitler dergleichen angestellt hat,
ist sowieso kein Partner in einer inneren Inventur.
Deshalb, Harris, denk' ich an *Sie* –
wie lebt sich's jetzt in einem Rosengarten,

*(Groß wie der Vorhang – nur von Dorland, nicht von Harris bemerkt
– ist bei der ersten Erwähnung Dresdens die Tote von Dresden wieder erschienen.)*

dort wo die Themse schmal und lieblich wird,
mit schönen Möbeln, guten Bildern,
man krault den Hund und krault die Enkelkinder,
meidet den Klub, besucht den kranken Freund ...
(Das dritte Klingeln.)
... stellt Zinnsoldaten, bunt, in die Vitrine,
den Krönungszug en miniature – und überm Schreibtisch,
Erinnerung an unsre Dienstzeit,
das Holzmodell des Viermot-Lancaster.
Alles gesagt und ständig Recht behalten,
die Memoiren längst erschienen,
der Ehrgeiz weggezehrt – ob dann nicht doch
der Anblick einer Frau im Nachbargrundstück –
das Flammenspiel des Hauskamins,
wenn man das Rotweinglas in seiner Hand dreht:
einmal – für *einen* Lidschlag
eine Straße in *einer* Stadt
vor Ihnen aufreißt – fünfhundert Tote oder *eine*:
Abbilder dessen, was wir – nie verurteilt –
gelassen als Rezept vererben?

*(Das Abbild ihrer Tat verschwindet, der Vorhang fällt – und geht so
rasch wie möglich wieder hoch, reißt gleichsam auf, um in firrngreller
Helle – man ist geblendet – den ersten Akt zu eröffnen, dessen Bühnenbild in der Kathedrale aufgebaut ist, woran links und rechts
gotische Mauer- und Pfeilerreste während der ganzen Dauer dieses
Spiels im Spiel erinnern sollen.)*

Das Londoner kleine Welttheater
Drei Akte für neun Spieler

Das Schiff
Das Bett
Der Park

Akteure

Seiner Majestät Premierminister
Polens Ministerpräsident und Oberbefehlshaber
Der Bischof von Chichester
Der Chef des Empire-Generalstabs
Der Generalzahlmeister des Schatzamtes
Ein Group-Captain des Bomberkommandos
Ein Major der RAF
Ein Hauptmann der Warschauer Untergrundarmee
Ein Leutnant des Women's Royal Naval Service

April bis Juli 1943

...dies nämlich gehört zu den Dingen, deren Ergründung
man nicht bis zum letzten Punkte durchführen darf.
Don Quijote

I · Das Schiff

Churchill hatte ... den Wunsch, den amerikanischen Plan
zur Wiedereroberung von Burma durch eine Landungsopera-
tion auf Sumatra zu ersetzen. Der Burma-Plan ... käme ihm
vor, als wolle man ein Stachelschwein mit jedem einzelnen
Stachel für sich verzehren. Er war der Ansicht, damit zu
warten, bis wir die Russen auf die Japaner gehetzt hätten.
Dann könnten wir bei Wladiwostok Luftstützpunkte errich-
ten, von dort aus Japan bombardieren und den Japsen, wie
er meinte, vorsingen: ›Maikäfer flieg, dein Vater ist im Krieg,
deine Mutter ist im Pommerland, Pommerland ist abge-
brannt!‹

Feldmarschall Alanbrooke, Tagebuch 1943

*»Licht vom unerschöpften Lichte« über der Nordsee, Frühjahr 1943. Auf
dem Achterdeck eines Schlachtschiffes, der HMS ›Duke of York‹, wie ein
Rettungsring zeigt, unterwegs nach Scapa Flow. Die weite Projektion
von glatter See und leergefegtem Himmel – Churchill würde murren,
der U-Boote wegen: »Als ich auf die Brücke ging, sah ich zuviel unwill-
kommen blauen Himmel.«*
*Keine Requisiten außer der im Halbrund auf den Hintergrund zulau-
fenden Reling mit dem kurzen Fahnenmast ohne den Union Jack an der
Heckspitze, der Bühnenmitte, und einem leichten hölzernen Klappstuhl.
Seitlich im Vordergrund, hart an der Rampe, zwei aufeinanderliegende
quadratische Rettungsflöße aus Holz, Tauen und Segeltuchwülsten in
gefleckter Tarnfarbe. Die Akustik einer Bühne entscheidet, ob das hier
angedeutete Heck des Schiffs herumgedreht werden muß: so daß dann
der Fahnenmast, an dem nur eine Kordel baumelt, dem Parkett zugekehrt
wäre, und zwar so, daß die Längsachse der ›Duke of York‹ von hinten
links nach vorn rechts bis direkt an die Rampe verläuft. Eine Eisentreppe
(nicht Leiter) verbindet Achter- und Hauptdeck. Von diesem Hauptdeck
sieht man demnach das hintere Brückengeländer, nur so viel erhöht über
dem Achterdeck, daß gerade ein Mann darunter gehen kann. Wem dieser zweistöckige Aufbau nicht zusagt, wer aber eine Schallwand nach
rückwärts benötigt, der mag den vierrohrigen Geschützturm eines
Schlachtschiffs dort hinstellen. Dessen Rohre (mit Verschlußkappen aus
imprägniertem Tuch) würden dann etwa diagonal vom Hintergrund
links zum Vordergrund rechts die Bühne überragen, höchstens bis zur
Mitte. Auf das Flakgeschütz, das ›Duke of York‹ am Heck stehen hatte,
ist zu verzichten. Alle Aufbauten glasgrün wie die Schnittseite einer
Fensterscheibe.*
*Empfohlen sei ein Licht-Horizont, ausgestrahlt aus dem Innern des
Bühnenhauses, der im ersten Moment die Spieler vor der stechend*

eiweißlichgrünen Helle, wie sie ins Parkett flutet, zu kleinen Schatten-
rissen entpersönlicht – gleichsam zu Puppen in den Händen des un-
sichtbaren Regisseurs. Das stimmt zum Vorsatz dieses altmodischen
Versuchs, die Bretter als Podium des Welttheaters auszugeben. Erst
dann wird die Lichtfülle so weit zurückgenommen wie nötig, um auch
das Individuelle der Figuren, ihre Mimik und Gesten deutlich anschau-
bar zu machen.

(Churchill)

Der Premier- und Verteidigungsminister, ohne Stock, ohne Zigarre,
ohne Rangabzeichen an der Kapitänsmütze oder der dicken, knielangen,
bis zum Hals zugeknöpften Jacke, ist marineblau gekleidet. Er hat eine
rauhe Stimme und spricht schnell, vielleicht um sein Lispeln zu überspie-
len. Langsam und sich selber pathetisch damit sättigend, artikuliert er
nur seine bevorzugten victorianisch pittoresken Worte und Witze. Die
Hunnen, wie er die Deutschen selbst schriftlich manchmal nennt – gemäß der Anweisung Kaiser Wilhelms an seine nach China ausziehen-
den Soldaten –, bezeichnet er, nicht aus Sarkasmus, sondern aus inner-
stem Impuls, gern auch alttestamentlich als foe. Seine geliebten Vergleiche aus der Geschichte Großbritanniens, aus Gibbon, aus der Tierwelt,
der Jägersprache und Anatomie – auf Wien marschieren, heißt: ein
Stich in die adriatische Achselhöhle – teilt er wie Tritte aus, heftig, beiläufig, gutmeinend, brutal, je nachdem, aber noch in der roten Wut zutiefst amüsiert, wie er es meist bleibt, nicht nur bei seiner Führung dieses »erstaunlichen« Krieges, sondern so lange er überhaupt kämpfen
darf. Denn seine Depressionen sind kurz. Weint er häufig, so doch nie
lange.
Sein Comeback kündigte der nur durch die englischen Wähler schlag-
bare Sieger über Hitler, zweiundsiebzigjährig, seinem Arzt mit dem
Schlachtruf an: »Ich werde ihnen die Eingeweide herausreißen.« Und
noch über den Achtzigjährigen notierte Moran: »Während die Nation ... zu ihm als den weisen Staatsmann aufsehen möchte ... findet
er Geschmack daran, sich im Unterhaus herumzuprügeln ... und genießt
jede Minute dieses Austauschs von Grobheiten ... im Grunde immer
noch der rothaarige Gnom, der allen eine lange Nase macht, die des We-
ges kommen.« Über Jahre ohne Krieg konnte Churchill in meisterlichen
Essays verächtlich räsonnieren: »Der milde Himmel des Friedens und der
Banalitäten.«
Argwöhnische Sympathie – mag das Gefühl sein, das etwa nicht nur
Alanbrooke, sondern auch der Bischof Bell seinem PM zuträgt: Hätte
der Bischof beschrieben, wie Churchill in »a high-handed manner« mit
ihm, dem Religiösen, fertig wurde, so würde sein Bericht sich vielleicht
ähnlich lesen wie ein Brief des Lord Beaconsfield über Bismarck: »B. aß
und trank viel und sprach noch mehr: rabelaissche Monologe, endlose
Enthüllungen von Dingen, die er nicht hätte erwähnen sollen, haupt-
sächlich auf Kosten des Kaisers und des Hofs, vorgetragen mit einer
feinen und sanften Stimme und einer besonders sorgfältigen Aussprache,
die seltsam kontrastierte mit den furchtbaren Sachen, die er sagte, und
die einen förmlich erbleichen machten durch ihren Freimut und ihre
Kühnheit.« Denn mehr noch als einem Bankier schmeichelt es zuweilen
einem Staatsmann, wenn man ihn durchschaut.
Churchill holt unberechenbar, doch berechnet, alle Bewegungen, vor

allem die seiner weißen, kleinen, immer modellierenden Hände, aus dem Wort, das der manische Monologist, der auch seinen Zentner Bücher gesprochen, nicht geschrieben hat, nach einem halben Jahrhundert öffentlichen Probierens mit solcher Sicherheit einsetzt, daß selbst so schmucklose Kartei-Vokabeln, gleichsam ausspuckend und notgedrungen verwendet, wie: »der Mann da« oder »dieser Mensch da drüben« sofort ihren Adressaten Hitler verraten. Bevor Churchill eine seiner erlesenen Unverschämtheiten sagt, rümpft er die Nase. In der Wut reibt er das Kinn mit einer Faust. Seine Pausen sind berühmt. Er selber, auch seine Gattin, plauderten aus, wie Wartenlassen oder vorgeschütztes Steckenbleiben sich als Mittel der dialektischen Steigerung einer Rede bewähren: die Suche nach der Brille, um einen Satz abzulesen, den man längst auswendig gelernt hat; nervöse Griffe in Westen- und Rocktaschen nach einem Zettel, den man keineswegs benötigt, denn nicht nur hat man die »rasch improvisierte« Rede daheim schon sechsmal umdiktiert, sondern bereits das Bonmot eingeübt, mit dem man die vorauskalkulierten Gegenargumente irgendeines Sehr Ehrenwerten Mitglieds des Hauses wenigstens verdächtigen wird. Brachte Bismarck die Schnödigkeit auf, dem Grafen Schwerin dessen Frage, was eigentlich er gegen ihn habe, ins Gesicht zu beantworten: »Daß Sie nicht bei Prag gefallen sind« — so konnte der Brite den Sozialisten Woodrow Wyatt mit gespieltem Überdruß fragen: »Immer noch am Leben?«.

Churchill steht, gut mittelgroß, auch halb so breit, anfangs allein am Heck, sein Schild von Rücken, sein Atlas-Nacken, und wie er, weit auseinander, die Hände auf die Reling stützt — das wirkt schon militanter als der ganze Empire-Generalstabschef im Vordergrund, der einen Fuß auf die Flöße stellt, um auf dem Knie etwas zu notieren. Brooke holt sein Notizbuch häufig hervor. Er trägt die zigarrenbraune Mütze und Uniform (lange Hose) eines britischen Feldmarschalls, darüber einen kurzen, zivil wirkenden Kamelhaarmantel, sehr hell.

Brooke lebte nach Schlieffens Gesetz, Generalstabsoffiziere haben keinen Namen. Seine Zurückhaltung bei jähzornigem Temperament, seine Bescheidenheit, ohne die ihn Churchill kaum fünf Jahre lang neben sich ertragen hätte (denn General Montgomerys zunehmende Popularität trieb den Premierminister zu grotesken Anfällen von Eifersucht) — sie führten dazu, daß die Briten nie erfuhren, wie Brooke doch etwas bitter feststellte, was eigentlich sie an ihrem obersten Soldaten besaßen. Nach fünfjähriger, fast täglicher Zusammenarbeit notierte er über Churchill: »Ich glaube, ich halte es keinen Augenblick länger neben ihm aus und gäbe beinahe alles dafür, wenn ich ihn nicht wiederzusehen brauchte.« Als aber, wie Brooke ihn nannte, »der größte Kriegs-Staatslenker unserer Zeit, der Britannien vom Rande des Abgrunds der Vernichtung zu einem der vollständigsten Siege der Geschichte geführt hat«, vier Monate später abgewählt worden war, konnte Brooke bei seiner Abschiedsvisite nicht sprechen, weil er sonst begonnen hätte zu weinen. Fast zehn Jahre jünger als Churchill, der hier neunundsechzig ist, wurde er durch dessen lebensgefährliche Einfälle bis zur Invalidität abgenutzt. Beim Sieg derart verbraucht, daß er nicht einmal Memoiren schreiben konnte, wurde er Präsident des Londoner Zoos und drehte Filme über Vögel, die er — mit Ausnahme seiner Familie und des Berserkers, der ihn fast tötete — überhaupt wesentlich mehr geliebt zu haben scheint als Menschen.

Amüsierte oder gekränkte Beobachter unter seinen Generalstäblern fanden, daß Brooke, schroff bis arrogant zu Untergebenen, selber einem Vogel glich und parodierten sein abgehacktes, fast unverständlich schnelles Sprechen, währenddessen er ständig seine Zunge eidechsenhaft um die Lippen spielen ließ. Sein Darsteller muß vorsichtig abschätzen, was er von solchen »Ottos« übernehmen will.

Wer Brooke im Krieg parodierte, der ahnte kaum, daß der zugesperrte Chef, von dem man sich auch nicht vorstellen kann, daß er je ein Lazarett besucht oder mit einem seiner Soldaten geredet hätte und der selbst solche Feinde, die schon zur Beerdigung herumlagen, schriftlich noch als Boches bezeichnete – daß Brooke selber ein erstklassiger Parodist war und das vielleicht faktenbunteste Tagebuch der Epoche schrieb, so kaustisch, daß es ungekürzt erst im nächsten Jahrhundert erscheinen darf. Unmenschlich war er aus Selbstschutz. Er kannte das Schlachtfeld zu genau, um sich noch innerlich mit dem einzelnen einlassen zu dürfen, der dort auf seinen Befehl wie ein Brikett ins Feuer geschoben wurde. Trotzdem kühlt dies Unmaß seines Desinteresses für den Namenlosen in der Phalanx ab. Vermutlich wurde der nicht robuste General im Laufe jedes einzelnen Tages von dem robustesten aller Menschen derartig hergenommen, daß selbst seine Phantasie – Brooke hatte viel Phantasie – abends zu abgemüht war, wenn er schrieb, um noch bis an die Front heranzureichen. Denn kämpfte der Empire-Stabschef auch gegen Hitler: Mehr Kraft benötigte er zur Durchsetzung der britischen Mittelmeer-Strategie gegenüber den amerikanischen Plänen für eine Landung in Frankreich schon 1942 oder 43 und zur Niederwerfung des »Strategen« Churchill. Der konnte ihm die Faust vor die Nase halten und mit überhitztem Gesicht schreien: »Lassen Sie mich in Frieden mit Ihren langfristigen Projekten, sie lähmen nur die Initiative.« Oder: »Haben Sie denn in der Armee keinen einzigen General, der Schlachten gewinnen kann? Müssen wir dauernd solche Niederlagen einstecken?«

Fast täglich gab es den zermürbendsten Klubsessel-Krieg, der meist mit der totalen Erschöpfung des Siegers Brooke endete – und manchmal mit der Einladung des rasch wieder gutgelaunten Premiers, um Mitternacht oder später noch gemeinsam einen Film anzusehen oder zu einem Tête-à-tête-Souper oder zur Besichtigung der neuesten Fotos der kremierten Stadtkerne Nazi-Deutschlands, ehe die Bilder zur moralischen Aufrüstung in den Kreml geschickt wurden.

Zwischen dem nervösen General und dem ebenso nervösen, jedoch breit auf Deck lastenden Premierminister bewegt sich, wie der Perpendikel einer vorzüglichen Standuhr, Churchills Günstling, der Physikprofessor Frederick Alexander Lindemann. Seit 1942 Baron, seit 1956 Viscount Cherwell, in Erinnerung an Richelieus Père Joseph und Bismarcks Fritz von Holstein allzu schablonenmäßig zur Grauen Eminenz der Downing Street abgezeichnet, wird Lindemann von seinen Feinden, also beinahe von jedem, als Deutscher oder als Jude gemieden, ja verschrien, je nachdem, welches Schimpfwort dem Schimpfer als das schimpflichere erscheint. Ob Lindemann Jude war, weiß offenbar keiner. Sein erster Biograph, der Earl of Birkenhead, bildet ein Porträt des Vaters Lindemann ab, das an die weisen Judenköpfe Rembrandts erinnert. Lindemann gefiel sich, wenn er über Juden mit bösartigem Witz redete.

Als Deutscher kann Frederick mit einiger Berechtigung bezeichnet werden. Denn erstens brachte seine Mutter, was er ihr nie verziehen hat, Frederick 1886 in Baden-Baden zur Welt, obwohl sie Amerikanerin war, wie – nicht beiläufig – Churchills Mutter. Und Lindemanns sehr reicher Vater war Pfälzer, hatte sich jedoch schon als Jüngling in Britannien naturalisieren lassen. Dennoch besuchte Frederick in Darmstadt Schule und Hochschule und spielte dort, das Hemd geschlossen bis zum Adamsapfel, Tennis mit dem Zaren und dem Kaiser. Denn zeitlebens überwog sein gesellschaftlicher Ehrgeiz seinen wissenschaftlichen, wie er denn auch der Gesellschaft, nicht der Physik seine Karriere bis hinauf zum ersten Drahtzieher in den Geheimkomitees verdankt, in denen Militärs sich von Wissenschaftlern beraten ließen. Seine Studentenbude hatte er in Berlins teuerstem Hotel, dem Adlon, als er bei Nernst Kommilitone von Born, Einstein und Henry Tizard war. In Berlin ging er auch boxen; drohte er zu unterliegen, verletzte er die Regeln durch Brutalität.

Die britische Infanterie wies 1914 den Kriegsfreiwilligen ebenso zurück wie Tizard, den auch die Flotte nicht genommen hatte. So kamen beide, mit Vorsicht befreundet, zur Fliegerei, und Sir C. P. Snow, Lindemanns deutlichster Kritiker, bescheinigt ihnen auffallende Leistungen: »Was sie rein vom Physischen her wagten, lag weit über dem Durchschnitt ... Lindemann machte Versuche im Sturzflug und im Trudeln. Alles sprach dagegen, daß auch nur einer von ihnen am Leben blieb.« Nach dem Krieg ging Tizard nach Oxford zurück, dort Chemie zu lehren, und sorgte dafür, daß Lindemann einen freigewordenen Lehrstuhl für Physik erhielt – zur Überraschung britischer Gelehrter, denn Lindemann »hatte bis dahin noch keinen Fuß in eine englische Universität gesetzt«, wie Snow festhält. 1921 war Lindemanns Sternstunde – er lernte Churchill kennen. Er witterte, daß die Wissenschaftler ihn nicht gerade für ein Schwergewicht hielten, so verkehrte er im Hochadel, bekam in den Schlössern respektvoll seine Diätgerichte, mied jegliches Fleisch nicht nur auf dem Teller, ließ sich auch mit Tabak und Alkohol nicht ein, lebte vorzugsweise von Eiweiß, von Port-Salut-Käse und Olivenöl, war aber kein kalter Mensch, sondern gefühlsgelenkt. Nicht durch wissenschaftliche Leistungen erregte er Abneigung bei Kollegen, sondern durch spezifischen Humor: »Ich möchte Soundso gerne kastrieren, doch würde das wohl keinen Unterschied machen.«

Kaum daß Hitler in die Reichskanzlei eingezogen war und seinem Haß gegen Intellektuelle und Juden Gesetzeskraft geben konnte, ging Lindemann nach Berlin, um dort Wissenschaftler wie Einstein einzuladen, vor den teutonischen Anpöbeleien nach Großbritannien auszuweichen. Nicht nur jüdische oder durch Heirat »jüdisch versippte« Professoren folgten dieser Einladung, mit der Lindemann – sechs Jahre bevor Hitler über Polen herfiel – dem österreichischen Amokläufer schon die vielleicht weltverändernde Niederlage zufügte, übrigens von keinem Geschichtsbuch registriert.

Den unmeßbaren Dienst, den Lindemann durch seine Berlin-Reise der westlichen Hemisphäre 1933 erwiesen hat – mußte sie bezahlen, wie jeder Vorzug bezahlt werden muß, als ihr führender Mann, Churchill,

neun Jahre später auf Lindemanns Fehlkalkulation hereinfiel, daß die
Wegbrennung der deutschen Arbeiterwohnviertel binnen achtzehn Mo-
naten den Sieg brächte. Andererseits vermochte Lindemann im August
1941 – alarmiert von Meldungen, Deutschland baue an der Atom-
bombe – bei Churchill den Bau der Atombombe durchzusetzen. 1954
sagte er zum amerikanischen Stabschef, »er persönlich habe nichts da-
gegen«, es auf den Entscheidungskampf mit Rußland ankommen zu las-
sen. Das sei vielleicht besser, als »sich vierzig Jahre lang gegenseitig
böse anzustarren und Bomben zu zählen«. Liest man, daß Einstein in
Lindemann den parkettsicheren Machtmenschen, »den großen Mann in
der Tradition der Renaissance« bewundert habe, so kann·man sich er-
klären – was sonst unerklärlich bleibt –, wie es dem »Prof.« glücken
konnte, unmittelbar nachdem Churchill 1940 in Downing Street ein-
gezogen war, den Kollegen Henry Tizard vom Posten des obersten
wissenschaftlichen Beraters der Regierung wegzuboxen. Und sich selbst
diesen Posten zu sichern. Denn war auch Lindemann die »Erfindung«
Churchills – schließlich begann soeben, Sommer 1940, die Battle of Bri-
tain zu toben, und kein Engländer, außer dem Father of Radar, Watson-
Watt, hatte als einzelner so Bedeutendes beigetragen zum Sieg in dieser
Entscheidungsschlacht des Krieges wie Henry Tizard. Tizard hatte näm-
lich in jahrelanger Arbeit die Erfindung des Radar in die militärische
Praxis umgesetzt – und damit die Grundlage zum Sieg über Hitlers
Kampfflugzeuge geschaffen. Trotzdem glückte Lindemann die Kaltstel-
lung dieses Mannes, der ihn einst zum Professor gemacht hatte – man
hüte sich vor jedem, der einem dankbar sein muß.

Seit der Premierminister Lindemanns Rezept zur Einäscherung der Ar-
beiterwohnhäuser in allen deutschen Städten über fünfzigtausend Ein-
wohnern als Hauptoffensive angeordnet hatte – »Mittelstandshäuser in
ihrer aufgelockerten Bauweise führen unvermeidlich zu einer Verschwen-
dung von Bomben« –, verteidigte Churchill seinen »Prof.« in Rage gegen
jeden wissenschaftlichen Einwand. Widersacher des Flächenbombarde-
ments »wurden aus dem Zimmer gewiesen«. Wer den Nutzen der
Terrorangriffe – Churchill fand, das sei ein gutes Wort – anzweifelte,
selbst so verdiente Wehrexperten wie Tizard und der Nobelpreisträger
Blackett, der war erledigt. Snow berichtet, wie der »schwache, aber ge-
rade noch wahrnehmbare Geruch einer Hexenjagd« eine Atmosphäre
schuf, »die hysterischer war, als es sonst im offiziellen Leben Englands
üblich ist«.
Als Sechzigjähriger, sofern man ihn einmal ohne Bowlerhut·sieht, den
er auch hier auf Deck trägt, zu einem dünnen schwarzen, weißgefütter-
ten Seidenmantel, zu Stresemannhosen und weißen Gamaschen, zeigt
Lindemann einen plakettegrauen Cicero-Kopf von ausgeprägt böser
männlicher Schönheit, bei traurigen braunen Augen. Er hält den Kopf
wie eine Katze, die eine Maus trägt. Sein Gang, wie bei vielen, ist auf-
schlußreicher als sein Gesicht. Er bewegt sich wie einer, der hundert
Augen auf seinen Rücken gerichtet weiß – keine freundlichen.
Gehen ist gar nicht das Wort – er »schnürt«, was man von Füchsen sagt,
die korrekteste, sparsamste aller Gangarten. Sofern er nicht mit Churchill
spricht, bleiben seine Augen halb geschlossen – um mehr, nicht um

weniger zu sehen, hat man den Eindruck, aber das täuscht: Es gibt sehr wenig, was Lindemann wahrzunehmen für wert hält. Nicht Neugier, sondern das Bestreben, Distanz zu halten, abzuweisen, läßt seine hochgetragene Nase jede Witterung prüfen.

Snow, den die Grausamkeit des Gehemmten in Lindemann zurückstieß, berichtet mit bewundernder Abneigung: »Er maß überhaupt in jeder Beziehung etwas mehr als Lebensgröße. Lindemann, der kein Engländer war, sondern erst einer wurde, zeigte den fanatischen Patriotismus eines Menschen, der sich ein Vaterland wählt, das dennoch im tiefsten Sinn nicht das seine ist. Niemandem lag England mehr am Herzen wie Lindemann...«

Und niemand mehr als Churchill. »Ein gut Teil seiner gesellschaftlichen Erfolge errang Lindemann als Snob und auf der Flucht vor inneren Niederlagen, aber seine Ergebenheit Churchill gegenüber war rein – das reinste Gefühl in seinem Dasein«, gibt Snow zu und teilt das Erstaunen aller über die nie gestörte Zuneigung dieser zwei denkbar radikalsten Anti-Typen.

David Irving, Kenner auch des Nachlasses von Lindemann, berichtet von der »geradezu femininen Reaktion« Lindemanns auf die Nachricht, Churchill habe seinen Schwiegersohn Sandys mit der Untersuchung aller Unterlagen über deutsche Fernraketen beauftragt. Lindemann wurde von Eifersucht dazu hingerissen, »eine falsche und unwissentliche Stellungnahme zu verteidigen, die er selbst immer mehr als unhaltbar erkennen mußte«.

Bis Churchill 1957 dem Sarg des Freundes folgte, blieb er ihm zugetan, wie es niemand seiner nur Grauen Eminenz ist.

An der Reling eine weibliche Ordonnanz mit einem polnischen Hauptmann, der britische Fallschirmjägerkluft trägt, ohne Kopfbedeckung.

Großbritannien hatte nicht nur die weitaus meisten Frauen in der Armee (im Juni 1941 sagte der Premierminister beispielsweise in einer Geheimrede, er habe einhundertsiebzigtausend allein zum Austausch gegen die Männer der Fliegerabwehrgeschütze angefordert), sondern hatte auch weibliche Offiziere, sogar in Stäben. Die Technisierung des Krieges, seine Führung aus Distanz und am Schaltbrett der Administration hat die Frauen, auch als Industriearbeiterinnen, fast im gleichen Maße »wehrertüchtigt«, wie in gebombten und belagerten Städten zu Zielscheiben verurteilt. Kein Mann hätte irgendwo den totalen Krieg verordnen können, ohne den Enthusiasmus der Frauen, ihn mitzumachen.

In britischen Memoiren und Tagebüchern tauchen einige der beruflich bevorzugten Damen-Offiziere der Stäbe und Ministerien als aufheiternde Komparsen auf. Da begegnet man einem Hauptmann, der mit dem kombinierten Operationsstab auf der »Queen Mary« zu den militärischen Konferenzen nach den USA reist. Von einem Offizier des sogenannten WRENS (Women's Royal Naval Service) berichtet Churchill, der ja für solche Einzelheiten durchaus Platz hatte in seinen Memoiren, wenn auch nicht für die Erwähnung zum Beispiel der zwei Flugzeugabstürze (binnen eines halben Jahres) des polnischen Ministerpräsidenten – sie habe auf der Heimfahrt aus Quebec an Bord seines Schlachtschiffes seinen Privatsekretär kennengelernt und sich rasch, wie das auf Schiffen geht, mit ihm verlobt. Ein anderer Subalternoffizier, Churchills Tochter, wäre auf der gleichen Fahrt, als sie mit einem der Seeoffiziere einen verbotenen Gang aufs Hinterdeck machte, beinahe über Bord gespült worden; denn bei Zickzackkurs sind Wellenschläge unberechenbar.

Von diesen Frauen waren einige Geheimnisträger erster Ordnung: so daß auch heute noch nur in wenigen Memoiren flüchtig von ihrer Tätigkeit berichtet wird, etwa romanhaft bei Duff Cooper, autobiographisch bei Sefton Delmer, der eine dieser sehr geschätzten Töchter aus dem Establishment bei Kriegsende geheiratet hat – die »Secret Lady« Leonhard Ingrams', eines Bankiers und führenden Mannes in der Geheimorganisation SO 2, die später Major General Sir Colin Gubbins unter der Bezeichnung SOE (Special Operations Executive) führte und die verantwortlich war »für die Organisation von Widerstands- und Sabotageakten, Ermordungen und ähnlichen Unternehmungen«. Man versichert, »The Old Firm«, wie der Volksmund das makabre Institut in der Baker Street nannte, sei einige Jahre nach Kriegsende aufgelöst worden – und niemand kann daran zweifeln, denn nunmehr leitet Sir Colin in der Regent Street ja eine Textilfirma.

polischer Mord? Sikaskie Tod

Als in London 1943 die Minister der polnischen Exilregierung Popiel und Mikolajczyk und General Modelski je einen anonymen Anruf erhielten: soeben sei ihr Ministerpräsident Sikorski in Gibraltar abgestürzt – es war der erste Reisetag Sikorskis, und sechs Wochen später, an seinem letzten Reisetag, kam er tatsächlich im Flugzeug in Gibraltar um –, da erkundigten sich die entsetzten Polen bei den Briten, die für die Reise Sikorskis, für dessen Flugzeug und die Bemannung haftbar waren, und sie konnten noch einmal beruhigt werden: Sikorski sei soeben glatt gelandet in Gibraltar, der Anrufer habe gelogen. Aber ebenso erstaunlich wie die um sechs Wochen verfrühte Todesnachricht mit exakter Angabe des Sterbeorts – ist die Naivität eines der Chronisten, der immerhin polnischer Generalstabsoffizier war, aber noch 1965 zu schreiben vermochte: »Die Engländer erklärten einige Stunden später ... durch Oberst Gubbins (einem englischen Offizier bei der polnischen Regierung), daß alles in Ordnung sei.«

Ein Vierteljahrhundert nach Sikorskis Tod hat der polnische Chronist noch nicht herausgefunden, daß dieser britische Oberst »bei der polnischen Regierung« – identisch ist mit jenem Gubbins, der Operationschef der »Old Firm« war. Einer der höchstgestellten Fachleute in »Old Firm«, dessen Name sich übrigens am Todestag Sikorskis auf dem Terminkalender des Gouverneurs von Gibraltar wiederfindet, kennzeichnet in dem, was er von seinen Erinnerungen niederschrieb, die Tätigkeit, die das Kriegsministerium ihm bei seiner Aufnahme in den Geheimdienst voraussagte. Man redete ihm zu: »Ich kann Ihnen nicht sagen, was für eine Arbeit es wäre. Alles, was ich sagen kann, wenn Sie sich uns anschließen, dann dürfen Sie sich nicht vor Fälscherei fürchten, und dann dürfen Sie sich nicht vor Mord fürchten ...«

Helen ist ein ernster, schöner Subalternoffizier der Flotte, dreißig Jahre alt, weiße Mütze, blauer Mantel, goldene Knöpfe, an grauem Schulterband graue Tasche mit Schreibzeug. Sehr sachlich und sehr weiblich, kontrastieren der Dienst, sogar der Kriegsdienst, und das Privatleben dieser Frau, wie im 20. Jahrhundert vielleicht zum erstenmal, überhaupt nicht mehr, im Gegenteil, sie steigern einander, was Männer bei Frauen meist suspekt finden – sofern nicht sie selber ihre Freude gerade daran haben, daß sie mit Kolleginnen auch schlafen. Jedenfalls wird das weibliche Fluidum dieses Leutnants, dem Unglück alle Kaprizen abgewöhnt hat, unbemüht fertig mit dem männlichen der streng eleganten Uniform, die ja von der eines Mannes in der Marine allein durch den knielangen Rock unterschieden ist.

Bei ihr steht der polnische Agent und Ingenieur Kocjan – wir nehmen nur seinen Namen und seine eindrucksvollste Tat aus Churchills Memoiren. Kocjan gehört zu dem Dutzend Soldaten und Offizieren, die Dienst in unteren Rängen taten und dennoch vom Premierminister auf einer der Tausenden von Seiten seiner Geschichte des dreißigjährigen Krieges 1914 bis 1945 der namentlichen Erwähnung für würdig befunden wurden. Der Dienst, den dieser Pole den Briten leistete und für den er, wie Churchill ehrfürchtig festhält, am 13. August 1944 in Warschau von der Gestapo hingerichtet wurde, spricht für legendenhafte Verwegenheit: Kocjan stahl den Deutschen alle Einzelteile einer Wernher-von-Braun-Rakete und brachte sie – viele Monate bevor die erste in London einschlug – aus polnischen Wäldern in einer Dakota nach Großbritannien. Alle diese polnischen Patrioten, soweit sie nicht umkamen – doch die weitaus meisten wurden mit gepflegter Bestialität im Krieg oder später umgebracht –, mußten von jener Welthälfte, die sich die freie nennt, der Absprache mit Stalin geopfert werden. Hier im Stück steht Kocjan auch für den polnischen Leutnant und Sendboten der Warschauer Untergrundbewegung, Jan Karski, der wenigstens in den Memoiren eines polnischen Botschafters noch »weiterlebt«, weil er sich mehrfach durch Nazi-Europa nach Gibraltar durchschlug, um in London und Washington Nachrichten abzuliefern und Aufträge entgegenzunehmen. Präsident Roosevelt hat ihn empfangen. Im Frühsommer 1943 erzählte ihm Karski von Oswiecim und Belzec und sagte, die Deutschen hätten allein in Polen nach vorsichtigen Schätzungen bereits mindestens eine Million und achthunderttausend Juden ermordet . . .

Kocjan und Karski verkörpern jenen zeitgemäßen Typus des Revolutionskriegers, der mit geringem Recht vom sogenannten »regulären« Soldaten als »Partisan« abgeschätzt und in der »Regel« nicht gefangen, sondern ermordet wurde, angeblich deshalb, weil die Partisanen der Haager Landkriegsordnung zuwider existierten. Tatsächlich gab es aber in Osteuropa auch seitens der »regulären« Truppen keine Respektierung dieser Haager Gesetze – so daß die Ermordung von Partisanen allenfalls dort zu verstehen war, wo auch die Partisanen sich weigerten, Gefangene zu machen und also nur mehr das Gesetz »Auge um Auge, Zahn um Zahn« respektiert wurde. Heute darf angenommen werden, daß die neuen Massenvernichtungswaffen den Partisan allein noch befähigen, wenigstens »das Kind in der Wiege« zu verschonen – im Gegensatz zum Bomberpiloten, der es auf die Stadt abgesehen hat und also gar nicht voraussetzen kann, wenn er ehrlich ist, daß man ihn als Gefangenen behandelt.

(Beim Öffnen des Vorhangs jagt sehr laut und schnell verhallend eine Begleitjäger-Staffel über das Schiff. Helen sieht auf, Kocjan rauchend ins Wasser.)

KOCJAN *(berührt die Kordel des leeren Fahnenmastes)*:
  Hier fehlt mir der Union Jack – der bedeutete
  immer viel für uns Polen, heute alles.
HELEN *(spöttisch, aber warmherzig)*:
  Ihre verwickelten Gefühle in Ehren, Hauptmann:
  aber wir können nicht denen zuliebe
  die Fahne hissen – wir sind schon froh.
  daß uns erlaubt ist, ohne Zickzackkurs zu reisen.
  Nun auch noch *flaggen*?
  Seid ihr Polen alle so – romantisch!
KOCJAN: Bin ich? – Vielleicht weil polnische Realität
  immer uns wegverwies auf die Phantasie, die Hoffnung.
  Helen – wenn man fast drei Wochen ist im Untergrund
  Hand nach Hand durch Deutschland, Niederlande,.
  Belgien, Frankreich, Spanien gesteuert worden:
  und dann *Gibraltar* vor sich sieht.
  Englische Fahne ist uns Rettung – nicht Romantik.
  [Und dann habt ihr noch uns aufzunehmen –
  den freundlichsten Mann als Gouverneur in Gib:
  einer – wunderbarer Mensch, General MacFarlane.
HELEN: Nun, Hauptmann, nach diesen Abenteuern,
  die Sie für *uns* bestehen,
  ist Gastfreundschaft doch selbstverständlich.
KOCJAN: Oh – das sagt nichts, MacFarlane ist *väterlich*,
  besonders zu uns *Polen*.
  Er war – hat mir erzählt – von neununddreißig bis
  vor kurzem Chef von britische Militärdelegation
  in Moskau – und hat gerettet, weiß ich von Sikorski,
  sehr viele, unzählige Polen aus Kerkern Stalins . . .
  in ganz persönliche Fürgängen.]
  (Helens Ironie ist geschlagen, fast. Sie fürchtet sich jetzt ein bißchen vor der Leidenschaftlichkeit dieses Nachstellers, der ohne Übergang fordert, als häbe er sich ablenken lassen:)
  Jetzt will ich wissen: warum Sie nannten meine
  – Gefühle »verwickelt«.
  Was ist das – verwickelt: nur Spott?
  Kommen Sie heut' nacht!
HELEN: Nein – verwickelt, verwickelt heißt: unklar,
  vielerlei durcheinander.
  Und natürlich kann ich *nicht* kommen, Bohdan.
  Was denken Sie . . . achtzehn Stunden an Bord, immerhin
  muß ich darauf gefaßt sein, daß er mich rufen läßt.
  So macht er's auch mit seinem Kammerdiener:
  länger als ein Jahr hat es nur Sawyers bei ihm ausgehalten,
  sein jetziger.
KOCJAN *(lächelnd, trotzdem energisch)*:
  Sie weichen mir ab, Helen: ich will nicht reden

von Churchill seinen Kammerdiener. Ich fragte –
HELEN *(wieder erheitert, ohne Schärfe, rasch)*:
– und ich antworte – zehnmal.
Ich kann meine Kajüte gar nicht verlassen.
Wenn er diktieren will – brächte er fertig,
mich auf dem ganzen Schiff zu suchen, nachts um zwei.
KOCJAN: Aber – Sie verschließen Ihre Kajüte!
Darin wird er nicht Razzia machen und finden – mich.
Telefonisch wird man Sie beordern –
HELEN: Sind Sie immer so zäh?
KOCJAN: Zäh? – Was ist *zäh?*
HELEN *(amüsiert)*: Was Gutes – im Krieg: geduldig, entschlossen.
KOCJAN: Oh – aber nicht was Gutes, meinen Sie, für den – die Liebe?
HELEN *(mit Spott)*: Vorsicht. Sagen Sie: Privatleben, das genügt.
[Liebe ist für Friedenszeiten.
KOCJAN *(düster)*: Im Gegenteil – da ist sie nicht so nötig.
Wo einer im *Krieg* ist allein, da . . .
– kommt ein Gespenst.
HELEN *(auch verdüstert, rasch)*:
Ja –] Hier haben Sie meinen Schlüssel – vierzehn.
Aber . . . [ich kann nicht versprechen, daß –
ich mich sehr eigne, gegen Gespenster –
KOCJAN: Es kommt keines, wo zwei sind.]
HELEN *(entzieht ihm ihre Hände, die er hastig gefaßt hat, tritt weg, sagt leise)*:
– der PM . . .

(Stimmen, Schritte – Kocjan, plötzlich auffallend nervös, versucht bugwärts wegzugehen. Ironisch sagt »offiziell« noch –)

Hauptmann – ich hole Sie nachher mit General Sikorski –

Da Churchill, gefolgt von Cherwell und Brooke, das Achterdeck von Steuerbord schon erreicht hat, zieht Kocjan die Absätze seiner kurzen Stiefel zusammen und verneigt sich in Richtung des PM, wird aber vom Premierminister nicht bemerkt, der, Hände auf die Reling gestützt, auch nicht aufschaut zu den Begleitjägern, die sich soeben wieder dem Schiff nähern, es überfliegen, sehr laut, schnell verhallend.
Kocjan ist an Backbord neben dem Geschützturm – oder dem Floß – entwichen. Helen wartet – jetzt eine Ordonnanz von fast unsichtbar machender Diskretion.
Sobald man die Jäger nicht mehr hört, »wendet« der Premierminister wie ein Kreuzer und kommt auf den General zu – nachdenklich und schwer zwar, aber auch wie ein rascher Gegner, die rechte Hand so hoch in die Hüfte gestemmt, daß seine Schulter sich rundet, die linke Hand auf dem großen Fernglas, und den gesenkten Kopf mit der (nicht auf Mitte sitzenden) Schirmmütze charakteristisch vorgeschoben: der Mann, der mit der Stirn den Erdball bewegt. Daß er fast siebzig ist, verrät allenfalls seine Figur und seine in den Hals überhängenden Wangen. Das schinkenrote Gesicht trägt wie meist den fotogenen Ausdruck von Rauflust und jugendlichem Trotz. An diesem »Auftritt« gemessen, ist

*zwar nicht, wirkt aber, was er zuerst sagt, tief behaglich – so behaglich
wie seine Maxime anläßlich der höchst konzilianten Form seiner Kriegserklärung an Japan: »Wenn man schon jemanden umbringen muß,
kostet es nichts, höflich zu bleiben.«*

PM *(– und nimmt damit im Spiel die Entscheidung vorweg, die er tat-
sächlich erst in Sitzungen am 22. Juni und 15. Juli getroffen hat)*:
Kennwort: Gomorra!
Hamburg *oder* Köln – je nach dem Wetter!
Harris soll seine Regenwürmer fragen.
Beide Städte sind als Ziel dem Risiko ebenbürtig.
(Zu Cherwell:) Denn, Prof., es *bleibt* ein Risiko, ein ungeheures.
Der Mann da *lebt* vom Rachetraum,
London zu conventrieren.
Ich teile nicht in vollem Ausmaß
die Angst des Innenministers vor den Raketen –
wenn aber eines Nachts unsre eigne Abwehr
durch diese Silberstreifen ausgeschaltet wird?

*(Cherwell, im zweiten, im Greisen-Stimmbruch: seine sprachliche
Überkorrektheit, weil er als Ausländer Englisch lernte, soll dadurch
angedeutet werden, daß er ungefähr wie die betagte Gattin eines
Bremer Senators spricht, denn der Prof. ist viel älter als seine Jahre.
Bevor er mit nur einundsiebzig starb, fragte er jemanden, was denn
eine perfekt konstruierte Maschine sei und antwortete selbst: deren
einzelne Bestandteile sich alle zur gleichen Zeit im gleichen Maß ab-
nutzen. »Diese Maschine«, fügte er hinzu, »bin ich.«)*

CHERWELL: Wir s-paren Blut und Bomber.
Hitlers Nachtjagd wird durch den Auss-toß dieser S-treifen
entscheidend desorientiert... nur diese *eine* Handvoll

*(Er entnimmt seiner Manteltasche ein Kuvert und diesem mit flinken,
spitzigen Fingern ein Bündel Lametta, fadendünne Silberstreifen von
25 cm Länge, deren einige er Churchill gibt, andere dem General.
Einige läßt er aus hochgehaltener Hand demonstrierend herabschwe-
ben – auch Churchill tut das.)*

täuscht schon auf deutschen Radarschirmen
ein zweites Flugzeug vor.
S-tunden vergehen, bevor die S-treifen
bis auf den Erdboden gesunken sind. Erst dann sind drüben
die Radarschirme wieder fähig, den Himmel abzusuchen.
PM *(hält dem ablehnenden Brooke die Streifen hin)*:
Brookie, ist das nicht genial – diese Simplizität:
an jedem Weihnachtsbaum zehn Dutzend Waffen
gegen das Feinste vom Feinen,
was die Wissenschaft zum Kriege ausgeheckt hat –
unheimlich!
BROOKE: Deshalb, Premierminister!
Die Kehrseite dieses Mittels:
daß schon sein erster Einsatz es verrät...

CHERWELL: Aber nicht s-tillegt.

BROOKE: Erst gegen die *Raketen*industrie mit den Streifen, Cherwell!
Nicht Hamburg, nicht Köln: *Peenemünde.*
(Kurz, heftig, in Bewegung:) Wenn wir uns nun verrechnen!
Wenn die Raketen *früher* fertig sind?
Wenn sie den Süden derart verwüsten,
daß ich die Invasions-Armeen
dort gar nicht mehr verschiffen kann!

CHERWELL: Sir Alan – der Berg hat gekreißt,
aber nur ein Mäuschen geboren:
diese Raketen *gibt* es noch gar nicht!
Warum die Fritzen schon in diesem S-tadium s-püren lassen,
daß wir Zuschauer sind.

PM: Stabschef, seien Sie nicht so hartnäckig:

*(Er beginnt zum erstenmal an der Lehne des hölzernen Klappstuhls
herumzurücken, diesem Barometer seiner Laune.)*

Harris wird die Raketen nicht vernachlässigen, so wenig
wie Talsperren und wie Schweinfurt und wie den Herrn Krupp.
Aber alle diese Einzelziele sind doch Pedanterie.
Kommt mir vor wie der Burma-Plan der Amerikaner:
Die wollen da ein Stachelschwein mit jedem einzelnen Stachel
für sich verzehren.
*(Während Cherwell Silberstreifen wieder ins Kuvert fädelt. Ohne
Übergang, ungeduldig:)*
Prof., natürlich müssen Sie dem Stabschef versprechen,
daß Hamburg oder Köln ein Modell wird,
was Neues, was hinhaut, ein Sieg!

CHERWELL: Harris macht das schon ganz schön, Premierminister.
Vor dreizehn Monaten, da brauchten wir noch 1 000 Bomber und
neunzig Minuten, um nur fünfhundert Tonnen über Köln abzu-
s-toßen. Jetzt s-toßen wir diese Tonnage aus nur vierhundert Liberators in einer Viertels-tunde ab.

PM *(verdrossen)*:
Wir waren jetzt hundertsiebenunddreißigmal in Hamburg.
Blamabel: diesmal die Sterbesakramente, endlich!

CHERWELL: Harris kalkuliert: zehntausend Tonnen Minimum
auf Maximum fünftausend Acker Überbauung.

BROOKE: Aber die Amerikaner, Sir: die gehen bei Nacht nicht mit.
Die warten ihre Langstreckenjäger ab.

PM: Warten, warten – sind die hier, um sich zu sonnen!
Verbrecherisch, diese Tagesangriffe – halten den Hunnen
ihre Piloten hin wie die Tontauben.

CHERWELL: Nur weil sie sich einbilden, sie träfen Industrie.
Sie *exportieren* Bomben!

*(Er lacht – das heißt: er legt seine Zähne bloß, aber seine Kiefer blei-
ben fest aufeinander.)*

Winston, gehen Sie vor gegen diesen Unfug – beim Präsidenten.

Brooke: Fordern doch auch Sie bei Roosevelt Langstreckenjäger an.
PM: – Was soll ich noch alles anfordern!
Soll ich der Kuh das Euter abreißen?
Cherwell: Die Amerikaner übernehmen Angriffswelle zwo,
am Morgen nach unserm ersten Schlag bei Nacht.
PM *(während Brooke wieder in sein Notizbuch schreibt)*:
Wie viele?
Cherwell: Siebzig.
PM *(höhnisch)*: Siebzig, kolossal! – Und wir mit siebenhundert?
Siebzig – für Gomorra.
Cherwell: Harris setzt sie auf den Hafen an, sie werden zielen.
Dreiviertel ins Wasser werfen, schadet aber nichts,
sofern sie nur beim Löschen stören.
PM: Na schön – wenn die Vettern so präzise zielen können,
wie sie uns erzählen, dann sollen sie die Feuerwehr wegmachen.
Und wann geht Harris wieder 'rüber?
Cherwell: Die übernächste Nacht – die nächste zur Ablenkung
ins Ruhrgebiet.
– Sir Alan: wenn Sie nun den Amerikanern zuredeten,
daß unser neues Zielgerät H2-S und die Wassers-traßen der City den
S-tadtkern Hamburgs klar wie am Tag
auf unsre Bildschirme werfen?
Sie *können* zielen – wenn sie's können.
Brooke: In der achten amerikanischen herrscht Aufruhr:
wir wollen da nicht auch noch schüren. Hauptmann Dorland
spricht von offener Meuterei, auch unter Offizieren.
PM: *Dorland?*
Brooke: Verbindungsoffizier der RAF bei der achten.
PM: – Soll mitfliegen, Gomorra am Tag mitfliegen
– und mir berichten. Leutnant!
Helen *(kommt heran)*: Sir?
Brooke *(zu Helen)*: Hauptmann Dorland.
Helen *(notierend)*: Danke, Sir.
PM *(sehr unruhig, der Stuhl bekommt's zu spüren)*:
Soll nach Teilnahme an Gomorra –
sofort berichten –
und dann irgendwann, eilt nicht, an einem Sonntag:
zum Lunch nach Chequers. *Meutereien* – Brooke!
Helen *(tritt schon wieder zurück)*: Ja, Sir.
Brooke: Notlandungen in der Schweiz, in Schweden,
offensichtlich Fahnenflucht.
In Zürich-Dübendorf steht eine ganze Fortress-Staffel.
PM: Schreiben die Feiglinge noch Ansichtskarten –
Brooke: Das sind keine Feiglinge, Premierminister:
Neulich ist ein Fünftel bei *einem* Flug gefallen.
PM: Weiß Gott – aber *den* interessiert das,
fürcht' ich, auch nicht:
Schon unsre britischen Piloten sind so stoisch,
daß sich für ihren Mut
– nur die Verbissenheit der Männer von der Somme
als Vergleich anbietet.

CHERWELL: Res-pekt. Doch neunzehnhundertsechzehn Doppeldecker
 aus S-toff und Holz
 mit s-totternden Motoren einfliegen,
 Win-ston, war auch kein S-paaß,
 wer hätte uns geschont!
PM: Prof. – aber *dreißigmal* sollen sie die Nerven behalten,
 bevor sie Harris aus der Schlacht zieht:
 das ist ja fast wie Tankerfahren im Eismeer.
 – Ordonnanz, dem Informationsminister,
 Kopie ans Bomberkommando.
BROOKE: Aber nur ans britische, empfehle ich, Premierminister.

*(Helen ist kaum zur Stelle, da diktiert er so rasch, daß sie ein Kabel
nicht mehr in ihrer Tasche ablegen kann, das ihr offenbar soeben gebracht worden ist.)*

PM *(nickt)*: Unsere Presse verbreitet Meldungen über verdächtig viele
 Notlandungen amerikanischer Bomber in der Schweiz. Weisen Sie die
 Zeitungen an, alle diese Berichte ebenso strikt zurückzuhalten wie
 jene Hetzkommentare gegen die Russen, die seit Aufdeckung der
 Massengräber polnischer Offiziere bei Katyn in den zahllosen Blättern der in Großbritannien lebenden Exilpolen auftauchen, bevor ich
 das unterbunden habe ... mit General Sikorski gemeinsam unterbunden – nun, Leutnant, bringen Sie den Satz da zu Ende. Was ist
 gekommen?

*(Er nimmt Helen das Kabel aus der Hand, schnell hat sie geantwor-
tet –)*
HELEN: Eben durchgegeben, Sir.
PM *(der das Kabel liest, zu Cherwell und Brooke)*:
 Ach! – Der Präsident läßt wissen, daß der Sohn
 von Harry Hopkins gefallen ist.
BROOKE: Liegt Harry noch im Marinehospital?
PM: Fürchte, ja.
 Hopkins hat mehr getan als jeder andere,
 Amerika an unsre Front zu stellen. Nun fällt sein Sohn.
 Leutnant! – Lassen Sie in der Downing Street eine ... dieser
 kleinen Pergamentrollen beschreiben. Morgen mit Kurierpost
 zur Unterschrift nach Scapa – Text:
 Stephen Peter Hopkins, achtzehn Jahre alt.
 Absatz: Euer Sohn, Mylord, hat Kriegerschuld gezahlt.
                    Er lebte nur, bis er ein Mann geworden:
                    In seiner Kühnheit war dies kaum bewährt
                    Durch unverzagten Kampf in blutger Schlacht,
                    Als er starb wie ein Mann. – Macbeth, letzte Szene.
 Und – *tief* darunter: An Harry Hopkins von Winston S. Churchill.
 Datum des Todes.
(Helen nickt, geht ab.)
 (PM träumt, aber natürlich von Tatsachen:)
 Katyn – an diesem Leichengift kann unser Bündnis sterben
 – absurd: bedroht sein von einer Armee,

die, zerfressen von Chlorkalk, seit vier Jahren
die Hände in Stricken, auf dem Rücken liegt,
Gesichter im Schlamm,
wie der Genickschuß sie hinwarf.
Leichen in zwölf Schichten.
[CHERWELL *(verächtliches Lachen, wobei er die Zähne nicht auseinander-
nimmt)*:
Es s-tinkt aus Gräbern,
damit das Zeitalter der Wissenschaft –
nicht ganz verschont bleibe von der Erfahrung dessen-zschzsch,
was die Alten *Dämonen* nannten.
Dämonen sind die Bakterien im Organismus der Geschichte.]
BROOKE: Eine Armee von viertausend Verwesten,
im Massengrab mächtiger
als an der Spitze ihrer Divisionen!
PM *(außer sich)*: Aber das *erlaube* ich nicht!
Daß die Londoner Polen auch nur fragen,
ob der Mörder ihrer Offiziere – *Stalin* sei.
BROOKE *(auflachend)*:
Sir! – Das sagt seit *Tagen* die öffentliche Meinung.
PM *(schroff)*: Es gibt keine öffentliche –
es gibt nur eine *veröffentlichte* Meinung.
Aber sagen Sie das Sikorski, dem edlen ...
Wojwode Quichotte aus dem Sjem!
(Auflachen.)
[CHERWELL *(sich umblickend, als fürchte er »Lauscher«)*:   *Sikorski*
Den haben Sie schon unterschätzt bei Ihrem S-treit
um die neue Grenze zwischen Polen und Rußland.
Sikorski ist nicht einfach ans-tändig wie irgendein
ans-tändiger Kontinentaler,
sondern wie ein ans-tändiger Brite.]
PM *(bedrückt)*:
Delphi kann nicht rätseldunkler orakeln als Stalin
in seinem letzten Brief – ob er denn nicht
als Freund verlangen könne, daß *ich* – ich:
einige Mitglieder der polnischen Regierung *austausche*.
(Schweigen, man blickt sich an, dann sehr heftig –)
BROOKE: Versteh nichts von Politik, Sir –
doch diese Zumutung ist ...
PM: ... irreal, natürlich. Austausche.
CHERWELL *(trocken)*: So? – S-talin hat eigentlich nie in seinem Leben
etwas Irreales gewollt.
BROOKE *(gegen Cherwell)*: Soll Englands Premierminister
den Premierminister Polens absetzen?
*(PM – wortlos, ein Blick in die Augen Cherwells, der standhält, wäh-
rend Brooke hart ergänzt, ohne Pause:)*
Ungeheuerlich diese Forderung,
diese *neue*: was tun wir nicht alles schon für Stalin.
PM *(nüchtern bis spöttisch, zugleich versonnen)*:
Das nun, Brookie, ist Ihrerseits erstaunlich irreal.
Was alles tut der Kreml denn für *uns*?

BROOKE: Stalin verteidigt Rußland für Rußland – nicht für uns.
  [Er lachte dazu, als Hitler vor drei Jahren in Skandinavien
  und in Frankreich die zweite Front zerschlug –
  nach der heute der Kreml schreit,
  als habe er *Anspruch* auf sie.
PM: Alles] richtig, aber dies auch: daß er uns mindestens
  einhundertneunzig Hunnen-Divisionen abnimmt,
  dagegen wir – nur wieviel, Brooke, in der Wüste
  vor uns hertreiben, wie?
BROOKE *(kleinlaut)*: Fünfzehn etwa.
  (Aggressiv:) Sir – wenn Ihnen das zuwenig ist,
  ändern Sie Ihren Befehl, Elitetruppen – unsere Bomber –
  auf deutsches *Hinter*land zu konzentrieren.
  [*(Heftig und verletzend:)*
  Was hat sich denn geändert,
  seit Wavell mir aus Indien schrieb, damals –
  als er die Invasion der Japsen erwartet hat ...
CHERWELL *(fällt äußerst gereizt ins Wort)*:
  Daß sie *nicht* kam, die Invasion:
  das hat sich geändert.
BROOKE: Recht hatte Wavell trotzdem – damals wie heute:
  drei Kreuzer und hunderttausend Tonnen Handelsflotte
  – sie wurden ihm versenkt, nur deshalb,
  weil er nicht *zwanzig* leichte Bomber hatte,
  zur gleichen Zeit, als wir auf *eine* Stadt,
  zweihundert Bomber schickten.]
  Warum vernichten wir dem Boche nicht die Hydrierwerke –
  wenn seine Panzer kein Benzin mehr haben
  und seine U-Boote kein Öl, dann ist er fertig.
CHERWELL: Ploesti: was hat's genutzt, die Öltürme zu bomben?
  Von hundertsiebenundsiebzig Liberators der Amerikaner
  haben die Hunnen vierundfünfzig heruntergeholt.
  Wo er Öl macht, da macht der Boche auch Nebel.
PM: Und Scheinanlagen: wie lange haben wir Krupp und Borsig
  gebombt – bis wir dahinterkamen, daß es Pappschachteln waren?
  Brooke, machen Sie ein *Ende* mit Ihren Vorwürfen.
  *(Die Stuhllehne muß wieder herhalten – und der Empire-Stabs-
  chef:)*
  Wir haben uns den Städten nicht – *spaßeshalber* zugewandt.
BROOKE: Aber irrtümlich! Erstens waren Sie damals der Meinung,
  Premierminister, dieser Krieg würde anders als der vorige
  kein Krieg mehr der Armeen sein. Dafür sprach vieles.
  Da er es doch geworden ist: hat die *Armee*
  Anspruch auf unsre Bomber. Wir wissen jetzt:
  Die Städte fallen, wo die Front einstürzt.
  Zweitens: wie die Londoner erst kampflustig wurden,
  im Terror der deutschen Nachtangriffe,
  so jetzt die Deutschen durch unsre Bomber.
CHERWELL: Sir Alan – ich fürchte sehr, Sie haben unterlassen,
  das System zu s-tudieren, das zuerst Mannheim und Lübeck
  auf eine Weise coventriert hat ...

[PM: Ich *habe* es studiert!
Wenn ich zurückkehre, erwarte ich Meldung,
daß der Stabschef seine Opposition aufgegeben hat,
die ungewöhnlich fruchtlos ist —

*Er geht so bedrohlich fort, wie er auf einen zukommt — dieser »eine, der
anderen Furcht einzujagen schien«, wie sein Arzt beobachtete. Aber
Brooke — sein Verdienst — ist »premierministerfest«. Er hat sich auf das
Floß gesetzt, nervös abwartend, während Cherwell die ihm natürliche
Dozentenhaltung einnimmt, das heißt: sein Gang von Chronometer-
Genauigkeit ist zur Konzentrationsförderung »eingestellt« wie immer
auf bestimmte Zielpunkte des Fußbodens — sei es auf wiederkehrende
Muster oder Farbflecke in einem Teppich, sei es auf die Fliesen einer
Halle oder das Parkett-Gefüge eines Salons. Hier sind es die Deckplan-
ken, die in bestimmten Abständen begangen oder ausgespart werden.
Er spricht wie ein vielerfahrener Spezialist, der zeitlebens mit sterilen
Instrumenten Hälse, Nasen und Ohren geheilt hat, behutsam, leise,
vollkommen sicher, daß »es« hilft — in diesem Fall die Einäscherung, die
er Hamburg oder Köln verordnet. Er ist vollkommen frei von der Perfidie, die aus dem nicht zu vergessenden Bekenntnis Robert Oppenheimers spricht, der den Einsatz seiner Hiroshima-Bombe auch deshalb
begrüßte, weil »wir wollten, daß es geschah, ehe der Krieg vorüber war
und keine Gelegenheit mehr dazu sein würde«. Wie er da s-prechend
auf und ab geht, entfliehen nur seine Hände seiner lebenslänglichen
Selbstdisziplin, sie sind immer in Aktion, wenn auch nie fahrig: Sie
s-toßen s-tändig die Fingers-pitzen auf die S-telle, auf die er abzielt.
Ungeduld zeigt er dann, wenn der Partner wie mancher Patient vom
Arzt zuviel wissen will, eine größere Dosis erbittet oder gar ein Repezt
anzweifelt. Denn wie Seiner Majestät feinster Schneider in der Savile
Row von seinem Stoff, so kann Cherwell mit einem Understatement,
das seinem himmelhohen Hochmut entspricht, leise von seinem Phosphor
versichern: »Es ist, was es ist, Sir.« Er lacht häufig, zischend, tonlos und
immer so, als drehe es ihm den Magen herum, denn was ihn lachen
macht, das ist »natürlich« nur die widerwärtige Dummheit seiner sämt-
lichen Mitmenschen, allein von Churchill abgesehen. Charakteristisch ist
ferner, daß er seinen Verfolgungswahn, der sich in Whitehall als Ver-
folgungssucht auslebt, sogar aufs Schiff mitgenommen hat — auch hier
am Heck, wo außer dem Wind zweifellos niemand zuhören könnte, kann
er nicht umhin, zu s-pähen, bevor er über Kollegen spricht, die er lahm-
gelegt hat. Seine Unrast äußert sich in unbegründet häufigem Hervor-
holen der goldenen Deckeluhr, deren Doppelkette — auch dies von
Churchill übernommen — durch ein sehr hochsitzendes Knopfloch der
Weste nach beiden Seiten in ein linkes und rechtes Täschchen mündet:
im linken die Uhr, im rechten an der Kette ein medaillonkleines golde-
nes Pillen-Döschen. Ein Blick oder mehrere auf die Uhr — und er weiß,
wann die Pillen fällig sind. Oder ein Apfel.*

Brooke *(ungeduldig, gereizt)*:
Lord Cherwell, wollen Sie *mir* unterstellen, ich —
Cherwell: Ich unters-telle nichts, doch
gibt Blackett noch heute

als S-tatistik, daß wir mit einer Tonne
nur Null Komma zwei Deutsche töten.
So lasse ich mich nicht vers-potten, Sir Alan!
Lübeck hat schon vor einem Jahr erwiesen,
daß wir mit einer Tonne Brisanz zweitausend Quadratmeter
Innens-tadt fortnehmen können,
mit einer Tonne *Brand*bombe sogar dreizehntausend Quadratmeter.
(Lacht, dann:)
– Zuckermann »errechnete« sogar, wie er das nennt ...

BROOKE: Wer ist denn Zuckermann?

CHERWELL: Er arbeitet mit Ziegen und Ziegenböcken, in Oxford.
Er pflockte Ziegen an in Gruben, von der Tiefe
der durchschnittlichen Wohnhaus-Keller
und dis-tanziert auf sechs, auf acht, auf fünfzehn Meter.
Dazwischen ließ er Bomben setzen –
und klagte dann, daß von den Ziegen
die wenigsten zerrissen würden. Ergebnis:
die Todesquote lohnt die Mühe nicht,
ergo: die Angriffe sind abzublasen.
Ers-taunlich kindisch, dieser Schluß.
Zuckermann hatte übersehen,
daß *Menschen* dicht bei dicht,
sobald Alarm ertönt, ja in die Keller-Fallen s-trömen.
Die Zähigkeit der Ziegen Zuckermanns
war Trugschluß: auf offenem Felde,
da hätte auch der Mensch so gute Chancen.
*(Brooke macht ein Gesicht, als höre er ein stumpfes Messer Kork
schneiden.)*
Natürlich untersuchte Herr Zuckermann
unendlich fleißig auch Druck- und S-plitters-tärke,
er schoß mit Hoch- und Höchstgeschwindigkeiten
S-tahlkugeln in Kaninchenpfoten,
kam aber eo ipso erneut zu Minus-Resultaten.
Denn: Exitus per Rauch und Brand
ist hierbei gar nicht auszählbar.
S-tatt daß sich Zuckermann das Leichenmaterial aus Coventry
mal vorgenommen hätte!
Diese Leichen demonstrierten:
wie viele s-tarben direkt,
A eins mechanisch, durch S-plitter;
A zwei chemisch, durch Rauch, Ätzgift et cetera;
A drei physikalisch, durch Hitze mit res-pektive ohne Flammenzufuhr.
Und: wie viele s-tarben *indirekt*,
B eins, durch Luft, Lufts-toß respektive Lungenriß;
B zwei, durch Schlag, will sagen, Trümmer, S-taubtod,
Ers-tickung et cetera;
B drei, durch Brand, offenen Brand, Hyperthermie, CO-Vergiftung,
O_2-Mangel et cetera.
Resultat, Sir Alan: Feuer ist *das* Element der Epoche.
Mit Feuer gewinnen wir den Krieg.

Der hohe Feuerbes-tatter hat seinen Monolog exakt, aber geschwind, gleichsam mit Ungeduld gegen die souverän beherrschten Fakten abgetan, hat dabei als eingefleischter Pedometer seine Gangart seinem Dozentenstil »angeordnet« – und schält jetzt einen kleinen Apfel, nach einem Blick auf die Taschenuhr unter goldenem Schnappdeckel. Das erdet sozusagen die Nervosität in seinen Fingerspitzen, bei Brookes heftiger Entgegnung, die mit halb geschlossenen Lidern notgedrungen angehört wird.

BROOKE (ruckartig vom Floß aufstehend):
    Mit Divisionen, Lord Cherwell – und mit Glück.
    Wieso soll Feuer in den Citys auch Industrie lahmschlagen?
CHERWELL: Modell ist Coventry, Brooke – Modell und Beweis.
BROOKE: Aber in Coventry liegen die Flugzeugwerke direkt beim Alt-
                                                                    stadtkern.
    Coventry ist Idealfall – nicht Modell.
CHERWELL: Sie irren: in Essen liegt Krupp in der City.
    In Kassel baut man Flugzeuge, Panzer, Lokomotiven
    nicht weit vom Zentrum. So ist es oft.
    Mitten in London bauen wir vierzig Prozent
    der Fliegerbomben und Geschütze.
    In Dessau . . .
BROOKE: Selbstverständlich: wo das so ist,
    müßt ihr die Städte demolieren.
    Aber gezielt!
CHERWELL (fast weinend vor Ungeduld):
    Nicht zielen, nicht zielen, Sir Alan: Brände legen!
    Die Ausschaltung der Proletarier, des S-troms, des Wassers
    und des Gases – die schaltet Industrie aus, die allein.
BROOKE (aufbrausend): Wenn Coventry Modell ist, wie Sie sagen, dann
    müßt ihr zielen.
    Der Boche zielt leider ausgezeichnet.
    Dreißig Tage Ausfall der Flugzeug-Motorenwerke . . .
CHERWELL (lächelt überlegen, scheinbar zustimmend):
    Umgekehrt:
    erst der Brand in der City zers-törte das Versorgungsnetz.
    Und dies allein – nicht die Bomben in den Fabriken –
    schlug vehement zu Buch und legte neun weitere Betriebe s-till,
    die gar nichts abbekommen hatten!
    [Aber die Deutschen, die doch noch dümmer als brutal sind,
    s-pürten das nicht auf . . . und da wir in der Presse
    von dem ganzen Zauber nichts als die Brandkanister hochs-pielten,
    die dort die Kathedrale eingeäschert hatten:
    so kamen sie nie wieder, sentimentale Schlächter.
    Sie res-taurieren und beweinen Dome,
    um zu verdrängen, daß sie Gott abschafften.
BROOKE (matte Zweifel, um überhaupt noch zu widersprechen, da er
    widerlegt ist):
    Der Brand der Kathedrale – war doch für die kein Grund,
    nicht wiederzukommen! Bei denen brennt ja mehr als eine.
CHERWELL (verächtlich):

Möglich, natürlich, daß sie nur keine S-tehdauer hatten.
Wie früher, als ich mit dem Kaiser und dem Zaren
in Darms-tadt Tennis s-pielte, da war es ähnlich.
Der Zar war nur ein liebenswürdiger Esel – doch Wilhelm:
der wäre immerhin ein Gegner gewesen, wenn er dazu
die *Ruhe* gehabt hätte.
Aber Wilhelm war nie geduldig, kein Pirscher, nur ein Schießer,
und so schlug *ich* den Ruhelosen,
sooft der Res-pekt es ges-tattete.

BROOKE *(lakonisch)*:
Hitler ist nicht der Kaiser Wilhelm, Cherwell.

CHERWELL: Bedarf aber noch s-tärker der Augenblickstriumphe.
Denken Sie, zers-tört beim *ersten* Angriff hier
schon Radartürme: wir flicken sie, er schlägt nie wieder zu!
So mit Coventry:]
ein zweiter Angriff in der nächsten Nacht –
was wäre dann geworden aus unsern Flugzeugwerken?
[– Vielleicht wäre ihnen sogar ein Feuers-turm geglückt.
Feuer hat die inkommensurable Hysterisierungskraft:
nehmen Sie das Exemplum Rotterdam, wo paradoxerweise
keine Brandbombe fiel –

BROOKE *(den nicht Lindemanns Computerherz abstößt, sondern der als
Heeresgeneral selbst noch das Heer Hitlers gefühlsmäßig spontan in
Schutz nimmt gegen die »Verleumdung«, die Luftwaffe hätte den Sieg
erbracht)*:
Ach, Hitlers *Panzer* haben uns überwälzt, nicht seine Stukas!
Die Panzer aber hätten an Rotterdam vorbeifahren können.

CHERWELL *(läßt merken, daß er sich bemüht, nicht merken zu lassen, daß
er das lächerlich findet)*:
Sir Alan – die Panzer in Ehren. Aber der *Hysterisator* Feuer
hat die Holländer das Gruseln gelehrt – und das Kapitulieren.
Panzer, die vorbeifahren – hysterisieren niemanden
außer Generale.
*(Brooke tut nur so, als habe er die Unverschämtheit gelassen überhört,
er wendet sich aber ab. Denn Churchill ist langsam, mit einer eher
drohenden, abhorchenden Unauffälligkeit hinter ihrem Rücken wieder
aufgetaucht, ein Glas Whisky in der Hand.)]*

BROOKE: Bin zwar überzeugt, daß Industrie nur auszuschalten ist,
wenn wir durch Städtebrände
auch das Versorgungsnetz zerreißen.

PM: Wie in Coventry!

BROOKE: Ja. Aber die Hydrierwerke liegen nicht in Hamburg oder Köln.
Auch nicht die Raketen von Peenemünde.
Bleibe also bei meiner Überzeugung:
Gomorra ist *nicht* wert,
dort den Überraschungseffekt
der Stanniolstreifen zu vernutzen.

PM *(in der rechten Hand wieder die Lehne des leichten Stuhls, den er
mit wachsender Wut zum Herumtänzeln bringt, hart aufsetzt, wieder
hochnimmt, rückt, schurrt – jetzt wegschiebt, als wäre dieser Stuhl
der Feldmarschall)*:

Hatte erwartet, Stabschef, Sie würden mitziehen.
Da nicht, kann ich Gomorra auch *politisch* vertreten:
schlagt eine Million Hunnen obdachlos – das ist ein Sieg!
Nicht wenn zehn Öl-Fässer da drüben leckgehen.
[BROOKE *(scharf)*:
Sir – ich weise auf die Erbitterung in anderen Waffengattungen hin.
Konteradmiral Hamilton spricht aus, was viele denken:
zieht man die Bomber als Elitetruppe groß,
dann sollen sie auf See mitkämpfen gegen U-Boote;
und in der Wüste und in Rußland – nicht aber gegen Zivilisten.
PM *(mit einer Verachtung, die deutlich machen soll, daß der Admiral
eine Entgegnung sachlicher Natur überhaupt nicht wert ist)*:
So, Hamilton, sagte der das, so.
Ja – das ist seine *Rache*: er hat gehört und sollte hören,
daß ich ihn einen Feigling nannte, weil er Geleitzug siebzehn
den Haien Hitlers wehrlos überließ – und wegdampfte
aus der Gefahrenzone mit seinen Kreuzern.
BROOKE *(mit kaum verborgener Abscheu)*:
Sie *wissen*, Sir: daß Hamilton *kein* Feigling ist.
Daß er *gewarnt* hat, den Geleitzug schutzlos zu machen.
Daß ihm *dreimal* befohlen wurde, den Konvoi im Stich zu lassen.
PM: Das kann mich *nicht* hindern, ihn Feigling zu nennen.
Gehorsam ist das Prinzip.
Aber der *Mann* steht über dem Prinzip.
Ist denn Hamilton ein Deutscher –
der seine Untergebenen auch *dann* einem idiotischen Befehl
aufopfert, wenn er durchschaut, daß der Befehl idiotisch ist?
Oder ist der Admiral ein *königlicher* Seemann –
der niemandem gehorcht als der *Vernunft*?
Hätte Nelson pariert, statt wegzugucken,
als ihm der Rückzug befohlen wurde bei Kopenhagen:
er hätte bei Trafalgar nie gesiegt.
Ein Mann, der Grundsätze benötigt und Befehle,
mißtraut schon seiner eigenen Kraft – und gehört
in die *Reihe*, nicht an die Spitze.
BROOKE *(als wolle er geradezu die Grenze der Militärs offenbaren)*:
Was aber, wenn Hitlers Schlachtschiffe *doch*
ausgelaufen wären und hätten die Kreuzer Hamiltons vernichtet?
Dann hätten *Sie*, Sir, den Admiral
wegen Befehlsverweigerung vors Kriegsgericht gestellt!
PM: Selbstverständlich. Ein Mann, der seinen Männern
das Risiko der Schlacht zumutet: muß *seiner* Person
das Risiko des Kriegsgerichts zumuten.
Wenn ich mir anmaße, dies Land zu führen:
erkläre ich mich einverstanden,
am Tower Hill geköpft zu werden,
wenn wir den Krieg verlieren.
BROOKE *(außer sich)*: Aber – Sir: Ein Feigling ist der Admiral *nicht*.
PM: Es kommt nicht auf den Admiral an – sondern auf den Nutzen,
diese Äußerung von mir zu kolportieren.
BROOKE: Wenn aber Hamilton daran zerbricht!

69

PM *(sehr leise, schnell und äußerst bedrohlich, so daß Brooke ver-*
stummt): An Hamiltons Gehorsam sind
vierundzwanzig von sechsunddreißig Dampfern
»*zerbrochen*«!]
Haben Sie mir, Stabschef, zum Unternehmen Gomorra,
das ich hiermit *anordne*:
noch etwas mitzuteilen?
BROOKE: Nur: daß es überflüssig ist, Premierminister.
PM *(der fast nicht reden kann vor Wut)*: Danke.
(Schroff, schnell, verletzt und verletzend wie er spricht, wendet Brooke
sich ab und grüßt erst im Davongehen exakt, aber flüchtig. Den Stuhl
läßt Churchill jetzt in Ruhe, ihn selber aber treibt es auf und ab):
Er haßt mich –
das geht nicht mehr mit uns beiden – *er haßt* mich.
CHERWELL: Er haßt Sie natürlich *nicht*, Winston.
Er ist Infanterist – und eifersüchtig auf die Bomber. Ressorts-tolz.
Doch ganz brauchbar, wenn Untergebene rivalisieren –
Ressortneid s-teigert erheblich die Kraft des Ganzen!
PM: Wo er sie nicht schwächt –
Feuersturm wollten Sie machen:
ist der denn kein Naturereignis?
CHERWELL: Aber ein hers-tellbares.
[Bei guten atmosphärischen Voraussetzungen.
PM: *Können* wir die voraussetzen?
Haben wir verläßliche Regenwürmer?
CHERWELL: Es gibt nur *einen*, Krick heißt der Mann,
Amerikaner, bei der achten.
Genial vermutlich, denn die Fachwelt nimmt ihn nicht ernst.
PM: Prof.: *diesen* Mann unbedingt auch vor Sizilien
– Leutnant! – konsultieren. Leutnant, dem Stabschef …
HELEN *(die schnell herbeigekommen ist, denkt, Brooke holen zu sollen,*
und will wieder gehen):
Ja, sofort.
PM: Nein, holen Sie ihn *nicht* wieder her – schriftlich:
(Helen schreibt:)
Lassen Sie vor allen Landoperationen unabhängig von unsern Meteo-
rologen Gutachten durch den Amerikaner Krick von der achten Bom-
berflotte erstellen. Weisen Sie den Mann, bevor Sie ihn auf das
Unternehmen Husky ansetzen, darauf hin, daß besonders die *West*-
küste Siziliens nach meiner Erinnerung auch noch in der vorgesehenen
Jahreszeit oft ganz überraschend von einer schweren Dünung bedroht
ist. Sagen Sie ihm, daß Sturmfahrzeuge recht überheblich so getauft
wurden, tatsächlich aber keineswegs sturmfest sind, sondern äußerst
leicht. Und daß die Operation nur gelingen kann, wenn in der un-
günstigen Mondphase nicht eine See aufkommt, die das – unter-
streichen, Leutnant – *fristgerechte* Zusammentreffen der verschiedenen
Geleitzüge unmittelbar vor der Landung verhindert. Sollten Krick
und unsere eigenen Meteorologen zu gegensätzlicher Lagebeurteilung
gelangen, bin ich zu unterrichten. Prof. – wie soll denn … Danke,
Leutnant.]

HELEN: Sir, Sie wollen um siebzehn Uhr den polnischen Ministerpräsidenten und Hauptmann Kocjan empfangen.

PM: Bitten Sie die heraus ... Prof.: wie macht man das?

(Helen ist abgegangen, jetzt greift der Nichtraucher Cherwell schnell nach einer Zigarrentasche, die farbige Stifte, farbige Kreide und einen Rechenschieber enthält.)

CHERWELL: Folgen Sie mir zwei Minuten. Zweckdienlich also, eine Niederschlagshöhe von weniger als einhundert Millimeter während der vorangegangenen dreißig Tage ... Sehen Sie: hier ist Gomorra. Hier die City –

Er hat – je nach Bühnenbild – entweder auf das Deck oder auf den Geschützturm zwischen zwei Rohre schnell und mit erstaunlicher Sicherheit in weißer Kreide zwei konzentrische Kreise gezeichnet – sein grüner Tisch das Reißbrett, an dem er so gelassen redet wie Brooke über Strategie, wenn der in Malta den grotesken halben Satz notiert: »Außerdem regelten wir Südostasien ...«
(In der anderen Hand die rote Kreide, die er fleißig und fleißiger benutzt, sagt –)

CHERWELL: Ich lege zugrunde eins-einhalb Millionen kleinkalibriger Brandbomben, pro S-tab eins Komma sieben Kilogramm. Diese, verstreut auf möglichst engem Raum der Alts-tadt, verursachen Kleinbrände, die binnen eines Zeitraumes, dessen Frist die atmosphärischen Voraussetzungen mitbes-timmen ...

(Während er das sagt, zeichnet er die Kleinbrände als Kreuze auf und schraffiert dann die Gesamtfläche der Innenstadt, das heißt den ganzen inneren Kreis.)

... zu einer einzigen Brands-telle verschmelzen.

Hier die brennende Innens-tadt, in deren Zentrum bei Temperaturen bis zu achthundert Grad alsbald nicht nur sämtliche brennbaren S-toffe aufgezehrt sind, sondern auch – das ist der Witz – der *Sauers-toff*. Von Sauers-toff aber, wie Sie wissen, hängt jeder Verbrennungsvorgang ab. Demnach: resultiert aus dem beschleunigt wachsenden Sauers-toffbedarf des Brandzentrums ein *Sog* an der Peripherie, der die Luft aus den Nachbargebieten des S-tadtzentrums in zentripetaler Richtung auf das Brandzentrum zutreibt.

(Er zeichnet Pfeile, die strahlenförmig vom äußeren Kreis auf den Mittelpunkt zulaufen.)

Diese Lufts-tröme bezeichnen wir treffend als Feuers-türme. Sie fegen durch die S-traßenzüge, mit S-tärke und Geschwindigkeit, die S-pitzenwerte auf unsrer Windskala erreichen.

PM: Windstärke zwölf – in einer *City*?

CHERWELL: Durchaus –, vergleichbar den Taifunen, die ja grade in den Zonen der Roßbreiten loswirbeln. Wir dürfen mit einer S-tundengeschwindigkeit von mehr als einhundertzwanzig Kilometern rechnen.

Der Prof. weiß noch nicht, wie sehr er untertreibt. Bombermarschall Harris wird in seinen Memoiren ein deutsches Geheimdokument abdrucken, in dem es heißt, daß die Feuerstürme in Gomorra eine Stunden-

71

geschwindigkeit von zweihundertfünfzig Kilometern erreichten. »Meterdicke Bäume wurden umgerissen oder entwurzelt, Menschen... bei lebendigem Leibe in die Flammen geschleudert. Die von Panik ergriffene Bevölkerung wußte nicht wohin. Die Flammen trieben sie aus den Luftschutzräumen, aber sie wurden gleich wieder zurückgejagt von Sprengbomben, die herunterkamen. Drinnen erstickten sie an Kohlenoxydgas... wahrhaftig war jeder Luftschutzraum ein Krematorium. Glücklich schätzen konnten sich diejenigen, die in die Alster oder in die Kanäle gesprungen waren und schwimmend oder bis zum Hals im Wasser stehend so lange aushielten, bis die Hitze nachgelassen hatte.«

CHERWELL (doziert ohne Pause):
    Im Zentrum also winds-tille Hochofenglut.
    An seinen Rändern
    Orkane – die alle jene Körper erfassen,
    deren s-tatische Verhältnisse nur für die in unseren Breiten
    üblichen S-türme berechnet sind...
PM: Körper – was für Körper!
CHERWELL: Lebende wie gegens-tändliche – Menschen, Tiere, Bäume,
    Lastwagen, Balkone, Dächer, Schorns-teine und andere Gebäudeteile.
PM (fast angstvoll): Das fliegt dann alles umher?
CHERWELL: Nicht umher: sondern zentripetal dem Brandherd zu.
    Ein Taifun ist kein Chaos – er hinterläßt nur eines.
PM (nach drei harten langen Schritten):
    Dann aber noch einen i-Punkt auf Gomorra:
    Wir heben in London die Verdunkelung auf! Leutnant!
    Diese Nachricht – während Hamburg brennt –
    ist die Totenglocke für deutschen Größenwahn.
CHERWELL (als schmecke er etwas ab, da PM ihn fragend ansieht):
    Keine Bedenken –: Flugzeuge hat Hitler doch fast keine mehr,
    und schlägt er mit Raketen zu, die kommen sowieso blind.
PM (ohne im Eifer gleich zu erfassen, daß Helen vor dem Ministerpräsidenten Sikorski hergeht, den sie auf Deck geleitet):
    Leutnant – schreiben Sie – ah, später! – Hallo –
HELEN: Herr Ministerpräsident, General Sikorski, mit Hauptmann Kocjan.
PM: – mein lieber General: ich habe mir erlaubt,
    Sie 'raus aufs Heck zu bitten, weil Doktor Moran
    mir Meerluft verordnet hat...

Churchill geht – sein in kleinen Abständen leergenipptes Whiskyglas Helen übergebend – mit heftiger Herzlichkeit dem Polen weit entgegen. Nicht nur seine vorschnellende Hand, auch der »Strom« seiner Worte schaffen sofort ein Kraftfeld, das sich alle Argumente des Partners zuordnet wie Eisenfeilspäne einem Magneten. Der polnische Ministerpräsident ist »in der schmutzigen Robustheit des 20. Jahrhunderts« (Churchill) von malerischer Ritterlichkeit noch in seiner äußeren Erscheinung, ein Kavallerist von abenteuerlich wirkender Kostümierung, wenn man bedenkt, daß er den Anbruch noch des Raketenzeitalters erleben würde, erreichte er ein normales Alter. »Natürlich« erreicht er es nicht. Seine gezackte Offiziersmütze, dazu die schwarze, kurze Reiterpelerine über dem auf Taille gearbeiteten Generalsrock mit Schulterriemen, die hohen,

enggeschmeidigen Stiefel, bespornt, auch seine chevalereske Courtoisie,
seine Zurückhaltung, die in antidiplomatische Direktheit umschlägt,
wenn er sie aufgibt – erwecken schon fast so viel Mitleid wie Sympathie.
Seine Hilflosigkeit auch gegenüber der Sprache – der Pole konnte nur
auf französisch mit Churchill verhandeln – würde hier, wäre sie zu zei-
gen, ihn nach seinen ersten Sätzen schon als den Unterliegenden charak-
terisieren. Und man hört ja bald, welchen Fakten und Menschen er
widerstehen soll. Und tatsächlich widerstehen wird, unbewaffnet, bis
zum Ende. Einer seiner Mitarbeiter gewahrte bei der endgültigen Ver-
abschiedung von Sikorski den »Ausdruck tiefer Sorge auf dessen feinem
männlichen und noch immer jugendlichen Gesicht«.

SIKORSKI *(salutierend, während er rasch auf Churchill zugeht)*:
    Auch mir ist wohler an Deck, Premierminister – Tag, Lord Cherwell
    – wir danken Ihnen sehr, Hauptmann Kocjan und ich,
    daß wir mit Ihnen zu Schiff nach Schottland reisen dürfen.
PM *(nachdem er Sikorskis Hand geschüttelt hat, Kocjan nach vorn zie-*
hend, der sehr befangen ist):
    Hauptmann – junge Leute werden schneller
    seekrank als wir alten. Leutnant Helen, meine Ordonnanz,
    muß Sie nachher zu Sawyers bringen,
    der soll Ihnen einschenken von dem, was der Kreml
    unter der harmlosen Bezeichnung
    »unser russischer Whisky« anbietet – ein Pfefferbranntwein,
    der Sie in Stücke reißt!
    Im Mund ein Schrapnell, im Bauch wie Öl auf Wellen.

    (Inzwischen – keiner steht nur herum, kein Cercle, sondern Tempo –
    hat Cherwell Sikorski begrüßt, hat lächelnd den Hut gezogen, sich
    förmlich verneigt, Churchill hat den Hauptmann – während Helen sich
    zurückgezogen hat – halb eingehakt, was den etwas sicherer macht,
    und erläuternd vor des Professors Kreideskizze gezogen, während
    Sikorski den Lord Cherwell etwas fragen will – aber dessen Antwort
    wird zerrissen durch die Begleitjäger, die jetzt wieder sehr laut und
    schnell verhallend über Deck hinrasen –)
SIKORSKI: Und wie bekommt Ihnen die Seeluft, Lord Cherwell?
    (Sie blicken beide, da Reden nicht möglich ist, sich an, dann auf, jetzt –)
CHERWELL: Exzellenz – oh: eine Klausur, das Schiff, die Seeluft
    – die A eins: gute Gedanken zeitigen und A zwei:
    doch sehr ermutigen.
    Als wir im Herbst nach Scapa reisten,
    war uns noch Zickzackkurs verordnet.
SIKORSKI *(lächelnd)*:
    Bei dem man nicht – wie mich der Premierminister belehren mußte,
    am Heck spazieren darf . . .
PM *(sich umwendend – zu Sikorski)*:
    Wußten Sie, Exzellenz, daß man Feuerstürme *machen* kann?
    Das Rezept, eine Weltstadt zur Schlacke auszuglühen.
SIKORSKI *(resignierende Armbewegung)*:
    Davon versteh' ich gar nichts – Pferde hatten wir
    statt Bomber.

CHERWELL: – Wir sehen uns beim Dinner.

SIKORSKI *(grüßend)*: Bis gleich, Lord Cherwell.

(Cherwell hat den Hut gezogen und schnürt weg, Kocjan versucht angestrengt zuzuhören, denn Churchill spricht sehr schnell. Ohne Übergang oder auch schon bevor Cherwell ging, fragt Sikorski naiv:)
Welcher Stadt, Premierminister, ist das zugedacht?

PM *(ablenkend)*: Oh, allen – zunächst vermutlich – *München*,
der Urzelle, dem heiteren Chicago der deutschen Gangster.
Beinah wär' ich in München dem Mann da selbst begegnet,
ein Jahr bevor er Kanzler wurde:
[Cherwell und ich bereisten gemächlich die Schlachtacker
des großen Marlborough,
gingen durch die Niederlande, dann bei Koblenz über den Rhein
und an die Donau, studierten Blenheim – in München später,]
im Regina, da näherte sich uns ein Günstling [des »Führers«,
wie er sagte, ein sympathischer Klavierspieler,
der meine englischen Lieblingslieder prächtig singen konnte.]
Ich müsse den Führer kennenlernen,
er nehme hier täglich seinen Tee.
Natürlich war ich neugierig! Soviel Tüchtigkeit imponiert.
Aber beiläufig frage ich: Warum ist Ihr Führer
so leidenschaftlich gegen Juden?
Ich fragte das ohne Tücke – ich versteh' das ja noch heute nicht.
Am nächsten Tag erschien –
nur der Pianist – ganz andante con moto:
heute trinke Herr Hitler keinen Tee.
Wir waren noch tagelang in München –
doch er nutzte nicht *einmal*
die unschätzbare Gelegenheit, mich kennenzulernen.

SIKORSKI: Er lernt Sie *jetzt* kennen! – Intimer als beim Tee.

(Er hat auf die Skizze des Feuersturms gedeutet.)

PM: Seine Wähler!
Ich habe Ihren Bericht sehr aufmerksam gelesen, Hauptmann!
Auch diese apokalyptischen . . .
Absurditäten aus Oswiecim und Belzec. Die Zahl!

SIKORSKI: Eine Million achthunderttausend Juden aus Polen bereits ermordet.

(Stille, dann:) Daß Hitler selbst jüdisches Blut habe,
soll nur ein Gerücht sein,
woher aber sein irrationaler Haß?

PM: Habe Haß nie studiert – *möglich*,
daß nichts als ein Gerücht ihn zum Besessenen macht,
möglich, *weil* es so parabolisch primitiv ist.
Ich habe zehntausend Seiten Geschichte geschrieben,
nun mache ich selber welche – *verstehen* aber
kann ich sie weniger mit jedem Lebensjahr.
Die letzten Einsichten sind soo banal, daß die Erinnerung
an alle Opfer und Umwege, die sie uns öffneten,
einen schamhaft daran hindert, sie auszusprechen.
Im letzten Akt, wo Weltzirkus und Pandämonium eines werden,
ist alles wieder schlicht und schaurig, so –

anekdotensimpel wie im Herodot.
Ob des Teufels Großmutter
als Küchenmädchen eines Juden geschwängert wurde,
ob nicht: interessant daran, General, ist *nur*:
daß der gemeingefährlich ist und weg muß!
Und diese ohnehin reizvolle Aufgabe wird noch vereinfacht
durch Hitlers Satanismus:
der erspart uns diplomatische Komplikationen,
Hitler braucht man nur *auszutreten*, totzumachen.

*(Sikorski muß lachen, auch Kocjan, obwohl er wenig verstanden –
aber doch gesehen hat, wie PM seinen Gegner zuletzt demonstrativ
»austrat«.)*

[Aber die Bitte der polnischen Untergrundarmee, Hauptmann,
den Deutschen auf Flugblättern mitzuteilen,
sie würden deshalb bombardiert, weil sie die Juden töten,
ist unausführbar.
Erstens tut die Regierung Seiner Majestät nichts aus *Rache*.
Zweitens: wir können doch nicht den Propagandaslogan
des Berliner Raubmörders übernehmen, der da lautet,
die britischen Piloten müßten für jüdische Interessen
ihren Opfergang antreten.
Sehen Sie, die jüdischen Interessen –
das sind heute ja einfach die menschlichen.
Kocjan: Das werde ich in Warschau erklären,] Herr Premierminister.
Ich – ich kann nicht verdolmetschen meine Gefühle.
Daß Sie persönlich und persönlich Präsident Roosevelt ein Kurier
von Untergrundarmee in Warschau anhören.
(Bewegt:) Erlauben Sie zu sagen,
daß wir alle Polen in Ihnen, Herr Premierminister,
sehen – allein in Ihnen
den *Felsen* der Hoffnung, unser niedergetretenes
Volk vom Erde wieder aufzuheben.
*(PM gerührt, mit barscher Zuneigung, packt Kocjan bei der Schulter
und dreht ihn Sikorski zu.)*
Sikorski: Premierminister – Kocjan hat auch für mich gesprochen:
mehr als je zuvor steht heute Polen – oder fällt mit Ihnen!
PM: Wer spricht von *Fallen* . . .
Ohne Helden im altmodischen Sinne, wie Kocjan,
die sich aus dem Kriegsautomatismus
noch ein *Schicksal* herausreißen:
wäre der Krieg nicht passioniert zu führen wie die Liebe –
die einzige Chance, ihn zu gewinnen.
[Männer wie Sie und unser Oberst Esmonde,
der mit seinen Torpedoflugzeugen der ›Bismarck‹
das Ruder demolierte und sie
der Home Fleet vor die Rohre brachte –
Oder die Männer des Kommandos
(Kommandos sind mein Hobby),
das in St. Nazaire das größte Dock des Kontinents zersprengte!
Und auch die Italiener – wenn ich das zugeben darf,

über die Fronten hinweg:
sechs Italiener haben uns im Dezember
mitten im Hafen von Alexandria
zwei Schlachtschiffe bettlägerig geschlagen
und einen Tanker in den Wind gepustet – enorme Schurken:
Schwimmer – hefteten *schwimmend*
die Zeitbomben an die Schiffsbäuche!
Zwei der Kerle griffen wir im Wasser,
vor der Explosion, steckten sie, damit sie reden sollten,
in die tiefste Tiefe des Schlachtschiffs,
aber sie machten's Maul nicht auf,
obwohl sie wußten, dann würden sie mitzerrissen.]
Wie Lawrence of Arabia mir heute fehlt!
Der mit seinem Spleen an der Spitze eines Sabotagetrupps
und mich hinter sich – und der liebe Gott
hätte den Marschall Rommel längst heimgeholt. –
Wo und wann, Hauptmann, werden Sie abspringen?

KOCJAN *(jetzt glücklich, wahrscheinlich auch deshalb, weil er so waid-
männsheitere Wendungen nicht verstanden hat, wie »Kommandos
sind mein Hobby«)*:
Mein Start ab Scapa, Herr Premierminister, ist kalkuliert,
daß ich werde um dreiundzwanzig Uhr aussteigen über Smolensker
Vorort. Und soll noch nicht wieder Tag sein, wenn Dakota
im Rückflug den Aktionsradius streift von deutscher Jäger in
Nordnorwegen. Aber die Stunde des Starts und der Tag ist auch
mir noch nicht gesagt bis jetzt.

PM *(sehr ungeduldig)*:
Sehr beruhigend! *Wo* übernahm Sie unser Geheimdienst?

KOCJAN: In Spanien, Herr Premierminister. Durch Deutschland, Belgien
und Frankreich ... tastete mich – ah: zog mich die polnische Organisation [Hand nach Hand.

PM: Kommen Sie ab Portugal oder Gibraltar?

KOCJAN: Wir flogen herüber dann aus Gibraltar.

PM: *Starten*: das macht Spaß dort. *Ein* weiter Bogen
um die Biskaya und die Jäger der Hunnen, und schon daheim.
Doch *landen* in Gib – grauslich: der Felsen.

SIKORSKI: *Sie* – Herr Churchill: können nirgendwo zerschellen!
Ich vertraue ja auch darauf,
daß Mut *mehr* Mittel gegen Unglück weiß als die Vernunft.
Sonst wären doch wir Polen ohne Hoffnung.
Im Kriege ist nur Realist, wer auch an Wunder glaubt.

PM: Möglich – nur muß ein Wunder kein *Segen* sein, Exzellenz.
Das ist ein Wunder:
daß der kranke Mann in Deutschland
durch seinen Haß auf Juden so geschwächt wird.
Nicht auszudenken, wenn er die Juden *nicht* verfolgte!
Alle genialen Physiker saßen bei seinem Machtantritt
an *einem* Tisch im deutschen Göttingen.
Zwei, drei Freunde fehlten, ein Italiener, ein Däne –
doch nur durch seinen Haß auf Juden
trieb Hitler auch die Nichtjuden –

trieb er den ganzen Genie-Klub in die Diaspora.
Ein Mirakel, daß der Weltgeist auf *diesem* Wege
den Kranken um die weltunterwerfende – nun sagen wir:
(Er zögert:) Granate gebracht hat, die vielleicht ...
einst zur Beseitigung von Kiew reicht, von Birmingham.
SIKORSKI *(höflich, aber angewidert von dieser Kalkulation)*:
Aber dies *eine* unglückliche Volk,
das diesen Haß bezahlt, der uns zugute kommt!

(PM rümpft die Nase, wieder einmal scheint Sikorski ihm »erstaunlich« sentimental zu sein. Denn so naiv wie der Philosoph, dessen Name Churchill nie gehört hat, er kannte Schopenhauer, nicht Hegel, findet auch er es sinnvoll, daß die »List der Vernunft« solche barbarischen Rechnungen präsentiert.)

PM *(ein Schulterzucken)*: Die Menschheit kriegt nichts geschenkt.
Daß der Ausrotter in Hitler dem Eroberer in ihm
die Siege aus der Hand schlägt,
indem er seine Unterworfenen zu Partisanen macht:
ist *auch* ein solcher Preis.
Partisanen haben vielleicht in Rußland mehr Deutsche massakriert
als die Verteidiger von Stalingrad.
So ist für Rußland im ganzen ...
der Wahn des Ausrotters ein Segen, inkommensurabel.
(Ohne Übergang:)
Hauptmann –] wie haben Sie aus Polen alles Wissenswerte
Ihren britischen Partnern mitgebracht?
KOCJAN *(lächelnd)*: Ja, Herr Premierminister, sogar in meinen Ohren
– auch versteckt in meinen Ohren – Entschuldigung, die Vokabeln
fehlen ...
SIKORSKI: Ich übersetze, Kocjan.
KOCJAN: Mialem w uszach prawie 100 stron sprawozdan w maszynopisie
sfotografowanych na mikrofilmie.
SIKORSKI *(erheitert)*:
Kocjan brachte Ihrem Geheimdienst fast *hundert*
Seiten maschinengeschriebener und dann mikrogefilmter
Berichte – so groß ... so klein, wie?
KOCJAN: Tak male jak 6 papier owych zapalek.
SIKORSKI: Unglaublich – so klein wie sechs Papierzündhölzchen.
PM: Die Technik, wenn sie *das* kann: warum kann sie nicht längst
auch britischen Kuriermaschinen in Polen zur Landung verhelfen?
Kuriere sollten aus*geflogen* werden.
Denn Ihre Wege nach Gibraltar sind doch zu abenteuerlich.
KOCJAN: O nein, Herr Premierminister – danke: es ging sehr glatt,
in Gibraltar zu starten.
PM: Sie haben mich mißverstanden: nicht ein Start in Gibraltar
ist risikoreich – nein: Ihr *Weg* nach Gibraltar.
KOCJAN: Ah, ja! Aber auch Landung in schlanke Waldwiese in Polen
ist sehr – ah ... inkalkulabel, weil wir nie wissen,
genau nie wissen, wie lange Deutsche ein Wald nicht
... durchpatrouillieren. Flugzeuge noch in Anflug umdirigieren ist ...

PM: Verstehe! Wie sind die Beziehungen Ihrer Untergrundarmee zu den Russen und zu den Kommunisten Polens?

KOCJAN: Gar nicht – oder schlecht, bis heute. Tödlich jetzt – *tödlich*, nachdem wir in Katyn ein Drittel der verschwindeten Offiziere gefunden haben, russische Stricke an Händen . . .

PM: Aber *deutsche* Kugeln im Genick.

KOCJAN: Ja, Stricke, Kugeln sagen nichts –

SIKORSKI: Hitler und Stalin waren Handelspartner.
Auch heute Soldaten in Rußland fielen häufig
durch deutsche Kugeln aus russischen Gewehren.
Und Hitlers Panzer sind zuerst nach Rußland
mit russischem Benzin gefahren.

KOCJAN *(beschwörend)*:
Premierminister – wir alle nationalen Polen würden liquidiert,
wenn jemals in Warschau Stalin einziehen sollte. Liquidiert!
General Grot-Rowecki hat . . .

PM *(merklich abgekühlt)*: Seltsamer Konjunktiv, Hauptmann:
wer sonst soll Polen befreien
– wenn nicht die Rote Armee!

SIKORSKI: Sie hören es, Kocjan: die Rote Armee.

KOCJAN *(schockiert, an Sikorski gewendet)*:
Sie sagen ja, *Sie*, Herr General – sagen *dazu* ja?

SIKORSKI: Sie kennen meine Befehle: keine Provokation der Russen.

KOCJAN: Wir provozieren nicht, auch nicht polnische Kommunisten . . .
(Leidenschaftlich, aber respektvoll gemäßigt, nicht laut:)
Stalin soll befreien Polen, der von Hitler geschenkt genommen
achtundvierzig Prozent von unserem Staat?

PM *(jetzt mit lebensgefährlicher Bonhomie)*:
Da irren Sie durchaus, Hauptmann:
Stalin *mußte* vor Hitler Polens Osten nehmen,
sonst wäre den Deutschen ihr Marsch auf Moskau
noch weniger lang geworden.

SIKORSKI: Allerdings, Premierminister:
Stalin hat erst durch sein Bündnis mit Hitler: Hitler ermuntert,
nach Warschau zu marschieren.

PM: Nein, Exzellenz – nein: Stalin hatte *keine* Wahl.
Denn zur Schande der Demokratien sei's gesagt,
er *konnte*, nachdem wir Prag im Stich gelassen hatten,
nicht mehr darauf vertrauen,
daß wir für Warschau kämpfen würden.

KOCJAN: Premierminister –
Sogar als Stalin noch *Hitlers* Kompagnon war
und Britannien war allein:
freiwillig Sie erklärten Krieg,
um befreien Polen – Hitler wollte nichts gegen England.
(PM kommt nicht zu Worte – was fast nie passiert, aber Kocjan ringt wie um seinen Hals, er ist außer sich:)
Heute vereint mit USA – Sie lassen uns abstürzen – in – Versklaverei!

[PM *(packt Kocjan bei beiden Händen, bringt ihn zur Ruhe durch seine Herzlichkeit bei gletscherblauen Augen)*:
Macht nicht aus einem Unglück zwei, ihr Polen.

Erwägt nicht, gegen Stalin zu kämpfen.

KOCJAN: Wie sollen wir *lachen* mit ihm,
der genickgeschossen hat vierzehntausend Kameraden!]
Herr General, soll Polen sein, morgen, ein russischer Gouvernement!
*(Er lacht respektlos. Aber PM, der auch in sich selber die Vernunft
immer nur durch Willensanstrengung an die Oberfläche bringt, be-
dauert ihn doch. Sikorski begrüßt Kocjans Deutlichkeit, die ihm kaum
gestattet wäre.)*

PM *(mehr zu Kocjan, nicht zu Sikorski, bewegt)*:
Es *muß* gesagt werden, ihr Polen:
phantastisch war schon vor zwanzig Jahren euer Feldzug!
Phantastisch wie der Sieg General Sikorskis –
(Mit Pathos:) – über die mächtigen Reiterarmeen Budjonnys.
Exzellenz! Ich habe Sie beneidet um den Ruhm,
der letzte Reitergeneral der Weltgeschichte zu sein!
[Daß Sie noch zwanzig Jahre,
nachdem ich die Attacken bei Omdurman mitritt,
noch drei Jahre nach Verdun:
an der Weichsel den ganzen Feldzug gegen Rußland
zu Pferd entschieden haben,] mit Pilsudski
[im Kampf Schwadron gegen Schwadron!]

SIKORSKI *(mehr Resignation als Stolz)*:
Daß ausgerechnet *ich* – die Provinzen,
die ich als ehrlicher Reiter erobert habe,
dem Kreml wiedergeben soll: Sir, unmöglich!

PM *(düster)*: Sie *mußten* wissen, der Kreml würde einst
die Rechnung schicken.
Zahlt sie, Polen! *Jetzt* zahlt ihr
mit deutschem Beutegeld, das euch der Kreml selbst erbeutet.
Kocjan: die Schienbeine und die Hoffnungen
nicht zu weit ausstrecken!

SIKORSKI: Wir haben zweihunderttausend Mann im Westen:
nehmen Sie uns nicht die Chance,
mit Ihnen bei Triest zu landen und durch die Senke von Laibach
nach Norden zu marschieren, um Warschau freizukämpfen.
Wenn erst Italien geschlagen ist, soll –

PM *(unbewußt taktlos)*: Ob es schlau ist? – Italien völlig k.o. zu prügeln!
Denken Sie, was Hitler im Stiefel investiert!
Warum ihm dieses Bein ganz amputieren?
Er soll drauf hinken – laßt es eitern,
bis er an Blutvergiftung stirbt.
Er soll erfahren, wie leicht ein Starker
verrecken kann an einem schwachen *Verbündeten*.
*(Seine Lust zu klinischen Vergleichen hat ihn hingerissen – jäh ent-
setzt er sich selber über das, was er da eben zu seinem schwächsten
Verbündeten sagte, der das als Degenstich – als was es nicht gemeint
war – aufgefaßt hat.)*

SIKORSKI *(mit einem Anflug von Lächeln, um sein Entsetzen zu tarnen)*:
Ich wünschte – ich könnte mit meinem Hauptmann
im Morgengrauen über Smolensk abspringen ...
Kocjan, ihr habt es schwer daheim, doch seid – daheim.

PM *(herzlich)*: Exzellenz – auch Ihre Stunde kommt, der Tag,
an dem Polen Sie wieder hat ...
(Hat Kocjans Hände ergriffen:) Reisen Sie mit Gott, Hauptmann,
und zweifelt nicht!
Jetzt überlasse ich Sie – Helen!, dem Leutnant.
(Zu Helen, die er, aber nicht die Zuschauer, schon hinter den Aufbauten in ihrer Wartestellung sieht:)
– [Wo haben Sie – die Katze her! Zeigen Sie –

(Helen, jetzt aufgetaucht, wollte die Katze offenbar absetzen, als sie gerufen wurde, bringt sie aber. PM nimmt die Katze auf den Arm und knurrt sie an wie ein Hund, der Dialog pausiert nicht. Man spürt, daß der PM wie alle Machtmenschen und Egozentriker eine spontane Tierliebe kultiviert, fast unabhängig davon, ob sich das durch Anwesenheit eines Pressefotografen auszahlen wird – er hat Freude an Tieren, denn sie widersprechen nicht, sind noch leichter dressierbar als menschliche Zeitgenossen und – im Gegensatz zu diesen – fast gleichbleibend treu. PM schnurrt und maunzt.
HELEN: Sie gehört einem Matrosen, Premierminister – sein Talisman.
PM: ... wie heißt du, ja wie heißt du ...
Warum lachen Sie!
HELEN: Die Katze ist nach Ihnen getauft, Sir!
PM: Wie schmeichelhaft – ein schlankes Tier.
Daß alle Babies mir ähnlich sähen, steht in der Zeitung,
mag trotzdem stimmen. Aber eine *Katze!* – Wie:
Winston Spencer?
HELEN: Nein, Sir. Winnie.
PM *(lacht wie die anderen, schmeichelnd zu dem Tier)*:
Winnie. – Aha, ein Talisman bist du ...
(Er reicht Kocjan die Katze.)
So, dann bring mal dem Hauptmann Glück, heute,
vor seinem schweren Flug!
Bitte, Kocjan] – haben Sie sich mit Mrs. MacDonald bekannt gemacht?
HELEN *(schnell)*: Schon gestern abend, Sir.
PM: Bringen Sie den Hauptmann zu meinem Pfefferbranntwein,
zunächst aber geben Sie acht,
daß ich mit dem Herrn Ministerpräsidenten
nicht *gehört* werde.
Bleiben Sie auf Rufweite ...
(Während er Kocjans Hand hält:)
Grüßen Sie Ihre Kameraden in Warschau! – Wiedersehen!
Und Grüße Ihrem General Grot-Rowecki!
[*(Kocjan steht wieder »stramm«, will militärisch grüßen, gibt Helen die Katze – das mißglückt, die Katze springt zu Boden, wird rasch von Helen eingefangen.*
PM hat Sikorski weggehend am Ellbogen berührt.)
Vorsicht – laßt mir Winnie nicht über Bord gehen,
der Seegang wird dem treuen Tier ohnehin zusetzen.
SIKORSKI *(mühsam belustigt)*:
Treu? – Katzen sind nicht treu, Premierminister,
jedenfalls nicht treu dem Menschen, nur dem Land, dem Haus.

(Helen geht mit Kocjan, schließt hinter sich eine rote Kordel, die den Gang zum Achterdeck vom Hauptdeck abgrenzen kann. Bis die beiden außer Hörweite sind, setzt PM den Teestunden-Ton fort, dann jäh wie ein Stoß ins Kreuz.)

PM: So! – *Kluge* Tiere: treu *dem*, was bleibt.
Hunde sind den *Menschen* treu.
Die haben's schwerer. Schließt Treue zum Land
– demnach die Treue zum Menschen aus?
Ihr Problem, General!
Entweder Sie lassen die Wünsche Ihrer Landsleute fallen
– oder Sie lassen Polen fallen. Ja!]
Das Gespräch mit Ihrem Hauptmann hat mich *entsetzt*!
Herr Ministerpräsident: Die Morde von Katyn
liegen in der Vergangenheit und – ich zitiere Stalin –
die Vergangenheit gehört Gott.

(Sikorski hat das erwartet, ist aber ganz unfähig, seinen Aufruhr gegen diesen »Realismus« zu verbergen – seine so plötzlich wilde Reaktion offenbart endlich, wie gewaltsam er vor Kocjan bemüht war, seine Empörung zu stauen –)

SIKORSKI: *Vergangenheit?* – Sir! Drei *Wochen*
sind vergangen, seit endlich das erste Grab gefunden . . .
PM *(setzt seine Worte mit der Härte, mit der eine Zellentür ins Schloß fällt)*:
Drei *Jahre*, seit man die Offiziere da
– *verscharrt* hat: drei *Jahre*, Exzellenz!
(Er mißhandelt den Stuhl.)
SIKORSKI *(außer sich)*:
Viertausend von vierzehntausend sind gefunden;
die Elite meiner Offiziere,
und dem Ministerpräsidenten Polens soll verwehrt sein,
zu *fragen*, wer der Mörder ist?
PM: Da Sie es *wissen*!
Um *Polens* willen;
fragen Sie nicht *jetzt*!
SIKORSKI *(hat dazwischen gelacht, jetzt)*:
Ganz Polen weiß es! Auch gefangene britische Offiziere
werden seit Tagen von den Deutschen an die Gräber geführt.
PM: *Ich* kann keinem Erschossenen ansehen, *wer* ihn erschossen hat.
Mag das Volk . . . wissen und reden – entscheidend ist allein,
daß sein Ministerpräsident erklärt,
die Untersuchung der Leichen könne erst erfolgen,
wenn Polen von den deutschen Totschlägern geräumt ist.
General, ich beschwöre Sie, nutzen Sie, *nutzen* Sie
den einzigen Vorteil der fürchterlichen Tatsache,
daß Hitlers Terroristen seit vier Jahren in Polen morden,
indem Sie wenigstens die *Möglichkeit* offenlassen,
daß die Deutschen auch diese Morde . . .
SIKORSKI: Das wäre irreparabel, Premierminister: wenn . . .
PM *(aufbrausend, dann fast flehend)*:

Was, General Sikorski, ist eigentlich Ihr Ziel?
Geschichte *schreiben*: Dann suchen Sie die Wahrheit!
Oder Geschichte *machen*: Da zählen Tatsachen.
Exzellenz, die Toten sind sachlich, die Toten haben Zeit.
[Nehmen Sie sich der *Lebenden* an Ihres Volkes.
Die Wahrheit entscheidet nichts.
Wäre die Wahrheit nur gefährdet: aber sie ist eine *Gefahr*!

SIKORSKI: Premierminister – wenn die Ermordung unsrer Offiziere
noch jemals *einen* Sinn . . .

PM: Sinn! – Es gibt keinen Sinn im Kriege.
Im Krieg gibt es nur einen *Zweck*!

SIKORSKI *(gekränkt, sarkastisch)*:
Den meinte ich. – Ich – ich *verstehe* allmählich – englisch.
Aber ich werde nie lernen, richtig es auch zu sprechen.

PM *(nur scheinbar ruhiger, er hat längst den obersten Knopf seines
dicken Mantels geöffnet, jetzt greift er mit beiden Händen in seinen
Hemdkragen, sich Luft zu machen. Wie nicht selten fehlt an seinem
Hemd der oberste Knopf, nur die Krawatte hält es zu)*:
Entschuldigen Sie – Exzellenz!]

SIKORSKI *(mühsam, aber fest)*:
Der *Zweck* [also] dieser Untersuchung ist:
den Mörder moralisch zwingen, vertraglich,
die östliche Hälfte Polens zurückzugeben.

PM *(leidend – und lachend vor kaum bezähmbarem Überdruß)*:
Moralisch zwingen – *Stalin*?
*(Pause, so fassungslos, daß er es unterlassen hat, den Stuhl herumzu-
stoßen. Er murmelt fast unhörbar zweimal vor sich hin:)*
»If you can't beat them, join them.«
(Dann:) Exzellenz, Verzeihung, aber das lernt man in der Schule:
wen man nicht umbringen kann – muß man umwerben.
Die Frage, *was* er auf dem Kerbholz hat
– wir haben *alle* viel auf dem Kerbholz.
Der Russenhaß der nationalen Polen,
ihr Augenzwinkern nach Berlin hin,
solange man es *gern* dort sah, war, freundlich formuliert:
potentiell gefährlich für den Kreml.

SIKORSKI: Gefährlich, wie es für Polen war, daß Rußland
auf Kosten Polens mit Berlin paktierte – immer.
Doch reden wir von heute:
nur noch so lange Hitler ihn in Schach hält,
sind Stalin die Vorkriegsgrenzen Polens abzutrotzen.

PM *(wird allmählich »aufgeladen« – aber die Explosion ist noch nicht
absehbar. Sichtbar ist, daß sein Überdruß angesichts der tausendmal
seit 1941 von den Polen vorgebrachten Argumente sich nicht länger
mit Höflichkeit tarnen läßt. In kürzer werdenden Abständen erdet er
die Blitze seiner Wut durch Mißhandlung der Stuhllehne; treibende
Ungeduld läßt ihn auch dann die Füße bewegen, wenn er einmal
nicht herumstampft, seine Arme sind fast bis zu den Ellbogen in den
tiefen Manteltaschen – dann wieder – auch der Handschuhe hatte er
sich längst entledigt – fahren sie jäh aus den Taschen und unterstrei-
chen Sätze, als wolle er hinterherschlagen)*:

Abtrotzen? – *So* sieht es aus, General:
zu *bieten* haben wir dem Kreml die Liquidierung der Hunnen
in Nordafrika und ... sofern sie glückt, die Landung in Italien.
Wir bieten Stalin ferner: Verbrennung der großen Städte
und damit partielle Lähmung der Industrie und der Moral
des Boches.
Messen Sie aber daran, Exzellenz – was wir vom Kreml *fordern*:
Erstens: Verständnis für die Einstellung sämtlicher Geleitzüge
bis zum Anbruch der Winternächte, also für ein halbes Jahr.
Zweitens: und diese Nachricht ist so *furchtbar*,
daß ich noch nichts erfunden habe,
wie sie dem Kreml beizubringen ist:
wir müssen Stalin sagen, daß wir auch *dieses* Jahr
– wie schon im vorigen –
noch nicht in Frankreich landen können.
[SIKORSKI *(mit Unbehagen)*:
Warum stellen Sie die Waffenhilfe für Rußland ein?
PM: – Brauchen jedes Schiff im Mittelmeer.
Und Hitler hat die ›Tirpitz‹ und die ›Scharnhorst‹
nach Nordnorwegen verlegt. Die Bestie ...
Instinkt ist ihre Stärke:
er wittert, daß es mein alter Wunsch war,
dort oben zu landen ... und so bringen wir
auch die Geleitzüge nicht mehr durchs Eismeer
– nicht in den Monaten der weißen Nächte.]
Unsere – Vertragsbrüche berechtigen durchaus
Stalin zum Separatfrieden mit Deutschland.
(Pause.)
SIKORSKI: Seit dem Sieg an der Wolga
kann doch kein Russe von Ehre –
mit Hitler mehr paktieren!
PM: Wenn er nun *uns* die »Ehre« überließe,
an den Hunnen auszubluten?
[Dreimal in hundertdreißig Jahren haben die *Russen*
das Abendland gerettet – vor Napoleon, vor Wilhelm ...
Und jetzt:] Stalin opfert pro Tag zehntausend Mann.
Hekatomben von Rotarmisten liegen wie ein Knüppeldamm
auf allen Wegen nach Berlin.
Was braucht ihr Polen – *Lemberg*,
wenn Stalin euch Stettin und Breslau gibt!
Wir werden Schlesien und Preußen einem Volk schenken,
das keine Krematorien dort errichtet, sondern Schulen.
Völlig schnuppe, ob auch die Deutschen selber diese Logik
in zwei-, dreihundert Jahren begriffen haben werden.
Wir Sieger werden Wache stehen für Polen – bis wir gewiß sind,
daß die Hunnen *verharren* in der *Demut*,
mit der sie uns empfangen werden, als Geschlagene.
Denn dann werden sie ekelhaft demütig sein.
Hat man den Deutschen nicht an der Gurgel,
so hat man ihn zu Füßen – aufrecht geht er nur in Uniform,
nie als Bürger.

SIKORSKI: Nein, Sir! Ich sehe da nur neue Schlachtbänke voraus.
Unser Land wollen wir wiederhaben. Und Ostpreußen!
Ostpreußen, ohne daß sich Stalin
in Königsberg uns Polen ins Genick setzt.
Die schlesischen Provinzen sind ein Danaergeschenk.
Immer werden starke Kräfte in Deutschland weiterwühlen,
die uns Polen nicht verzeihen,
daß wir in jenen Häusern wohnen,
in denen ihre Nationalheiligen Kant und Schopenhauer
und Eichendorff und Hauptmann geboren sind.
PM: Eichendorff – wer ist denn der?
SIKORSKI *(gereizt)*: Einer ihrer Lyriker.
PM: Hm. Dann hätten die Deutschen dort Dichterlesungen
veranstalten sollen – statt Oswiecim.
Nein: 'raus mit dem Volk da!
Ich sage das ohne Haß, nur als – Bilanzbuchhalter.
SIKORSKI: Ich *hasse* die Deutschen als die Verderber Osteuropas,
die uns alle dem Kreml in den Fleischwolf liefern.
Ich *hasse* sie!
Aber ich *fürchte* sie auch. Und deshalb, Sir:
wir wollen eine *dauerhafte* Grenze!
PM: Der Kreml will die auch.
Und diese neue an der Oder: *die ist* von Dauer.
Sie garantiert den Russen
die Feindschaft zwischen euch und Deutschland.
Sikorski, Sie können doch Stalin nicht *verübeln,*
daß er jetzt für immer zwischen euch und Deutschland
das Schwert legt!
[Wie Elsaß-Lothringen – mal im Maule Frankreichs,
mal in Deutschlands Maul –
die Welt Jahrhunderte davor geschützt hat,
daß Deutsche und Franzosen Freunde wurden,
so wird der Haß der Polen auf die Deutschen und umgekehrt
– Rußland davor beschützen, daß jemals wieder
Polen zum Einfallstor nach Moskau wird.
Verübeln kann ich das den Russen nicht, Sikorski!]
Als Rußland unten lag, vor zwanzig Jahren,
zertrampelt von den Deutschen,
da seid ihr Polen über Rußland hergefallen.
Vor achtzig Jahren, da wolltet ihr selbst Kiew polnisch machen!
Auch diese Träume sind nun ausgeträumt.
SIKORSKI: Sie vergessen, was die Russen uns antun,
seit Jahrhunderten. *Ich* habe nie geglaubt,
der Kreml werde Polen Gutes tun, nicht vor Katyn, nicht heute.
PM: Ich kenne *keine* Nation,
die über Eigeninteressen hinaus je einer anderen Gutes tat.
. . . Exzellenz, Stalins Forderungen sind maßvoll.
[Sind maßvoll!
Von Deutschland nimmt er nichts als Königsberg,
von Polen nichts als die Provinzen,
die Sie dem Kreml weggenommen haben – vor zwanzig Jahren.]

Verzichten Sie auf Lemberg – für Breslau!

[SIKORSKI *(wankt fast unter dem Eindruck der Endgültigkeit dieses Verdikts, er lehnt sich an das Floß, sagt matt, wenig betont, um seine Erschütterung zu verbergen)*:
Herr Churchill, *begreifen* Sie uns!
Lemberg – die Heimat unzähliger meiner Soldaten.
Was würden Sie sagen, forderte einer
die Abtretung von Schottland –

PM *(traurig und einfach und mitfühlend)*:
Wir haben einen guten Panzergraben.
(Pause. Er nickt Sikorski wortlos zu, eine Handbewegung, als wolle er sagen: Geographie ist das Schicksal.)

SIKORSKI *(gequält und ungerecht)*: Aufs Jahr vor achtzig Jahren,
beim polnischen Aufstand gegen Rußland und Preußen,
als der Führer der Emigranten Polens
in Downing Street um Hilfe flehte,
sagte Ihr Vorgänger:
»Wir sprechen über Politik, nicht über Humanität.«
Und als *mein* Vorgänger daran erinnerte,
England habe doch auch Belgiern und Griechen
in deren Freiheitskampf geholfen, wies Palmerston das ab:
ja, Holländer und Türken seien schwach gewesen,
die Russen aber stark . . .

PM *(leitet seine Verbitterung an den Stuhl ab; wie er jetzt, das Kinn oft auf der Brust und den Hals ständig im Kragen scheuernd, auch mit den Fingern zwischen Haut und Kragen fahrend (seine charakteristische Gewohnheit) – um den Stuhl und um den Polen kreist, erinnert er an einen Hirsch, der den Bast seines Geweihs an einem Baumstamm reibt)*:
Ein Unterschied zwischen Palmerston und mir:
niemand, selbst Hitler nicht, hat uns dazu gezwungen,
das Gleichgewicht Europas und damit Polen
vor der Berliner Hegemonie zu retten.
Ich unterstütze den Aufbau eines starken Polens
durch Entschädigung auf deutschem Gebiet –]

SIKORSKI: Mir *graut* vor dieser Entschädigung, Herr Churchill.
Unsre Bauern sagen, keine Henne kommt teurer
als eine geschenkte: die polnische Exilpresse in London –

PM: Sikorski – ich bitte Sie:
ein Staatsmann, der auf die Presse hört, im Krieg,
statt sich die Presse hörig zu machen –!
Dämpfen Sie die Wünsche Ihres Volkes –
mit seinen Wünschen gehen, Verzeihung: kann jeder!

SIKORSKI: Ich konnte viel erzwingen, in der Londoner polnischen Presse
– bevor das Massengrab gefunden wurde.
Nun ruft mein Volk nach einer Garantie, daß –

PM: Exzellenz –
Ich bitte Sie inständig im Namen unserer gemeinsamen Pflicht:
Hitler niederzuwerfen –
schweigen Sie zu Katyn!
Verschieben Sie die Untersuchung – ich *bitte* Sie . . .

Nicht in diesem fürchterlichen Jahr.
*(PM geht auf den General zu, die Hand tatsächlich »bittend« vorge-
streckt, Sikorski weicht zurück, er ist erregt über das, was Churchill
von ihm fordert – mehr aber noch über die Tatsache, daß er es nicht
– mehr – gewähren kann, er murmelt –)*
Sikorski: Zu spät – es ist zu *spät*, Herr Churchill!

*(Jetzt salutiert er, Churchill sieht zum erstenmal bleich erschrocken
aus, will wie üblich dazwischenreden, kann es nicht, denn offiziell
meldet ihm der Pole:)*

Premierminister: ich habe Ihnen namens der polnischen
Regierung amtlich mitzuteilen, daß mein Botschafter heute früh
in Genf vom Schweizer Roten Kreuz die *Untersuchung*
der Gräber von Katyn gefordert hat.

PM *(als wolle er sich auf ihn stürzen, um noch etwas zu verhindern,
er hielt die Stuhllehne in der Hand, hat durch sein Vorpreschen den
Stuhl mitgerissen, hält ihn schräg neben sich wie einen Stock. Schreit):*
Nein!
Nein!
Nein!
*(Jetzt schleudert er, eine rasende Ersatzhandlung, den Stuhl weit aus
dem Weg, weg von sich, daß er bis an die Reling fliegt und zerbricht.
Schweigen. Sikorski ist aufs tiefste betroffen, er möchte etwas sagen,
wagt das aber nicht. Churchill hat ihm den Rücken gewendet, jetzt
zeigt er dem Polen wieder sein Gesicht, ohne ihn anzusehen, er sieht
unter ihm weg und sagt mit verkrampfter Gelassenheit, bei unnatür-
lich klarer Artikulation:)*
Das Internationale Rote Kreuz hat die Verpflichtung
zu absoluter Neutralität.
Die Regierung Seiner Majestät wird Genf daran erinnern,
daß eine Untersuchung der Massengräber
. . . sich *verbietet*, solange noch die Wälder um Smolensk
von deutschen Truppen besetzt sind –
*(Er sieht auf, aber meidet Sikorskis Augen. Der will der Unmöglich-
keit vorbeugen, als Ministerpräsident fortgeschickt zu werden. Er
salutiert wie vor einer Gruft, schweigend – und wendet und geht. Der
eben noch wie ein Rittmeister ging, geht nun schwer und steif und
zögernd der Eisentreppe zu. Als er den Fuß auf die unterste Stufe setzt,
im letzten Augenblick, überwindet Churchill sich – und sagt leise:)*
Sikorski.
*(Der wendet sich um – dann, mit herabhängenden Armen, eine
gleichzeitige Bewegung beider Hände, die absolute Hoffnungsleere
andeutet. Noch einen Schritt geht Churchill dem Verharrenden entgegen, dann:)*
Wir fahren auf dem gleichen Schiff, Exzellenz.
Sikorski *(härter als Churchill, schon seiner Aussprache wegen):*
Was verlangen Sie, Premierminister!
Polens Elite – verscharrt. Und Polens Staatschef
– noch bereit, dem Mörder die Hand zu geben . . .

PM: – Geben Sie sie *mir* . . .

SIKORSKI: – Soll ihm auch noch die Hälfte Polens geben!
Die *Hälfte!*

PM *(sachlich wie eine Rechenmaschine, aber traurig, warnend)*:
Stalin *wartet* darauf – entweder: daß *ich* Sie fallenlasse.
Oder: daß *Sie* die Beziehung zum Kreml abbrechen:
in beiden Fällen brauchte er nicht mehr zu reden mit Ihnen, Exzellenz.
Hitler aber hofft, daß ich Sie halte – *gegen* den Kreml:
Er spekuliert auf die Zersetzung unserer Großen Koalition.
Sie persönlich, General, erinnern, sooft Sie im Kreml erscheinen:
an die erste verheerende Niederlage der Roten Armee.

SIKORSKI: Bin ich Ihnen und meinem Land im Wege?

PM *(heftig, entschlossen, jedes Wort, das hier fällt, unter Kontrolle zu halten)*:
Unsinn! – Im Wege. Aber *treu,* treu sollten wir sein. –

[SIKORSKI *(bitter)*: Dem Land oder dem Menschen?

PM *(unbeirrt)*: Zueinander.] Sie fallen mir in den *Rücken,* Exzellenz –
schon *wieder.*
Jetzt in Genf, neulich in Washington.
Sie haben entgegen *meiner* Absprache mit Rußland
den Präsidenten veranlaßt,
die Grenzen Polens *nicht* zu diskutieren!

SIKORSKI *(verletzt auftrumpfend)*: Das *ist* meine Treue!
Sonst wäre ich besser umgekommen
bei diesem Flug ins Weiße Haus, als in Montreal
alle vier Motoren gleichzeitig aussetzten.

PM *(wieder dieser Griff zwischen Hals und Kragen)*:
Ein Schurkenstreich, Ihr Absturz – ohne Frage, Vorsicht!
Fliegen Sie nicht so oft herum!

SIKORSKI: Aber Sie sagten, ich solle zu meinen Regimentern
nach Persien fliegen.

PM: Ja, aber nehmen Sie wenigstens
einen prominenten Briten an Bord – nicht –
(Lachend:) – damit er Sie überwacht, sondern damit
der britische Geheimdienst besser achtgibt.

SIKORSKI: Nun, Premierminister, es war ja *Ihre* Maschine
in Montreal.
Ihr Geheimdienst wird schon getan haben, was er konnte –
(Bemüht zu lächeln:)
Ein Motor ist schließlich nicht verläßlicher als ein Menschenherz.
Reden wir nicht von *mir,* sondern von Polen!
*(Er hat ein foliogroßes starkes Papier, zweiseitig, aus der Tasche ge-
zogen und hält es in kindlicher Hoffnung auf Verträge dem Premier-
minister hin:)*
Bestätigen Sie, daß *nicht* vor dem Sieg über Hitler
die Grenze zwischen Rußland und Polen diskutiert wird.
Ihre Unterschrift – ist unser letzter Halt im Kreml.

PM *(erhitzt, bestimmt)*: Es tut mir leid – General, ich wiederhole:
kein Brite, kein Amerikaner, kein Pole,
kein einziger von uns,
der das Festland auch nur betreten hätte!

Warum sollte sich Stalin von *uns* binden lassen
an Grenzfragen in Europa –
da wir nach seiner Meinung noch gar nicht *kämpfen*
in Europa.
[SIKORSKI *(vernichtet, weil er sieht, daß Churchill völlig aufrichtig argu-*
mentiert. Ein letzter Versuch):
Und wenn ich *Ihrem* Wunsch nachgebe
und auf die Untersuchung der Gräber von Katyn verzichte . . .
PM *(eisig)*: *Meinem* Wunsch? – *Ihnen*, General,
gebietet das die Vernunft,
wenn Sie nicht Stalin den Gefallen tun wollen,
nie mehr mit Ihnen reden zu müssen.]
Vergessen Sie dieses Blatt da – oder . . .
(Schweigen. Der Pole beherrscht sich übermenschlich –. Plötzlich, als
würde er sonst etwas Unkorrigierbares sagen, wendet er sich schroff
ab, zerreißt langsam das Doppelblatt, geht der Reling zu – wie einer,
der keine Eile hat, weil es nichts gibt, was er noch verlieren könnte. PM
mit einem Schritt ihm nach. Er wechselt den Ton, denn dieser General
ist nun kein Gegner mehr, sondern einer, der Mitgefühl erweckt:)

Nein – nicht zerreißen:
geben Sie es *mir*, Sikorski.
(Sikorski, wendet sich um, sieht Churchill an, hält wie einer, der sich
geschlagen gibt, die beiden Hälften des zerrissenen Blattes in den er-
hobenen Händen, ein verzerrtes Lächeln, dann schroff –)
SIKORSKI: Nur noch zwei Fetzen, wie Polen.
PM *(bewegt, auf ihn zugehend)*:
Irgendwie fügen wir sie zusammen . . .
und bewahren sie –
SIKORSKI *(nicht feindselig)*: In britischen Archiven –
dann können die Fetzen auch in die Nordsee schneien.
PM: Nein, Exzellenz – Ihr Kampf
büßt nichts an Größe ein,
weil Sie der Übermacht erliegen.

(Sikorski sieht an ihm vorbei, als er jetzt wortlos die Blätter hinhält,
die Churchill ihm bewegt aus den Händen nimmt, um sie zu falten und
in seine Manteltasche zu tun. Hart, mit einem Anflug von Donquichot-
terie sagt Sikorski, während er sich jedes einzelne Wort entreißt)

SIKORSKI: Daß ich geschlagen bin – mag ja *wahr* sein.
Da es aber nicht *recht* ist, kämpfe ich weiter.

Nun hat der Pole begriffen, daß der Brite, dieser Dichter, *der vor Dudel-*
säcken oder bei der Taufe seines Enkels – »armes Kind, in eine solche
Welt geboren zu werden« *– nicht aufhören kann zu weinen, auch die*
Härte der Klippen von Dover hat. La Rochefoucauld notiert, oft erzeug-
ten Leidenschaften andere, die ihnen entgegengesetzt seien: so Schwäche
Hartnäckigkeit; Angst Kühnheit; Geiz Verschwendung. Daß Churchill
jetzt so auffallend milde, ja nekro-geduldig gestimmt ist gegenüber
einem dieser ganz wenigen Männer im eigenen Lager, die er nicht zu
seinen Plänen überreden kann – mag schon bedingt werden durch Vor-

kommnisse, die alsbald den Marschall Stalin veranlassen, als konziliant lächelnder Erpresser unter vier Augen einem Diplomaten des Weißen Hauses zu drohen, die Engländer sollten sich doch nicht mit Polen befassen, er sei ja geneigt, »alles zu tun, um Churchill den Weg aus der unangenehmen Situation heraus zu ebnen, denn es würde sehr schlecht für die Briten aussehen, wenn alle Einzelheiten herauskämen ...« Der tschechische Präsident Benesch, dessen Untergebener, Leutnant Prchal, Sikorskis letzter ihm von Downing Street gestellter Pilot werden sollte, hatte Stalin informiert ...

Es ist nicht die kalte Verdüsterung der Luft, die den Polen erschauern läßt: Es ist die endlich nicht mehr zu verdrängende Erkenntnis, daß der britische Premier den Polen so wenig helfen kann wie die Polen sich selber. Endlich weiß dieser Reitersmann, daß er und sein Volk dazu verurteilt sind, stets auf Pferden gegen Panzer zu kämpfen. Was ihm noch Haltung gibt, ist die erleichternde Gewißheit, daß er persönlich fallen wird in diesem Kampf, der entschieden war, bevor er begann. Der ganze Charme hat diesen Oberkommandierenden eines verscharrten Offizierkorps verlassen. Nicht mehr der chev-alereske, der tragische Reiter steht vor Churchill, der sieben Jahre später resümieren wird: »In den düsteren Kriegen der modernen Demokratien findet sich für Ritterlichkeit kein Platz.«

(Pause, dann –)
SIKORSKI *(als habe Churchill noch die Wahl)*:
  Daß Sie Rußland derartig großziehen –
  diesmal bezahlt das auch ihr Briten, Herr Churchill!
PM *(jetzt hebt er ein wenig die Arme, aber sehr gelassen)*:
  Sikorski – was wissen wir von den Gezeiten unsrer Reiche.
  Auch Rom war groß nur drei Jahrhunderte. Nachgeben!
  [Der Atem der Geschichte – gleichmachend wie Monsun.
  Aus eurer Heimaterde, Polen, wird –
  Flugsand unter den Böen aus den Steppen des Ostens.
  Oder: Polen *duckt* sich unter Kremlmauern.]
SIKORSKI *(sehr leise und sehr fest)*: Nie, nicht solange ich es regiere.
PM *(an die Flöße lehnend, er kämpft den »schwarzen Hund« nieder, wie er die chronische Melancholie der Marlboroughs nannte)*:
  Treue, Tränen, Taten – vor den Dämonen in der Machtarena
  sackt alles zusammen wie –
  das Recht unter einem großen Gelächter.
  Exzellenz – ich habe immer nur von Tatsachen geträumt,
  alle meine Visionen waren völlig phantasielos –
  und auch diese ist nur exakt:
  Wenn Sie nicht nachgeben, wird Polen nichts –
  nichts sein als blutiger Schlamm
  an den Ketten der Panzer der Roten Armee.

(Sikorski sucht Churchills Blick, das gelingt nicht, der Brite sieht weg. Sikorski salutiert und geht. Erst dann blickt Churchill auf und ihm nach. Die Flugzeugstaffel jagt heran, sehr tief, sehr laut, jagt über das Wasser, das schwarz geworden ist unter schwarzem Horizont.)

VORHANG

II · Das Bett

In der Politik besaß er jene Unbarmherzigkeit, ohne die große Probleme nicht behandelt werden können... wiederholte er mir Gladstones Spruch: »Das Haupterfordernis für einen Ministerpräsidenten ist, ein guter Metzger zu sein«, und fügte hinzu, »es gibt da ein paar Leute, die jetzt geschlachtet werden müssen.« Es gab solche Leute. So loyal er gegenüber Kollegen war, er schreckte doch nie davor zurück, sie ein für allemal, wenn die öffentliche Not es verlangte, zu beseitigen... Aber wie will man Staaten anders regieren?

Churchill

Die Welt fühlt, und nicht ohne Furcht, daß hier einer außerhalb ihrer Gerichtsbarkeit steht.

Churchill

Daß Bett und Schlachtfeld, die zwei wesentlichen Aktionszentren vitaler Entladung, sich dem Theater entziehen, ist ästhetisch zwar ein Glück, doch keine Äußerlichkeit. Vielmehr ist an dieser Grenze abzulesen, wie sehr überhaupt die lebensbestimmenden Erfahrungen sich der Kunst entziehen – den Historikern auch. Vielleicht wissen manche Ärzte – was sich so wenig aufschreiben oder zeigen läßt wie eine Seele, ein Baum oder die innere Bereitstellung, Taten zu stiften, die erneut einem ganzen Zeitalter die Warnung des Menschen vor dem Menschen an alle Wände menetekeln.

Was dokumentierbar ist, Schutt gewisser Tatsachen – mag er noch so brettergerecht aufbereitet werden, führt nicht nur Historiker zu einer »Arbeitsamkeit als Zerstörerin der religiösen Instinkte« (Burckhardt). Ranke, faktenversessen wie keiner vor ihm und noch – allerdings mit neunundzwanzig – überzeugt, er könne »bloß zeigen, wie es eigentlich gewesen«, sprach trotz dieser Zuversicht später seinen Vorbehalt aus: »Es ist auch hier Theologie.«

Geheimnis zu sagen muß uns genügen.

Doch wo die Vergangenheit schweigt, nicht wo sie spricht, läßt sie hoffen. Nichts, was der Mensch kann – daß er einiges noch nicht kann, macht ihn erträglich.

Geheimnis – jetzt aber in der tristesten Bedeutung – nötigte uns auch zu den Untertagegängen, die dieser zweite Akt voraussetzte. Denn er schlägt sich herum mit einer Geheimdienst-»Maßnahme«, von der vielleicht deshalb bei keinem Historiker auch nur die Spur zu finden ist, weil sie erschreckender als andere der neuen Zeit bestätigt, daß der Trieb zum Bösen ein Wesenselement auch des Guten sein muß, wenn es stark sein will. Der Earl of Attlee hätte den Hitler sowenig aus der Welt schaffen können wie der deutsche Generalstabschef Beck. Churchill vermochte es, aber nicht schon deshalb, weil »das Genie wie ein Elefantenbulle alles niedertrampelte, was ihm in den Weg trat« (Moran) – sondern weil er veranlagt war, außerdem einiges niederzutrampeln, was ihm nicht in den Weg trat. Sie bedingen einander: die Eigenschaften Noahs (Mann der Ruhe, heißt das hebräisch), die Churchill 1940 befähigten, auf scheinbar sinkendem Schiff das Rettungswerk des Kriegers und Staatsmannes zu tun; und die nur alkibiadeske Ehrsucht des mit achtunddreißig Jahren Chef der riesigsten Armada aller Zeiten gewordenen Marineministers, 1914 Großbritannien in den Krieg zu ziehen.

Böses auch, nur um Gutes zu erzwingen – daß dies zu simpel ist, sollte eine Banalität sein. Indessen wird die ebenso professionell verdrängt oder eingefärbt wie jene, daß die politische Geschichte, wie noch jede Liebesgeschichte, das eigentlich Aufschreibenswerte für sich behält. Von Liebesbriefen sagte Fontane, man solle keine drucken, denn »die besten kriegt ohnehin keiner zu sehen«. Wie groß indessen ist noch nach der Niederlage, die bei der Erforschung des Reichstagsbrandes – um nur dieses Beispiel zu nennen – seit 1933 die Fachleute hinnehmen mußten, deren Dokumentierungs-Optimismus! Allenfalls vorhandene, dennoch nichts verratene Fernsehfilme über die Ermordung sowohl des Präsidenten Kennedy wie des Mannes, der möglicherweise auch auf ihn geschossen hat, könnten der Skepsis zum Sieg über eifernde Quellengläubigkeit verhelfen – vorübergehend. Welchen Wert haben Zeugen – gemessen an der Übereinstimmung, daß nicht nur Oswald, der Kennedy erschossen haben soll, sondern daß auch Booth, der angeblich Lincoln erschossen hat, ihrerseits erschossen wurden – vor der Gerichtsverhandlung?

Jaspers schärft ein: »Das Unheil menschlicher Existenz beginnt, wenn das wissenschaftlich Gewußte für das Sein selbst gehalten wird. Wenn alles, was nicht wissenschaftlich wißbar ist, als nicht existent gilt.« Oder als nicht geschehen: sogar nach offiziellem Eingeständnis hat »Old Firm« bei Kriegsende die Mehrzahl ihrer Akten vernichtet.

Verdienen Dokumente intensivere Beachtung als – Lücken? Zum Faktum verhält das Dokument sich, darf man ihm trauen, wie zur Vase die Scherbe. Vertrauen erweckt, wer von vornherein seine Geschichte der Deutschen als »Erzählung« ausgibt. Sogar Ranke sprach von »Der Mär der Weltgeschichte«. Träumen sei die eigentliche Substanz der historischen Wissenschaft, sagt Lytton Strachey. Suchte man in dem Stapel Kriegschroniken der drei höchstgestellten Briten, des Premiers, des Außenministers und der Chefs des Empire-Generalstabs und aller anderen Prominenten, nach Sir Percy Sillitoe und den Generalen Menzies und Gubbins: so müßte man feststellen, daß offensichtlich diese drei fürchterlichen Regenten der Unterweltsbeamten Seiner Majestät niemals gelebt haben. Das entspricht der Zumutung, eine »Fauna des Meeres« zu kaufen, die nichts über Kraken enthält – jene »ruhelosen Dauerschwimmer«, die »mit ihrem trefflich organisierten Nervensystem, das sich im Kopfe zu einem ansehnlichen Gehirn konzentriert, und mit ihren hervorragend entwickelten Sinnesorganen alle anderen Seetiere weit überragen«, wie das Lexikon belehrt, um beruhigend hinzuzufügen, daß diese Raubfische zwar »sehr groß werden, aber wohl nie die Maße erreichen, die ihnen die Sage zuschreibt«. Genau dies versichern von Zeit zu Zeit die Regierungen auch von ihren Geheimdiensten.

Bismarcks ironische Abneigung, dem zu glauben, was man lesen kann, kam aus der persönlichen Erfahrung: »Wenn man bedenkt, wie über eine politische Periode, welche selbst nur drei Jahre zurückliegt, mit Erfolg gelogen wird...« Er warnte, was von Wichtigkeit sei, je »dem Papier anzuvertrauen«. Hätte Hitler die Intelligenz nicht verjagt – das heißt die Atombombe besessen, so gäbe es kein Buch auf der Welt, in dem Auschwitz auch nur als Fußnote erwähnt würde. Und Churchill meinte 1943: »Töricht, Tagebuch zu führen... Tagtägliche Aufzeichnungen würden lediglich den Wankelmut des Verfassers reflektieren, und wenn man sie veröffentlicht, sieht es aus, als sei man unentschlossen und albern gewesen... lieber bis nach dem Krieg warten... so daß (man) notfalls seine Irrtümer korrigieren oder kaschieren« kann.

Selbst sein enormes Gedächtnis als Chronist setzt total aus, sogar gegenüber der Arbeit eines William Stephenson. Dieser verschwiegene kanadische Business-Millionär, den der Premier persönlich noch in der Admiralität empfing – er hatte noch keine Zeit gefunden, nach Downing Street Nr. 10 überzusiedeln, fand aber doch Zeit für Stephenson –, um ihn »zur Koordinierung der britischen mit der amerikanischen Geheimdienstarbeit« nach New York zu verabschieden, erhielt vom Präsidenten als einziger oder erster Ausländer 1945 die höchste amerikanische zivile Dekorierung; der FBI-Chef schrieb ihm, daß »Ihr Beitrag zum Endsieg der Verbündeten als einer der bedeutendsten gewürdigt werden wird, wenn man eines Tages über diese Dinge sprechen kann«, und Churchill pries ihn dem König zum Ritterschlag an, mit den Worten: »Dieser Mann liegt mir am Herzen.«

Dennoch konnte er ihn in den zwölf Bänden seiner Weltkriegsgeschichte nicht unterbringen, denn der Tag kommt niemals, an dem man »über diese Dinge sprechen kann«. Jedenfalls kann man es dann nicht mehr, wenn man sie selber zu verantworten hatte. Dagegen, im Ersten Weltkrieg, nur Ressortchef oder gar zum Privatisieren gezwungen, vermochte Churchill offen einzugestehen, wen und was er bewunderte. Niemanden höher als Lord Balfour. »Niemals hatte England einen überzeugenderen oder energischeren außerordentlichen Botschafter.« Beim Tod dieses Mannes, der »weit vor dem großen Haufen stand«, schrieb Churchill über die »Tragödie, welche die Welt all der Weisheit und Schätze beraubt, die sich im Leben und der Erfahrung eines großen Mannes sammeln«. Drei Jahrzehnte lang blickte Churchill lernend auf zu diesem Staatsmann: »Nichts ist lehrreicher als der leidenschaftslosen, kühlen, korrekten und gleichzeitig rücksichtslosen Art zu folgen, in der Balfour... von einem Kabinett ins andre wechselte, von dem Ministerpräsidenten, der sein Held, zu dem, der sein ernsthaftester Kritiker gewesen war, ganz wie eine kräftige, anmutige Katze, die sorgsam, ohne sich zu beschmutzen, quer über eine recht schmutzige Straße läuft... persönliche Freundschaft, mochte sie auch vermauert und versiegelt sein, ließ er... nicht seine Entschlüsse in Staatsangelegenheiten hemmen... er hätte nicht erst die Werke des Machiavelli zu studieren brauchen. Hätte er in der Französischen Revolution gelebt, so würde er, falls sich das als unbedingt nötig herausgestellt hätte... selbst einen abirrenden Kollegen mit viel Behagen der Guillotine übergeben haben.«*

Als Chronist der Niederringung Hitlers ist dann Churchill nie mehr so deutlich. Undenkbar, daß er zugegeben hätte, was er noch aus dem Ersten Weltkrieg erzählt hat: »In den höheren Sphären des Geheimdienstes glichen die Tatsachen in vielen Fällen in jeglicher Hinsicht den phantastischsten Erfindungen der Romantik und der Sensationslust. Verwirrung innerhalb der Verwirrung, Anschlag und Gegenanschlag, List und Verrat, Betrug und Gegenbetrug, echter Agent, falscher Agent, für zwei Seiten arbeitender Agent, Gold und Stahl, Bombe, Dolch und Exekutionspeloton: alles war oft so unentwirrbar ineinander verwoben, daß es unglaublich und doch wahr war. Der Chef und die höheren Beamten des Geheimdienstes tobten sich in diesen unterirdischen Labyrinthen aus und gingen inmitten des Kriegsgetöses in kalter, stummer Leidenschaft ihren Aufgaben nach.«

Aber obwohl nach Churchills Meinung damals der britische Geheimdienst »tüchtiger war und größere Triumphe erzielte als der aller andern Länder, der feindlichen, der verbündeten und der neutralen« – aus dem zweiten Krieg erwähnt der ehemalige PM nichts als Nachrichten, die oft nicht einmal pünktlich eingingen; er habe seinen Major Sir Desmond Morton beauftragt, ihm die interessantesten Berichte selbst vorzulegen – nicht nur deren Auswertung.

Wenn einmal Militärs durch die harmlosen Scherze der Old Firm oder Cover Plan Branch inspiriert wurden – von den weniger harmlosen erfuhren die Soldaten nichts –, sprechen sie gern darüber in ihren Memoiren. Rommel, selber listig, wurde in der Wüste mindestens zweimal entscheidend überlistet.

Generalleutnant Sir Brian Horrocks erzählt – und Churchill bestätigt, daß der redselige Deutsche von Thoma, bald ein Gefangener, den Erfolg des Tricks beklagte: »Um Rommel seine Entscheidung zu erleichtern … hatte Montgomerys Stabschef Guingand … die schon erwähnte Wegekarte ausgearbeitet, in der die Wegeverhältnisse hinter der britischen Südfront dargestellt waren – in vollendeter Fälschung. Die Karte wurde ins deutsche Minenfeld gefahren. Man ließ ein paar S-Minen hochgehen, die den Wagen beschädigten, dann rückte die Patrouille ab und beobachtete … ein deutscher Spähtrupp räumte den Wagen aus und fand auch die Karte. Sie wurde mit zur Grundlage für den Angriffsplan gemacht … und hat einen bedeutenden Einfluß auf den Verlauf der Alam-Halfa-Schlacht gehabt.« Rommels Panzer versackten im Treibsand, die Deutschen verloren mit dieser Schlacht für immer die Initiative in der Wüste.

Captain Roskill wiederholt, daß die von einem U-Boot »ausgesetzte« Leiche eines als Marineoffizier mit wichtigsten Kurspapieren verkleideten Gärtners erwartungsgemäß an der spanisch-portugiesischen Küste deutschen Agenten in die Hände trieb und von der geplanten Invasion Siziliens ablenkte.

(Daß Geheimdienste sich Toter bedienen, kommt freilich selten vor: meistens stellen sie welche her.)

Hier ist nicht Wissenschaft, hier ist Theater, und dazu macht uns Mut allein, daß wir zwischen die Wirklichkeit, von der die Bühne in ihrem eigenen Organismus nie mehr als nur bescheidene Transplantate verarbeiten kann – daß wir zwischen die Geschichte und uns den Akteur stellen dürfen.

Churchill legitimiert wie keine andere Figur des gegenwärtigen Theatrum mundi eine solche Stilisierung – nicht etwa deshalb, weil er in seiner Lust, sich pittoresk zu kostümieren, Pläne hegen konnte, zum Entsetzen seiner Bullen »in der Verkleidung entweder einer ägyptischen Halbweltdame oder eines unter Zahnschmerzen leidenden Armeniers« auszugehen. »Auf dem Welttheater zu spielen«, das war Churchills existentielles Urverlangen. Er liebte es, »die menschliche Bühne« zu sagen, und Heinrich Mann sah bereits zum realen Zeitpunkt dieser Szene, 1943, in ihm einen »Helden von Corneille, unter der Maske des Zeitalters«. So soll denn auch sein Bett hier, so wenig wie sein Schiff im ersten Akt kaschieren – betonen soll es wieder, daß wir im Theater sind.

Als 1939, eine Stunde nach Englands Kriegserklärung, Chamberlain telefonisch erneut die Marine Churchills Führung unterstellte, weinte der, überwältigt, seine Aufgabe noch einmal gefunden zu haben.

(Auch bliebe Kassandra eine Närrin, träte das Unheil nicht ein.)

»Was wirst du tun?« fragte die Tochter.

»Ich werde zu Bett gehen«, antwortete er – denn es war Mittag, und gut geschlafen zu haben und das zu jeder Tages- und Notzeit, das war für diesen Vielerfahrenen – und er hat mit der zärtlichen Aufmerksamkeit, wie er sie stets und allein der eigenen Person zuwandte, mehrfach darüber geschrieben – so wichtig, wie gut gerüstet zu sein. Später erst eilte er zur Admiralität: »Die ›Bremen‹ ist auf hoher See, wir wollen sehen, daß wir sie erwischen.«

Dem Bett kommt inkommensurabler Anteil zu, daß Churchill als Täter und als Autor die breiteste Lebensspur aus unseren Gezeiten hinterläßt. Auch im Parlament hatte er sein Bett – nicht irgendeines, sondern eines in der Größe eines königlichen Katafalks. Auch im Savoy-Hotel, weil er dort als Oppositionschef wöchentlich einmal zu Mittag aß; das Bett, das ihn auf Wahlfeldzügen wiederherzustellen hatte, war so ausmaßig, daß eigens eine Seite des Waggons aufgerissen werden mußte, um es in der Eisenbahn unterzubringen. Es kam vor, daß er ein Flugzeug ohne Bett benutzen mußte – dann zog er einen schwarzen »Samt- oder Tuchfetzen aus der Tasche und bedeckte damit seine Augen. Die Wirkung war verblüffend. Prompt schlief er ein und wachte erst wieder auf, als das Flugzeug bereits über das Rollfeld in Heliopolis rumpelte.«

Das Paradoxon, daß Geschehnisse der Historie oft das Gegenteil dessen bewirken, was sie erreichen sollten, findet hier eine komische Ergänzung: der zu dem halben Dutzend Männer zu zählen ist, die in ihrem Jahrhundert die meisten Menschen in Bewegung brachten, löste diese Stürme durch Zonen und Zeiten dann aus, wenn er fast buddha-still in seinem Bett saß.

Aufs Bett bezieht sich auch jenes Bekenntnis, das einen erschauern läßt: er könne sich nur einer einzigen Nacht erinnern, in der ihn der Schlaf im Stich ließ: Der Arzt sagte, hier übertreibe Churchill – das muß man hoffen. Denn es gab doch immerhin Nächte, da auf sein Geheiß die Invasionsflotte den Kanonen Hitlers an der französischen Küste zusteuerte; oder zum Beispiel dem ehemaligen französischen Alliierten die Flotte zusammengeschossen werden mußte; und Nächte noch, die Zehntausende von Zivilisten in Fackeln verwandelten! »In meinem langen Leben«, diktierte der nie ermüdende Selbstbetrachter, »habe ich mancherlei Auf und Ab erlebt. Während des ganzen Krieges ... litt ich auch in den schwersten Zeiten nie an Schlaflosigkeit ... Ich pflegte tief zu schlafen und erfrischt aufzuwachen und kannte keine anderen Gefühle als eine Art Vorfreude, mich mit allem zu befassen, was die Morgenpost bringen mochte. In dieser Nacht vom 20. Februar 1938 aber, dies einzige Mal nur, ließ mich der Schlaf im Stich.« Man hatte Churchill spätabends mitgeteilt, Eden sei als Außenminister wegen der Nachgiebigkeit des Kabinetts Chamberlain gegenüber Hitler zurückgetreten. »Von Mitternacht bis zum Morgengrauen verzehrte ich mich in Schmerz und Sorge ... Ich sah den Morgen langsam durch die Fenster dringen, und vor meinem geistigen Auge stand die Gestalt des Todes.«

Im Bett traf ihn auch der vermutlich am grausamsten empfundene Telefonanruf: »Der Erste Seelord. Seine Stimme klang merkwürdig. Ich hörte so etwas wie ein Hüsteln und Schlucken, und anfänglich verstand ich ihn Wales' und die ,Repulse' von den Japanern versenkt wurden – wir glauben durch Flieger ...‹ Jetzt legte ich den Hörer weg, voller Dankbarkeit, daß niemand bei mir war. Während des ganzen Krieges traf mich kein Schlag unerwarteter ... Aber erst als ich mich umdrehte und im Bette wand, erfaßte ich die entsetzliche Tragweite der Nachricht. Weder im Indischen Ozean noch im Pazifik gab es britische oder amerikanische Großkampfschiffe.«

Noch zwölf Jahre später, nach seinem Schlaganfall, der »ihn fast das Leben gekostet hätte«, berichtet Lord Moran, »sagte mir Winston«, er habe einen sehr bösen Traum gehabt. Ich fragte ihn, welchen. Aber er brachte es nicht fertig, darüber zu reden. Er sagte lange nichts, dann wandte er sich mir zu: ›Verstehen Sie etwas von Träumen? ... Sie wissen, wann die ,Prince of Wales' und die ,Repulse' versenkt wurden?‹ Er konnte nicht weitersprechen, er schien so erregt, daß ich einen neuen Schlaganfall befürchtete.«

(Roskill bestätigt, alle Berater hätten Churchill mehrfach gewarnt, die beiden Schlachtschiffe in den Pazifik zu entsenden. Moran notierte einen Monat nach der Versenkung: »Manchmal frage ich mich, ob der PM spürt, wie schwer die Entscheidungen wiegen, die er zu treffen hat ... Es kommt mir vor, als habe Winston eine Familie von zwölf Kindern und nicht genug zu essen für alle – einige müssen verhungern. Und er hat zu entscheiden, welche.«)

Jedes Churchill-Bild, das man heranträgt, vertieft nur das Geheimnis seiner Person.

Wenn Thomas Mann spürte, vom Dämonischen lasse sich nur dichten, nicht schreiben – der Stabschef Churchills spürte schon im Krieg die Unmöglichkeit, »Winston getreu darzustellen«, er bedauerte künftige Historiker. Er malte 1943 folgendes »Aquarell« in Kairo, das zweifellos in kein Geschichtsbuch »gehört«, aber sicherlich ergiebiger ist als unzählige Dokumente: »... zu einem Mittagessen unter vier Augen mit dem PM befohlen. Wir speisten im Garten; er sah sehr erschöpft aus und sagte, er fühle sich sehr matt ... und habe Schmerzen in der Hüftgegend. Aber während der ganzen Mahlzeit erschlug er mit seiner Klatsche Fliegen und zählte die Toten ... Mitten bei Tisch fragte er mich, ob ich nicht meine, es wäre besser, wenn man mich ... zum Feldmarschall machen würde! ... Ich werde mich immer an diesen Lunch wie an einen schlimmen Alptraum erinnern. Er hatte seinen grauen Anzug mit Reißverschluß und Schuhe mit Reißverschluß an und seinen riesigen mexikanischen Hut auf ... zwei livrierte ägyptische Kellner servierten ... Nach zwei Löffeln Suppe begann er die Frage des Mittelmeer-Kommandos zu erörtern. ›Es ist alles ganz einfach, es gibt ...‹ knallend sauste die Fliegenklatsche auf den Tisch, und ein Fliegenleichnam wurde aufgelesen und auf einem Fliegenfriedhof an der Tischkante niedergelegt. Wieder zwei Löffel Suppe, und er sagte: ›Das ist die kössstlichste Suppe ...‹ worauf er erneut zwei Löffel voll nahm und abermals begann: ›Wie ich sagte, es ist alles ganz einfach, es gibt genau drei Gebiete ...‹ knall, sauste die Fliegenklatsche herunter, und ein weiterer Leichnam wurde auf den Fliegenfriedhof überführt! So ging es während des ganzen Mittagessens, aber wir kamen nie über die ›drei Gebiete‹ hinaus, weil jedesmal eine neu erlegte Fliege beigesetzt wurde. Das Interessante dabei war, daß es in diesem Kommandoproblem gar keine ›drei Gebiete‹ gab, und doch wußte ich sehr gut, daß es bei seinem gegenwärtigen ... Zustand völlig unmöglich war, ihm diese Tatsache begreiflich zu machen ... und ließ ihn weiter Fliegen umbringen.«

Das ist absurdes Theater, während jene Bühnenstücke, die man momentan so nennt, oft nur dürftige Kopien von Maeterlincks »Les Aveugles« und »L'Intruse«, meist nicht absurd sind, sondern gegenstandslos. Absurd sind Dasein und Exitus des Menschen in der Geschichte. Und ist seine Hoffnung, trotz der Geschichte.

Trägt ein Darsteller die Komik solcher Details auf, so darf er damit nicht den Schrecken kaschieren, der doch immer auch in allen Beobachtern eines solchen Mannes und seiner lähmenden Jovialität ausgelöst wird. »Ich habe Männer um weniger als das ermordet«, konnte er – nur geringfügig irritiert – selbst Brendan Bracken anfahren, der ihm vermutlich näherstand als jeder andere Minister. Whitehall hatte den Vornamen dieser seiner »inexplicable éminence grise« flüsternd in Brutus geändert. Immer muß der atmosphärische Druck spürbar bleiben, den Churchills Gegenwart selbst über den kleinsten »Freundes«-Kreis legte: »Niemand wagte es, eine Konversation zu verfolgen, die nicht seine Zustimmung zu haben schien; niemand wagte, sich irgend etwas herauszunehmen. Viele Gäste würden es einfacher gefunden haben, mit königlichen Hoheiten umzugehen«, hielt Virginia Cowles fest, die gelegentlich während des Krieges zum Lunch mit vier oder fünf Personen nach Downing Street geladen war. Natürlich schwiegen die Gäste auch dann, wenn er Gedichte rezitierte oder Soldatenlieder sang, um dann »merkwürdigerweise ohne eine Spur von Verlegenheit« dem alten Mann zuzugucken, wenn er still in seinen Pudding weinte.

Hier sehen wir ihn, wie Brooke ihn vormittags gewöhnlich anzutreffen pflegte:

»Er saß im Bett, eine Menge Kissen im Rücken, in seinem farbenprächtigen orientalischen Morgenrock, die wenigen Haare auf dem gewaltigen Schädel zerzaust, eine Zigarre im Mund und neben sich das abgestellte Frühstückstablett. Das Bett war übersät mit Zeitungen und Telegrammen. Der rotgoldene Drachen auf dem Morgenrock ... war allein schon eine Sehenswürdigkeit, die einen meilenweiten Weg gelohnt hätte. Nur Winston konnte auf die Idee kommen, so etwas zu tragen. Er sah eher wie ein chinesischer Mandarin aus ... Fortwährend läutete er nach seinen Sekretären, Stenographen und seinem treuen Kammerdiener.«

Zwischen dem Nachttisch, einem großen victorianischen Klapptisch mit verstellbarem Lesebrett und dem Fenster: Lord Cherwell, schwarzer Anzug, Rock offen, Fingerspitzen beider Hände in den Westentäschchen.

Churchill, seine Ellbogen auf zwei dicke Schwämme gestützt, um sich nicht wund zu reiben, brennt die einzige Zigarre an, die im ganzen Stück geraucht wird: er nimmt ihr die Leibbinde ab, durchsticht das mächtige Exemplar der Länge nach mit einem langen Spezialzündholz, entzündet eine Kerze, die fortan brennen bleibt, wärmt das Ende der Zigarre, wikkelt um das andere einen Streifen gummierten braunen Papiers (»diese Binde, Norman«, erläuterte er einem Diener, »läßt die Zigarre nicht so rasch naß werden«) und raucht an.

Der Generalstabschef schweigt bis fünfzehn Sekunden nach Öffnen des Vorhangs, weil Helen das Frühstückstablett samt einigen zerlesenen Zeitungen (meist auf dem Teppich) abräumt – dann nutzt Brooke, daß der PM ihm einmal nicht ins Wort fallen kann, um rasch, heftig, gleichsam angekurbelt zu widersprechen –

BROOKE: Nein, Sir! – Nicht nach Nord-Sumatra.
 [Singapur bombardieren – wozu!
 Und andere Aktionen gegen Malaya –
 sind doch gar nicht zu starten von der Nordspitze.]
 Wir brauchen jeden Mann im Mittelmeer.
 Was sollen wir jetzt im Dschungel?
PM: *Dschungel!* Will ich einen Dschungelfeldzug?
 Man steigt doch nicht ins *Wasser,*
 um einen Hai zu töten.
 [Denken Sie, ich hätte Wavells Burma-Feldzug vergessen?
 Nur der Dumme lernt aus Erfahrung,
 der Schlaue aus den Erfahrungen der *anderen.*
 Nie wieder in den Dschungel.]
 Nur ein Brückenkopf an der Nordspitze!
 (Zu Cherwell:)
 Nicht fortgehen, Prof.: wir müssen noch wegen der Raketen –
 (Zu Brooke, mit geballtem Pathos:)
 Endlich ein erster Schritt zur Auferstehung
 des Empire in Asien!
BROOKE *(in Wut)*:
 Und die Landungsboote? – Für Asien *haben* wir keine!
[PM *(einlenkend)*: – Jetzt ist doch kein Zeitpunkt
 zum Einsatz üblicher Sturm- und Landungsboote.
 Brookie – kann man nicht diese türkischen Kaiks
 zwischen Schiffen und Strand notfalls benutzen.
BROOKE: Wenn man sie hat!
 Ich wiederhole:]
 wir brauchen jedes Boot im Mittelmeer.
PM *(innerlich brodelnd – bis der Vulkan spuckt)*:
 Wann denn! – Wann endlich, Stabschef: Salerno?
 Wo waren Sie heut' nacht um eins!
 Niemand bekam Sie ans Telefon – mir wurde nämlich . . .
 zugetragen, aus Alexanders Stab,

die sechs Divisionen für Neapel
könnten nicht vor dem ersten zwölften
in Salerno an Land gehen. Unerhört.
Das ist ein völlig unerhörter Defätismus.
Was sollen die so lange in Sizilien!
Ist Sizilien ein Sofa? Sizilien ist ein Sprungbrett!
BROOKE: Ihre Information, Premierminister, ging nicht den Dienstweg.
Wie kam sie zu Ihnen – sie ist falsch.
PM: *Was?* Ich konsultiere, wen ich will. Falsch!
Ich konsultiere, wen ich will – wen ich will,
den konsultiere ich.
BROOKE: Natürlich. Nur sind wir nicht erst im Dezember,
wir sind nach meinem Plan
am neunten neunten in Salerno.
PM: Jedenfalls *verbiete* ich, Feldmarschall,
daß wir den Stiefel – wie – ein Käfer –
vom Knöchel hochkrabbeln.
Wir zielen sofort aufs Knie.
BROOKE: Einverstanden: Salerno ist das Knie.
PM: Das Knie ist Rom, wo man auf Knien geht!
Ostia – *der* Strand für Landungsboote.
BROOKE: Unmöglich, Sir – viel zu weit.
[PM: Wie sprang MacArthur denn nach Neu-Guinea!
Genial: – *nur* Rösselsprünge,
und jeder Sprung den Japsen ins Genick.
BROOKE: Gewiß – MacArthur kriegt, was er braucht.
Während wir um jeden Flugzeugträger
härter mit Washington kämpfen als mit Hitler.
Die Flugplätze Siziliens sind zu weit für unseren Jagdschutz.]
PM *(gereizt)*: – Sie wollen zuviel Sicherheit:
schlägt man den Nagel bis zum Kopf 'rein –
kann man keinen Hut dran hängen.
Sicherheit liegt im Überraschungseffekt.
Prof. – was läßt sich der Geheimdienst einfallen?
CHERWELL: Premierminister – zwotausendfünfhundertneunzig Schiffe
s-teuern auf Sizilien,
da liegt der Effekt in der Stärke, nicht in der Überraschung.
Den deutschen Luftaufklärern *muß* ja Malta
als *der* magnetische Punkt auffallen,
der die Konvois anzieht.
PM *(ängstlich)*: *Deshalb* ja –
die Vereinigung der Flotten vor *Malta*, natürlich.
Daß sie aber auf *Sizilien* steuern,
nicht nach Korsika oder Sardinien:
das muß durch Irreführung getarnt werden.
CHERWELL: Cover Branch will einen Gärtner organisieren,
der in einigen Tagen s-terben wird;
wir befördern die Leiche zum Major
und setzen sie per U-Boot vor der s-panischen Küste aus.
[Iberien ist ja gepachtet von den Gangstern des Canaris.]
Dort wird unser toter Freund den Fritzen

schon in die Hände ges-pült – und überbringt ihnen diskret
die angebliche Kurierpost, die wir ihm
in seine Brusttasche ges-teckt haben.

Benutzer eines Toten

[PM: Kennwort?
CHERWELL: Operation Hackfleisch.
BROOKE *(hat eine Klingel bedient, Helen kommt, nimmt schweigend*
einen Zettel entgegen und geht, Brooke hat sich gesetzt, beschreibt
hastig einen neuen, sagt dazwischen):
Reichlich optimistisch!]

PM: Habt ihr denn ausprobiert, wie lange höchstens
die Leiche treiben darf, wenn nicht das Wasser
die Briefe auswischen soll?

CHERWELL: Der Angeschwemmte von Cadiz, im November,
hat tagelang die Fische delektiert –
trotzdem war seine Post noch lesbar.

PM *(sich hoch setzend, verängstigt)*: Halt! Prof., das weiß ja sogar ich:
jeder Arzt sieht,
daß der Tote nicht ertrunken ist, weil die Lungen –

CHERWELL *(pikiert)*: Respekt, Winston – wir unters-tellen,
er sei abges-türzt.
Er s-tarb durch Aufprall der Kuriermaschine!

Alle Einzelheiten richtig!

Wenn man den Toten eingekleidet hat,
muß er aus einem Flugzeug aufs Wasser s-pringen;
dann wird er tiefgekühlt,
bis er an Bord des U-Boots geht.

PM: Tiefgekühlt? Beruhigend. Was steht in seinen Briefen?

CHERWELL: Die Admiralität schreibt an Cunningham in Algier,
daß gemäß der Absprache mit dem Heer
die eigentlichen Landungsplätze
nur in bescheidenem Ausmaß
beschossen und gebombt werden dürfen,
um nicht die Deutschen auf sie hinzuweisen. –
Dagegen soll – so schreiben wir – Sizilien,
besonders Syrakus, brutal unter Feuer genommen werden.

PM: Fein, Syrakus! Der erste Hafen, den wir
tatsächlich nehmen: gut.

CHERWELL: Wenn der Boche die Briefe liest,
wird er *Korsika* für das Ziel der Invasion halten
und vielleicht noch Truppen aus Sizilien hinüberwerfen.

BROOKE: Geb' Gott, daß wir den Witz der Fritzen nicht unterschätzen!

[PM: Stabschef – nichts für ungut, aber Hitlers Generale
tragen zu unserem Sieg fast ebensoviel bei wie britische!
Dieser von Thoma – phantastisch!
(Brüllt:) Helen! Leutnant. –

CHERWELL: – der älteste Hut
aus der Rumpelkammer aller Geheimdienste
hat genau die Kopfgröße der deutschen Tölpel:
sie quasseln in unseren Camps
wie in ihren Jagdhäusern, die s-trategischen Skats-pieler.

HELEN *(mit Notizblock, ist eingetreten)*: Sir?

PM *(– die Erheiterung macht sein Gesicht mondrund)*:

Also, Leutnant – nur eine Notiz fürs nächste Kabel
nach Washington.
Der kriegsgefangene deutsche General von Thoma
hat nicht nur die von uns abgehorchte Bemerkung gemacht,
daß Hitlers Raketen bereits *fliegen,* sondern erläutert
Doppelpunkt: Unsere Chance besteht darin, daß sie –
wie, Prof.?

CHERWELL *(indem er das Diktat fortsetzt):*
... daß sie dorthin gehen, wo wir das Heer gegen sie
loslassen können.
Sein Plappern über die Raketen
wiegt schwerer als die Versenkung eines Schlachtschiffs.
*(Helen nickt, wartet, bis das Gespräch zeigt, daß man sie nicht mehr
braucht.)*

PM *(hat Brooke zugenickt, denkt an die von ihm meistgefürchtete Un-
ternehmung – versonnen):*
– – – wo wir das Heer gegen sie loslassen!
(Er pfeift durch die Zähne.)
Brooke – wie mache ich das Roosevelt verständlich:
daß wir *nicht* früher in Berlin –
nur weil wir früher in Calais sind!
Der Präsident sieht in der Invasion den *ersten,*
ich sehe den *letzten* Kinnhaken in ihr.

BROOKE: – Leider, Sir, haben Sie neulich zuviel verraten,
als Roosevelt seinen Stimson zum Schnüffeln schickte.
Die fürchten jetzt im Weißen Haus,
Sie wollten auch im nächsten Jahr nicht übern Kanal!

PM *(böse)*: Werfen *Sie* mir das vor?
Die Landung *würde* die Straße von Dover
rot färben wie ein Abflußrohr im Schlachthaus –
Brookie, ich will nicht, daß Sie und ich
in die Geschichte eingehen wie die Chefmetzger
im Ersten Weltkrieg:
Sechzigtausend Briten tot, verwundet, kriegsgefangen
an *einem* Tag, so was Obszönes
soll man *mir* nie ankreiden!
Wozu sonst die Bomber und die Rote Armee.

BROOKE: Sir, es hilft nichts, Stimson hat Alarm geschlagen!
Mich hält das Weiße Haus für defätistisch.

PM: Das ehrt Sie.
Stimson, Stimson – hören Sie doch auf mit diesem Eiszapfen.
Neulich rezitierte der mir seinen Wahlspruch:
(Er zitiert leiernd wie ein Debiler, in gereizter Belustigung:)
»Der Mensch, der im Glauben an das Gute Gutes tun will, erleidet
niemals eine Niederlage, selbst bei Unglück nicht. Die einzige Tod-
sünde, die ich kenne, ist der Zynismus.«

*Tatsächlich hält dieser Spruch den amerikanischen Verteidigungsminister
so rüstig, daß er noch zwei Jahre später, mit achtundsiebzig, der Haupt-
einpeitscher für den Abwurf der zwei Atombomben wurde – von allen
Verbrechern im Krieg auf nichtdeutscher Seite vermutlich der tiefst-*

gekühlte, weil er Oppenheimer und seinen anderen Handlangern ver-
schwieg, daß Japan sich bereits um Einleitung der Kapitulationsverhand-
lungen bemühte.

CHERWELL *(dermaßen erheitert, daß er sich nur mit Pillen beruhigen
kann)*: Winston – wo kämen wir hin ohne tatkräftige Kretins!
BROOKE: Roosevelt sagt sich, mit einem alten Hund
ist die Jagd am sichersten.
PM *(müde)*: Fast achtzig und noch optimistisch: ekelhaft!
Daß wir eine apokalyptische Abfuhr durch die Hunnen
am Kanal riskieren *müssen,*
weil sonst der Kreml aus dem Krieg aussteigt,
sollte dieser ordinäre Rechtsanwalt
doch wenigstens als tragisch empfinden.
CHERWELL: Tragisch! – Das Wort gibt's noch gar nicht in Amerika,
Migräne nennen die das.
PM *(einen Seufzer wie ein Walfisch ausatmend)*:
Wir *büßen* nächstes Jahr in Frankreich,
daß wir jetzt keinen der künstlichen Häfen
in Sizilien ausprobieren!
CHERWELL: Wir können keinen Hafen ins Mittelmeer schleppen.
BROOKE: Deshalb *muß* Syrakus in vierundzwanzig Stunden fallen:
Wir brauchen siebenhundert Tonnen Nachschub pro Tag pro Division.
PM: Ruchlos – daß wir darauf *bauen,* so schnell den Hafen
zu erobern. In Frankreich ist das ausgeschlossen.
Dort wird die Invasion ersaufen,
wenn wir nicht zwei Häfen mitbringen.
BROOKE *(ungeduldig)*: Ihre Häfen werden fertig.

PM *(– zärtlich, er legt sogar die Zigarre aus der Hand, um zu demon-
strieren, wie ein künstlicher Hafen – nicht seine Erfindung, aber sein
Einfall, wie der Panzer – mit der Flut zu steigen und zu fallen habe)*:

Die Kais müssen sich heben und senken mit der Flut,
auf- und abbewegen mit der Flut.
Die Verankerungsfrage lösen.
Und die Schiffe müssen an der Seite eine Klappe haben.
Und eine Zugbrücke, die lang genug ist,
um die Vertäuung zu überbrücken.
Und keine Diskussion über die Schwierigkeiten!
BROOKE: Überraschungen sind nicht auszuschließen.
Denn der Höhenunterschied zwischen Ebbe und Flut
beträgt im Kanal mehr als sechs Meter.
Und das Wetter im Ärmel hat noch keiner vorausbestimmt.
CHERWELL: Ich ziehe Betonkonstruktionen als Wellenbrecher
den Blockschiffen vor – Sie dürfen der Sache trauen.]
BROOKE *(äußerst ungeduldig)*:
Ich müßte endlich an meinen Schreibtisch, Sir!
PM: Ja – nein: hören Sie noch, was der Prof. über Hitlers Raketen –
CHERWELL: Sir Alan ist unterrichtet.
PM: Danke, dann sind wir fertig, Stabschef – was gibt es?

– Warten Sie
(Brooke – schon in der Tür – wird zurückgerufen, sobald Helen mit
dem Kabel hereinkommt, das sie wortlos übergibt.)
Vom Präsidenten: ihm liegt am Herzen,
daß Rom zur Offenen Stadt erklärt wird.

(Cherwell lacht wie über eine Taktlosigkeit. Churchill trinkt aus, hält,
Brooke und Cherwell anblickend, dem Leutnant sein leeres Glas hin,
Helen schenkt Whisky mit Soda ein. Verärgert sagt –)

[CHERWELL: Hinhalten, hinhalten –
Das Problem der Offenen Städte schreckt nur Pastoren auf.]
PM *(heiter)*: Kommt davon, wenn man
dem Heiligen Vater Briefe schreibt.
Mich kann der Papst nicht leiden,
das ist mir viel bequemer.
Leutnant: dem Stabschef einen Whisky.
HELEN *(zum Abstinenzler Cherwell, während sie Brooke einschenkt)*:
Eiswasser, Sir?
(Cherwell schüttelt den Kopf, PM trinkt Brooke zu, reicht Helen das
Kabel.)
PM: . . . Ideen, was!
Nehmen Sie doch die Wasserflasche aus meinen Augen,
deprimierend, die anzusehen, deprimierend ist das ja.
(Helen geht mit Karaffe ab.)
(PM ruft ihr nach:) Rom – letzter Punkt der Tagesordnung.
Wo bleiben die Fotos von Gomorra, Leutnant!
HELEN *(kommt wieder)*: Unterwegs, Sir.
(Ab.)
PM *(zu Brooke, der seinen Whisky trinkt)*:
Ideen! Neulich meinten die Amerikaner,
wir sollten in Italien die Monarchie abschaffen;
als wäre nicht der kurze König da
der geborene Stiefelknecht für uns.
– Helen! Papierkorb.

(Der brennt nämlich wieder einmal. Der Premierminister hat wegen
dieses gewohnten Feuerchens kaum die Stimme gehoben, er hat die
halb gerauchte Zigarre in den falschen Behälter geworfen, denn neben
dem Bett stehen – fast in Höhe der Matratze – Papierkorb und Aschen-
becher, beide in Metallständern. Lord Cherwell reicht, auch schon
automatisch, Helen, die herbeieilt, einen Siphon mit Mineralwasser,
sie löscht, Churchill hat das Gespräch nicht unterbrochen.)

Rom bombardieren, einen Tag vor
und einen nach der Landung bei Salerno.
Wenn wir den Pöbel von Trastevere gegen Mussolini aufputschen,
werfen sie den Bullen, der ja nur noch ein Ochse ist,
vom Balkon des Palazzo Venezia.
BROOKE: Wenn aber Hitler uns zuvorkommt und selber Rom
zur Offenen Stadt erklärt:

dann hat *er* den moralischen Gewinn!
CHERWELL: Den moralischen gönne ich ihm, den hat er nötig.
PM: *Rom!* Wie Macaulay davon schwärmt,
   der glanzvolle literarische Spitzbube.
   [Die Kirche habe den Anbeginn aller Regierungen und aller
   Einrichtungen unserer Welt gesehen
   – ob ihr nicht bestimmt sei, auch ihrer
   aller Ende zu sehen!] Keine andere Einrichtung hat
   standgehalten, die unsere Blicke zurücklenkt in die Zeiten,
   da Opferrauch aufstieg vom Pantheon, da Giraffen und Tiger
   im flavischen Amphitheater vorgeführt wurden.
   Die stolzesten Königshäuser, die sind von gestern,
   mißt man sie am Papsttum . . .
   Die Kirche – wird noch dastehen in ungeschwächter Kraft,
   wenn einst ein Reisender aus Neuseeland, inmitten
   ungeheurer Einsamkeit, auf einem zerbrochenen Pfeiler
   der Themsebrücke Posten faßt,
   um die *Ruinen* von Sankt Paul zu zeichnen . . .
   Was für ein Nekrolog –

   *(Cherwell hat oft erlebt, wie der Premierminister dem Wortbarock
   seines heißgehaßten Lieblingsautors erliegt. Churchills sehr zierliche
   weiße Hände haben, als würden sie Papierschlangen auswerfen, die
   vergoldeten Blechvokabeln dirigiert – und allenfalls ein Witz, das
   weiß der Prof., kann jetzt den Premierminister aus der Literatur wieder zu den Geschäften zurückführen. So sagt der gefrorene Zyniker,
   spitz und rasch, da er es längst vorrätig hat –)*

CHERWELL: Also: da Macaulay versichert,
   daß Rom uns *trotzdem* überlebt,
   so sollen wir den Fritzen Zeit lassen,
   es zur Verteidigung einzurichten – um *damit*
   ein rasantes Bombardement zu begründen!
   [In Mailand hat ein einziger Angriff *Wunder*
   der Demoralisierung ausgelöst –
   kein Industrie-Prolet geht mehr zur Arbeit!
BROOKE: Nicht schlecht – wenn Kesselring
   nach Rom nur tausend Mann legt,
   liefert er schon die Begründung, draufzuhauen.]
PM: Dann sind die Horden Hitlers vor aller Welt
   derart verteufelt,
   daß selbst der Papst sie nicht mehr segnen kann –
   wie er das wöchentlich in Massenaudienzen tut.
   Wir wollen's aber nicht grade dem Präsidenten so erklären:

   (Helen ist in großer Eile eingetreten, kommt aber nicht zu Wort.

   Helen! – Was bringen Sie wieder!
   (Er reicht ihr das Rom-Kabel.)
   Hier – der Außenminister möchte irgendeine Antwort erfinden –
   und?

HELEN *(nimmt ihm das Kabel ab, zögert plötzlich, ihm das neue zu geben, das sie hereinbrachte, [sagt ausflüchtig):*
Soeben wird ein sehr langes Kabel von Marschall Stalin dechiffriert –
PM: Eilt euch!]
HELEN *(mit Überwindung):* Sir – dies jetzt!

> *(Sie tritt zurück. Der Premierminister hat erschrocken aufgeschaut, als er ihr das Kabel abnahm. Er liest. Seine Hand mit dem Telegramm fällt auf die Steppdecke. Cherwell nimmt das Kabel auf.)*

PM *(während Cherwell liest, zu Brooke):*
Schlimmer als ein Desaster an der Front.
CHERWELL *(indem er Brooke das Kabel hinüberreicht):*
Stalin hat die Beziehungen zu Polen abgebrochen!
PM: Wie habe ich Stalin *angefleht,*
diesen Trumpf dem Hitler nicht zu gönnen!
CHERWELL *(das einzige Mal im Stück, da er tiefes Betroffensein zeigt. Er preßt sich die Worte ab):*
Jetzt aber 'runter vom Schlitten mit dem Polacken.
PM *(röchelnd vor Wut):* Sikorski ... Sikorski – Sik –
> *(Da er noch vier Jahre später – mit zweiundsiebzig – Purzelbäume in Schwimmbecken schlägt, kann er jetzt trotz seiner zwei Zentner und elf Pfund mit einem Sprung aus den Federn sein. Er schreit den Leutnant an:)*
Maiski – los, los: holen Sie den her, sofort.
Sawyers soll mein Bad einlassen – los doch!: was warten Sie!
HELEN: Unmöglich, Sir. Sie können den russischen Botschafter
jetzt nicht empfangen.
Sie essen in achtzig Minuten beim König.
PM *(noch ebenso aufgebracht, dann ruhiger):*
Heute! – Wieso, ja natürlich, Dienstag.
Also telefonisch, verbinden Sie.
HELEN: Sofort.
> *(Ab. Stille. Ratlosigkeit.)*
[CHERWELL: Wo drei Polen sich treffen, da gründen sie drei Zeitungen.
PM *(reibt das Kinn und stampft richtungslos umher, sarkastisch, dann):*
Siebzehn! – Schätze, siebzehn haben wir in Großbritannien.
Keine – würdigt, wie es sich gehörte,
den Opfergang der Russen zur Befreiung auch Polens.
Alle hetzten – schon *vor* Katyn.
CHERWELL: Fische und Gäst s-tinken am dritten Tag.]
BROOKE: Ich war zum Luncheon mit Sikorski:
trotz Katyn will er seinen Frieden mit Stalin.
Aber er *mußte* doch zunächst ...
PM *(als wolle er Brooke umrennen – »Er hielt mir die Faust unter die Nase«):*
Mußte! – Was mußte er!
Hinter meinem Rücken im Weißen Haus
dreimal, *dreimal* den Präsidenten überreden,
der britischen Regierung zu *verbieten,*
dem Kreml die Wiedergewinnung
zaristisch-russischer Provinzen zu garantieren!

[Sikorski brachte es fertig, daß Roosevelt mir *drohte*,
sich *öffentlich* zu distanzieren
von solchen Absprachen mit Rußland –
Roosevelt schickte seinen Botschafter nach Chequers,
als Molotow bereits in London
auf meine Unterschrift gewartet hat ...
die ich dem Russen dann verweigern mußte.]

CHERWELL *(da PM vor Erregung nicht weitersprechen kann)*:
Solange *dieser* Pole da ist, Sir Alan,
hat Großbritannien *keine* Garantie,
daß nicht der Kreml aus dem Kriege auss-teigt
und sich erneut mit Hitler arrangiert.

Bedrohung wegen der Anwesenheit des Polen

BROOKE *(ratlos)*: Warum gibt Roosevelt Sikorski nach?
PM *(ungeduldig, barsch)*: Weil Sikorski acht Millionen Polen in USA
die Wahl vorschreibt, natürlich!
[Der Papst hat die Regierung Sikorski anerkannt –
als einzige Exilregierung.]
Bis nächsten Herbst muß FDR ihn respektieren.

USA. Freundlich !

HELEN *(wieder eingetreten)*: Der russische Botschafter ist unterwegs, Sir!
PM: Hierher?
HELEN: Nein, außer Haus. Die Botschaft ruft uns an,
wenn er zurück ist.
BROOKE *(lacht verächtlich)*: Der Kreml als Protektor Polens?
Soll Sikorski einen Hund an die Wurst binden,
um die Wurst zu behalten?

*(PM – zu Cherwell nur eine Handbewegung, als wolle er ausdrücken,
manches ist besser gepfiffen als gesprochen – und an diesen Soldaten
ist ebenso jedes Wort verschwendet wie an den Soldaten Sikorski.)*

CHERWELL *(zu Brooke)*: Brooke – Sikorski *hat* die Wurst nicht!
Und bekäme seine Wurst *nie* retour *ohne* die Rote Armee.
Er ist unans-tändig.
[BROOKE: Unanständig!
CHERWELL: Ja! Für Polen erwartet er mit Recht Landgewinn.
Die Russen aber sollen *gratis* eine Generation investieren,
um ihm aus Warschau die teutonische Bes-tie zu vertreiben.
BROOKE: Gratis? Rußland nimmt Bessarabien und das Baltikum.
PM: Ist doch kein Zugewinn – war immer russisch!]
CHERWELL: Nicht einmal *Königsberg* –
will Sikorski dem Kreml zuges-tehen.
PM *(brüllt dazwischen)*: Leutnant.
(Murmelnd:) Das wollen wir doch gleich mal festnageln – auf ewig.

(Jetzt zu Helen, die mit dem Block eingetreten ist, rasch:)
Ein Stichwort – Kabel an Stalin: »Mir scheint, die Russen haben einen
historisch wohlbegründeten Anspruch auf Königsberg. Die Regierung
Seiner Majestät betrachtet diesen Krieg gegen die deutsche Aggression
als einen dreißigjährigen von 1914 an und wird die Polen erinnern,
daß diese Erde mit russischem Blut getränkt ist. *Hier*« – gesperrt –
»hatten die russischen Armeen im August 14 die Deutschen gezwun-

gen, zwei Armeekorps vom Marsch auf Paris abzuziehen und haben damit den Sieg an der Marne ermöglicht, der dann durch die Katastrophe bei Tannenberg in keiner Weise zunichte gemacht wurde.« Schluß. Danke.

CHERWELL *(sofort)*: Soll S-talin Ihnen das *glauben*, Winston?

PM *(leise)*: Erlauben Sie, Prof.: Sie *wissen*, das ist ehrlich.

CHERWELL: *Ich* ja, aber S-talin?
Wenn Sie festhalten an *dem* Mann,
der dafür *lebt*, den Russen
Königsberg, Wilna und Lemberg zu verweigern?
(Churchill hat das selber längst bedacht. Er schweigt furchterregend.)

BROOKE: *(fühlt, daß er stört, will gehen)*.

PM *(eine Geste, der Stabschef solle bleiben – dann werbend, um selber sicherer zu werden)*:
Brookie – was soll ich denn *tun* mit Verbündeten,
die gegen unsern Retter Rußland offen Front machen!
Das schlägt General Grot-Rowecki in einem Kabel an Sikorski vor,
das wir mitgelesen haben. Im Ernst:
seine Warschauer Untergrund-Armee soll künftig
nicht mehr nur auf Deutsche –
auch auf die Sowjets soll sie schießen!
Wegen Katyn.
Hochverrat ist das, Brooke – Hochverrat.

BROOKE *(sehr beeindruckt, dann)*:
Ist Grot-Rowecki lebensmüde?

CHERWELL *(böse)*: Der *auch!*

PM: Sikorski hat's ihm zwar verboten,
aber nicht einmal hinausgeworfen hat er Grot-Rowecki.
Wie soll Stalin *mich* für loyal halten?
Grot-Roweckis Vorschlag ging doch nach London!
Soll Stalin mir *glauben*, daß wir nichts davon wissen?

BROOKE *(gequält, auch überfordert)*:
Hochverrat zweifellos – aus *unsrer* Sicht.
Aus *polnischer:* Patriotismus, eine Tugend.

PM *(des Argumentierens schon überdrüssig, er reflektiert widerstrebend, bevor er gehandelt hat)*:
Tugenden wie Verrat – bekanntlich immer eine Frage des Datums,
auch der Stellung, aber nichts Absolutes.
Edward Holyfox ist äußerst tugendhaft.
Doch da er im Foreign Office saß – haben alle seine Tugenden
der Welt mehr geschadet als sämtliche Laster von hundert Kanaillen.
Die Polen sind *ausschweifend* patriotisch –
doch da sie in unsrer Koalition sind,
ist ihre Russenfeindschaft – Verrat. Basta.

CHERWELL *(gefühllos)*:
Verrat *auch* – vor allem aber: Dummheit.
Und Dummheit *ist* ein Absolutum.

BROOKS *(hat während der Bemerkung Churchills zustimmend genickt – auch Ratlosigkeit gezeigt. Bei Cherwells Worten ekelt es ihn – und erleichtert, daß dies nicht sein Geschäft ist, geht er ab, flieht fast)*:
Premierminister – wir sehen uns im Kabinett.

(Er nickt auch Cherwell zu, der zum Gruß die Hand erhebt, die sein
»Mundtuch« hält, mit dem er sich, es aus der Rocktasche ziehend, oft
abtupft.
PM hat zwar freundlich genickt, als Brooke sich verabschiedete – es
aber keineswegs aufgenommen.)
HELEN *(ist eingetreten)*: Sir – Sawyers hat das Bad eingelassen.
PM: Wo bleibt der Anruf der Russen?
HELEN: Der Botschafter ist nicht da –
PM *(im Begriff, ins Bett zu steigen)*:
    Bringen Sie endlich das Kreml-Kabel.
HELEN *(nickt)*: Sir, das Bad ist eingelassen.
    Sie müssen jetzt wirklich aufstehen.
    (Sie blickt auf die Uhr.)
PM *(indem er wieder unter die Decke geht)*:
    Ich bin ja schon aufgestanden –
    (Helen wartet, zuckend vor Ungeduld.)
    Prof. – hat Eden Ihnen erzählt, wie er neulich
    den Polen einen Kreuzer schenken wollte? –
CHERWELL: Vermute: sie verlangten ein Schlachtschiff!
PM *(bedrohlich belustigt)*:
    Na – Anthony teilt Sikorski mit, die Navy schenkt Polen
    ein gutes starkes Schiff. Ergebnis: Sikorski besteht darauf,
    den Kreuzer *Lemberg* zu nennen.
    Eden bittet: Exzellenz! –
    In den Augen des Kreml ist Lemberg
    doch eine *russische* Stadt!
    – nennen Sie doch *bitte* Ihren Kreuzer
    Warschau oder Polen oder Gdingen –
CHERWELL: Ergebnis?
PM.: Sikorski *besteht* auf Lemberg –
    So kamen die Polen um den letzten Kreuzer!
CHERWELL: Realpolitik nennt man das – unter Kindern,
    Betrunkenen und Deutschen.
PM: Offenbar unter Polen auch.
    Wo ist denn Brooke?
    Ich wollte ihm sagen? Weiß nicht mehr. Ah jaa:
    mir ist aufgefallen, er sieht so abgekämpft aus.
    (Zu Helen:) Erkundigen Sie sich unter einem *Vorwand*
    bei seinem Adjutanten: wann Brooke heut nachmittag
    die schwimmenden Panzer inspiziert.
    Ich fliege ihm nach – bestellen Sie die Maschine für Norfolk,
    daß ich etwa eine Stunde nach dem Stabschef dort ankomme.
    Aber überraschend, niemand darf mich erwarten.
    Die Fotos von Gomorra dann.
HELEN *(im Abgehen)*: Wurden soeben überbracht.
    Sir – jetzt müssen Sie wirklich aufstehen.
PM *(nickt freundlich, ohne ihr zugehört zu haben)*:
    Verdirbt mir's Essen,
    daß die Panzer noch nicht schwimmen bei Dünung.
    Wir können ja eine begonnene Invasion nicht abblasen,
    nur weil rauhe See ist. –

CHERWELL: Warten Sie Sizilien ab – vertrauen Sie den Landungsbooten!
   Mich interessiert, wie weit die Flammenwerfer sind,
   die wir vor den ›Churchill‹ montieren
   und dann die mit Ketten umwickelte Motorwalze,
   die die Shermans vor sich herwalzen sollen.]
HELEN *(offiziell meldend)*: Group-Captain Clark.
PM *(nickt, aber weiter zu Cherwell)*:
   Schön, die Walzen lassen die Panzerminen hochgehen,
   aber dann reduziert doch diese Walz enorm –
   die Geschwindigkeit des Panzers?]

   (Clark tritt ein, salutiert, wartet in der Tür.)

   Wenigstens *Sie* bringen Erfreuliches!
   In Hamburg können jetzt die Deutschen
   sämtliche Erfrierungen
   von zwei russischen Wintern auftauen!

   *(Clark hat Augen wie Austern, selbst seine Pupillen sind noch qual-
   lig-wässerig – Thomas Mann vermutete, daß einem befreundeten
   Bildhauer deshalb die aussagestärksten Büsten bedeutender Zeitgenossen glückten, weil der zuerst und speziell Tierplastiken geschaffen
   habe. Aus Clarks Gesicht hätte dieser Porträtist den Frosch an die
   Oberfläche modelliert – mehr noch als die Augen bestätigten der rie-
   sige Mund, der immer abwartend vorgebeugte übergroße Oberkör-
   per und die nie ganz durchgedrückten Knie des Generalstäblers und
   Insektenschnappers, daß in uns allen auch ein Verwandter aus der
   Tierwelt steckt, meist ein sympathischerer Vorgänger als die späte
   menschliche Abart. Doch Clark, reaktivierter Uniformtuch-Fabrikant,
   beherzigt selbst als Überbringer der Gomorra-Fotos die chinesische
   Mahnung: wer kein freundliches Gesicht hat, soll keinen Laden auf-
   machen. Den rüden Draufgängerjargon, den er hier zeitweise redet,
   hat er nur Harris abgehorcht; da er glaubt, der werde hier gern gehört,
   übertreibt er ihn in seiner Unsicherheit vor dem Premier.)*

CLARK: Premierminister –
   die Landung in Frankreich braucht nicht stattzufinden!
   Am ersten April vierundvierzig
   sind Sie Sieger über Deutschland ... durch die totale –
   Verhamburgerung Berlins – ha!
   *(Er hat das in den britischen Sprachgebrauch eingegangene Wort »lü-
   becken«, das eine Antwort auf Hitlers »coventrieren« war, durch ein
   neues ersetzt.)*
PM *(glücklich und gläubig)*:
   Wenn euch *das* glückt, dann segnen einige ...
   hunderttausend Frauen, Mütter und Bräute auf der Insel
   den Namen Harris ... Sie bringen ja einen ganzen Koffer mit –
CHERWELL *(während Clark sein schwarzes, schlankes Dokumentenköf-
   ferchen auf dem Tisch öffnet und eine Handvoll großer Fotos hervor-
   holt)*: Group-Captain – Sie wissen, ich bin
   als Erfinder des Flächenbombardements

der s-tarrköpfigste Anhänger Ihres Marschalls.
Aber ich habe in Berlin s-tudiert –
Die S-tadt s-teht zu aufgelockert.
Dort werdet ihr einen Feuers-turm sowenig her-stellen können,
wie die Hunnen in London.

CLARK (*scharf, weil Cherwell – zu Recht – sich als Erfinder des Flächen-bombardements bezeichnet und – nicht zu Recht – die Fähigkeiten des Bomberkommandos mit denen des Feindes vergleicht*):
Dieser Vergleich kränkt uns, ha – Lord Cherwell!
Bitte gehorsamst, Premierminister:
sprechen Sie mit den Amerikanern,
die weigern sich noch immer,
Wohnviertel abzuräumen.
Das sei – ha: uneffektiv.

PM (*der mit seinem altmodischen Stereoskop – wie Harris es in seinen Memoiren schreibt – zwei oder drei Fotos studiert hat, knurrt, ohne Clark zugehört zu haben*):
Erstaunlich ... Prof.: ich schicke Stalin ein Stereoskop mit,
gibt ja viel mehr her.
Die Stadtteile gleichen einander wie die Skelette von
Onkel und Tante.
– Was – was haben Sie denn *da*?
(*Er weist auf das Köfferchen.*)

CLARK: Verzeihung! Keine Fotos – Schmetterlinge.
PM: Schmetterlinge?

Und während Cherwell die Gomorra-Fotos betrachtet, hat Churchill seine Neugier dem Edelholzkästchen zugewendet, das Clark ihm hinhält: ein mit weißem Samt ausgeschlagener, sargschwarz lackierter Falter-Sarkophag mit Glasdeckel, etwa von der Größe eines victorianischen Besteckkastens. Churchill hat sich niemals der Mühe unterzogen, wegen eines Besuchers den Rösselsprüngen seiner Gedanken Einhalt zu gebieten und einem Mitmenschen auch nur zuzuhören; übereinstimmend berichten alle, die über ihn schrieben, von seinem absoluten Desinteresse an Menschen, die er nicht in das Spiel seiner Ideen und Pläne hineinorganisieren konnte. Der ihn am intimsten kannte, sein Leibarzt, bezeugt das ungekränkt so oft wie sein Stabschef: »Der Krieg hat ihn immer fasziniert: er kennt die überraschendsten Details in den Schlachten ... aber er hat sich noch keinen Augenblick dafür interessiert, was in der Seele des Soldaten vorgeht, er hat niemals auch nur versucht, seine Ängste zu teilen. Wenn ein Soldat seine Pflicht nicht tut, muß er nach der Meinung des PM erschossen werden. So einfach ist das ... Was der Mensch tut, nicht was er ist, zählt bei ihm.«
Kein Wort soll verdeutlichen, was diese Szene indirekt zeigt: die Banalität, daß die großen Täter von ihren Taten heute so entfernt sind wie ein Äon vom anderen. Während dieses Gesprächs ersticken Zehntausende von Zivilisten in den Kellern der Arbeiterhäuser von Hamburg oder verbrennen oder kämpfen mit Häuserschutt über sich wie eingeschlossene Bergleute. Und in den Handelsschiffen Großbritanniens fürchten die Seeleute – jeder fünfte kam um – einen neuen Angriff der Unterseeboote Hitlers, deren Besatzungen nicht ihren Gegner, sondern ihr Hand-

werk ebenso hassen und fürchten, wie die Piloten in den Bombern des Marschall Harris das ihre. Hitlers U-Boote sind die nahezu vollständig ausgerottete Waffengattung des europäischen Krieges: zweiunddreißig-von siebenunddreißigtausend Matrosen wurden zu Fischfutter; so wie die Bomberkommandos die meistreduzierten Waffengattungen der Westmächte waren: 56 000 Briten und 44 000 Amerikaner verbrannten in ihren Bombern, sofern sie nicht das Glück hatten, »zu fallen«. Die Ereignisse sind wesentlich in dem Maße, wie sie sich der Gestaltung entziehen – und so wahr, wie das Bestreben eifrig, sie zuzutuschen.

Die prachtvollen Schmetterlingsleichen wurden – zur Erinnerung an die Dienstzeit des Sammlers – artig in Formation aufgespießt.

CLARK (fast zärtlich, den Faltersarg in der Hand): Beim Juwelier abgeholt.
In der Mitte – die schweren Viermot-Lancaster, ha.
Drumrum Begleitjäger . . . Südengland
hat Nachtfalter von subtropischem Reiz.
PM (ängstlich): Clark – Sie steigen doch nicht auf Bäume,
das verbiete ich:
um Falter zu fangen? [Wie viele haben Sie?
CLARK: Neuntausenddreihundert – und einige achtzig.] Ha – nein,
beruhigen Sie sich, Premierminister, nicht auf Bäume:
Schmetterlinge kommen meist am Boden um –
wie die Piloten –.
[Air-Marschall Saundby hat mich zu dieser Leidenschaft verlockt.
Bei mir nur Hobby – bei Saundby ernste Wissenschaft.]
Was sollen wir sonst tun nachts –
(Ernst:) wir wollen, eh wir schlafen können,
die Maschinen zählen . . . die nicht mehr wiederkehren.
PM: [Neuntausend –]
Was für Farben, ich habe im ganzen Krieg
bisher ein Bild malen dürfen!
Prof., gucken Sie sich diese Blau-Skala an –
Helen!
(Die ist nicht da.)
CHERWELL (das Stereoskop mit einem offenbar eindrucksvollen Diapositiv vor Augen, es kaum absetzend, murmelnd, ohne Sarkasmus):
Schön, ja schön. Group-Captain, wenn erst einmal
auch . . . hier so etwas farbig zu sehen ist,
Winston, Gomorra ist entschieden ein Erfolg. Ein Sieg.
PM (mit den Schmetterlingen):
Müßt ihr nachlegen in Hamburg –?
CLARK: Heute abend, mit dreihundertfünfzig Bombern.
[CHERWELL: Verluste?
CLARK: Wenig wie noch nie, siebenundfünfzig:
also zwokommavier statt sechs Prozent –
verdanken wir Ihren Stanniolstreifen, Lord Cherwell.
Der Boche wußte gar nicht, wo er uns suchen sollte.
Vereisung in der letzten Nacht erhöhte die Abstürze,
sonst hätten wir noch weniger verloren.]
PM: Gomorra wird uns wieder den Bischof von Chichester –

und die Vera Brittain und die Quäker Catchpool
auf den Hals hetzen ... und Herrn Stafford Cripps,
nicht zu vergessen.
Halten uns für Mordbrenner,
nur weil sie keine Phantasie haben,
sich die Landung in Frankreich
... sich den Strand da als Hackbrett vorzustellen!
CLARK: Warum sperren Sie die Schurken nicht ein, Sir –
[die Labour Party hat Sie doch ermächtigt,
diese Intellektuellen zu verhaften.]
PM *(böse den Kopf schüttelnd)*:
Intellektuelle verhaften? Bin doch kein Deutscher.
[CHERWELL: Hitler verhaftet nicht, der amputiert die Köpfe.
PM: Ich erzähle dem Bischof militärische Geheimnisse,
dann *muß* er's Maul halten.
(Cherwell lacht wie über eine große Torheit. Rüde sagt –)
CLARK: Das Quasseln des Abgeordneten von Ipswich
untergräbt die Moral unserer Piloten.
PM *(feuerspuckend)*:
Den Stokes empfange ich nicht – der spielt als Katholik
doch nur die Orgel *Roms*.
Mit *dem* rede ich erst, wenn aus seinem Munde
Pius auch einmal gegen die Wegtilgung der Juden wettert.
Wir haben durch Osborn den Kardinalstaatssekretär
schon mehrfach bitten lassen,
der Ewige Redner da solle auch einmal etwas *sagen,*
aber deutlich redet der nur,
wenn er von Luftangriffen tönt.]
CLARK: Sir – darf ich *warnen* vor diesen Defätisten.
Wir haben im Bomberkommando Vorträge halten lassen,
um die Piloten zu beruhigen.
Cripps sprach zu dem Thema:
Gott ist mein Co-Pilot – Resultat:
totale moralische Verwirrung.
Zunahme der Feiglinge.
PM *(ärgerlich)*: Ja – wenn Harris den Stafford einlädt,
der hat ja viel zuviel Verstand, um für irgend etwas
in dieser Welt noch brauchbar zu sein.
[CHERWELL: *Lohnt* doch gar nicht, Winston, zu debattieren!
Schlagen wir dem Hitler die Raketen aus der Hand –
und melden *das* ausführlich der Presse:
die sicherste Ablenkung von Gomorra.
PM *(ungeduldig)*: Warum denn *leugnen,* daß wir das tun!
Man braucht sieben Lügen, um eine zu bestätigen.]
(Es hat geklingelt, Helen ist erschienen.)
Leutnant – merken Sie vor:
den Bischof von Chichester irgendwann nach Chequers.
(Er berührt Helens blaue Marinejacke, zeigt auf die Schmetterlinge:)
Vergleichen Sie die blauen Flügel – mit diesem stumpfen Stoff:
ein Unterschied wie zwischen dem Himmel
und einem blaugeschlagenen Auge.

HELEN: Phantastisch – ja. Wie fangen Sie die denn, Herr Clark?
CLARK: Ganz simpel: ein Tuch am Waldrand spannen,
  anstrahlen mit einer Azetylenlampe –
  dann lesen wir sie einfach ab wie Blätter. *Groteske Todesmittel*
HELEN: Aber dann *leben* die noch? *der Schmetterlinge*
CLARK: Ganz simpel – den Großen drücke ich den Thorax ein.
  (Helen sieht ihn fragend an.)
  Die Brust – ganz schmerzlos, nur tödlich, ha!
  Die Kleinen stecke ich in eine Zyankaliflasche,
  wupp – tot sind die Biester. Blausäuredampf.
  [Marschall Saundby verurteilt das – als unwissenschaftlich.]

*(PM macht ein Gesicht, als könne er sich auch Freizeitbeschäftigungen
vorstellen, für die man weder Zyankali noch Blausäure, noch Steck-
nadeln benötigt. Befangen, abgeschreckt sagt höflich –)*

HELEN: – daß die zarten Flügel so erhalten bleiben!
  (Sie reicht ihm den Kasten zurück, er tut ihn in den Koffer.)
PM *(schon gelangweilt, unvermittelt scharf)*:
  Leutnant – schlagen Sie ein – wie ein Wohnblockknacker,
  da draußen, wenn nicht endlich
  der russische Botschafter –
  Schaffen Sie den'ran, ganz gleich, woher ...
HELEN: Ich reklamiere, Sir – bitte: stehen Sie auf.
PM *(trotzig wie ein Kind)*: Nein.
  (Dann weil Helen nicht geht:) Nein! – Was noch?
HELEN *(zögernd)*: Sir – Lord Moran läßt sagen, sein Bulletin
  über Ihre völlige Genesung – konnte nicht ... *Krankheit?*
  das Gerücht zum Schweigen bringen,
  Sie ... seien noch *sehr* krank. Ob nicht –
PM *(gereizt, überdrüssig)*: [*Sehr?* Was soll das heißen: sehr?]
  Tun Sie sich ja nicht mit diesem verdammten alten Mann zusammen!
  Also los – Notiz an die Presse ...
  (Mürrisch:) »Man trägt mir heute morgen ... unter anderen
  auch wieder die Nachricht zu, ich sei gestern abend gestorben.
  Diese Behauptung ist – weit übertrieben.« Genügt!
CHERWELL: Keineswegs – das dementiert nicht,
  daß Sie überhaupt krank sind.
  [CLARK *(will besonders herzlich sein)*:
  Sir – *zeigen* Sie sich doch den Londonern mal wieder!
  Es ist so rührend, wie die Leute stundenlang warten,
  auf das bloße Gerücht hin, Sie kämen vorüber.
PM: Ach, wie viele kämen erst gerannt, würd' ich gehängt!]
CHERWELL: Winston, nehmen Sie das nicht zu leicht –
  Ihre zweite Lungenentzündung hat tief beunruhigt,
  Sie sollten –
PM *(müde, ernst)*: Was soll ich *noch* alles!
HELEN: Premierminister – wenn Sie der Amerikanerin,
  die Sie neulich hinausgeworfen haben,
  für New York Times *doch* mit einem Satz antworteten?
PM: Diese unverschämte Person – hat mich als alten Mann bezeichnet.

HELEN: – ja, der sich seine *Jugend* erhalten hat!
　　Sie wollte das Rezept wissen –
　　da würde die Krankheit gar nicht erwähnt.
CHERWELL *(kühl kalkulierend)*: Finde sehr nützlich, da zu antworten.
PM: Meinetwegen ...　　Erstens: niemals Sport treiben.
　　Zweitens: nicht rauchen, während man schläft.
　　Drittens: Whisky mäßig, aber stündlich.
　　Viertens:
HELEN *(die mitgeschrieben hat)*:
　　Danke, Sir – lieber kein viertes: wegen – der Frauenverbände drüben.
PM *(während Helen abgeht – er redet Clark deshalb militärisch an, weil
　　er dessen Namen schon wieder vergessen hat)*:
　　Group-Captain – *ausruhen* dürft Ihr nicht
　　auf Eurem Sieg von Hamburg!
　　Ihr müßt *sofort* nach Peenemünde.
　　Alarmierend: der Hunne hat Raketen,
　　die schon fliegen!
CLARK *(steht auf vor Schreck)*: Schon *fliegen*?
CHERWELL *(wieder wie neu davon betroffen)*:
　　Ja. Wissen wir seit gestern abend.
　　Der frisch gefangene General von Thoma
　　klagte ergreifend:
　　»Wo bleiben denn des Führers Raketen?
　　Ich habe sie doch schon fliegen gesehen!«
CLARK: Haben wir den Boche-General gekauft?
CHERWELL: Nein – auch dieser Deutsche ist unbezahlbar.
PM: Zu demütigend: da füttern wir zehntausend Spione
　　und dann klagt uns ein Deutscher im Generalscamp
　　die sensationellste Nachricht ins Abhörgerät.
　　[Ja, wenn Geschichte soo gemacht wird:
　　was sind dann unsre Siege *wert*!
　　Beleidigend, für mich, für Sie, für Harris,
　　für jeden einzelnen Piloten und Spion.
CHERWELL *(lacht bei festgeschlossenen Kiefern)*:
　　Aber! Nimmt eine List, nahm denn das Pferd von Troja
　　den Siegern ihre Würde?
PM *(heftig, scheinbar empört)*: Das Pferd? – das Pferd da ist ...
　　die übelste literarische Niedertracht aller Epochen!
　　Troja ist vergleichbar nur mit *Verdun*:
　　welche Perfidie, *den* Verteidigern anzuhängen,
　　sie seien auf den Gaul hereingefallen –
　　Pfui, Prof. – die übliche Siegerlüge
　　zur Verächtlichmachung eines großen Gegners..
CHERWELL *(da PM offensichtlich erwartet, daß er mitspielt)*:
　　Clark – helfen Sie mir: wenn das Pferd
　　nur die Erfindung der Historiker wäre:
　　wie dann kam Agamemnon in die Festung?
CLARK *(bemüht, sein Bramabarsieren durch Lachen bescheidener zu ma-
　　chen, stur)*:
　　Wie wir, durch Feuer – *nur* durch Feuer.
　　Städte – ha – und Frauen wollen feurig genommen werden.

PM *(dessen Gesicht anzumerken ist, daß er den Geschmack Clarks für umstritten hält, gelassen und amüsiert, mit der Sicherheit eines Augenzeugen)*:
Nicht durch Feuer – durch den *Äneas* kamen die herein:
der hat den Griechen nachts ein Tor geöffnet –
um für sich und seine Mischpoke freien Abzug zu erwirken.

CHERWELL *(infam)*: Daß der auf der Flucht ausgerechnet seine abgeschabte Gattin eingebüßt hat – ist auch pikant.

PM: Jaa, und daß man später diesen *einzigen* Prominenten,
der heil davonkam,
auch noch als Tapfersten gefeiert hat, neben Hektor:
spricht natürlich dafür,
daß Äneas überhaupt nicht kämpfte.
(Zu Cherwell sehr ernst:)
Wer eine Tragödie überlebt, ist nicht ihr Held gewesen.
Prof., ein *Pole* hat das gesagt.

CLARK *(weil beide lange schweigen)*:
Premierminister, wenn Sie eine derart miese Meinung von ihr haben,
darf ich gehorsamst fragen:
warum *machen* Sie dann Geschichte?

PM: Weil ich sie auch noch *schreiben* will:
Äneas konnte seine Geschichte *selber* erzählen,
daher ist er nicht nur kein Verräter, sondern *der* Held.
Und deshalb gibt es überhaupt dies monströse Pferd.

CHERWELL *(noch immer scheinbar zerknirscht vor Ernst, aber bemüht, dem Freund über dessen »schwarzen Hund« hinwegzuhelfen)*:
Hm-n-nein, nein: warum hätten dann nicht die *Sieger*
die üble Rolle aufgedeckt, die Äneas s-pielte.

PM: Lieber Prof.: wenn man *zehn Jahre* eine Festung berennt,
will man sich dann nachsagen lassen,
man sei durch einen *Verräter* hineingekommen?
Natürlich benutzen stets *beide* Seiten den Verräter,
aber nur der Verlierer spricht von ihm – als Sündenbock;
so die Perser bei Salamis
Glauben Sie: Montgomery wird je in seinen Memoiren erzählen,
daß unser Freund in der römischen Admiralität
uns jeden deutschen Geleitzug nach Afrika
– und einiges mehr avisierte?
Dagegen Montys *List*: ist *sein* Verdienst.
Daß Monty dem Rommel vor Alam Halfa
die falsche Geländekarte zugespielt und Hitlers Panzer
in den Treibsand gelockt hat,
das wird's zu lesen geben, später, das ist lustig, ruhmvoll.
Als Ludendorff bei Tannenberg sein Cannae lieferte,
besaß er den russischen Funkschlüssel.
Generale dürfen ihrer Tricks sich rühmen!
Staatsmänner nicht – ich werde eifersüchtig!
Oder *darf* ich mich rühmen, Prof. – unsere Botschafter
in Washington und Bern nach unsrer Pleite bei Dünkirchen
veranlaßt zu haben, jeweils ihrem besten Freund ...

Nur das Rohmaterial liest man in Büchern!

CHERWELL *(muß lächeln, weiß – und wirft ein)*:
    ... nur unter vier Augen gegen Ehrenwort,
    damit der's nach Berlin verriet.
PM *(nickt zu Clark)*: ... anzuvertrauen, Großbritannien müsse
    binnen weniger Wochen die Waffen strecken?
CLARK: Aber, Sir: das haben doch Sie keine Minute
    – je geplant: zu kapitulieren.
PM: Deshalb – mußte ich *Zeit* gewinnen! Hitler erlag der List:
    er glaubte, wir fielen von selbst wie der Apfel vom Pferd,
    er könne sich die Invasion ersparen.
    Als er dann merkte, im September,
    wir würden uns niemals ergeben –
    da hatten wir uns eingerichtet,
    die Hunnen zu ersäufen, wenn sie kämen.]
HELEN *(ist rasch eingetreten, ein Blatt übergebend)*:
    Sir – die Erklärung Rußlands zum Abbruch der Beziehungen zu Polen!
PM *(nimmt es ihr weg, tut es verärgert fort, spuckt seine Wut aus,
    indem er brüllt)*:
    Das *Kabel* will ich endlich –
HELEN *(bestimmt)*: In drei Minuten, Sir.

*(Cherwell hat Clark am Arm gefaßt und in den Vordergrund gezo-
gen, PM vertieft sich sofort in das Blatt, von dem er sagte, es interes-
siere ihn nicht. Clark hat eine Zigarette entzündet, sagt mit ehrerbie-
tig leiser Stimme zu Cherwell –)*
CLARK: Ob uns der deutsche General nicht *täuscht* wegen der Raketen?
CHERWELL *(bestimmt, wippt auf den Fußspitzen)*:
    Ich bes-tritt, wie Sie wissen,
    daß die Dinger überhaupt so bald fliegen könnten.

*(Helen sucht pantomimisch Cherwell um Hilfe wegen der Uhrzeit an-
zugehen. Auch Cherwell, lächelnd, blickt auf seine Uhr, dann aufs
Bett, achselzuckend. Das Gespräch ist nicht aufgehalten worden –*
CLARK *(zuschnappend)*: Die räumen wir ab,
    aber mit *einem* Hieb, sonst wird's zu teuer.
CHERWELL: Ist jeden Preis wert.
CLARK: Peenemünde ist das entfernteste Ziel – wir haben unterwegs
    sämtliche Nachtjäger Hitlers vom Zuidersee bis Berlin ...
CHERWELL: Behandelt die Neutralität à la Hitler: fliegt über Schweden.
CLARK: Mal sehen –
PM *(ohne von der Lektüre aufzublicken, dazwischenrufend)*:
    Und die Staudämme – *wann!*
CLARK: Beim nächsten Vollmond, Premierminister.
PM *(überdrüssig, bringt gemächlich seine furchtbarste Drohung vor,
    deren praktische Erfüllung Cherwell und Eisenhower später mühsam
    hintertreiben werden)*:
    Jede Rakete, die trotzdem in London einschlägt,
    wird den Berlinern mit Gelbgas honoriert.
    Leben Sie wohl, Group-Captain – wenn Harris,
    Sonntagabend, wieder gesund ist,
    soll er kommen, mit Frau, es gibt Kibitzeier –

Sie haben mir Hoffnung gemacht,
Gomorra – wenn das *Modell* ist für Berlin ...
(Deutet aufs Telefon.)
Helen, meine Frau.
CLARK *(mit trotziger Sicherheit)*: Jawohl, Sir, *garantiere*: ~~Versprechen~~
am ersten April –
sind Sie Sieger. Sie können Marschall Stalin sagen,
unsre Bomber *sind* die zweite Front!
(Er grüßt und geht – um mit Harris das gräßlichste Pilotenmassaker
des Krieges vorzubereiten, die später als zu kostspielig abgebrochene
Schlacht um Berlin.)
CHERWELL: Ein bißchen übergeschnappt, der Gute.
Peinlich, wie er sich aufs-pielt – (»seine« Bomber).
PM *(gelassen)*: Nun ja – je höher der Affe steigt,
je mehr sieht man vom Hintern, aber er ist ja fleißig
– ja, Clemmie ...
(Er hat von Helen den Hörer übernommen, Cherwell von der Stepp-
decke das Blatt –)
Ja, Clemmie ... ja, katastrophal,
Stalin hat Schluß gemacht mit den Polen, endgültig –
Wegen Sonntagabend, ich fürchte, ich habe vorschnell –
Brooke und Prof. und Harris Kibitzeier versprochen –
hast du? Nun, wenn du nicht genug hast. –
Wenn *das* nicht alarmiert: der Kreml pfeift
beide Botschafter zurück, ja – aus Washington auch!
Was! Aber ich *bin* ja schon aufgestanden!
Wie? – Aber nun sag doch, bitte – *wer*! Nein, nein.
Wie konnte das – ausgerechnet – der Hund!
Ich bring' ihn um – er soll – er: nein.
Er soll mir nichts erklären. Ein schöner Idiot.
(Er schmeißt den Hörer hin, ohne ihn aufzulegen, das tut Cherwell,
erschrocken. PMs Gesicht ist verzerrt – gut, daß die Wut sich in Trä-
nen auflöst.)
Prof. – der schwarze Schwan – das Muttertier – zerrissen,
ein Fuchs im Stall. Der Kerl hat nicht aufgepaßt –
Tiere als ~~den~~ *Schwan* – der Hund!
CHERWELL: Der Fuchs?
PM: Ach – der Fuchs, der Fuchs – der *Gärtner*!
Was kann der Fuchs dazu, daß er Fleisch frißt?
Das *arme* Tier – diese Welt:
kein Mensch, der sie kennt, würde sie je freiwillig betreten.
CHERWELL: Ich sagte vor einem Jahr –
PM: Den will ich nie mehr sehen – den Idioten.
CHERWELL: – ich sagte ihm, ohne Betonfundament ist der Zaun
durchlässig für jedes Raubwild.
PM: Endlich – Sergeant, ja: *wann* bringen Sie mal was Gutes!

(Helen tritt ein, hinter ihr ein stark hinkender Bote, Passchendaele-
Veteran mit Walroß-Schnauzbart, der um so exakter salutiert, je
schwerer ihm das wird. Am Rock Medaillen. Die schwarz-rote Doku-

mentenmappe am linken Handgelenk ist angekettet. Helen entnimmt
den Schlüssel einem Schlüsselbund an langer Kette, der am Bettpfo-
sten hängt, und öffnet die Mappe. Sie legt das dechiffrierte Kabel auf
die Bettdecke, Cherwell erhält eine Kopie. Churchill reagiert nur automatisch auf den Gruß des Boten, indem er auf die Zigarrenkiste weist,
ebenso automatisch murmelt und auf die Antwort des Boten, von der
er kein Wort hört, nickt, denn er liest bereits gierig.)

BOTE (respektvoll zu Cherwell sich verneigend, Cherwell hebt die Hand):
Guten Morgen – Sir!
(Der Bote zögert, ein Ritus, bevor er sich eine Zigarre nimmt.)
Danke, Premierminister – nun, was man liest,
war doch *Hamburg* was Gutes, Sir: ein *Hieb*.
PM (nickt ihm zu, sieht ihn gar nicht, hört ihn nicht, sagt, aus der Lek-
türe heraus, während der Bote sich schweigend zurückzieht):
Helen – Sawyers! Ich will aufstehen,
er soll das Bad einlassen – am liebsten bliebe ich heute
überhaupt im Bett. Ein Tag dies – das arme Tier.
(Er hat die Brille nur in der Hand.)
Prof. – bitte, wollen *Sie* jetzt mit Maiski sprechen.
(Ohne Übergang in schroffster Ärgerlichkeit, da Helen gehen will:)
Leutnant, wo bleibt der Anruf des Russen!
HELEN (sehr bestimmt): Sir – der Botschafter ist nicht zu Hause.
Sawyers hat das Bad –
PM (da Helen gehen will, freundlich):
Halt – nehmen Sie Ihren Block.
Geben Sie, wenn ich aufgestanden bin,
dem Prof. die Kabel, die der Kreml seit Auffindung
der Leichen in Katyn geschickt hat.
CHERWELL: Dazu alle Kopien
von Stalins Telegrammen an den Präsidenten, bitte, Leutnant.
PM (während Helen Cherwell zunickt):
Kann man denn darauf überhaupt antworten!
CHERWELL: Sie *müssen*!
(PM hat sich im Bett sehr hoch gesetzt, das Gesicht wirkt fettlos,
straff – alles Muskel, Härte, der ganz unprivate überpersönliche Zug
des Herrschers tritt hervor, der des Mannes, der anno 1911 sein
Lebensgesetz in den Worten aufzufinden wagte: So sollst du wissen
heute, daß der Herr, dein Gott, gehet vor dir her, ein verzehrend Feuer.
Er wird sie vertilgen und wird sie unterwerfen vor dir her, und wirst
sie vertreiben und umbringen bald, wie dir der Herr geredet hat . . .
Cherwell unterstreicht mit einem dicken Rotstift einzelne Sätze, die er
Helen leise ansagt:)
[»daß sich die Sowjetregierung mit einer sochen Miß-
achtung ihrer lebenswichtigen Interessen nicht abfinden kann . . .
daß der schwerwiegende Entschluß, eine Invasion in Westeuropa
in *diesem* Jahr wieder nicht durchzuführen, ohne
Beratung mit der Sowjetunion gefaßt wurde . . .
. . . geht hier nicht um Enttäuschung der Sowjetregierung,
sondern darum, Millionen von Menschenleben in den
besetzten Gebieten Westeuropas und Rußlands zu retten

und die gewaltigen Opfer der sowjetischen Armeen zu
verringern, im Vergleich zu denen die Opfer ...
(Hier erhebt Cherwell die Stimme und liest dies auch dem Premier
vor:)
... der anglo-amerikanischen Truppen *unbedeutend* sind.«]
PM: Fast so schlimm wie der *Ton* –
ist die Tatsache, daß Stalin *recht* hat!
(Cherwell nickt. Pause.)
[Ich muß *doch* einen Geleitzug schicken,
und wenn die ›Scharnhorst‹ uns achtzig Prozent davon versenkt.
CHERWELL: Vor der Landung in Sizilien haben wir dafür keine Schiffe.
(Er sieht ihn an – dann schickt er Helen hinaus, indem er selbst die
Tür offen hält:)
Helen – bitte, jetzt *gleich* alle Kabel seit März.
HELEN: Sofort, Sir –]
CHERWELL *(Kraft in seinen Bewegungen, schließt die Tür, nimmt das*
Kabel vor die Augen und sagt leise bei präzisester Artikulation, drän-
gend, fast befehlend – »der Mann von Eisen«, wie Moran ihn einmal
nennt, »schlicht in seiner Rede, durchaus nicht bescheiden in seinem
Denken ... in Fragen politischer Taktik selten ein guter Ratgeber; zu
oft wollte er Blut sehen ... Beide hatten eine Neigung zur Gewalt-
tätigkeit, und wenn sie die Köpfe zusammensteckten, wußte ich, daß
es Krach geben würde«):
Wins-ton: Sie machen sich etwas vor – wenn Sie die Wutausbrüche
S-talins auf das Ausbleiben:
A 1: der Geleitzüge
A 2: der Invasion – beschränken.
Diese Sätze, hier, sind Forderungen S-talins,
die Sie *erfüllen* können:
»In einer Zeit, da die Völker der Sowjetunion ...
alle ihre Kräfte
für die Vernichtung des gemeinsamen Feindes einsetzen,
führt die Regierung des Herrn Sikorski zum Nutzen
der Tyrannei Hitlers
einen verräterischen Schlag gegen die Sowjetunion ...
Fällt schwer, anzunehmen, daß die britische Regierung
über die geplante Untersuchungskomödie von Katyn
nicht unterrichtet war ... wäre
es entsprechend dem Geist unseres Vertrages nur natürlich,
einen Verbündeten daran zu hindern,
einem anderen Verbündeten einen derartigen Schlag
zu versetzen ...«
Und hier s-pricht er *aus*, Wins-ton – nicht zum erstenmal:
»... daß Großbritannien, die UdSSR und die USA Maßnahmen
zur *Verbesserung* der Zusammensetzung
der gegenwärtigen polnischen Regierung ergreifen sollen.«
PM *(tonlos):* Maßnahmen.
CHERWELL *(wirft das Kabel weg. Zwei lange Schritte. Dann Fingerspitzen*
in den Westentäschchen, auf den Zehen wippend, sagt er – die Augen
geschlossen – als sichere er sich vor einem physikalischen Versuch mit
einer Formel ab):

Ein Patriot, der sein Vaterland verloren hat
– muß sterben.
(PM, das Gesicht zerrissen, sieht fragend auf:) Wie?
CHERWELL: Oh, ich zitiere nur: Bonaparte, Tagebuch.
(Er deutet kurz auf die Napoleonbüste.)
Wins-ton, haben Sie vor S-talin *schriftlich* festgehalten,
daß Sikorski *der* Pole ist, den wir *nicht* entbehren können?
PM *(kurz)*: Ja – zehnmal, in jedem Brief.
CHERWELL *(als spreche er nun von etwas Erfreulichem)*:
Übrigens, machen wir doch ...
dem Botschafter S-talins zum Abschied eine *Freude.*
Laden Sie Maiski, bevor der Kreml ihn zurückpfeift,
zu einem Besuch in Gibraltar ein –
PM *(erstaunt)*: Maiski fliegt doch ohnehin über Gib.
CHERWELL: Gewiß – Sie aber müssen ihm den Termin bestimmen.
PM *(angstvoll)*: Prof.: schärfen Sie Menzies ein,
wie ein *Bluter,* wie unsre letzte Goldreserve!
ist Maiski zu bewachen.
CHERWELL: S-peziell seine Maschine.
PM *(fällt ihm ins Wort)*: Unsre besten Bullen – ihm mitgeben, nach Gib!
CHERWELL: *Das* sowieso ... da doch am gleichen Tag, wegen Sizilien,
Sikorski seine Ins-pektion des Nahen Ostens –
in Gib beendet haben muß. Und der will auch betreut sein.
PM *(aufgebracht)*: *Was?* am gleichen Tag – seid ihr verrückt!
[Fehlte noch, daß Sikorskis kindischer Versuch,
mit Stalin wieder anzubändeln,
zu dem Geständnis Maiskis führt – der kann ja brutal sein –,
daß zwischen uns und Rußland
Ostpolen schon nicht mehr debattiert wird:]
keinesfalls dürfen die zwei in Gib zusammentreffen!
CHERWELL *(geduldig)*: Das *tun* sie doch nicht – wir führen sie ...
sachte aneinander vorbei, wie zwei Eimer im Brunnen.
Die Polen schlafen als Gäste des Gouverneurs im Palast.
Maiski trifft vor Tagesanbruch ein und muß leider
sofort nach dem Frühstück weiterfliegen,
das heißt: noch bevor die Polen aufgestanden sind.

*(PM guckt Cherwell nur einmal kurz an, um in der Folge ebenso strikt
an ihm vorbeizusehen wie Cherwell an ihm: sie sprechen jetzt eilig
und leise, als gälte es, an einer schlafenden Bestie vorbeizugelangen.
Beide sind derartig aufgewühlt, daß sie sich bemühen, jeden Ton aus
ihrer Stimme zurückzunehmen, um nicht dem anderen das Schauspiel
ihrer Anteilnahme zuzumuten. Was beide sonst nie tun – hier müssen sie es: Handbewegungen zu Hilfe nehmen, um das Gesicht zu
tarnen.)*
Dennoch ist leider unvermeidbar,
daß wenigstens einige S-tunden
Maiskis Maschine neben der des Polen parkt.
PM *(fast soufflierend)*: Warum?
CHERWELL *(überhört das scheinbar)*:
Wäre freilich nicht auszudenken, wenn die Russen

sich an dem Flugzeug des anderen zu schaffen machten.
Oder die Polen an dem des Russen!
PM: Aha. Oder Deutsche! Warum kommen Sie nicht auf Deutsche?
Hat schon einmal – nicht wahr, ein Canaris-Saboteur in Gib
uns Zucker ins Benzin geworfen.
[Daß *Deutsche* sich an dem Flugzeug vergreifen –
CHERWELL: Eben, *das* – müssen sogar Zeitungsleser befürchten,
wenn sie lesen, daß Maiski den Felsen besucht hat –
PM *(nickt, wehrt ab, überdrüssig, angeekelt)*:
Natürlich – dann werden Deutsche dort eine Schweinerei versuchen.]
CHERWELL *(nickt – und führt die Überlegung fest, knapp und eilig zu
Ende)*: Wenn dagegen den *Polen* etwas zus-tieße,
so würde alle Welt – Gott behüte: automatisch
die russische Begleitung Maiskis verdächtigen.
PM *(hart)*: Keinesfalls – keinesfalls darf Sikorskis Flugzeug
wieder soo wie im Winter –
CHERWELL *(abwehrend, beschwichtigend)*:
Oh – *Montreal?* Ausgeschlossen, *das* war ja Sabotage,
nach Meinung Roosevelts. Nein.
Diesmal ... *kann* nichts schiefgehen,
denn »Old Firm« setzt bewährte Herren
des Geheimdienstes Middle East zu Sikorski ins Flugzeug.
PM: *Ins* Flugzeug?
CHERWELL: Ja.
(Pause.)
[Da die ohnehin nach London müssen,
können sie die Polen am zuverlässigsten betreuen,
wenn sie ab Kairo *mit* denen fliegen.
PM *(bemüht, nichts mehr zu hören)*:
Ah – so, ja. Daß nicht wieder ein Pole
uns eine rauchende Zündschnur vorhält,
die er überm Atlantik in seiner Matratze gefunden haben will.
CHERWELL: Ach, dieser Oberst! Da hatte Sikorski einen Narren in seiner
Suite.
Der ist inzwischen totgefahren worden, in Edinburgh, oder vergiftet.]
Unverschämt, die Polen – Sikorskis Leute
reden ihm offen zu: wie de Gaulle nur mit Franzosen startet,
seit seinem Unfall im April,
so soll er nur noch mit Polen s-tarten, nicht mit Briten.
PM: Brite? – Ich denke, ihr gebt ihm einen Tschechen als Pilot?
CHERWELL: Gewiß – und gerade deshalb würde unvermeidbar geredet,
wenn was passierte ... da doch weltbekannt ist,
wie heftig die Benesch-Tschechen die Sikorski-Polen hassen.
PM *(ruhiger)*: Natürlich.
CHERWELL *(sieht auf die Uhr, nur ein Reflex seiner Nervosität)*:
Es darf schon deshalb nichts passieren, diesmal,
weil beispielsweise in Gibraltar ...
Bergungsarbeiten im Wasser – jetzt undurchführbar sind.
(PM sieht auf, ohne Verständnis. Cherwell erläutert:)
Weil wir leider unsre ganze Taucherequipe von dort
abkommandieren müssen zur Vorbereitung der Sizilienlandung.

(Pause, milde:)
Winston – jetzt sollten Sie aufstehen.

PM *(im Bett zurückgesunken, regungslos – dann, sich hoch setzend, zwingt er sich zum Sprechen, als ertrage er die Stille nicht):*
Smuts – es gibt keinen weiseren Mann –
warf mir neulich vor, ich ließe es daran fehlen,
zu handeln wie Gandhi, aus Religiosität.

CHERWELL *(eifersüchtig, daß PM neben ihm noch einen Mann hat, auf den er hört):*
Das war nicht weise von dem weisen Smuts –
wenn einer schon auss-pricht,
daß er Gewissen in die Diplomatie bringt:
kaschiert er nur, daß er Diplomatie in sein Gewissen brachte –
Heuchelei!

PM: Heuchelei ist – immerhin ein Zugeständnis an die Tugend.

CHERWELL *(gereizt):*
Wollen Sie jedem achtzehnjährigen Engländer befehlen
zu schießen, aber selber mit reinen Händen –

PM: – und doch, Prof.: in diesen Tagen denke ich oft an den Herrn.
[Warum hat der kollabiert vor seiner Hinrichtung?

CHERWELL: Weil er auch nur ein Mensch war, natürlich.

PM: Nein – weil er *voraussah,*
daß nicht die *Feinde* seiner Botschaft,
sondern ihre Verkünder und Apostel
am gräßlichsten unter den Menschen wüten würden,
Puritaner, Kreuzzügler, Idealisten, Inquisitoren und –
Staatsmänner.

CHERWELL *(ruhig):*
Hm – warum auch – hätte *dem* ers-part werden sollen,
was keinem ers-part bleibt, der Lehren und Taten s-tiftet:
damit *auch* Totschläger zu dingen, automatisch.
Die meisten *der,* weil alles *seinen* Preis hat,
den dann das Menschenpack zum Gott ernennt – auch deshalb.

PM *(indem er sich losreißt):* Sie meinen es mit mir zu gut, Prof.:]
Der ließ die ganze Herde im Stich,
um dem *einen* verlorenen Schaf nachzulaufen.

CHERWELL: Mit welcher Berechtigung?
Übrigens haben auch Sie das getan – zu lange schon.

PM *(wieder Herr seiner Wege – wenn er jetzt auch nur das Bett verläßt, zur Wand hin, wo er die Tür zum Bad öffnet, die bisher geschlossen blieb. Sagt im Abgehen):*
Warten Sie, bitte, bis ich mit Maiski spreche.

CHERWELL *(allein, die Tür zum Bad bleibt angelehnt, der Prof. macht einige Schritte, blickt auf die Schnappdeckel-Uhr, ißt Pillen, öffnet dann die andere Tür):*
Leutnant!
(Er spricht in den Nebenraum:)
Haben Sie den Ordner mit der Korrespondenz –

HELEN *(tritt ein, das starke Dossier unterm Arm, sagt lebhaft)*:
   Danke, Mylord – daß Sie ihn aus dem Bett gebracht haben!
   Der russische Botschafter ist zurück.
   Er wird jetzt anrufen.
CHERWELL: Haben Sie im Palast um Aufschub gebeten?
HELEN *(leiser, mit Blick zur Badezimmertür)*:
   Nein, Sir – noch Zeit, wir haben ihm ja nicht gesagt,
   daß ihn der König erst um zwei erwartet.
   (Ohne Übergang, während Cherwell wieder die Uhr zieht und Zu-
   stimmung murmelt:)
   Ich habe eben schon geblättert, um in den Briefen
   anzustreichen, was Polen betrifft:
   ganz unmöglich – es geht ja *nur* um Polen, nahezu ab April.
CHERWELL: Eben, eben – und um die Invasion.
   Nun ziehen wir einige Sätze heraus,
   damit PM vor seiner Antwort nicht diesen ganzen Schlamassel
   wieder lesen muß –
   (Helen hat sich gesetzt, schreibt ab, was er zeigt – blättern. Wieder
   schreiben. Dann diktiert er in zögernd-hüstelndem Establishment-
   Stil:)
   S-talin am 25. April: »Ich war gezwungen, die öffentliche Meinung
   der Sowjetunion zu berücksichtigen, die durch die Undankbarkeit
   und den Verrat der polnischen Regierung zutiefst empört ist« –
   (Pause, blättern:) Dann am 4. Mai: »... daß es keinen Grund zu der
   Annahme gibt, Sikorski könnte in den Beziehungen zur Sowjetunion
   Loyalität bewahren ... schließt nicht aus, Maßnahmen zur Verbesse-
   rung der Zusammensetzung der gegenwärtigen polnischen Regierung
   zur Festigung der Einheitsfront der Verbündeten gegen Hitler zu
   ergreifen.«
   (Das Telefon klingelt: –)
   Ist das der russische Botschafter – endlich!

   (Cherwell winkt Helen, weiterzuschreiben, zeigt ihr, wo. Er nimmt
   ab:) Ja! Cherwell hier, guten Tag, Exzellenz. Moment.
   (Cherwell, den Hörer an langer Schnur in der Hand, an der Tür zum
   Bad, die nicht ganz geschlossen ist:)
   Maiski – soll er später anrufen?
PM *(während Cherwell schnell das Zimmer quert, brüllt wie ein tonnen-*
   schwerer Brecher, der sich auf den Strand wirft):
   Komme.
CHERWELL *(wieder in den Hörer – während Helen die Flucht ergreift –*
   denn sie weiß, daß der Hausherr nicht davor zurückschreckt, selbst
   an den sittsamen Schweizer Dienstmädchen, ihnen freundlich guten
   Morgen sagend, gänzlich unbekleidet vorüberzuschreiten):
   Gleich. – Oh – hm, ja, hm. Nun, wir sind kummervoll, Exzellenz,
   daß Ihr Meister und Marschall Sie abberuft –
   und gleich noch Litwinow aus Washington! ... hm, ja. PM selbst –

PM ist nackt und naß wie Neptun und so sturmschnell auch, wie der
über die Wellen fährt, seinem Bade entstiegen. Das weite schwarze Frot-
tiertuch darf seine meergotthafte Nacktheit zwar drapieren – nicht aber

verbürgerlichen zu jenem kleinkarierten Anekdoten-Naturalismus, der momentan die obligaten Churchill-Denkmäler mit »Fliege« und bronzenen Ersatzzigarren selbst in solchen Weltgegenden errichtet, wo in Wintermonaten der Figur Eiszapfen an der Nase hängen werden ...

Dies ist der Moment im Stück, da der Autor nichts mehr, der Akteur alles leisten kann, um den Sprung zu tun, der über das Lustspielmoment hinausführt ins Mythische. Daß die Komik des barfüßigen Hereinpreschens – in Erschrecken vor diesem passionierten Schläger umspringt; daß seine harmlose Einladung, sein Gelächter – für Herzschlaglänge ihren doppelten Boden enthüllen: nur der Spieler kann das machen, kein Autor es beschreiben. Magie muß im Spiel sein – weckt sie der Akteur, strahlt er sie aus, so ist in seiner Verkörperung nachvollzogen, was Churchill selber erreichte: daß die Phantasie vieler »von selbst an einer solchen Gestalt weiterbildet«. Darin sieht Burckhardt die Vorbedingung, daß »Größe möglich wird«. Churchill brachte nahezu siebzig Jahre lang fertig, diese Größe schaffende Phantasie der Mitlebenden an seine Person zu fesseln.

»Endlich sah er ihn. Er sah seine breite, ausschreitende Gestalt, die an des Mantels Fall all ihre Schwere verlor« – schreibt Rilke über Rodins Vision eines anderen »Verschwenders von Schicksalen«, Balzacs, der indessen nur das »Gesicht eines Elementes« hatte. Churchill ist das Element selber, der personifizierte Kriegstrieb und Kreislauf jenes Säkulums, in dem mehr Menschen gewaltsam zur Strecke gebracht wurden, als jemals zuvor seit Beginn der Welt. Da sich die Alten ihr Verschwinden ins Totenreich als eine Wasserfahrt vorstellten, so schmückten sie Sarkophage mit Darstellungen des Poseidon und seiner Tritonen – dieser Neptun wurde mit achtunddreißig Jahren, als er die Kommandobrücke des Flaggschiffs der riesigsten Armada aller Zeitalter betrat, zum Herrn der Ozeane. Dreiunddreißig Jahre später konnte er dem Marschall der zahlreichsten Heerschar, Stalin, ankündigen, daß er von seiner Küste binnen einer Nacht fünftausend Schiffe und elftausend Flugzeuge – Churchill war der Gründer auch der Luftflotten auf seiner Insel – gegen den Feind der Menschheit in Bewegung setze. Da hatte er den vollständigsten Triumph, den je die Waffen seines Volkes und seiner Verbündeten erringen sollten, schon im Griff. Vierzehn Monate zuvor jedoch – heute und hier – gilt es, den riskantesten Augenblick des Krieges seit der Battle of Britain zu überwinden. Der Chronist des Weißen Hauses schreibt: »Stalin berief seine Botschafter ... aus Washington und London zurück. Es herrschte nun eine Stimmung, die bedenklich an die Zeit vor dem Abschluß des Molotow–Ribbentrop-Paktes im August 1939 erinnerte, und Befürchtungen wegen eines russisch-deutschen Separatwaffenstillstandes lebten wieder auf ... Zum Glück wußte Hitler nicht, wie schlecht es um die Beziehungen zwischen den Alliierten in diesem Augenblick stand, wie nahe sie vor dem endgültigen Bruch standen, der einzig und allein ihn hätte retten können.«

PM (am Hörer, er brummt sich, notgedrungen zuhörend in den Dialog hinein – nimmt aber wie üblich alsbald seinem »Partner« die Mühe ab, eigene Ansichten äußern zu müssen):
Exzellenz – ja! Ich bin entsetzt, Maiski!
Wie flehentlich hatte ich Ihren Chef gebeten,

Gespräch mit
Maiski

mir Zeit zu lassen, den Polen Vernunft beizubringen.
Kann Hitler fast trösten über die Verbrennung Hamburgs
– Sie kriegen die Fotos;
wenn Ihnen Marschall Stalin noch erlaubt,
Fotos von mir anzunehmen – *sehr* schade,
mein lieber Maiski, Ihre Abberufung.
Auch sie ein Triumph für Hitler:
[der Kreml ersetzt zu *diesem* Zeitpunkt des Krieges
am Hofe von St. James seinen fähigsten Diplomaten
durch eine charge d'affaire. Wie] – nein, nein:
ich schmeichle Ihnen nicht, lieber Freund.
[Aber seit mein Sohn in achtunddreißig Sie zum erstenmal
nach Chartwell brachte, ist schließlich so vieles stromabgegangen,
und wir wurden doch *Freunde*.
Bitte – Marschall Stalin soll wissen – soll wissen,
daß ich tief enttäuscht bin.]
– nicht am Telefon,
kommen Sie zu mir, wenn Sie das noch dürfen . . .
(Ein Lachen sehr verschiedener Tonlagen:)
obwohl wir die Landung in Frankreich wieder verschieben mußten.
(Pause, zuhörend, heftig dann:)
Nein! Stalin zeigt unsern Film »Sieg in der Wüste«
in ganz Rußland: persönlich aber hat er vergessen –
immerhin haben wir den Hunnen in Afrika
ein zweites Stalingrad bereitet!

*(Cherwell geht zunächst – sein eigener Schrittzähler – diszipliniert
auf und ab, dann winkt ihm PM, den Kopfhörer zu nehmen. Mehrfach notiert er etwas auf einen Zettel, den er PM hinhält, der das
dankbar ihm zunickend oder auch unwirsch den Kopf schüttelnd ab-
liest. Soeben wieder – worauf Cherwell an der Kerze das Zettelchen
verbrennt und in den Metallständer wirft. Einmal hält er dem PM
auch das Dossier mit den Kabeln aus dem Kreml zum Ablesen hin.)*

Überzeugung!

Die Bomber *sind* ja die zweite Front!
(Er liest von Cherwells Zettel:) Dies alles in *einer* Woche,
Krupp haben wir achthundert Tonnen verpaßt.
Duisburg vierzehnhundertfünfzig Tonnen –
Stettin siebenhundertachtzig,
Rostock einhundertsiebzehn . . . wie!
Bitte – bei allem Respekt, muß ich zurückweisen:
wenn wir sechzig Bomber einbüßen – verlieren wir
fast fünfhundert Mann unsrer Elitetruppe,
nicht selten in *einer* Nacht.
(Er hört zu.)
[Exzellenz, das stellen Sie *falsch* dar.
Sicher, pausieren wir mit den Geleitzügen bis Winter,
wir kommen nicht mehr heil vorbei, im Norden –
und brauchen unsre Frachter doch auch im Mittelmeer.]
(Er liest wieder ab:) – Nein! – Nein, notieren Sie:
wir schicken vierhundertfünfunddreißig Flugzeuge

via Gibraltar – ja, werden erst dort montiert.
(Zu Cherwell:) Schicken die Amerikaner keine Flugzeuge?
(In den Apparat, nachdem Cherwell schnell hinausgegangen ist:)
– Bekomme die Zahlen . . . ich sprach da eben von Gibraltar.
[Natürlich verstehe ich Ihre Abberufung durchaus so,
wie sie gemeint ist – als Affront, ja als äußerste Drohung:
der ich aber höchst konziliant begegne.]
Ich lasse [MacFarlane,] den Gouverneur, anweisen,
Ihnen einen königlichen Bahnhof zu bereiten.
Verzeihung, einen roten Teppich – einen *roten,* ja doch!
(Lachen:) Sie kriegen meinen besten Piloten – wie?
Fliegen nur mit Russen? Gut, natürlich.
Ich wollte ja nur ein wenig für Sie *sorgen.*
Wie? – Ja, Sie sind so stolz wie de Gaulle,
der tut's auch nie unter einem französischen Piloten.
Wenn Sie auch nur frühstücken in Gib,
versäumen Sie nicht, die neue Felsengalerie anzusehen
mit acht Schnellfeuergeschützen – soll Mason Ihnen zeigen.
[Wenn ihr in Sewastopol das gleiche gehabt hättet,
würde Manstein vergebens versucht haben,
euch ausgerechnet von Seeseite zu stürmen –]
*(Hält die Muschel zu – hastig zu Cherwell, der eingetreten ist und ihm
einen Zettel hinhält:)*
Sikorski in Gib – *wann?*
(Wieder ins Telefon, während Cherwell schreibt:)
Oh, nur die Zahlen – die Amerikaner liefern
via Mittelmeer und Rotes Meer die gleiche Anzahl Flugzeuge,
die der nun abgesagte Nordmeer-Konvoi gebracht hätte.
(Pause.)
Zufrieden seid ihr niemals, wie die Polen.

(Jetzt hört er zu, auch Cherwell wieder, mit dem Kopfhörer.)
Exzellenz! Hundertfünfzigtausend Polen kämpfen an unsrer Seite,
und schlagen sich phantastisch . . .
Ich bin *trotzdem* nicht der Agent Sikorskis,
wie Marschall Stalin zu glauben vorgibt.
Ich habe Katyn nicht ausgegraben!
Rußland und Polen – ein Größenverhältnis
wie zwischen dem Hund und seinen Flöhen:
laßt sie doch *leben,* diese Nachbarn!
Ich muß abbrechen, ich esse beim König –
(Ganz beiläufig:) Halt, eh ich's vergesse, Maiski,
leider muß ich den Termin in Gib vorschreiben.
Weil doch das Unternehmen Husky Anfang Juli beginnt.
Da wird das Mittelmeer ein kochendes Wasser.
Sie dürfen doch nicht in die größte Landeoperation
der Weltgeschichte hineingeraten!
[*Welche* Insel, ha – ha: darf ich nicht einmal
dem Kabinett sagen, nun nehmen Sie an,
Sizilien – obwohl ja Kreta oder Korfu oder Sardinien
auch ganz lockende Badeorte haben.

Sie *müßten* zwischen dem vierten und fünften Juli
den Felsen passieren – paßt? Schön.]
Hinterher übernimmt mein Sicherheitsdienst
nämlich keine Garantie mehr, obwohl ich Ihnen
– Sie liegen mir doch am Herzen! –
die besten Bullen mitgebe.
Leben Sie wohl.
(Er legt auf, sieht Cherwell an, nickt. Dann:)
Im Bad da – dachte: am neunten
beginnt im Mittelmeer die riskanteste Landeoperation.
Wird sie verraten, säuft die ab. –

*(Zornig, heftig, schlagschnell mit solcher Wut und laut, daß offen-
sichtlich diese seelische Eruption wesentlich tiefer sitzende Ursachen
hat als nur jene, die er jetzt in Worte faßt:)*
Und da fällt »Old Firm« nichts Besseres ein,
als ausgerechnet in *diesen* Tagen
unsre besten Bullen in diesem Operationsgebiet
als ... als Begleiter Sikorskis – dort abzuziehen!
CHERWELL *(beruhigt ihn sofort, ohne die Stimme zu heben)*:
Aber die sollen Sikorski am Vierten doch nur – – heim ... geleiten.
Die sind am fünften wieder, wo wir sie brauchen
zur Geheimhaltung von Husky.
(Um anzudeuten, das sei ja nun erledigt:)
Maiski ist doch wohl mit dem üblichen Zeremoniell
eines Botschafters in Gib zu empfangen?
PM *(als habe er sich eben keineswegs schreiend erleichtert, brummig)*:
Nein, zeremonieller, er ist der russische, immerhin.
CHERWELL: Und Sikorski? Empfang mit allen Ehren eines Staatsober-
hauptes?
PM *(erregt, schlagartig übertrieben beunruhigt)*:
Wie kommen Sie denn *darauf!*
Ist doch kein Staatsbesuch! Seid ihr von Sinnen?
Ist eine – *eine* Station der Inspektionsreise
eines – eines *Generals!*
CHERWELL: Die letzte immerhin –
PM *(noch heftiger)*: Aber was hätte das damit zu tun, Prof.!
Eine ganz gewöhnliche Zwischenlandung in Gib,
zur Überholung des Flugzeugs –
wie *kamen* Sie darauf, um Gottes willen!

*(Cherwell im Abgehen, will die Türklinke fassen, faßt ins Leere, faßt
wieder ins Leere und sagt nichts und sieht PM an und weg.
Der drängt:)*
Wie kamen Sie darauf, Prof.!
CHERWELL *(eisig belustigt, seine Tarnfarbe für Herzlichkeit, die er ge-
nierlich fände)*:
Diesmal – ich dachte nur, Verzeihung,
völlig lächerlich, natürlich ...
Ich hatte nur gedacht – oder vielmehr gefühlt,
ohne zu denken: diesmal ...
VORHANG

126

Zum 21. Jahrestag des Waffenstillstandes veröffentlichte die Warschauer Regierung die endgültigen Zahlen über die Verluste während des Zweiten Weltkriegs. Mehr als sechs Millionen Polen, darunter 3,2 Millionen Juden, verloren ihr Leben. Nur ein Zehntel aller Opfer, etwa 640 000 Personen, wurde im Kampf getötet, darunter 120 000 Soldaten. Mit 220 Toten auf 1 000 Einwohner erlitt Polen die schwersten Verluste.

Mai 1966

»Gott der Allmächtige pflanzte zuerst einen Garten, und in der Tat ist dies die reinste aller menschlichen Freuden: Es ist die größte Erfrischung für den Geist des Menschen, ohne welchen alle Gebäude und Paläste nur rohe Machwerke sind« – so beginnt Francis Bacon sein Loblied des Parks, und hier sollte alles getan werden, dieses ländliche Gegenstück zum Meeres-Panorama des ersten Aktes nach den hohen Ansprüchen des Hofmanns aus dem 16. Jahrhundert einzurichten. Denn unsre Szenerie ist ein ironischer Vorwurf.

Das Paar am Anfang wie der Herrscher und sein Priester und ihr Streitobjekt zeigen, wie weit der Mensch sich entfernt hat aus dem »Garten« und wie ihm das bekommen ist. Daß er nicht darin bleiben konnte, ist bekanntlich nicht seine Schuld – was aber Pascal nicht hinderte, diese Banalität in einem Aphorismus zu beklagen: »Alle Leiden des Menschen kommen daher, daß er nicht ruhig in seinem Zimmer bleiben kann.« Zimmer oder Garten – Maeterlinck, dem »gerade die Ruhe das Furchtbare« war, widersprach drei Jahrhunderte später Pascal entschieden: »Glück und Unglück des Menschen entscheiden sich heute im engen Zimmer, an einem Tisch, am Kamin.« Das spürten manchmal die Gewaltverbrecher selbst: »Das sagt sich sehr leicht; jetzt, wo wir beide in Klubsesseln sitzen. Aber dahinter steht eine Unsumme von Leid und Blut. Das wollen Sie auf Ihre Verantwortung nehmen, Herr Schuschnigg?« – Worte Hitlers, bevor er in Österreich einfiel. Daß draußen an den Fronten die Urteile nur vollstreckt werden, die längst gefällt sind in der »windstillen toten Mitte des Taifuns«, wie der Tagebuchschreiber Hartlaub in Hitlers Befehlszentrale festhielt – mag rechtfertigen, das Kriegstheater dort aufzuführen, wo seine Regisseure sitzen. Darstellbar auf der Bühne ist ohnehin nur der grüne Tisch, übrigens der einzige unprätentiöse Titel für jedes historische Stück. Eine Kiefernschonung in Ostpreußen, ein Strand in Casablanca oder dieser Apfelgarten von

Chequers, dem niemand ansieht, daß der Sündenfall schon geschehen ist.

Gereiztheit immerhin verrät, wie sehr der sonnenwarme Obstbaumfriede unter blödblauer Himmeldecke den Drahtziehern und ihren Puppen auf die Nerven geht: als spürten alle, wie trostlos der Weg des Menschen auf der Erde geworden ist, seit er aufgehört hat, ihr Gärtner zu sein. Das wird noch sichtbar an der Lustlosigkeit des nur noch professionellen Eifers, mit dem Churchill, der sonst in solchen Gärten zu malen oder zu mauern pflegte, heute seinen im Krieg gestauten Drang nach Ausgleich durch Handwerk an der deutschen Beutewaffe abreagiert: eine maschinelle, mehr als manuelle Tätigkeit, technische Griffe ohne den Eros, der jeder auch seiner praktischen Beschäftigungen sonst innewohnte. (Noch mit fünfundsiebzig sagte er zum Direktor der Tate Gallery, ohne zu malen, ertrüge er das Leben nicht: Die Spannungen seien zu groß. Selten begnügte er sich mit Kegeln – einmal riß der Siebenundsiebzigjährige in Chequers »mit großer Anstrengung unter Verwünschungen und Flüchen den ganzen Apparat auseinander, bis er erreichte, nach Wunsch alle Kugeln ins Rollen zu bringen.« Denn ihn hatte irritiert, daß man gleichzeitig nur mit einer begrenzten Anzahl von Kugeln spielen konnte. Der Beobachter erläuterte: »Das nahm zwar dem Spiel, nach seiner feststehenden Regel, jeglichen Sinn, doch so war es Churchill gerade recht und schaffte ihm gut zehn Minuten lang das vollkommenste Vergnügen.«)

George Kennedy Allen Bell, der Bischof von Chichester, Ehrendoktor der Universität Basel, ist der britische Fénelon – ein Vergleich, der indessen nicht erlaubt, auch Bells Widerpart, den Premierminister, mit Ludwig XIV. im gleichen Satz zu nennen, es sei denn, um Churchill zu zitieren: »Ludwig XIV. war während seines ganzen Lebens der Fluch und die Pest Europas. Nie ist ein schlimmerer Feind der menschlichen Freiheit im Aufputz der zivilisierten Gesellschaft aufgetreten.«
Hitler übertraf dann den Souverän des Mélac – doch um an dieser Beziehung festzuhalten: Nichts hebt Churchill so sehr von Hitler ab, wie die Art, in der beide ihre Fénelons behandelten. Während der Österreicher die namenlosen unters Fallbeil schnallen ließ und die namhaften wie Martin Niemöller oder den Bischof von Münster so sehr fürchtete, daß er sie zur Ermordung nach dem »Endsieg« aufbewahrte, weigerte sich Churchill, britische Gegner des Flächenbombardements von Wohnzentren auch nur zu verhaften.
Das aber ist Winston Churchills persönlicher Ruhm viel mehr als nur jener der britischen Gesetze: nicht nur, daß Labour-Abgeordnete dem Premier das Einkerkern der oppositionellen Handzettel-Drucker zu empfehlen pflegten, die Stimmung überhaupt im Lande erlaubte damals, im Parlament orgiastisch: »Umbringen im Namen des Herrn« – die Devise Cromwells dem Luftfahrtminister zur Anfeuerung zuzuschreien. Selbst in Großbritannien hätte kaum irgendwer Churchill daran gehindert, sich an den wehrlosen Anwälten der Menschlichkeit wie dem Quäker-Ehepaar Catchpool und gar nicht so wenigen anderen zu vergreifen.

Churchill hat das nie getan. Er überließ es der in Krisen allerorts sehr benutzbaren Presse, die Briefe und Manifeste des Bombing Restriction Committee zu unterdrücken oder lächerlich zu machen. Vera Brittain und der Panzerfabrikant und katholische Labour-Abgeordnete Richard Stokes haben die meisten Aufrufe verfaßt.

Und noch wie Churchill Bell behandelte, das erhöht seinen Namen: zwar ließ er den Bischof stets nur abweisend durch seinen Eden empfangen (hier die Begegnung mit dem Premierminister fand vermutlich nur in unserer Phantasie statt); zwar hielt er den höchst aufsässigen Reden des Bischofs und Oberhausmitglieds in völliger Ignoranz nur seinen Rücken hin, und nie wurde Bell, obwohl als führender Mann des Genfer Ökumenischen Rates der namhafteste Bischof Britanniens, zum Erzbischof von Canterbury ernannt; aber Churchill duldete, daß Bell unter den Piloten des Bomberkommandos wutschwächende religiöse Bedenklichkeit weckte und mindestens in vielen den inneren Aufruhr. Und was der Bischof dem Premier persönlich zumutete, der zum Zeitpunkt von Gomorra der nahezu kritiklos akzeptierte Herrscher der westlichen Welt war, ist um so riskanter gewesen, als erst ein volles Jahr nach der Hamburg-Offensive die Vorgesetzten des Oberluftmarschalls die Planierungen von Wohnhäusern als strategisch zwecklos durchschauten: ohne indessen selbst dann Churchill und sein im Siegen bremsenlos gewordenes Bomberkommando noch stoppen zu können, obwohl sie es versuchten.

Bischof Bell ist ein Liebhaber des Wortes, gewann 1904 als Einundzwanzigjähriger für ein Delphi-Poem den Oxforder Newdigate-Preis und schrieb bis ins Alter Gedichte: ein Dutzend ließ Bells Witwe 1960 für Freunde des zwei Jahre zuvor Verstorbenen drucken.

Der Bischof, der eine ebenso kurze und breite Nase hat wie Churchill und dessen breites, starkes Kinn ebenso wie sein breitlippiger Mund attackierende Leidenschaft androhen – nimmt diesen ersten Eindruck zurück durch Humor, den sein Freund Karl Barth als besonders charakteristisch hervorhob und der sich ungetarnt in Bells Augenwinkeln und seiner Nasenwurzel eingenistet hat. Leicht kann aber dieser Humor so unerquicklich werden wie der Gesprächsstoff, aus dem er Feuer schlägt – und ist dann ein zusätzliches Kampfmittel. Humor muß Bell 1943 bis 1945 helfen, den schreilauten Beleidigungen durch weißhaarige Lords im Oberhaus standzuhalten – der Presse auch.

Ironie hat Bell angeleitet, der Vorliebe seines bullig-empfindsamen Gegners für alles Dekorativ-Barocke in jeder Erscheinungsart, auch noch der kriegerischen Szene, entgegenzukommen, und zwar notgedrungen ohne Suite aufzutreten, die Churchill selber so sehr liebt, aber dafür in ganz großem Ornat. Instinkt bewahrte Bell davor, diese Bühne mit meist hochdekorierten Uniformträgern als Zivilist zu besteigen – wenn irgendwo noch, so hier und heute, plant der kluge Bischof, den praktischen Nutzen seines aus dem 17. Jahrhundert überlieferten Weihekleids effektsicher einzusetzen – da er nun einmal aufgerufen ist, mitzuspielen auf dem Churchillschen Kriegstheater.

Und da Sonntag ist, das beruhigt den Bischof, so ließe sich irgendeine Begründung finden – um dem Premierminister die Illusion zu nehmen, seinetwegen habe er den schwarz-weiß-grau gestreiften Talar hervor-gesucht, den er zuletzt trug, als der Vater des regierenden Königs Kathedrale und Palast von Chichester besuchte.

Bell ist ein sehr englischer und sehr geschulter Redner, der Zorn stimmt ihn leise, erregt ist er nur in der Sache, nicht im Ton. Und er weiß, was ein Parlamentarier zu Joseph Chamberlain gesagt hat, als der im Unterhaus seine geölte Jungfernrede hinter sich hatte: »Das Haus wäre angenehmer berührt, wenn es Ihnen hier und da gelänge, ein bißchen zu stottern.«

Der Biograph Reiners zitiert einen verschollenen Ohrenzeugen des sicher-sten Redners, den die Deutschen hatten: »Bismarck stockt, er hat eine leise, kleine Stimme, er unterbricht sich, verbessert sich, betont falsch, er würgt an der Fülle seiner Gedanken und Kenntnisse, er prügelt sich mit den Worten herum ... er häuft Inversionen, Anakoluthe, alle gram-matischen Fehler, wiederholt, springt zurück, fällt aus der Konstruk-tion ... ich habe schon öfters geglaubt, daß dieses kraftvolle Räuspern eine oratorische List ist.«

Bell macht das nicht so. Aber man spürt, daß er's weiß.

Hier so viel Platz wie auf dem Heck des Schlachtschiffes.

Links im Hintergrund schneidet eine königliche Flügeltür, die das In-nere des Palastes mit seiner Terrasse verbindet, die Bühnenecke ab. Die linke Wand der Bühne wird bis zur Rampe durch die Backsteinmauer des Hauses begrenzt – diese Mauer aber setzt sich an der hinteren Front der Bühne nur wenige Meter fort, gerade so viel nur, daß diese beiden Wände eine schmale Terrasse mit drei flachen, sehr breiten Sandstein-stufen einschließen können. Diese Treppe und Terrasse, beide durch eine niedrige, barock ausladende Balustrade geschmückt, beherrschen nicht die Bühne, sondern schließen sie nur links und in der linken Ecke ab.

Denn nicht am Haus, im Freien sind wir. Die Treppe, die Hauswände, von denen die sonnigste noch eine kurze Markise aufweist (darunter ein Tischchen mit Telefonen verschiedener Farben und einer Schreib-maschine), und die Flügeltür sind nur Zugeständnisse an die »Intim-sphäre« der Befehlsgeber.

Vis-à-vis der Treppe im Vordergrund rechts ein Grashügel mit einer halbrunden, achtbeinigen, weißlackierten Holzbank des 18. Jahrhunderts, unter einer Baumprojektion. Kein Tisch vor dieser Bank. Hohe Hecken dienen nur der Begrenzung der Bühne rechts, dürfen aber kein Gefühl der Enge aufkommen lassen, sondern müssen noch helfen, den Blick sehr weit in die Grafschaft Buckingham zu ziehen. Denn die Bilderbuch-Projektion auf dem »offenen« Bühnenhintergrund täuscht tiefe Sicht auf den seit Tudor-Tagen pausenlos gepflegten Rasen der Chiltern Hills über Princes Risborough vor. Der kindlich blaue Himmel ist von kitschi-ger Harmonie – nichts ist wahrzunehmen von der Fama, die dem Land-sitz der britischen Premiers nachsagt, er bringe seinen Bewohnern Un-heil. Der abergläubische Churchill hält sich, vielleicht auch deshalb, nur pflichtgemäß in Chequers auf, wo er vor ziemlich genau drei Jahren die Nachricht empfing, Frankreich habe vor Hitler die Waffen weggeworfen; auch damals war das Wetter besonders schön, »wie das so häufig in kritischen Augenblicken der englischen Geschichte zu sein scheint«, stellte einmal Mr. Duff Cooper fest. Immerhin brachte hier dem Premier aber

auch ein Sonntag – wie heute – bei feixender Sonne die Rettung verhei-
ßende Botschaft, »der Mann da drüben« sei endlich über Rußland her-
gefallen: worauf Churchill seinem Gast, dem Außenminister, auf silber-
nem Tablett eine besonders gute Zigarre ans Bett bringen ließ.

(Nach Öffnen des Vorhangs das Bild allein – für einen »Augenblick«.
Jedoch der Rundfunk meldet: »... hat in den ersten Morgenstunden
die seit langem erwartete deutsche Offensive im mittleren Abschnitt
der russischen Front bei Kursk ihren Anfang genommen. Russische
Einheiten stehen in erfolgreichem Abwehrkampf. Bis heute mittag
war den Deutschen der angestrebte Durchbruch nicht geglückt...«
Helen führt Kocjan aus dem Haus auf die Terrasse, er ist befangen.
Sie überzeugt sich mit einem Blick über die Balustrade in den Park,
daß sie allein sind, stellt im Vorbeigehen das Radio ab, sagt rasch –)

Helen: Der Premierminister will Sie allein sprechen!
(Leiser, bittend:)
Kannst du nicht einfach sagen, du mußt General
Sikorski noch sehen,
dann brauchst du doch erst *morgen* nacht weg.
Kocjan: Der ist doch nicht in London.
Helen: Kommt aber!
Kocjan: Woher?
Helen: Das darf ich dir nicht sagen.
Der PM hat ihn zurückgerufen, für heute.
Kocjan: Oh, Helen – schade. Aber leider ... meine Leute,
sie gehen, mich zu erwarten,
schon beinah jetzt nach dem Wald.
– Ob Sikorski bereits erfahren hat, daß die Deutschen
in Warschau meinen Chef gekidnapped haben? Verheerend!
Helen: Hast du den General persönlich gekannt?
Kocjan *(lächelt):*
Gekannt? *Immer* hat mich Grot-Rowecki selber
als Kurier verabschiedet. Begreif nicht:
Vier Jahre haben die Hunnen ihn nicht erwischt.
Nie er ging ohne Leibwache –
ob er verraten worden ist?
Er war nicht geboren – aber berufen zum Partisanenkrieger.
Helen *(mitfühlend):*
Wie ihr alle! Was werden die Deutschen mit ihm tun?
Kocjan *(schüttelt das ab, sagt jedoch, was tatsächlich eintreffen sollte,*
nachdem Hitler Grot-Rowecki ein Jahr als Handelsobjekt aufgespart
hatte):
Oh – ermorden. Ermorden. Laß ...
Es war so – gut mit dir sein, Helen. Hier deine Schlüssel.
Helen: Warum! Behalt sie doch.
Kocjan: Heut mußt du zu mir kommen. Der Captain
schickt mir Wagen null Uhr vierzig.
Helen: Aber doch nicht zum Hotel! – Zu meiner Wohnung.
Kocjan: Sollen die merken, daß ich bei dir bin?

HELEN: Warum nicht – außerdem, die wissen das längst –

KOCJAN *(verletzt)*: Habt ihr nichts Besseres zu machen als zu beschatten auch in London uns Polen!

HELEN: Beschatten? *Bewachen!*

KOCJAN *(nimmt ein Kärtchen aus der Brusttasche seiner englischen Infanterieuniform)*:
Nuancen. Hier, wenn du willst anrufen zu – um zu lenken den Wagen … ah, mir ist nervös wegen Churchill,
wann kommt er!

HELEN: Schnell, Bohdan – du brauchst eine Ausrede.
Er wird dich sonst hier behalten zum Nelson-Film,
den er allen Gästen vorführt. Dann läßt er dich
direkt nach Northolt fahren.

KOCJAN *(lacht)*: Unseren letzten Abend, *den* ich verteidige,
selbst gegen den großen Alliierten.

HELEN: Und *schieß* nicht, wenn du vorher schläfst.
Die sich da einschleicht bei dir, wird gänzlich unbewaffnet sein.

KOCJAN: Die Pistole am Bett verzeihst du nie, hast recht.
(Helen lacht.)
Meine Nerven sind lächerlich, aber wenigstens noch
brauchbar im Wald, in Ruhe kaputt.
Wohnungen sind Fallen.

HELEN: Meine?

KOCJAN: Deine besonders.

HELEN *(hilflos und heftig)*: Du mußt wiederkommen. Du mußt wiederkommen, wiederkommen.

Sie hat ihn an die Hauswand gezogen, er hält sie, er küßt hastig, beunruhigt.
Sie blickt noch einmal in den Park, dann wieder bei ihm. Beide haben diesen Moment zu vermeiden gesucht, noch immer bemüht um gelassenen Zynismus, den sie der Einsicht verdanken, vernünftig sei nur eine Lebensart, die sich nach der Lebenserwartung richtet. Was sie fürchteten wie eine Sepsis, dieses Gespräch – nun hat es sie eingeholt, vielleicht weil auf der Terrasse ihnen die übliche Flucht versagt ist. Wo sie sich lieben konnten – wenn sie das aus modischer Koketterie auch nicht so nannten –, war ihre Erwartung zu verdrängen, daß Kocjans Polenflug sich vermutlich zu seiner »Himmelfahrt« ausdehnen wird.
(Wie im Frieden und besonders in jenen Ländern, die glückverdummt im Windschatten der Geschichte ruhen, sexuelles Verhalten als Problem hochgedopt wird: Das wäre den beiden gar nicht begreiflich. Denn Liebe ist gerade das letzte Unproblematische dort, wo nicht der Psychiater am Bett wartet, sondern der Tod. Wo nicht Neurosen den Schlaf stören, sondern die tragische Kalkulation, wie schnell der Körper, an dem man sich festhalten will – in den Orkus gezogen werden wird, unentrinnbar wie die Kompaßnadel nach Norden. Erzromantisch liest sich schon 1943 ein Satz von Lawrence of Arabia, geschrieben erst 1929: »Wir quälen uns mit ererbten Gewissensbissen wegen der fleischlichen Lust, die uns mitgegeben wird, und mühen uns, durch ein Leben voller Pein dafür zu zahlen …« Bezeichnend für die Jahre des Zweiten Weltkriegs ist dieses Bekenntnis nur noch in dem Sinn, als aus ihm ablesbar ist, wie human

die »Sünden« der Männer des ersten Krieges waren. Hätten die Krieger
der Hitler-Ära die Menschenlust zur Sünde nur im Fleisch ausgetobt:
wie menschlich wäre der Krieg wenigstens hinter der Frontlinie prakti-
ziert worden – dort, wo er diesmal am gemeinsten sich auslebte.)

KOCJAN: Bleib nicht allein, Helen, das ist zu schwer im Krieg.
  So war vereinbart.
HELEN *(ironisch)*:
  Vereinbart! Ich kann ja meine Schwester zu mir nehmen.
KOCJAN: Unsinn! Von gestern auf heute, unsre Nacht:
  Keiner kann sich in die noch einmischen.
  Was hat Treue zu tun mit unserm Körper.
[HELEN *(gereizt)*: Ihre Liebe war ewig: als ihr Mann ...
  (Sie entsetzt sich plötzlich vor dem, was sie da zitieren wollte, und
  verharmlost es schnell:)
  ... verreiste, nahm sie einen neuen.
  (Sie ist sehr verwirrt, ertappt.
  Kocjan, makaber belustigt, bezieht ihre Taktlosigkeit auch gar nicht
  auf sich, er weiß ohnehin: Helen dachte an ihren toten Mann.)
KOCJAN: Oh – das kennt man auch in Polen, aber du zitierst falsch:
  nicht als er verreiste – als er *starb*: nahm sie den neuen.
  Aber das sagte kein Zyniker, das sagt ein Trauriger –]
  Wie du noch *lebst* mit deinem Mann!
HELEN *(Tränen in den Augen, er hat ihren Nacken berührt)*:
  Vielleicht tut man den Toten unrecht, wenn man sie –
  nicht vergißt, sondern zusehen läßt.
  Irgendwen belügt man immer –
  manchmal den, mit dem man grade schläft.
KOCJAN *(und es ist fast komisch, mit welcher Melancholie er der Freundin*
  Heiterkeit empfiehlt):
  Mein Vater hat mir – ge – zugeredet,
  weil ich ein in Pubertät –
  unmäßigen Weltschmerz spazierentrug, hüten Sie
  sich vor dem Traurigsein, junger Mann: Es ist ein Laster.
  (Er fügt an:) Das einzige!
HELEN: Glaubst du, ich *wüßte* nicht, was du in Polen tun sollst!
  Wo ist dein Vater –
KOCJAN *(abwehrend)*: Oh –
  (Telefon.)
HELEN: Leutnant MacDonald – der PM schläft noch, Euer Lordschaft.
  Gut – ja, ich notiere. ›Duke of York‹. ›Norfolk‹. ›Belfast‹. Konvoi
  JW 55 B mit vierzehn Zerstörern. ›Scharn-horst‹. Danke, Sir –
  ›Scharnhorst‹, ja. Er wird Sie dann sofort anrufen. Danke, Sir.
  (Nachdem sie aufgelegt hat:)
  Bevor du Licht machst, vergiß nicht zu verdunkeln.
  Für den Badeofen die Pennies liegen vor dem Spiegel
  in einem blauen Seifennäpfchen.
KOCJAN: Danke, ich weiß.
HELEN: Und im Kühlschrank – alles aufessen! Ich habe immer übrig,
  ich esse ja meist hier mit oder in der Downing Street und –
  (Sie schaut in den Park:)

Er kommt, aber nicht allein. Er spielt noch mit den Goldfischen.

KOCJAN: Nicht allein?

Dann nenn meinen Namen nicht – nenn mich ... Karski.

Meinst du, er denkt auch – etwas über du und mich?

HELEN *(amüsiert)*:

Aber! – Mister Churchill interessiert ausschließlich Mister Churchill.

(Sie sagt das ohne Bitterkeit, es ist einer seiner »Fehler«, die ihn populär machen – denn »ohne unsere Fehler sind wir Nullen«.
Schweigen. Stimmen.)

Jetzt –

Sie tritt von der Terrasse auf den Rasen, dem Premier entgegen und meldet, die Hand am Mützenschirm.
Churchill, sofort eine Beute seiner Vorstellungskraft, wird wie ein Matrose hereingerissen ins Gefecht. »Natürlich« ist er hart im Nehmen. Harry Hopkins mußte sich erst gewöhnen an die Ataraxie, mit der Churchill etwa die Nachricht hinter sich warf, daß »britische Matrosen getötet oder verstümmelt worden waren«. Hat er auch den breitesten Rücken des Zeitalters und einen Nacken wie Atlas: Er schultert sich die Dinge nicht auf, er wirft sie ab, hinter sich – und geht weiter, erleichtert wie Deukalion. So kommt man weit.
War der Premier mit Wing Commander Dorland sonntäglich herangebummelt, beide in der Uniform der RAF, Churchill in der eines Obersten, die Mütze auf Mitte sitzend, tief im Gesicht, in der Hand das spanische Rohr mit dem goldenen Knopf und dem Wappen der Marlborough, das König Eduard VII. dem Sehr Ehrenwerten Winston S. Churchill, M. P., zur Hochzeit geschenkt hat – so kocht er schon nach Helens ersten Worten, kocht über vor Ungeduld. Besserwissendes Dreinreden – und tatsächlich weiß er vieles besser – zerreißt jeden ihrer Sätze. Er ist sogleich auf der Terrasse in Richtung des Telefons, herumstampfend, bis er mit der Admiralität verbunden ist, dabei keineswegs seinen Besucher übersehend. Er zieht Kocjan mit ausgestrecktem Arm heran und schüttelt ihm, so unüblich sonst hier, wie allen seinen Gästen herzlich die Hand, redet auf den Polen ein, stellt ihn Dorland vor, redet ein auch auf den und auf beide und auf Helen und denkt doch nur an die Schlachtschiffe in der Barentsee, kommentiert den Offizieren auf der Terrasse, während er mit dem Ersten Seelord telefoniert, das anlaufende Artillerie-Duell im Eismeer; man spürt, dieser Siebzigjährige, der vor zweiunddreißig Jahren zum erstenmal die Admiralität übernahm, reibt sich rot an der Unmöglichkeit, die Schlacht auch zu kommandieren – obwohl er selber niemals einem Gefecht auf See beiwohnte.
Churchill empfindet wie 1916:
»Es kann nur wenige rein geistige Erlebnisse geben, die mehr eiskalte Erregung mit sich bringen, als das spannende Abenteuer, die Phasen einer großen Seeschlacht Minute um Minute von den stillen Räumen der Admiralität aus zu verfolgen.«
Tempo, Tempo, Bewegung, Ungeduld, diese Atmosphärilien sind wesentlicher hier als die menschlich anrührenden, aber bühnentechnisch zwecklosen Details der Schlacht, die im Dialog so gedrängt aufeinanderschlagen sollten, daß sie überhaupt nicht alle verstanden werden können. Der »Schutt des Zufälligen« (Burkhardt) darf nie als Selbstzweck

im Wege liegen. Sogar die Vernichtung eines Schiffes, bei der sechsund-
dreißig von fast zweitausend Matrosen und Seekadetten aufgefischt
werden, ist im Drama – nicht anders wie die lepidopterologischen Be-
merkungen des sammelsüchtigen Bombermarschalls – nur ein Mittel,
Dialoge zur Széne aufzuputschen und den Akteuren zu helfen, sich
menschlich zu dekuvrieren durch ihre Reaktion auf die Botschaften von
der Schlachtbank. Das ist nicht viel. Doch mehr war nie zu leisten.

HELEN *(mit einer Meldung, die nach der Chronik des Krieges »in Wirk-*
lichkeit« erst am zweiten Weihnachtstag dieses Jahres einging):
   Sir – Anruf aus der Admiralität. Um neun Uhr früh
   bekam Kreuzer ›Belfast‹ von der Konvoi-Sicherungsgruppe ...

PM: Weiß, ich weiß, wo der steht! – *Was* denn!

HELEN: Radarkontakt auf dreißig Meilen Distanz mit dem
   deutschen Schlachtschiff ›Scharnhorst‹ –

PM *(strahlend, mit einem Satz auf der Terrasse, zeigt auf die Telefone)*:
   Den Ersten Seelord.

HELEN *(ruhig)*: Kreuzer ›Norfolk‹ eröffnete bald das Feuer –
   die ›Scharnhorst‹ drehte mit überlegener Geschwindigkeit
   ab nach Südwest.

PM *(erregt)*: Verjagt? – Warum –

HELEN: Nein, Premierminister – erneuter Radarkontakt heute
   mittag, [›Belfast‹, ›Sheffield‹ und ›Norfolk‹ griffen wieder an,
   erzielte Treffer, zwei schwere Treffer auch auf
   ›Norfolk‹, die ›Scharnhorst‹ drehte wieder ab, ohne an
   den Konvoi herangekommen zu sein, aber] inzwischen
   ist der Oberbefehlshaber mit ›Duke of York‹ heran, die
   Entfernung nimmt ab, entkommen kann der Deutsche
   nicht mehr ... Hauptmann – Karski.

PM *(während Helen sich eilt, eine Verbindung herzustellen, hinter ihr*
her ans Telefon. Dabei mit ausgestreckter Hand Kocjan fassend und
mit sich ziehend. Mit einer Kopfbewegung bittet er Major Dorland,
der noch auf dem Rasen steht, herauf – pausenlos palavernd):
   Hat ›Scharnhorst‹ keine Zerstörer? – Und *unsre*:
   schlafen die! Ach, *Sie*, Hauptmann – wie schön
   – Wing Commander Dorland:
   unser Verbindungsoffizier in der achten amerikanischen Bomber-
                                           gruppe.

KOCJAN: Karski.
   (Er verneigt sich ein wenig in Richtung Dorland. – Dorland streckt
   ihm die Hand hin, verlegen, da er der englischen Sitte unterliegt, sei-
   nen Namen nicht zu nennen. Murmeln: wie geht es ...)

PM: Dorland – *was*! Eine Meldung:
   ›Scharnhorst‹ – die letzte schwere Einheit, die der Mann noch hat.

HELEN *(am Telefon)*: Der Premierminister, Sir.

DORLAND: Und die ›Tirpitz‹ – die nicht?

HELEN *(gibt Churchill den Hörer)*: Der Erste Seelord, Sir.

PM *(noch zu Dorland, dann in den Hörer)*:
   ›Tirpitz‹ – der haben wir Bettruhe verordnet, mit Kleinst-U-Boten.
   (Knurrend, leidend, weil er erst mal zuhören muß. Dann äußerst ge-
   drängt:)

Blödsinn, abzuwehren vom Konvoi – benutzt ihn als Köder.
[Hitler hat auch Torpedoflugzeuge in Narvik.] Ja. Geben Sie als meinen Befehl durch: Die Vernichtung dieses letzten einsatzfähigen Schlachtschiffs würde schwerste eigene Verluste rechtfertigen. [Sollte ›Duke of York‹ nicht pünktlich eintreffen, muß der Konvoi verlangsamen, so daß die ›Scharnhorst‹ eine reelle Chance wittert, in ihn einzubrechen.] Keinesfalls darf der Hunne durch unsere drei Kreuzer verscheucht werden – hat lange genug gedauert, bis er aus dem Altenfjord endlich mal die Schnauze 'rausgestreckt hat – ja!
(Knurrt und legt auf, zu Dorland und Kocjan:)
[Verheerend, daß *ein* großes Schiff
so mächtige Teile der Home Fleet bindet.
– Übrigens, mit solchen klassischen Seeschlachten
wird's bald vorbei sein.
DORLAND: Sie meinen, der Flugzeugträger löst das Schlachtschiff ab.
PM *(nickt)*:
Seitdem die Japaner in knapp drei Stunden mit Torpedobombern
unsre zwei größten Schiffe im Pazifik versenkt haben,
gehört das Schlachtschiff ins Museum.]
(Zu Kocjan:) Wenn das ein Sieg wird, Hauptmann:
verdanken wir ihn Partisanen wie Ihnen.
Ohne die norwegische Widerstandsbewegung könnten wir nie zeitig
genug hören,
wann Hitler seine dicken Fische aus ihren Fjordlöchern schickt.
(Telefon.
Helen nimmt ab und eine Meldung entgegen. Sie legt auf.
PM ohne Unterbrechung:)
Verstehen Sie mich, Hauptmann – oder spreche ich zu schnell.
(Das war der erste Satz, den er nicht fast unverständlich schnell ge-
sprochen hat.)
KOCJAN *(höflich)*: O danke, Premierminister –
ich habe manches verstanden.
HELEN: Sir, der Bischof von Chichester ist vorgefahren.
PM *(ärgerlich)*: Pünktlich wie die Nemesis.
Dorland und Helen – seid hart gegen ihn!
Aber der soll sich doch erst mal mit Marschall Harris vergnügen,
das erspart mir seinen Besuch vielleicht überhaupt.
(Helen ab.)
Wissen Sie, Hauptmann . . .
(PM weist mit seinem Stock weit in den Park – übrigens: niemals
stützte er sich auf diesen Stock, er geht erstens viel zu schnell, um
überhaupt den Stock aufsetzen zu können, zweitens ist der nur ein
Spielzeug, leicht und nutzlos wie ein Frackdegen – brauchbar zur Un-
terschnörkelung der barocken, gleichsam redseligen Armbewegungen
des Premiers.)
Dorland, auch für Sie: da am Schießstand warten zwei
deutsche Beute-Flinten – die übelste Wunderwaffe,
neben Radar, muß ich mir sagen lassen.
(Jetzt vorsichtig erläuternd zu Dorland, um mehr zu verschweigen als
zu verraten:)
Der Hauptmann Karski kommt nämlich aus Warschau und

soll morgen zur polnischen Brigade nach *Afrika* gehen –
wir haben etwas zu besprechen, vielleicht, Wing Commander,
sind Sie so freundlich und holen mal eines her von diesen
Massakergewehren.

DORLAND *(abgehend)*: Gern, Premierminister.

PM *(indem er sich umsieht, dann Kocjan herzlich unterhakt und ihn in
den Vordergrund zieht, blinzelnd)*:
Aber wie Sie nun tatsächlich heißen, weiß ich nicht mehr,
na, geht ja auch mich nichts an.

KOCJAN: Bohdan Kocjan, Premierminister. –

PM: Ah, Bohdan ist gut – der Rest schon zuviel.
(Er sieht sich wieder um. Helen ist gerade auf die Terrasse getreten:)
Leutnant – schirmen Sie uns im Park auf Rufweite ab.

HELEN: Der Bischof ist bei Marschall Harris.

PM *(ohne Pause)*:
Also, Bohdan: bevor wir nicht eine *hier* haben von den Raketen,
bleibt jede Vorbereitung unsrer Abwehr – verstehen Sie mich
– auf Hypothesen angewiesen.

KOCJAN: Premierminister – es wird dauern viele Zeit,
bis die Deutschen mit Raketen auf Sie kommen.
Sie probieren nur und probieren und probieren und
immer verlieren Richtung und zersplittern in die Lüften
und – *zielen* können sie noch nicht.

PM: Zielen? Man muß nicht *zielen*,
um die größte Stadt der Erde zu treffen, irgendwo.
Wie aber wollen Sie das machen, Hauptmann – phantastisch!

KOCJAN: Ich habe zehn Männer oder Frauen – *gutt.*
Mit Fahrrädern. Auch nachts. Man sieht die Streifen
hinter die Raketen. Deutsche finden viele nie wieder –
wir *sind* in den Wäldern, Deutsche müssen erst hingehen,
wenn eine Rakete heruntergekommen ist.
Aber wir haben fünfmal schon beobachtet, daß Rakete
unzerstört aufschlug, Deutschen haben sie ungeschärft
gemacht, sie zerlegt und – zurückgefahren.
Wir werden bestimmt bald eine komplette Rakete schneller
auffinden als die Deutschen,
und dann wir werden sie verstecken ...

PM: In der Erde?

KOCJAN: In der Erde oder Fluß. Fluß ist besser. In den Bug
werfen, auch die Wiesen dort, nicht entfernt vom Strom,
sind für Landung Ihrer Dakota gut.

PM: Und Sie kommen mit unserer Maschine, wenn Sie eine
Rakete verladen haben? Es gibt keine Auszeichnung,
Hauptmann, die dieser Tat gerecht werden könnte.
Vergessen Sie nie: Helft ihr uns – helft ihr auch Polen!
Was wird im Eismeer sein?
*(Er wendet sich ab, geht zurück an die Balustrade und ruft in den
Park:)*
Leutnant – Sie auch, Dorland!
Hören Sie, meine Herren Vorgänger waren so human,
hier auch Obstbäume zu pflanzen, bedienen Sie sich und

137

angeln Sie oder schwimmen Sie –
abends sehen wir den Nelson-Film an ... Helen: sagen Sie der Admiralität,
ich möchte nicht versäumt haben, auf die Torpedobomber
des Gegners nochmals hinzuweisen.
*(Helen nickend ab – nachdem sie Kocjan wegen des Nelson-Films
einen entsetzten Blick und ein Zeichen gegeben hat. Churchill, indem
er Dorland das MG 42 mit Zweibein aus der Hand nimmt und es – in
der Hand wiegend – an Kocjan weiterreicht, ohne Pause:)*
Zerlegen Sie die Flinte, bitte.
[Wing Commander, eh ich's vergesse, tragen Sie ab heute
stets eine Zahnbürste bei sich – irgendwann, irgendwo
wird ein Wagen Sie aufgreifen, Sie gehören zu meiner Suite,
wenn ich nach USA fahre oder fliege – der Präsident liebt es,
tapfere junge Männer um sich zu haben! Die Presse drüben auch.
DORLAND *(strahlend)*: Herzlichen Dank, Sir, *das* ist eine Überraschung!
PM: Na – wenn mal die *Reise* keine bringt!
Fürchterlich die Zahl der Schiffe, die noch im März
von U-Booten gerissen wurden.
Seit April aber –
(Lacht grimmig:) – schlachten wir die Haie wie Forellen,
die man zum Lunch aus dem Bassin fischt.
Die Mitte des Atlantiks tauften die Hunnen:
das schwarze Loch.
Dort lagen ihre Rudel auf der Lauer,
weil wir mit Flugzeugen bis dorthin
weder von England noch von Kanada den Schiffen
Geleitschutz geben konnten. – Ha!
Dies schwarze Loch, ein wundervoller Name –
wurde zum *letzten* Loch für zirka vierzig deutsche Boote.
Vierzig in knapp sechs Wochen!
Karski, erzählen Sie das in Polen, den Polen,
meine ich – wenn Sie morgen nach Afrika gehen.
KOCJAN: Ja, Premierminister.
PM: Was euch die Felder sind, ist uns das Meer,
unser Ernährer.]
*(Er nimmt den Lauf des MGs in die Hand, Kocjan zerlegt die Waffe
mit der Sicherheit, mit der er sein Taschenmesser benutzt, legt auch
den Gurt ein, Dorland beteiligt sich, macht es nach.)*
DORLAND: Soll das stimmen, Hauptmann –
tausend Schuß pro Minute?
KOCJAN: Mehr! Tausendfünfhundert! Unbrauchbar für Partisanen,
wann haben wir tausendfünfhundert?
(Dorland übernimmt den Lauf von PM.)
Der ganze Mechanismus ist auf Dauer-, auf Schnellfeuer
gekonstruiert.
DORLAND: Wird nicht durch die Geschoßgeschwindigkeit
eine enorme Reichweite erzielt?
KOCJAN: Sicher – in fester Stellung, mit organisches Nachschub,
sehr phantastisch.
Vor allem im Winter –

schießt noch bei minus vierzig Grad.
Und leicht bedienlich. Nach ungefähr dreihundert
Schüssen in ah – Etagen.
PM: – in *Stößen.*
KOCJAN: Danke, Sir – in Stößen von zwanzig oder dreißig
Schüsse das Rohr ist nicht zu heiß, um anzuarbeiten mit
Lederhandschuh.
(PM nimmt den Lauf abermals in die Hand, verärgert –)
[PM: – Leutnant, notieren Sie ...
DORLAND: Der Leutnant ist nicht da, soll ich –
PM: Ja, soll notieren, Gespräch morgen mit Lord Cherwell
über dieses Material – mysteriös.

*Kocjan hat die Waffe wieder zusammengesetzt und auf ihre zwei Beine
gestellt, PM tritt davor wie ein Junge, stößt sie mehr mit dem Fuß aus
seinem Weg, als er sie schiebt. Daß er ein solches Ding haben möchte,
darf nicht vergessen lassen, wie sehr er es verachtet, wie nämlich alles,
was den Krieg zum »Abnutzungsverfahren« – à la Somme oder Verdun
erniedrigt. Daher er auch dieses Gewehr nicht höher einschätzt als einen
der üblen Generale des ersten Kriegs, denen nichts Besseres einfiel als
die maßlos blutigen und ebenso zwecklosen Frontalangriffe. Daß er selber, der härteste Kritiker der stupiden Abnutzungsgenerale, das Muster-
Exemplar in Bomber-Harris großgezogen und mit einzigartiger Macht
ausgestattet hat, ja den »butcher« noch dann fördert – auf Kosten britischer Piloten –, als selbst die führenden Männer der englischen Luftwaffe, wie längst die der anderen Waffengattungen, durchschaut haben
– Sommer 44 –, daß die Verbrennung der Wohnzentren militärisch
effektlos ist: das kommt dem großen Mann überhaupt nicht zum Bewußtsein. Die Irrwege eines Menschen entsprechen auch seiner Lebensstrecke.*

PM: Tausend auf einen Streich soll dieser Lauf wegmähen: ekelhaft.
Ich vergleiche immer die neunhunderttausend armen Briten,
im Ersten Weltkrieg effektlos weggeschlachtet,
mit den nur einhundertfünfundachtzig Männern,
die bei Trafalgar fielen! Keine zweihundert Engländer
– und brachten Napoleon um die Welttyrannis.
– Sie schweigen, Wing Commander?
DORLAND *(lächelnd)*: Ich dachte, Sir, die viereinhalbtausend Franzosen,
die bei Trafalgar fielen:
deren Namen stehen nicht in Notre-Dame.
PM *(lächelnd)*: Mir kam niemals der Gedanke,
nicht auf seiten der Sieger zu stehen.
Soldat ist, wen kein Zweifel schwächt.
Sie sind *sehr* tapfer – bei so viel Skepsis!
DORLAND *(sehr verlegen)*: Ach, tapfer ist man nur notgedrungen.
PM *(mit Sympathie, weil er persönlich auch stets zuerst sich selbst über-
winden mußte, seine Furcht)*:
Die wahren Helden, ja –
Daneben gibt es noch die anderen,
die Tapferen von Gottes Gnaden,

die aus Phantasielosigkeit den Tod nicht fürchten.
Wohl der Armee, in der die tapferen Dummen
die Hauptmacht bilden: Sie ist unbesiegbar.
Übrigens nur eine Jahrgangsfrage.
Heye, Chef der deutschen Operationsabteilung,
erklärte nach dem Ersten Weltkrieg – ich glaube zu Recht –,
das Scheitern der letzten Hunnen-Offensive, März achtzehn,
mit dem zu hohen Durchschnittsalter der Regimenter.
Stoßkraft sei nur dort, sagte der Mann, wo die Masse
der Angreifer unter fünfundzwanzig Jahre ist.
In höherm Alter stürben selbst Soldaten ungern.]

(Bei PMs letzten Worten ist mit einer Schroffheit, die in ebenso groteskem Gegensatz zu dem ruhigen Faltenwurf und der Feierlichkeit seines mausgrauweiß gestreiften Talars steht wie die weitgeöffnete, fast am Boden schleifende Zeitung, die er – ohne das in seinem Zorn noch zu merken – in der rechten Hand hält:
Der Bischof von Chichester ist auf der Terrasse erschienen.
Niemand hat ihn gemeldet – er steht überraschend wie ein Attentäter vor dem Premierminister, eine Unverschämtheit fast Churchillschen Ausmaßes. So daß der, dem dergleichen noch nie zugestoßen ist, einmal nicht das erste Wort findet – was ihm auch noch nie zugestoßen ist.
Der weißhaarige Bischof ist kein Greis. Er bleibt auf der Terrasse nicht stehen – er überzeugt sich nur, daß er Churchill vor sich hat, und schneller, als der sich umdrehen und ihn ansprechen kann – denn den Rücken zur Terrasse hat der Premier erst in Dorlands Reaktion gemerkt, daß Bell sie unterbricht –, kommt der Bischof herunter auf den Rasen. Die Tür läßt er offen, als wäre er Churchill.)

BELL *(so leise, wie nur Briten es werden, wenn sie ungewöhnlich erzürnt sind, mit ätzender Artikulation)*:
Verzeihung, Premierminister – warten kann ich schon,
aber nicht –
bei … ich warte dort im Garten, nicht bei Ihrem Bomberchef,
der mich mit einem Trommelwirbel militärischer Phrasen –
(Er bricht ab und sucht den Weg an Churchill vorbei ins Freie.)
PM: Er ist schließlich der Fachmann
für die Probleme, die wir besprechen wollen.
BELL *(ruhiger, aber nicht freundlicher)*:
Das glaube ich nicht – da er offenbar in der Verbrennung
der Bewohner einer Weltstadt nur ein *technisches* Problem sieht.
Ich warte aber gern, bis Sie –
KOCJAN: Darf ich mich jetzt im Garten –
PM *(mit einem Blick auf Kocjan, freundlich)*:
Wir sehen uns am Abend. –
(Kocjan ab.
Zu Bell, fast drohend:)
Wing Commander Dorland – Seine Gnaden, der Bischof Bell of Chichester.

140

Der Wing Commander, Bischof, bekam heute früh
vom König das Fliegerkreuz, weil er an der Bombardierung
der *Staudämme* in Deutschland hervorragenden Anteil hatte.
(Fast schreiend, ein Blitzableiter:)
Leutnant – ist ›Duke of York‹ noch immer nicht heran!
(Bell gibt Dorland herzlich die Hand.)

HELEN *(die in der Tür erschienen ist)*:
Nein, Sir – aber die Position der ›Scharnhorst‹
läßt keinen Zweifel mehr, daß Admiral Fraser pünktlich eintrifft.

BELL: Gratuliere, Major – auch Ihnen, Premierminister,
zu dieser Husarentat. Sind die Dämme reparabel?

DORLAND: Ich fürchte ja, Euer Gnaden.

PM: Zunächst ist einmal die Sintflut über Länder und Gemeinden
gekommen, das Stromnetz im Ruhrgebiet, in Kassel ist gelähmt,
und damit die Fabriken.

BELL *(hebt jetzt die in ganzer Größe geöffnete Zeitung hoch)*:
Aber warum, meine Herren – machen wir dann das!
Hamburg.
Hier – Basler Nachrichten, neutrale Augenzeugen der Hamburger Tra-
gödie.

PM *(rümpft die Nase, wie stets, wenn er provozieren will – eines seiner
Mittel, den Gang des Gesprächs an sich zu reißen)*:
Tragödie? – nie zuvor bei einem Angriff
waren die Verluste der RAF so erstaunlich gering.
*(Er vermerkt mit kalter Genugtuung Bells Reaktion, spricht sofort
weiter:)*
Wie, Dorland?

DORLAND: Jawohl, Verlustquote nur zwokommaacht Prozent.

PM: Basler Nachrichten, so. Die schwedische Presse bestätigt,
Gomorra wurde zum entscheidenden Sieg
der RAF seit der Luftschlacht um Großbritannien.

*(Bell hat begriffen, daß der vokabelreichste Überredner der Epoche
seine Wut, sich mit diesem Widersacher befassen zu müssen, in die
Lust umgesetzt hat, ihn zu besiegen, auch ihn – und ihn offenbar
plötzlich gern bei sich sieht. Daher dreht er PM fast den Rücken zu,
während er sich ganz auf Dorland einstellt. Churchill zieht die Mütze
ab, legt den Stock weg und setzt sich breit, Knie auseinander, Fäuste
auf dem Sitz, in die Mitte der Bank.)*

BELL: Haben auch Sie – Hamburg bombardiert, Herr Dorland?

DORLAND: Am Tag ging ich einmal mit den Amerikanern 'rüber.
Wir versuchten die U-Boot-Werften auszuknocken.

BELL: Erfolg?

PM *(streitlustig)*:
Davon steht sicher nichts in Ihren Gazetten, Bischof, wie:
daß man in Hamburg auch Industrie vernichten kann?

BELL: Doch. Die Berichte sind detailliert. Nur wird gesagt,
daß die Niederbrennung des materiellen Gefüges einer Großstadt
keineswegs ihr *Wirtschafts*leben auslöscht.

PM: Das Wirtschaftsleben ist knockdown,

wenn wir die Städte coventrieren.
Harris hat gut gelernt von Göring:
Schon nach der Niederbrennung Rostocks vor fünfzehn Monaten
war unsre Rechnung mit den Hunnen glatt.
BELL: Scheuen Sie nicht Taten,
die man als Mord bezeichnet, wenn Hitler sie tut?
PM *(ehrlich)*: Nein. Das Schlachtfeld ist – das Niveau des *Gegners*.
Wie sonst kann ich ihn würgen und zertreten:
Ich muß auf *gleichem* Boden mit ihm rangeln,
nach Maßgabe *meiner* technischen Möglichkeiten.
Ich konnte Hamburg nicht belagern – wie Hitler Leningrad.
Dort hat er in zwei Jahren jeden achten Bürger
dem Hungertod ausgeliefert, mehr Menschen, vermutlich,
als wir bis heute insgesamt in Deutschland durch Angriffe
getötet haben.
Aus Amsterdam, aus *einer* Stadt,
hat Deutschland hunderttausend Bürger deportiert:
wohin? Von keinem irgendeine Nachricht mehr.
BELL *(sarkastisch)*: Mehr Menschen, vermutlich –
als Hitler bis heute insgesamt in England getötet hat:
töten *wir* durch Gomorra in *einer* Stadt.

PM *(steht auf, er steht höher als der Bischof, nun kommt er den kleinen
Grashügel hinab, den Kopf gesenkt, wie er sich schon als Dreißig-
jähriger fotografieren zu lassen pflegte, die Schulter hochgestützt vom
rechten Arm, die rechte Hand in der Hüfte)*:

Unvermeidbar: Gegner tauschen Kriegsmethoden aus.
Schlimmer noch: auch Eigenschaften, persönliche.
BELL *(tritt ihm entgegen, fällt ihm ins Wort)*:
Wie alle Briten, dankte ich Gott, als in der Not *Sie*
das Schiff übernahmen, aber Gomorra ist *nicht* Notwehr!
Wir sind dem Sieg zu nah!
Wing Commander, ich frage Sie:
sind solche Taten nicht *Verrat* an den Idealen,
die uns alle einmütig bewegt haben,
der Tyrannei Krieg anzusagen!
*(Er legt die Zeitung auf die Bank, sie fällt zu Boden. Er zieht ein Blatt
aus der Tasche, er sagt und liest dann vor:)*
Hier aus verschiedenen Berichten – erste Schätzungen,
der deutschen Bevölkerung verheimlicht –,
fünfundvierzig Prozent mehr weibliche als männliche Tote.
Zwanzig Prozent der Toten – jünger als vierzehn Jahre.
Diesem Prozentsatz entsprechen ungefähr auch die Toten,
die älter sind als fünfundsechzig.
Ortsteil Hammerbrook? – wohl ein Arbeiterviertel . . .
PM: Die jedenfalls zielen wir an.
Mittelstandshäuser stehen zu aufgelockert,
da fallen drei von fünf Bomben in die Gärten.
BELL: Ah ja. In Hammerbrook
verbrannte jeder dritte Bewohner oder mehr.

An Außenwänden vieler Häuser fand man verkohlte Mütter
mit Kindern; die hatten versucht, aus den Kellern zu entkommen
– und wurden zu Fackeln.

PM *(düster, da ihm das Zuhören schwer erträglich ist)*:
Asphalt plus Phosphor – ja.
Cherwell kann das erklären.

BELL: Ein Arzt konstatierte – (Basler Nachrichten) –, die Einäscherung
in den Kellern sei oft gründlicher erfolgt als im normalen Kremie-
rungsprozeß. [Noch heute, nach vierzehn Tagen, sind die Bergungsarbeiten oft schwierig deshalb, weil noch die Hitze in den Kellern derart hoch ist, daß jede Sauerstoffzufuhr neue Brände legt.] Mehrere
Straßen wurden vermauert, wegen drohender Seuchen.
(In Rage zu Dorland:)
Eine Frage: ist ein Pilot, der vorsätzlich Wohnzentren verbrennt,
noch als *Soldat* anzusprechen?

PM: Später – nehmen Sie Dorland später ins Verhör.
Helen!
(Zu Bell:) Sie müssen meine Weigerung verstehen,
unsre Flächenbombardements *isoliert* zu betrachten.
Ich verschob gestern ein Kabel an den Präsidenten,
weil ich erfuhr, Sie seien für heute angesagt. Hören Sie mit –
Also, Leutnant, dem Weißen Haus:

*(Helen hat sich zögernd auf die äußerste linke Ecke der ovalen Holz-
bank gesetzt, da Bell auf Churchills Handbewegung hin die rechte
Ecke eingenommen hat. Wie bei allen guten Sekretärinnen ist auch
auf ihrem Gesicht der Grad der Abneigung – oder Neigung – ihres
Chefs gegenüber seinem Gast abzulesen. Ihre Schroffheit gegenüber
Bell, an dem sie vorläufig nichts interessiert als die Tatsache, daß er
dem ohnehin schon überforderten Premier Verdruß bereitet, ist auffallend.
Churchill hat wieder das Beute-MG aufgenommen und wütet während des Diktats an dessen Schloß herum:)*
Ich muß Sie verständigen, daß uns in den letzten Monaten ...
ein Strom von Nachrichten zugeflossen ist,
wonach die Deutschen einen Angriff gegen London vorbereiten,
mit sehr weittragenden *Raketen*, die mutmaßlich
sechzig Tonnen wiegen und eine Sprengladung
von zehn bis zwanzig Tonnen enthalten. Aus diesem Grund
haben wir ihre Hauptversuchsstation Peenemünde bombardiert –
Dorland (dies nicht ins Kabel, Leutnant), berichten Sie
Bischof Bell von diesem Angriff.
Mit fünfhundertsiebzig Bombern schlug Harris zu ...

DORLAND *(erzählt das gedrängter, als seine Kameraden es dem Chroni-
sten Irving später überliefert haben)*:
Das Markieren war schwierig, denn wir wußten, die Fritzen
hatten die ganze Insel mit der Raketenfabrik künstlich vernebelt.
Doch unsre Apparaturen konnten das Ziel nicht zeigen,
also mußten wir bei Mondschein 'rüber.
Mondlicht aber bringt die Nachtjäger gut zum Schuß.
Die Deutschen abzulenken, dirigierte der Oberluftmarschall

einige von uns zunächst Richtung Berlin.
Das glückte. Wir schwenkten dann ab, mußten aber,
um zu zielen, auf zweieinhalbtausend Meter 'runtergehen.
Unsre Bomben räumten so ab, daß wir nicht noch mal 'rüber müssen.
Aber dann hatten die Fritzen unsre List mit Berlin entdeckt
– und stellten uns doch noch über der Ostsee.
Das Gemetzel war so barbarisch, daß ich nicht einmal weiß,
ob wir auch Deutsche 'runterholten.
Wir jedenfalls verloren vierzig Bomber. Das ist . . .

PM: Das sind vierzigmal sieben Männer, wie Dorland einer ist,
Bischof. Keine dreihundert, die vielleicht London
fürs erste oder für immer gerettet haben durch ihren Opfertod.
Wing Commander – erläutern Sie dem Bischof,
was wir nicht in die Zeitung tun: so – wie das so zugeht
dort oben, wenn's brennt. –
Helen, bitte gehen Sie lieber, bis ich Sie rufe.

HELEN: O danke, Herr Churchill – aber ich weiß doch . . .
*(PM hat ihr liebevoll zugenickt, Helen wartet einen Moment, dann
geht sie doch, Bell wendet sich Dorland zu, sagt langsam zu ihm –
aber das letzte sehr hart zu Churchill –)*

BELL: – Ich war in Ihrem Alter auch Soldat.
Meine Vorstellung reicht aus, mich ahnen zu lassen,
daß man im Bomber nicht leichter stirbt als im Bomben*keller*.
Meine Ehrfurcht für Briten, die ein Ziel wie Peenemünde
zertrümmern, ist –

PM: Das sind die*selben* Männer, Lordship,
die Gomorra veranstaltet haben . . .

BELL: Auf *Ihren* Befehl, ja. *Darum* bin ich hier.
(PM, eine Armbewegung zu Dorland.)

DORLAND: – Der Premierminister meinte wohl . . . ein Brand im Bomber
ist sehr oft nicht mehr zu löschen, ja.
Die Amerikaner probieren jetzt, die deutschen Jäger
in Luftkämpfen auszuschalten. Ich war mit ihnen in Hannover,
um da die Reifenwerke zu schließen.

BELL: Am Tag?

DORLAND: Ja, ein Zielangriff. Wir fliegen in sehr engen Pulks,
weil wir keine Begleitjäger haben, aber mit schwereren Bordkanonen,
immerhin.

BELL: *Keine* Begleitjäger!

DORLAND: Die werden erst gebaut. Was augenblicklich da ist,
Thunderbolts, muß an der deutschen Küste abdrehen,
weil sonst der Sprit nicht für den Heimflug reicht.
Keine Besatzung der Amerikaner kommt augenblicklich
öfter als zehnmal wieder heim.

PM: Sie finden es *amoralisch*, daß wir nicht zielen
wie die Amerikaner. *Ich* finde amoralisch,
was die Amerikaner ihren Jungen zumuten. Dorland –

DORLAND *(geniert, solche »Intimitäten« ausplaudern zu müssen. Spricht
so empfindungslos wie Narbenhaut ist, betont antidramatisch, ohne es
zu wissen, distanziert er sich durch seinen Ton vom Premier wie vom
Bischof als von Nonkombattanten, die dies eigentlich nichts angeht):*

144

Schon auf dem Weg gerieten zwei der Dreißig-Tonnen-Bomber
in den Sog der Propeller – ein quirlendes Wirbelfeld,
inkalkulabel, als säße man in Schaukeln.
Jedenfalls zwei fielen 'runter, kollidiert. Dann kamen
wie aus nassen Lumpen Jäger. Manche sind Meister –
nebeln sich im Anflug von hinten in unseren Kondensstreifen ein.
Liegt ihre Garbe aus der Bordkanone gut,
so perforiert sie einem Bomber das Heck –
wie Papier reißt das dann ab.
In meinem hatte es den Turmschützen erwischt, Sergeant Weaver.
Der rollte die Stufen 'runter in den Bugraum,
sein linker Arm hing nur an Hautstriemen,
zerlöchert unterhalb des Schultergelenks. Sein Gesicht – nur noch
Mund, aber schreien – er schrie nicht.
Er verging uns in den Händen, grün wie Wasser. Morphiumspritze.
Über Bordfunk will man mich erreichen, aber die Anlage war zerstört.
Der Bombenschütze schreit mich heraus.
Wir versuchen Schlagader abzubinden. Geht nicht.
Ich mußte zurück in die Kanzel, wäre mein Co-Pilot ausgefallen,
dann wären wir alle abgestürzt,
die Deutschen waren ja noch zwischen uns.
Aber der Mann verblutet –: 'rauswerfen, sag' ich, werft ihn 'raus –
(Bell und PM gleichzeitig –)
PM: – *Raus!* – Einfach 'raus!
BELL: Aus dem Flugzeug!
DORLAND: Ja. Um sich schlagen konnte er nicht mehr.
Wir wissen seit drei Wochen durchs Rote Kreuz,
daß er gerettet wurde.
(Pause.)
BELL *(verstört)*: Wieso rechneten Sie damit!
DORLAND *(während man spürt, daß Churchill diese Momentaufnahme
irritiert – mehr noch aber das Vertrauen ärgert, das Dorland in einen
deutschen Helfer setzte)*:
Rechnen? – Hoffen!
Und hätte nicht irgendein Arzt da unten
Weaver beizeiten aufgelesen, dann hätte ich halt –
nichts davon erzählt.
Wo man versagt, hält man den Mund.
BELL *(er wehrt sich gegen diese Geschichte, daher wegwerfend)*:
Absurd, daß wir vorsätzlich solche Leute umbringen,
denen wir zutrauen,
daß sie unsereinen auflesen und operieren.
PM *(hart, da er selber weich geworden ist, bemüht, den Sentimentali-
täten hier ein Ende zu machen)*:
»Absurd« – Bischof! – Ist das nicht selbstverständlich,
einen verwundeten Gefangenen zu verbinden?
BELL *(mit Hohn)*: Für mich ja – *ich* habe ja auch nie geleugnet,
daß Soldaten und Wehrlose unterschiedlich zu behandeln sind.
Deshalb bin ich hier!
In Darmstadt stand auf dem Friedhof ein gewöhnlicher Wasser-
eimer zur Bestattung. Inhalt: Knochenkohlen. Und ein Zettel:

achtundzwanzig Personen aus der Kiesstraße elf.
Nonkombattanten, Premierminister.
Bringen Ihre Luftaufnahmen auch . . . solche Einzelheiten, da!
(Bell hat fünf Fotos aus der Tasche gezogen. Es ist lange ruhig, die
Bilder gehen von Dorlands in Churchills Hände und umgekehrt.)
Aus Schweden. Von den Männern,
die mich dort zusammenbrachten mit den zwei Deutschen,
die den Plan haben, Hitler zu ermorden.
PM *(dankbar für diese Ablenkung, aber eisig)*:
Ja – auch über Ihre Konspiration in Schweden müssen wir reden.
Können Sie mir diese Fotos überlassen, Bischof?
BELL *(sehr böse)*:
Würden Sie wagen, ein einziges dieser Bilder abzudrucken –
in Ihren Memoiren!
Wie verantwortet die Regierung Seiner Majestät:
(Er zeigt auf Dorland.)
– unsre besten Krieger, in Scharen aufzuopfern für Taten,
die wir nach dem Kriege nur verschweigen können!
PM *(gelassen, sanft)*: Politik ist, worüber man – nicht spricht.
Vieles muß man verschweigen, was man im Krieg getan hat.
[Was, Lordship, hinge davon ab? Der Sieg nicht.
Und nur der Sieger schreibt Geschichte. – *Was*, Leutnant!
HELEN *(die wieder aufgetaucht ist)*:
Die Admiralität meldet, der Konvoi ist außer Reichweite –
PM *(maulend)*: Der *Konvoi*! Der Konvoi.
Völlig sekundär, heute, der Konvoi –
HELEN: . . . ist außer Reichweite der ›Scharnhorst‹. Sie steuert noch
immer auf ›Duke of York‹ zu. Admiral Fraser
hat seinen vier Zerstörern um sechzehn Uhr siebzehn befohlen,
den Torpedoangriff vorzubereiten.
PM *(hat die Uhr gezogen, steckt sie erst wieder ein, lange nachdem er*
auf- und abgegangen ist und mit Eifer erläutert hat):
Der Deutsche hat also die ›Duke of York‹ noch gar nicht entdeckt!
Erstaunlich. So – so verdammt leicht hatten wir's nicht
vor neunundzwanzig Jahren, als ich schon einmal eine
›Scharnhorst‹ an die Fische verfüttert habe.
(Plötzlich ebenso böse wie zuvor Bell:)
Was mich *berechtige*,
Männer wie Dorland gegen Nonkombattanten einzusetzen?]
Wie verantworte ich denn, einen Konvoi nach Murmansk zu senden,
obwohl ich kalkulierte, daß er – und mit ihm
unsre Seeleute der Handelsmarine – vernichtet würden!
Konvoi wie Bombardements beweisen dem Kreml,
daß er nicht allein kämpft.
Einen Anspruch auf diesen Beweis hat jeder Russe.
Leutnant: schreiben wir das Kabel ins Weiße Haus zu Ende, bitte . . .
HELEN: Ich sollte Sie erinnern, Sie wollten für die Polen etwas diktieren.
PM *(ärgerlich)*: Jetzt! – Doch nicht jetzt.
HELEN: Nein, nur habe ich erfahren, daß der polnische Ministerpräsident
morgen früh in London zurückerwartet wird,
vielleicht ist es dann . . .

PM *(sehr erregt, er hat es plötzlich eilig, wegzugehen)*:
   Aber das hat doch mit General Sikorski nichts zu tun. –
   (Blick aufs Telefon, dann auf Bell:) Entschuldigen Sie, Bischof –
   Ich muß mit der Admiralität der ›Scharnhorst‹ wegen –
   (Lächelnd:)
   Mrs. MacDonald hat Ihre Flugblätter gegen den Bombenkrieg gelesen,
   und sie hat Fragen.
   *(Er geht ab, als wolle er sich auf einen stürzen. Der Bischof wendet
   sich Helen zu, die befangen ist – und Bell tut wenig, sie zu ermun-
   tern. Verstimmt durch die Regie, mit der sich der Premier ihm immer
   wieder entzieht, macht er aus seinem Ärger keinen Hehl. Trocken be-
   ginnt er, Dorland zugewendet –)*
BELL: Sie haben geschwiegen zu den Fotos –
   Was glauben Sie, wird die Regierung Seiner Majestät
   zu diesen euren Taten sagen,
   wenn die Nation erst am Trafalgar Square zur Siegesfeier geht?
DORLAND *(melancholisch)*:
   Wenig Aussicht, Sir – für Piloten, den Sieg noch mitzufeiern.
HELEN *(man spürt, wie sie sich gekünstelt verhärtet)*:
   Euer Gnaden – ich habe Ihre Reden im Oberhaus nie verstanden,
   aber – sie gingen auch mich an.
   Darf ich fragen, wieso es für den Christen vertretbar ist,
   Männer zu töten, nicht aber Frauen und Kinder?
BELL *(gereizt)*: Daß der Soldat einen töten darf, der sonst ihn tötet:
   das müssen Sie doch begreifen!
HELEN: Verzeihung, Euer Gnaden. Nehmen wir zwei Brüder.
   Keiner der zwei wollte jemals Soldat werden, plötzlich Krieg,
   der ältere wird nicht gefragt, man zieht ihn ein, setzt ihn in
   einen Bomber, er – er … *verbrennt* im Flugzeug.
   Wieso durfte man ihn töten, aber nicht töten das Kind,
   den anderen Bruder, der nur deshalb nicht im Bomber sitzt,
   sondern im Bomben*keller*, weil er vier Jahre jünger ist!
   Das Kind ist ohnehin bevorzugt,
   weil es vor seinem Tod nicht auch noch töten mußte.
   Der Pilot muß vielleicht vor Gott, nachdem er soeben ein –
   ein Altersheim vernichtet hat.
   *(Dorland kann seine Genugtuung so wenig verbergen, daß er Mühe
   hat, Bell die Antwort zu überlassen. Der setzt zögernd an, aber dann
   hat er den Dialog Tempo –)*
BELL: Halten wir zunächst fest: *Sie* machen einen Unterschied
   zwischen Piloten, die ein Altersheim vernichten –
   und jenen, die Fabriken bomben.
   (Helen will das zurückweisen, Bell läßt sie nicht zu Wort kommen –)
HELEN: Nein – so kann man nicht …
BELL: Halten wir das fest! Sie sagten das spontan –
   Aber im übrigen, da Sie das Töten überhaupt verurteilen:
   ich kann diesen *Krieg* nicht verurteilen,
   sondern nur seine schlimmsten Teufeleien.
HELEN *(heftig)*: Krieg *ist* die schlimmste Teufelei!
BELL: Wie sonst soll die Menschheit den Hitler loswerden?
   Aber Kinder sind keine Feinde.

Wer kein Gewehr trägt und keines herstellt,
den darf ich auch im Krieg nicht töten – oder?
DORLAND: Den Arbeiter aber doch und die Arbeiterin in der Rüstung?
BELL: Ich fürchte, ja – die darf man töten.
HELEN: Sir! – Das ist doch . . .
BELL: Nun – rücksichtslos, sagen Sie's.
HELEN: Ich hätte – Verzeihung – das hätte ich Haarspalterei genannt.
Euer Lordship, meine Schwester arbeitet, ohne Uniform, in der Di-
rektion von London Transport. [Eine Bombe in die Zentrale dort, die
Vernichtung der Garagen, London ohne Busse, in London werden
täglich fünfeinhalb Millionen Busfahrten gemacht – neulich wurde
dem PM ausgerechnet: eine Minute, die täglich bei jeder Busfahrt verlorengeht, vermindert binnen eines Jahres die Arbeitsleistung, die
zehntausend Personen an einem Neunstundentag verrichten.] Wie
könnten die Deutschen uns empfindlicher treffen – *wenn* sie es könnten –, als durch Vernichtung der Londoner Buszentrale. Und das sollte
Mord sein, meine Schwester, die Zivilistin, zu töten, am Arbeitsplatz
oder zu Hause? *Mich* aber zu töten, da ich Leutnant bin: das sei
erlaubt!
BELL: Finden *Sie*, Leutnant, das sei erlaubt?
HELEN: Selbstverständlich, Bischof!
Wenn Morden, also Krieg, schon die Parole ist:
dann ebenso erlaubt wie Mord an Wing Commander Dorland,
wenn er in seinem Liberator Gomorra mitfliegt.
Der Wing Commander ist so wenig für den Zweck geboren worden,
von Hunnen umgebracht zu werden – wie ich.
Schränkt man den Krieg und seine Opfer ein, Lordship – so
macht man ihn ja erst gesetzlich, *erlaubt* ihn erst.
BELL *(melancholisch)*: Krieg *ist*, Mrs. MacDonald!
(Pause.)
Ich habe Mr. Churchill nie so verehrt, wie während jener kurzen Rede,
als wir den Deutschen Krieg erklärten –
als Mr. Churchill sagte: dies ist kein Krieg um Herrschaft,
um Machtzuwachs, sein Ziel ist allein, die Rechte des Individuums
zu behaupten, die Wiedergeburt der Menschlichkeit.
Messen Sie, Leutnant, Wing Commander – an diesem Vorsatz
die Bilder von Gomorra.
DORLAND: Vorsatz? – Sir: was uns übern Kopp wächst,
das ist Krieg.
HELEN: Was hat denn Hitler sich erlaubt!
BELL: Soll Kriegsrecht werden, was *der* tut?
Erschießung von Geiseln, Vergasungen, Rotterdam, Belgrad?
Dann müßten wir den Hitler und seine Mitbanditen,
wenn wir sie überwältigt haben werden,
ja als Gefangene behandeln, anstatt sie aufzuhängen.
Dorland – was immer Ihnen befohlen wird,
hören Sie auf Ihren Instinkt,
der Sie ja *doch* unterscheiden heißt,
zwischen dem Kind im Keller, das da verbrennt,
und dem Krieger, *der* es verbrennt.
(Dorland schweigt zerknirscht.)

HELEN *(erregt)*: Wenn der Krieger später selbst verbrennt –
  in seinem Bomber?
BELL *(hart)*: Dann *sühnt* er seine Untat.
HELEN *(eisig)*: Unmenschlich ist das, was Sie da sagen!
  Sir: hat ein Pilot denn zu *sühnen*,
  was er nur auf Befehl getan hat!
BELL: Kapitel drei, Artikel dreizehn unseres Militärgesetzbuchs
  schützt jeden britischen Piloten vor Befehlen,
  deren Ausführung ihn zum Verbrecher machte –
  (Dorland möchte etwas dazu sagen, offenbar mit Rücksicht auf Helen,
  aber schneller setzt Bell seine Argumentation fort, da er empört ist:)
  Daß *Sie*, eine Frau, so sprechen!
  Ich bin allein hier
  zwischen Soldaten, Offizieren – *meine* Partei
  sollten Sie stützen, als Frau ...
  sehen Sie doch, auch Dorland weiß im Innersten,
  daß *meine* Argumente
  selbst der Tradition der Armee entsprechen.
  Niemals zuvor war das bei uns erlaubt,
  niemals später wird das verstanden werden:
  Geiseln töten, um den Gegner an der Front zu zermürben.
  Das *ist* doch Geiseltötung –
  Kinder bomben, um den *Vater* an der Front
  moralisch zu zerbrechen.
  Mrs. MacDonald, ich *bitte* Sie ...
  (Sie weicht zurück, weiß wie ihre Bluse. Bell nötigt sie zu bleiben, er
  sagt erst hart, dann werbend, traurig, inständig:)
  Eine Frau wie Sie, mit Kindern, vom Feuer umzingelt,
  wissen, sehen – daß Sie lebendig verbrennen.
  Herrgott! – So *helfen* Sie mir doch, sagen Sie zu Dorland ...
HELEN *(tritt zurück, krampfhaft bevor ihr Gesicht aufweicht und sie auf-*
schluchzt und wegstürzt):
  Ich habe keine Kinder, Sir, ich habe keinen Mann.
  (Pause.)
DORLAND: Ihr Mann fiel über Köln, beim ersten Tausend-Bomber-Angriff,
  Mai zweiundvierzig.
BELL *(feindselig)*:
  Finden sie *fair*. – Das hätte man mir sagen können.
  (Er reagiert sich an der Zeitung ab, hebt sie auf, legt sie zusammen.
  Böse:)
  Ist Ihnen gleichgültig, ob Sie Industrie bomben oder Wohnhäuser?
DORLAND *(nervös grinsend, weil ihm nach Grinsen am wenigsten zu-*
mute ist):
  Wohnhäuser bomben wir nur deshalb ruhiger,
  weil Industrie viel tückischer bewacht ist.
  Der Angriff auf die Talsperren war der verlustreichste:
  nur zehn von achtzehn Bombern kamen heim.
  [Auch mußten wir so niedrig fliegen,
  knapp zwanzig Meter überm Wasser,
  daß schon bei Übungsflügen fünf Bomber aufgeschlagen sind.
  Der Wasserspiegel – hart wie Packeis.

149

Zweieinhalbtausend Übungsstunden – dennoch:]
zwei von den Maschinen zerfetzten sich selber,
weil sie die Bomben *in* die Mauern setzten statt nur davor.
BELL *(einlenkend)*: [Dorland – ich weiß:
der Mut der Krieger findet nie Chronisten.]
Aber warum – wenn ihr derart *exakt* zuschlagen könnt,
dann Wohnviertel?
DORLAND: – Oh, Sir, Sie machen sich etwas vor.
Glauben Sie:
ein solcher Sieg kostet *kein* unschuldiges Leben?
Wir hörten über Schweden, daß im Edertal
mehrere hundert Russenmädchen durch die Wasserlawinen
totgewalzt wurden. Zwangsarbeiterinnen in ihren Baracken.
Und vergessen Sie die Lockung der Technik nicht.
Wer fliegt und zielt, der möchte einfach ...
BELL *(kalt)*: – einfach?
DORLAND *(verlegen)*:
Nun ja, *technisch* so perfekt wie möglich arbeiten.
Auch wenn wir eine Stadt anfliegen ...
BELL: »Anfliegen« – das hörte ich schon von Ihrem Harris.
Anfliegen! Warum sagen Sie nicht »einfach« wegbrennen?
DORLAND *(ebenso aggressiv, verletzt)*:
Weil es nicht »einfach« *ist*, Sir!
Sie verachten die Technik? – Verzeihung:
Sie tun das, weil *Ihr* Leben nicht davon abhängt.
Nur in der technischen Perfektion, die Sie verachten,
liegt eine Garantie, daß wir nicht ein zweites Mal
das gleiche Ziel »anfliegen« müssen.
BELL: Entschuldigen Sie.
DORLAND *(bekümmert, daß sie wieder aneinander vorbeireden)*.
BELL *(ebenso befremdet)*: – redet ihr denn nie darüber?
Über *unsre* toten Zivilisten?
DORLAND: Sie meinen: über die Ziele in ihrer Eigenschaft als Menschen?
Wenn es nicht zu vermeiden ist –
Ein Streifen Wald nicht weit vom Rollfeld,
doch uns Piloten, weil wir die Bäume bei der Landung fürchten,
natürlich viel zu nah – dort lungern wir in unsrer Freizeit.
Wir alle kannten einen Waldarbeiter mit Frau und Kind,
ein invalider Bergmann, die Frau verkaufte Tabak, Sprudel.
Wir witzelten: die heilige Familie –
Wären sie nur geflohen.
Neulich Alarm, kommt täglich vor,
Bruchlandungen von angeschossenen Bombern.
Nun kippte einer, weil er brannte, den dreien mitten in die Hütte.
Pilot und Funker hatten sich gerettet – die gingen
zur Beerdigung des pro-forma-Sarges.
Anschließend – unvermeidlich – sprachen wir noch drüber,
bis einer, schon zermürbt, heftig aufstand,
macht doch nicht solchen Wind, sagte der –
so Leute töten wie die drei da,
das tun wir schließlich jede Nacht

und tun es mit höchster Perfektion –
ging weg und schmiß die Tür.
BELL *(zögernd)*: Und?
DORLAND: In solchen . . . Fällen geht man – wie ertappt.
Wer kein Mädchen hat – der säuft.]
(Heftig, bemüht um Trotz:) Trotzdem, Sir!
BELL: Was?
DORLAND: Trotzdem: wenn Sie Churchill attackieren, bedenken Sie,
wo wären wir alle ohne *diesen* Mann!
BELL: *Weil* ich das weiß – *versuche* ich doch,
mit ihm zu reden.
DORLAND: Hitler ließe nicht mit sich reden –
BELL *(lachend)*: Ein ganz unmöglicher Vergleich!
Der Premierminister, Dorland, aber ist *groß*!
Auch etwas Fürchterliches, naturgemäß –
[*Kennen* Sie Goethes Definition des Genies?
DORLAND: Nein, Sir – ich habe Goethes Geburtshaus verbrannt.
Ich flog den Zielbomber nach Frankfurt.
Weimar steht auch auf der Liste,
seit der Außenminister den Luftmarschall gebeten hat,
Städte dieser Größenordnung gelegentlich mit wegzubrennen.
(Pause.)
BELL: Weimar! Ich denke an die Orgie des Mordens dort,
in dem KZ, in einer sochen Nacht:
Gewiß, solche Feuerstürme, die sind nur Vorwand für die Bestien.
DORLAND: Sir – als wir den Nazi-Statthalter in Prag ermorden ließen,
da büßte auch ein ganzes Tschechen-Dorf.
Ist das Grund, den Tyrannen *nicht* zu töten?
BELL: Ich weiß das nicht. Wahrhaftig: ich *weiß* das nicht.
Neulich das Attentat auf Hitlers Botschafter in Ankara –
DORLAND: Leider mißglückt.
BELL: *Leider*, stimme zu.
Dessen Tod hätte auch kein Unschuldiger büßen müssen.
Aber Prag – ich *weiß* das nicht.
DORLAND: Der Premierminister aber *soll* das wissen!
Wer *könnte* handeln, bedächte er *alle* Folgen?
BELL *(versöhnt mit Dorland)*: Ja, ja. Doch muß verhütet werden,
daß Mr. Churchill vom Krieg ermächtigt wird,
sie als Naturereignis auszuleben.
– So waren wir auf Goethe gekommen und sein Haus.
Erhalten Familie sich lange, schrieb er,
und denke ich jetzt an Britannien,
so setze ich Volk für Familie –
so kommt, eh sie verlöschen, *ein* Individuum,
das alle Eigenschaften seiner Ahnen, gute wie böse,
in sich vereint und produktiv macht.
DORLAND: Eh sie verlöschen –?
BELL: Offenbar kündigt der Größte ihren Tod an.
ER ist es.]
Spricht man in tausend Jahren von uns Briten,
so meint man Shakespeare, Churchill – sonst noch wen?

Nur peinlich, daß auch er das schon weiß.

DORLAND: Na, hören Sie: Cromwell, Pitt, Lloyd George?

BELL: Oh – ein Mann des Parlaments erregt die Phantasie nicht!
Und wo ist da der eingefleischte Abenteurer,
der Dilettant, der genial den Panzer –
nicht erfindet, aber fordert,
bis er erfunden ist. Und der Kostümbesessene und Demagoge,
Parteien und Programmen treu,
so lange er ihr Wortführer sein kann.
[Hinter Ereignissen her wie hinter den Jagdhunden:
ohne Haß gegen den Fuchs –
nur will unbedingt ER die Meute führen.
Und wer die Jagd so liebt,
der trägt auch dazu bei, daß sie stattfindet.
Und der ewige Journalist in eigener Sache,
der Monomane,
der fünfzig Jahre seinen Eros in Ruhmsucht umsetzt
und das auch zugibt, schamlos wie ein Kind.]
Und der unersättliche Epiker,
der *recht* behält, Dorland: *das* ist entscheidend.
[Ich erinnere, wie Winston
seine Geschichte des Ersten Weltkriegs veröffentlichte –
der Spott, da habe er mal *wieder*
ein Stückchen seines eigenen Lebens
zu einer Geschichte des Universums ausgedehnt –
Warten Sie ab:] wenn er auch *diesen* Krieg noch erzählt,
so ist die Historie dieses *Jahrhunderts*
identisch mit Churchills Selbstbiographie.
Daß ihm geglückt ist, *diesen* Feind zu finden,
der noch so spät Churchills Interesse
mit dem der Erde vereinigt hat:
das ist sein Stern!
Im ersten Krieg, da war der Gegner
nur ein Monarch wie hundert andere.
Doch Hitler macht die *Menschheit*
zum Schuldner seines Überwinders.
[Und der ist Churchill – mag er militärisch
auch nur ein Jahr die Front gehalten haben.
So kurz nur: *das* zeigt seine Größe.
Was wäre schlauer als seine Bündnispolitik?
Von allen Briten der früheste Kommunistenhasser, der heißeste:
und doch der *erste,* der Stalin Freundlichkeiten sagte,
als der in neununddreißig sich von Hitler
den Osten Polens schenken ließ.
Britische Politik war immer Menschenliebe plus fünf Prozent –
Winston nimmt zwanzig und bringt noch fertig,
daß ihm die Zahler dafür danken.]
Aber keiner, der nicht für seine Tugenden
auch Fehler aufgebuckelt kriegte,
vom Ausmaß seiner Qualitäten.

DORLAND *(lachend):* Und Winstons Tugenden sind kolossal.

BELL *(verzerrt lächelnd, er hebt die Arme, totale Resignation):*
DORLAND *(leise):*
　Sie meinen, selbst *ihn* verdirbt die Macht?
BELL *(nickt):*
　Wie jeden. Denn Stärke ist stärker als der Starke.
　Keiner, der sie hat, spürt, wenn die Zeit kommt,
　daß er von ihr gehabt wird: ihr ruinöser Preis.
　Denken Sie an Churchills Technik der Ausblutung!
　Doch wie verächtlich beschrieb *er* jene Generale,
　die im Ersten Weltkrieg *das* praktizierten,
　was er jetzt selber durch seinen Feuermechaniker Harris tut.
DORLAND: Sir: die *Waffen*, nicht der Krieger,
　bestimmen die Kampfmanier!
　Doch nicht meine *Schuld*, daß ich Bomber bin statt Jäger!
　Da ist nun der Befehl: wir haben *nur* in Essen
　eine Stadt *wegen* der *Fabriken* angeflogen,
　sonst nahmen wir die Ruinierung der Industrie
　als *zusätzliche* Prämie hin,
　Ziel aber waren Zentrum und Arbeiterhäuser . . .
BELL: Sie *dürfen* nicht gehorchen, solchen Befehlen.
PM *(in Hörweite, im Garten, aber vom Bischof noch nicht bemerkt, ruft aggressiv):*
　Ich *höre* zu, Bischof!
BELL *(kalt): Endlich* wieder.
PM *(leise drohend):* Piloten zur Meuterei aufzuhetzen!
　Wieso unterstellen Sie,
　Angriffe auf Wohnhäuser seien *rechtswidrig?*
　Das Rote Kreuz hat uns aber ein Seekriegsrecht beschert und
　ein Landkriegsrecht –
　*kein Luft*kriegsrecht!
[DORLAND: Euer Gnaden – Marschall Harris spricht
　(allerdings ironisch),
　von nur *einer* internationalen Abmachung:
　irgendwann sei mal verboten worden,
　aus gasgefüllten Luftballons Sprengkörper abzuwerfen.]

BELL *(jetzt erzürnt. Mit der gleichen Gereiztheit, mit der einmal – einmal und nie wieder – der Empire-Generalstabschef über den Bomber-marschall in sein Tagebuch schrieb: »Bert Harris erzählte uns, wie leicht er den Krieg gewonnen hätte, wäre er nicht durch die Existenz der beiden anderen Waffengattungen behindert worden«):*

　Juristen machen nur Gesetze. Das *Recht* macht Gott –
　unabhängig davon, ob die Justiz es aufschreibt:
　Premierminister – wir verleumden unsere Piloten,
　wenn wir unterstellen, sie benötigten Vorschriften,
　um zu erkennen, daß die vorsätzliche Verbrennung Wehrloser –
　Mord ist.
PM *(schneidend, er sieht Bell nicht an): Krieg* ist Mord.
　Der Mörder ist der Mann des *ersten* Schusses.
　Dieser Mann ist Hitler.

BELL: Ich habe ja Verständnis, daß der Anblick *unserer* Zivilisten,
   die Deutschland umgebracht hat,
   die Rage gibt, Deutsche zu bomben.
   Rache ist nicht human, aber menschlich.
DORLAND *(bekümmert, daß Bell ihm das zutraut)*:
   Oh, Sir: Rache? – Nein, was denken Sie von uns!
BELL *(ohne Sarkasmus, leer vor Ratlosigkeit)*:
   Ja – Sie ... sagten mir schon, keiner von Ihnen ... redet darüber.
DORLAND *(schnell)*:
   Nein – nicht über unsre, nicht über ... drüben die.
PM *(zu Dorland, gewillt, den Sentimentalitäten hier ein Ende zu machen, auch um seiner selbst willen)*:
   Wenn Sie das Verröcheln der ›Scharnhorst‹ hier erwarten wollen ...
   die ›Duke of York‹ hat um sechzehn Uhr fünfzig
   auf elftausend Meter Distanz die Deutschen überrascht. –

(Dorland ist nicht mehr er selber. Er blickt im tiefsten verwirrt von dem kritiklos geliebten Churchill auf den Bischof, dem sein Verstand recht gibt. Er will sich verabschieden und weiß nicht wie. Er geht unmilitärisch zur Tür, fängt sich, salutiert ...)
DORLAND: Danke, Premierminister, jawohl – Euer Gnaden.

(Ab ins Haus. Stille – die jetzt vertieft wird durch das Heranziehen eines sehr hoch fliegenden, sehr langsam sich nähernden, dann scheinbar über Chequers stillstehenden gewaltigen Bomberstroms – der sehr langsam abfließt. Es scheint, er sammelt sich über Chequers zur Formation, denn die großen Flugplätze liegen dem Landsitz benachbart.)

PM *(blickt auf seine Armbanduhr, dann nach oben)*:
   Die erste Welle geht nach Deutschland.
   (Er erinnert sich, daß es ihm nützlich erschienen war, Bell zum Schweigen zu bringen, täuscht jetzt ein Interesse vor, das sich erst im Gesprächsablauf entwickeln wird:)
   Bitte bleiben Sie – auch ich habe Fragen ... wegen Ihrer Konspiration.
BELL *(wehrt ab, setzt sich noch lange nicht)*:
   – der Außenminister hat geschrieben, daß die Regierung
   Seiner Majestät sich weigern muß, meinen Freunden in Deutschland,
   die Hitler stürzen wollen, im voraus einen erträglichen Frieden zu
                                                                garantieren ...

PM steht heftig auf, erregt vom Thema Résistance. Der Empire-Stabschef notiert anderthalb Jahre später, nach einem Essen in Downing Street, bei dem Churchill »nicht in der gewöhnlichen Verfassung und ziemlich matt« gewesen sei, folgende Äußerung des Premierministers: »... wenn er ein Deutscher wäre, brächte er seine Tochter dazu, unter ein britisches Bett eine Bombe zu legen; seine Frau wiese er an, zu warten, bis sich ein Amerikaner über seine Waschschüssel beugt, und ihm dann mit einem Hackmesser ins Genick schlagen, während er selber aus dem Hinterhalt unterschiedslos auf Amerikaner und Briten schösse.«

PM *(fällt ihm ins Wort)*:
  Hitler ermorden, *die* – der wird *die* kidnappen, Bischof!
  Attentäter, die erst nach Bern und –
  (Lacht verächtlich:) – Schweden reisen, um zu fragen,
  ob ihrem Vaterland die Ermordung des Tyrannen honoriert wird!
  Machiavelli verordnet, nie mehr als vier Personen
  in einen Mordplan einzuweihen.
  Und das genügt auch.
  Zehn Jahre regiert der Mann jetzt, und nur *eine* Gruppe,
  meines Wissens, hat bis zu diesem Tag in Deutschland
  aktiv gekämpft und wurde ausgerottet:
  die Salon-Kommunisten im Berliner Luftfahrtministerium,
  siebzig Männer und Frauen um den Neffen von Tirpitz –
  die und der einsame Münchner Attentäter, dieser *große* Mann:
  die handelten tatsächlich.
  Die Studenten kürzlich, da von der Münchner Universität:
  sie haben nicht *einen* Nazi ermordet.
  [Wie entsetzlich, das Schafott besteigen müssen,
  ohne wenigstens ein paar Nazis auf dem Gewissen zu haben!]
  Was zählt denn sonst – Flugblätter? Tatenarm und gedankenvoll.
  Wäre Hitler hier an Land gekommen,
  ich hätte *jedem* Briten auferlegt: nimm einen mit.
BELL: Wie ungerecht Sie sind:
  Sie haben nie unter einer Diktatur gelebt.
  Verachten Sie denn die *Russen,* weil die nicht Stalin
  während der großen Schauprozesse beseitigt haben!
PM *(grinst und legt den Finger auf den Mund)*: Ja.
BELL: Deutschland ist ein Zuchthaus, jeder Tausendste ist in Haft...
PM: Und neunhundertneunundneunzig?
  Dies Volk hat seinen Hitler, weil er vorzüglich zu ihm paßt –
  [BELL: Glauben Sie, die Pfarrer, die widerstehen –
  oder Studenten kämen an Hitler persönlich heran?
  Der hat sich bis heute in keine zerbombte Stadt getraut.
PM *(wütend)*: Ach – die mußten ja nicht gleich eine *Zwölf* schießen!
  Verbrecher, die man fortschaffen muß,
  die fänden sich in jeder Straßenbahn!
  Nichts geschieht.
  Neulich –: das Mädchen in Rußland,
  das Hitlers Statthalter in der Ukraine ermordet hat!
  Eine Judith – im Bett den Satrapen zu Tode betreut.
  Fände sich ein deutscher Patriot, der sein Land befreite –
  das Volk dort würde ihn richten,
  weil er keinen Waffenschein hatte.
BELL: Für Attentate muß man begabt sein.
PM: Bereit, umzukommen, muß man sein.
BELL: Glauben Sie, wir Briten seien begabt für Attentate?]
PM: Ihre Berliner Freunde da,
  die konspirieren ja mit Generalen, die ganz Europa
  dieser Wiener Caféhausratte hinhalten, für Dotationen.
  Nun lassen sie uns grüßen und versichern,
  daß sie ihn hassen, weil er die Rote Armee nach Berlin bringt

und auf ihre Rittergüter.
Zwischendurch morden sie Land nach Land die Juden weg...
BELL *(empört, denn sein Freund war Bonhoeffer, von Canaris nach Schweden delegiert)*:
Das verbitte ich mir, Premierminister!
Meine Freunde heißen Niemöller und Bonhoeffer.
Das Morden, wie Sie wissen,
besorgen SS und Nazi-Garden.
PM *(böse)*: Die Nazis konnten Deutschland unterwerfen, sonst nichts.
Noch nach der Niederlage Frankreichs war die SS
kaum hunderttausend Mann stark.
Nein, zu fürchten ist die Preußen-Priesterschaft,
der Generalstab, die ach so ehrenhafte alte Armee,
[und ich habe Ihre Warnung, Bischof...
BELL *(entsetzt, schneidet dem PM das Wort ab)*: Warnung!
Warnung nennen Sie das: ehrenhafte Männer –
ich bürge mit meinem Kopf für deren Integrität – *fragen*,
welchen Frieden Großbritannien ihnen machen wird!
Wenn Offiziere den Tyrannen töten,
haben sie die *Pflicht* – Sicherheiten zu fordern für ihr Land.
PM *(kalt, aber ohne Zynismus)*: Nicht auf *unsre* Kosten!
Diese verlorenen Hunde hatten die groteske Kühnheit,
in Berlin uns anzudeuten: wenn nicht wir Briten
mit ihnen einig würden – so würden *sie* mit *Stalin* einig!
Erpressung ist das, Lordship – Erpressung.
BELL *(aufgebracht)*: Was hätten denn *Sie* getan!
PM: *Das* nicht, das nicht – ich hätte nicht zwei Waffenbrüder,
deren jeder einzelne dem anderen mitverdankt,
daß er noch lebt: ich hätte denen nicht *gedroht*,
sie gegeneinander auszuspielen. Deutsche Tradition das!
(Er lacht erstaunt:) Wer Hase und Igel spielen will –
ich mache mit: aber nicht als Hase.
BELL: Wieviel britisches Blut – britisches *auch* – würde gespart,
wenn Hitler jetzt erschossen würde: diese Hoffnung, Sir,
soll *keinen* Einsatz wert sein?
PM: Fast jeden, ja – doch *diesen* nicht.
Bischof, begreifen Sie:
wenn Stalin hört, daß ich mit Deutschen,
ganz gleich, ob Nazi oder Nazi-Gegner,
über *Frieden* spreche –:
ist er entschlossen, uns zuvorzukommen...
BELL: Und *wenn* Stalin uns zuvorkommt!
Haben Sie Sicherheiten?
PM: Bei Stalin gibt es keine. Käme jetzt ein Kabel,
er sei gestorben, so wäre meine Frage:
Was will er damit bezwecken.
Immerhin – als ich Ihren Bericht
über die deutsche Opposition gelesen habe,
die unser Bündnis mit den Russen fast so gefährdet,
wie das die Polen in London samt ihren Hetzgazetten tun,
da habe ich nicht lange reflektiert – ich habe draufgeschlagen,

und, wie Sie wissen, mit dem Präsidenten
bedingungslose Kapitulation gefordert.
BELL *(gequält)*:
– Ja und alle meine Bemühungen um Ausgleich
damit zertrümmert.
PM: Durch diese Forderung allein konnte ich Stalin nötigen,
sich ebenfalls *öffentlich* daran zu binden.]
Was – *was*, Helen!
HELEN *(ist bei den letzten Worten in den Garten gestürzt, man spürt, sie
will unterbrechen, kann aber nicht gleich sprechen, stockt und wartet,
bis der erregte Premier sie erneut fragt: »Was!«)*:
Premierminister – Premierminister, General Sikorski ist tot.

*(Churchill hat mit einem Lidschlag die Augen voll Tränen, er sagt kein
Wort. Dann, in sehr heftiger Ungeduld, da Helen glaubt, schweigen
zu sollen –)*
PM: *Weiter!* Leutnant, *wie* – wo?
HELEN: In Gibraltar, sofort nach dem Start. Die Maschine stieg nicht,
obwohl alle vier Motoren auf Vollgas liefen – der Pilot stellte sie ab,
um auf dem Wasser notzulanden – vom Ufer nichts zu sehen
in der Nacht, und sank schon,
bevor das erste Schnellboot draußen war.
BELL *(nur instinktiv, nur vor Schreck sprechend, arglos)*: Explodiert?
HELEN *(Schulterzucken)*:
– Nein, *gesprochen* wurde nur vom *Aufprall*, aber
da ... dazwischen schon die Alarmsirenen. Der Pilot konnte
sich retten, er sei herausgeschleudert worden, nur der Pilot – – –
ich habe jetzt den Namen vergessen, er – ein Tscheche.
PM *(ein Schritt auf sie zu, zischend vor Gereiztheit)*:
Reden Sie doch nicht dauernd von dem Piloten, der gerettet wurde –
wer ist *tot*?
HELEN: Alle, Sikorskis ganzer Stab. Auch die Tochter.
PM *(in Wut)*: Die *Tochter!* Warum –
Diese leichtfertigen Polen, ich hatte sie gewarnt,
ich nehme ja auch meine Töchter nicht in mein Flugzeug.
HELEN: Als Ordonnanz, sie war ja Offizier – wie ich, mußte sie mit.
Sikorskis ganzer Stab und der Abgeordnete für Chippenham.
[BELL *(sieht auf und Churchill frontal an)*: Ach, Cazalet!
PM: Hat er Ihnen auch die Broschüre geschickt,
die er voriges Jahr gegen mich zirkulieren ließ?
*(Bell nickt, PM sucht diese überflüssige Bemerkung durch eine noch
weniger interessante zu neutralisieren:)*
Schon seit drei Jahren, schon seit Sikorski bei uns war,
ist Cazalet mein Verbindungsoffizier zu ihm gewesen.
(Zornig, und das hilft ihm:)
Sikorskis Tochter auch, die Tochter auch.]
– Verbinden Sie mich mit Madame Sikorska.
(Da Helen zum Telefontisch gehen will:)
Was denn! *Jetzt* doch nicht.
HELEN: Die Leiche des Ministerpräsidenten ist gefunden worden,
furchtbar verstümmelt.

PM *(gereizt)*: Veranlassen Sie die Überführung nach London.
Informieren Sie den Außenminister. Man –
der König ist darum zu bitten,
die Aufbahrung des Sarkophages in Westminster –
der General ist mit den Ehren eines Staatsoberhauptes,
das als unser Gast – nun, Sie ...
(Er kann nicht weiterreden.)
HELEN *(um ihm das weitere zu ersparen, schon im Abgehen, während
PM sich auf die Bank setzt, mit einem Blick auf Bell, als solle auch er
mit ihr weggehen)*:
Ich weiß schon, Herr Churchill, ich veranlasse das.
Soll ich –
PM: Danke, Helen.
(Helen ab.)
[BELL: Ich habe Sie zu lange aufgehalten – ich will Sie ...
PM *(erst nur eine Handbewegung, dann)*:
Sie werden mich nicht gerade jetzt verlassen.
Bin für Geschäfte heut ziemlich untauglich.]
BELL: Sikorski stand Ihnen auch persönlich nahe?
PM: *Sehr*, sehr. Noch im Tod – im Sterben besonders
verkörpert er sein ganzes – glückloses Land.
[*Verkörpert* – haben Sie gehört,
furchtbar verstümmelt: Polen!
BELL *(nicht arglos)*: Warum mußte der *polnische* Oberbefehlshaber
sein Leben einem *Tschechen* anvertrauen?
Seit die Polen mit dem Hitler wie Aasgeier
die Prager Beute teilten und Teschen schluckten,
muß man sie *hassen* in Prag!
PM: Zweifellos: Warschau hat Prag verraten.]
BELL *(drängend)*: Wie *erklären* Sie: Aufprall nach Gleitflug,
trotzdem *alle* tot?
Nur durch Aufprall auf dem Wasser, aus so geringer Höhe?
Und dann so rasch zu sinken – *ohne* Explosion?
PM *(hebt Hände und Schultern an, spricht mit zunehmender Festigkeit
und immer schneller, ohne mit einem Wort eine Erklärung oder Antwort zu suchen, genauso, wie bald im Unterhaus)*:
Denken Sie, *ich* flöge leichten Herzens!
[– Neulich in der Wüste wollten wir einen Tag ruhen,
alles war verabredet zur Oase Siwa zu fliegen,
plötzlich sagte ich zu Brooke und Alexander: nein,
wozu aus *Vergnügen* das *Risiko* eingehen!
Weiß nicht, was die Generalität über ihren Verteidigungsminister
gedacht haben mag –]
mit Flugzeugen und dem Kreml
soll sich nur einlassen, wer es muß.
BELL: Kreml! –
PM *(verzerrt lächelnd)*: Wie? – Ach so! Natürlich wird man dort –
nicht grade Halbmast flaggen.
Als ich vergebens darum kämpfte,
die Wahrheit um die Offiziere in Katyn – ruhen zu lassen ...
Ein Politiker war er nicht, Sikorski –

BELL: Werden Sie die Wahrheit wieder ruhen lassen,
    jetzt, um Sikorskis Absturz...
PM: Wer herrschen soll, mein lieber Bischof, der muß
    die Wahrheit behandeln wie der Seemann den Nordstern:
    sie nie aus dem Auge verlieren,
    doch nicht stets darauf zusteuern.
BELL: Aber der General war Ihr Freund – werden Sie versuchen,
    im Kreml für Polen durchzusetzen, was sein Ziel war?
PM: Nein, nein, nein. Nein, bestimmt nicht.
    Ich sehe Stalins Forderung,
    Rußland wieder auszudehnen bis zur Curzon-Linie
    für maßvoll und vernünftig an – viel maßvoller
    als das, was Sikorski für Polen erreichen wollte.
BELL *(betont jetzt das Wort Freund, er sucht bei dem PM eine Absiche-*
    rung gegen die gruselige Ahnung, die ihn angefallen hat):
    Aber Sie sagten, Sikorski war Ihr *Freund!*
PM: *Sie*, glaub' ich, haben das gesagt.
    Männer mag Freundschaft verbinden,
    Nationen nur Interessen:
    eine Entdeckung, die unsereinen menschlich reduziert.
    [Klarem Himmel und lachenden Herrschern soll keiner trauen.]
    (Das beruhigt ihn sehr, was er jetzt sagt:)
    Aber muß ich nicht *täglich* kraft meines Amtes
    junge Männer, die nichts begehren als zu leben,
    abkommandieren in die Schlacht, in den Tod!
    Ich bin's müde, Bischof, es *ekelt* mich...
    (Er setzt sich wieder und zieht das Taschentuch und wischt sich Gesicht
    und Kopf und Augen.
    Pause.)
BELL: Herr Churchill, anders haben Sie es doch nie wollen *können*:
    [Wer wüßte von Hektor, wäre Troja glücklicher gewesen!
    Wie haben Sie den Neid beschrieben,
    mit dem Sie als Zwanzigjähriger auf jene Männer blickten,
    die hundert Jahre früher als Sie geboren sind – pünktlich,
    um in den Schlachten Bonapartes *Ruhm* zu finden,]
    Sie wußten früh,
    daß in die Geschichte eingeht,
    nicht, wer einen Krieg verhindert,
    sondern nur, wer ihn gewinnt.
PM *(tief einverstanden, milde widersprechend, Bell stopft eine Pfeife)*:
    Habe *ich* den Hitler erfunden!
BELL: Nein, der Erste Weltkrieg hat ihn erfunden,
    unsere Nemesis auch: daß wir die Throne in Berlin und Wien
    freikämpften für das Tier aus der Tiefe...
[PM *(entschieden)*: War *auch* das Ergebnis *deutscher* Politik:
    ich spreche nicht von Schuld –
    Gnade und Glück haben nur Ebbe und Flut, aber keine Ursache.
    Immerhin: zwei Jahrzehnte lang
    weigerten sich Bismarck und Sohn,
    mit uns Front gegen Rußland zu machen.
    Wie haben mein seliger Vater und Lord Salisbury

und später noch Joseph Chamberlain antichambriert
– sine Germania nulla salus ist ja *sein* Wort –,
aber nicht einmal *Wien* konnte mehr erreichen in Berlin
als die Zusage der Unterstützung,
wenn Rußland der *Angreifer* wäre.
Übrigens haben wir ehrlich gewarnt,
Großbritannien würde schließlich
seine Konflikte mit den Russen beilegen –
wenn Bismarck weiterhin versuchen sollte,
auf unsre Kosten Rußland
nach den Dardanellen und Asien abzulenken.
BELL: *Mußte* er das nicht versuchen!
Hätte Bismarck mit unsrer Hilfe,
den Russen das Baltikum entrissen und Polen:
wieviel bedrückender wäre sein cauchemar de coalition
dann noch geworden.
PM: Das wollten wir ja auch, das *mußten* wir wollen.
BELL: Nun also – *Bismarck* mußte mit Rußland Frieden halten!
PM: Nein – *optieren* mußte er,
für Großbritannien *oder* Rußland.
Aber er war unbescheiden geworden, aus Angst vor Krieg,
so wollte er, was *nie* zu haben ist:
die Verewigung des Status quo.
Doch der ist Gottes und der Schweizer – nicht der Menschen.
Alte Leute sind kriegsscheu –:
Bismarck hätte mit *uns* marschieren sollen.
Da er den Russen ohnehin nicht trauen konnte,
mußte er nach Warschau einen Habsburger
als König eines freien Polen setzen:
mindestens wäre dann in vierzehn,
nicht drei Tage nach Kriegsausbruch
die russische Kavallerie in Ostpreußen gewesen.
Und dann hätten wir nicht die entsetzliche Mühe gehabt,
uns mit der Erzplage des Foreign Office,
den Franzosen, auszusöhnen,
denn irgendeinen de Gaulle haben die immer.
BELL *(mit Anteilnahme)*: Der scheint sich ja als Wiedergeburt
der Jeanne d'Arc zu fühlen?
PM: Als Nachgeburt genügte.
Was für mich heute dieses Kreuz von Lothringen ist,
das war für Marlborough Ludwig der Vierzehnte,
die Pest Europas.
Später kam Napoleon.
Und noch mein Vater schrieb amtlich,
Frankreich müsse écrasée werden.
Aber die Bismarcks *zwangen* uns dazu,
Frieden mit Paris und Petersburg zu machen – und den Zaren
zu verbrüdern mit der République Française.
Das glückte natürlich nur dem Heiligen Vater.
Salisbury schickte, als gar nichts mehr half,
seinen katholischen Intimus, den Herzog von Norfolk,

zu Leo dem Dreizehnten – der dann erreichte,
daß sich der Zar salutierend die Marseillaise anhörte.
Bis dahin stand Zuchthaus drauf, in Rußland
die Revolutionshymne auch nur zu pfeifen.
BELL *(ironisch)*: Mit *Recht* – man kann nicht sagen,
dem Zaren sei die Marseillaise bekommen;
so wenig wie dem Vatikan und, fürchte ich, auch *uns*.
PM *(matt)*: Das sehen wir *heute*, ja. Damals aber konnte Rom
nur in einer Koalition gegen Deutschland eine Hoffnung erspähen,
Luthers und Bismarcks protestantische Erfindung,
wenigstens auf die Völker Norddeutschlands zurückzudrehen.
Wir Briten aber – sind *gänzlich* schuldlos:
Mein Vater und Lord Salisbury gehorchten mit König Eduard
nur der Tradition, wenn sie sich mühten,
die stärkste Macht Europas, nach siebzig, zu zerlegen –
das war nicht Deutschland, nicht Rußland, nicht Österreich:
Das war das *Bündnis* dieser drei.
Bismarck *wußte*, das könnten wir nicht dulden.
Was lag da näher, als das Volk des Schwiegersohns der Queen,
das deutsche, abzuwerben als *unsern* Partner gegen Rußland.
Den Deutschen hätte das die Westprovinzen Rußlands eingebracht
oder, da Bismarck saturiert war, einen Pufferstaat Polen –
und uns: die Dauerfeindschaft Rußlands gegen Deutschland.
Aber das mißglückte meinem seligen Vater.
Er sagte zuletzt zu Herbert Bismarck, wir beide könnten
die Welt beherrschen, doch Bismarck senior schrieb nur
– mit einer Ironie, die furchtbar teuer wurde –: »Genügt nicht.«
Bismarck, so schlau wie Theseus und Odysseus zusammen –
war doch *blind*,
als er die Weichen zum Dreifrontenkrieg gestellt hat,
der neunzehnhundertvierzehn sein Reich·entmachtete.]
Geschichte ist, was uns mißglückt:
Polens Autonomie – unser Kriegsgrund.
Doch wenn die Waffen schweigen –
wer wird dann *reden* dürfen in Polen?
(Wiederholt:) Geschichte ist, was uns mißglückt.
[Wie Bismarck scheiterte – das *warnt*.
Der Segen seiner Reichsgründung erfüllte ihn mit Gottesangst.   Myth.
Er reagierte, seitdem er Lothringen gestohlen hatte,
wie der *Besucher* des Polykrates.
Aber das half ihm nichts: er *sollte* ruiniert werden.
Und *mein* Lebenswerk, Bischof: meins auch.]
Sooft ich obenauf bin, siegessatt, nach einem großen Fleischtag:
frag ich leise, *wo* liegt der Haken, welche Leiche
des Gegners ist vergiftet, ein Köder der Dämonen.
Denn das Sternbild der Geschichte ist die Hydra.
BELL *(zitiert)*: Ödipus – der Tag Deines Sieges zeugt Dein Ende schon.
PM *(nickt stumm, dann)*: Auch bei Sikorski: die er vor zwanzig Jahren
in die Flucht schlug, an der Weichsel,
die Russen – jetzt stehen sie an seinem Sarg.
Und ich? – Ich führe Großbritannien auf einer via triumphalis

vom Abgrund völliger Vernichtung – marschieren britische Legionen
aus Afrika vom alten Karthago bis zum neuen: Berlin!
Und doch hilft jeder dieser Siege,
das Gleichgewicht Europas zu zertreten,
das zu erhalten wir in den Krieg gegangen sind.
Die größten Schlachtensiege Englands – Resultat:
wir *sinken*, sinken unter *meiner* Führung
ab zu den Mächten zweiten Ranges.

BELL *(leidenschaftlich)*: Nein, nein! –
Die Dinge soo sehen, Herr Churchill, heißt:
Unterschätzen, was Sie mit dieser Insel geleistet haben –
Sie retteten vierzig die Freiheit der Welt!

[PM: Regional und zeitweise – hoffentlich. Ich resigniere auch nicht:
und ich werde um mich prügeln, bis ich stürze für Polens Freiheit
und einen Donaustaaten-Bund antirussischer Observanz.
Ich *werde vor* Stalin in Budapest sein!
Aber sagen Sie als Theologe:
Warum hat der Schöpfer es abgestellt
auf die *Zerstörung* des Geschöpfes . . .

BELL: Schließt nicht dieser Prozeß alle Vernunft ein?
Weisheit muß sich *gegen* den Menschen richten,   *Versöhnung*
wenn sie diesen Namen verdient.   *mit Deutschland?*
(Da Churchill ihn – zum erstenmal – ratlos ansieht:)
Wie sich der Mensch benimmt in *großen* Reichen,
das *zwingt* den Schöpfer, ihn durch Krieg
periodisch lahmzuschlagen.

PM *(versonnen)*: Sollten deshalb am Ende des Jahrhunderts
wir Briten *nicht* mit den Deutschen gehen?
Lag doch so nahe! Unsre Monarchen – Vettern ersten Grades.
Wir zur See, die Hunnen zu Lande: unbesiegbar.
Nichts, was der Mensch sich ausdenkt, sprach dagegen.

BELL: Eben: Nichts, was der *Mensch* sich ausdenkt.

PM *(überhört das)*: Doch die Dämonen sind nicht wählerisch:
und wenn sie einen Kehlkopfkrebs benutzen,
den deutschen Schwiegersohn der Queen
zu früh vom Thron ins Grab zu werfen.
Undenkbar, daß Briten sich mit *dem* verfeindet hätten,
mit diesem Liberalen unter Deutschen.

BELL: Dämonen? – Sagen Sie einfach: Ökologie.
Die Natur kontrolliert ihr Gleichgewicht:
sie *muß* vereiteln, daß sich die *Stärksten* verbrüdern.
Sie sehen: Die Deutschen macht der Sieg zu Bestien –
Und uns? – In Irland, in Hamburg?
Unerträglich für alle anderen Nationen,
würden die Nächstverwandten noch als Stärkste sich vereinen!
Hätten neue Mächte jemals die Arena betreten können,
würden Briten und Teutonen gemeinsam Wache bezogen haben?
Nicht Rußland, nicht die USA, von Frankreich zu schweigen,
und China war noch Kolonie wie Afrika und Indien:
keiner hätte urbi et orbi auch nur
. . . Einspruchsrecht erworben!

Das aber kann die Natur
nicht einmal zulassen bei der Gründung einer Sippe. –
Schopenhauer erläutert das.
Warum heiratet der besonders geglückte Mann
meist eine wenig schöne Frau und umgekehrt.
Der sehr Gesunde schwächt sich an einem Mädchen
aus fein und krankgewordenem Haus instinktiv.
Gallier und Teutonen – wie nahe lag doch ihr Zusammenschluß:
doch weil das Interesse beider *gegen* Krieg sprach,
deshalb führten sie ihn.
Den Aggressionszwang im einzelnen baut das Alter ab,
den der Staaten ihre Ausblutung.
PM *(sieht fragend auf)*: Geschichte demnach – ein Strategem der Natur?
Und die Täter blind, *damit* sie den Auftrag vollziehen?
BELL: Blind? – Waren *Sie* blind?
PM: Ja – Irrtum, Kampflust, Hysterie:
die Summe dessen, was uns blind macht.
Ich sah schon Wilhelms Schiffe im Solent,
die Deutschen schon die Home Fleet dicht vor Hamburg.
Nichts von alldem ist passiert.
Passiert ist, was niemand sah –
so wenig ein Spartaner, ein Athener,
sooft die sich zerfleischten, den Mazedonier sahen,
den lachenden, lauernden dritten – als ihren Herrn von morgen.]
Der Bürger sagt, wen Gott verderben will – ja, will er
irgendwen denn *nicht* verderben!
Warum denn sonst am roten Fluß der Weltgeschichte,
wie er stromab geht seit Jahrtausenden, nicht *ein* Haus,
eine Stadt, nicht *eine* Brücke, die nicht Ruine wurden.
Warum! Ein Mensch, der *Fehler* macht, der nur verunglückt,
der nötigt uns nicht das Gefühl ab, das die Historie in uns weckt.
Die Eingeweideschau in die Epochen – was zeigt sie sonst
als nur frustrierte Täter.
Verstummte Opfer lassen uns verstummen. –
Tragischer Sikorski!
Man reißt sich hoch, um zuzuschlagen,
damit das Denken uns nicht lähmt.
Und wenn ein Werk schon nicht mißlingt –
so soll es wenigstens nicht *dauern*.
Das Empire – wie lange hielt es! Mein Vater noch
pflegte im Amt zu sagen, wir Briten sind nicht Europäer,
wir sind Asiaten: Bombay schien ihm so untrennbar von uns
wie Edinburgh – und näher als Paris und Wien . . . Nein.
Dauer ist nur im Panorama von eingestürzten Staaten,
die uns belehren, daß wir Flugsand sind.
[BELL: Sie nennen's ruinieren.
Aber, es ist *organisch*, nicht tragisch.
Tragisch nur für das Individuum, dessen Herz ankämpft
gegen die gleichgültige Natur,
die seine Taten mit ihm wegwischt.
(Selbst Ihre Taten gehen unter – doch nicht Ihr Ruhm.)

PM *(gelassen):* Der wird zum Mythos – unbekümmert um jede Wahrheit.
   (Schweigen.)
   Ihre Deutung der Gezeiten des Geschicks
   macht altbritische Weisheit transparent.
   Vier Jahrhunderte handelten demnach unsre Väter
   natürlich, wenn sie niemals *mit,*
   sondern immer *gegen* jene Macht aufstanden,
   die Europas Festlandwaage umwarf.
   (Zerknirscht:) Erst *mir* schlägt diese Rechnung fehl – da offenbar wird,
   daß nicht mehr aus den Wäldern der Germanen,
   daß aus dem Bodeneis Sibiriens – demnächst
   der Mammut losbricht... Hab' ich ihn aufgescheucht?
BELL *(entschieden):* Nein, nein – Hitler, nicht Sie!
   Und Rußland findet *auch* den,
   der es mäßigt, vielleicht in den USA, vielleicht in Asien
   – hoffentlich in sich selbst.
   – Übrigens, wer kann schon sagen,
   ob es die *Russen* sein werden, die künftig Alt-Europa
   den Geist austreiben: ob nicht die USA?
   Denn ob einer zum Goldenen Kalb betet oder zur Roten Fahne
   oder zu Christus,
   nicht diese oder jene Religion –
   erst ihre *Macht* vertiert die Religiösen.
PM *(mit zustimmendem Grinsen):*
   O ja, ich habe nicht vergessen, wie die Amerikaner
   in ihrer orientalischen Geldgier
   im Winter vierzig ein Kriegsschiff nach Kapstadt sandten,
   um alle unsre Goldreserven dort wegzuholen... und ähnliches.
   (Ernst:) Wenn aber der Dompteur Rußlands
   zu spät aufsteht – für Rest-Europa?
BELL: Diese Angst ist der Preis des Kontinents
   für die Vernichtung Hitlers – *kein* Überpreis,
   wenn man bedenkt, *wer* dieser Mann ist.
PM: Ich danke Ihnen, Bischof!]
HELEN *(ist aufgetreten, schon bei Bells letzten Worten):*
   Eine Durchsage der Admiralität –
PM *(erleichtert):* Endlich – *Ruhe* im Eismeer, ›Scharnhorst‹ weg?
HELEN: Nein, Sir, nicht die ›Scharnhorst‹ –
PM: *Was?*
HELEN: – Noch keine Meldung aus Norden. Aber im Mittelmeer:
   deutsche Torpedoflugzeuge haben heute früh
   unsern gesamten Geleitzug der ›Duchess of York‹
   unweit der spanischen Küste vernichtet, versenkt bis
   aufs *letzte* Schiff... nur wenige Überlebende,
   daher die Nachricht so spät eingeht.
PM *(seine Bestürzung schlägt sofort in Wut um, die Erklärung, warum
   Katastrophen ihn niemals lähmen, sondern stets aktivieren. Er diktiert fast unverständlich schnell, spricht zischend scharf und sehr
   leise:*
   An der *Küste!*
   Wie habe ich *gewarnt* – in Reichweite der Focke Wulfs zu operieren!

Schreiben Sie: dem Ersten Seelord. Ich höre voller Entsetzen, von der Vernichtung des Geleitzuges der ›Duchess of York‹. Wollen Sie mir eine Abschrift der Meldung des Oberbefehlshabers Mittelmeer geben, der uns kürzlich warnte vor den Gefahren eines Luftangriffs auf dieser so nahe an der spanischen Küste vorbeiführenden Route. [Der Untergang dieser großen Schiffe wird unsern Monatsbericht verschandeln, der ohnehin schon mit operativen Verlusten belastet ist.] Wo kamen die Flugzeuge her? Wenn der Gegner den Konvoi erreichen konnte, warum haben ihn dann nicht unsre Flieger in Gibraltar geschützt? [Wie weit draußen war es? Was wird getan, künftig dieser Form des Luftangriffs auszuweichen?] Bericht bis heute abend.
Danke. Idioten!
(Tritt gegen das MG 42, schon während er diktierte – Wut auf offener Flamme:)
Schafft diese Hunnenflinte aus meinen Augen.

(Helen kommt zurück, wortlos, nimmt das leichte Ding mit.)

BELL *(will beschwichtigen)*:
Luftangriffe sind für die Navy
kaum traditionsgemäß – [arme Kerle!]
PM *(»Als wolle er hinter mir herschlagen«, notierte Feldmarschall Brook über eine Eruption)*:
Traditionen? – Die Navy hat nur drei:
Rum, Sodomie und Peitsche!
Tradition oder nicht, wir wracken ihr
alle großen Einheiten ab bis auf die Flugzeugträger.
Das Flugzeug, Bischof, entscheidet auch zu Lande!
Top secret: Harris hofft,
daß er in neun Monaten, am ersten April vierundvierzig,
durch die Verbrennung Groß-Berlins den Sieg in der Faust hat.
BELL *(spöttisch)*: Den *Sieg?*
PM: Ja, denn im Charakter jedes Deutschen
gibt es die Selbstmord-Schwelle:
Wir werden Abend für Abend Berlin anzünden,
bis es verkohlt ist wie Karthago.
BELL *(mit wachsendem Zorn)*: *Verdun!* – Abnutzungsstrategie:
nur diesmal gegen Zivilisten – also *noch*
weniger kriegsentscheidend.
PM: Abwarten. *Jede* Nacht, wenn uns das Wetter lächelt,
einschließlich Heiligabend, das wird ein Grabgeläute
für die deutsche Seele.
BELL *(der tatsächlich dafür sorgt, daß den britischen Piloten Heiligabend 43 der Einsatzbefehl für Berlin wieder weggenommen wurde, den sie schon in den Taschen hatten)*:
So wahr ich Brite bin: Heiligabend bomben Sie *nicht.*
Und wenn ich als Landesverräter die Presse Amerikas alarmiere.
Heiligabend bomben Sie *nicht!*
(Er spricht, als schlüge er jedes einzelne Wort in Stein. Zum erstenmal ist er – ohne Argumentation – stärker als Churchill, den das konsterniert –)

PM *(mit einem völlig mißlingenden Versuch lächelnder Verharmlosung)*:
   Sie halten wohl – Bischof: die Hunnen noch für fromm!
   Ließe ich nicht *reden* mit mir,
   hätte ich Sie nicht eingeladen. Meinetwegen, zugestanden:
   Heiligabend sollen unsre Piloten Ruhe haben.

   *(Churchill hat das zugestanden, ohne zu wollen. – Bell hat, was ratio-
   nal nicht zu deuten, sondern irrational zu zeigen ist, durch seine
   Ruhe und Härte etwas wie Beschämung in Churchill ausgelöst.
   Die hält nicht an. Daß überhaupt einmal jemand stärker ist als er,
   macht den PM momentweise unsicher, er argumentiert rechtfertigend
   – aber schnell bringt ihn die eigene Stimme wieder obenauf –)*

   Bedenken Sie doch – Harris versichert, daß nicht mehr
   als vier-, fünftausend britische Piloten den Sieg bezahlen.
   Wie viele dagegen würden sterben – allein am ersten Tag,
   wenn wir in Frankreich *landen* müßten ...
   Man soll uns nicht noch einmal dünkirchen.
   [Gott gab uns *Bomber*, diesmal!
BELL *(verärgert, abwehrend)*:
   Von Gott – weiß man zuviel als Priester
   um nur Gutes von ihm zu wissen,
   wenn aber ER sie Ihnen gab: so nur,
   um Sie einer Versuchung auszusetzen,
   die Ihrer Macht als Premierminister nicht nachsteht.
PM *(bescheiden, naiv)*: Ich habe die Macht wissentlich nie mißbraucht.
   Ich erfülle meinen Auftrag.
   Ich weiß die Stunde, als ich ihn erhielt – genau:
   Oktober neunzehnhundertelf, in Schottland, Heimweg vom Golf,
   der Premierminister sagt, Winston, nehmen Sie die Admiralität.
   Ich sah im Abendlicht zwei Linienschiffe
   langsam den Firth of Forth verlassen ...
   und sah das fürchterliche Deutschland vor mir,
   grell verblendet in der Sonne des Kaisertums.
   Nun legte es noch Panzerkreuzer auf Kiel.
   Ich dachte an die Gründlichkeit der Hunnen,
   an ihre Wissenschaftstriumphe, an ihren Generalstab.
BELL *(ironisch)*: Und dachten auch an *unsre* Flotte.
PM: ... und fand in meinem Zimmer
   das Buch, in dem ich selten lese, ziellos schlug ich es auf:
   Du wirst heute über den Jordan gehen, daß Du hineinkommest,
   einzunehmen das Land der Völker,
   die größer und stärker sind denn Du ...
   So sollst Du wissen *heute*, daß der Herr,
   Dein Gott, gehet vor Dir her,
   ein *verzehrend* Feuer.
   Er wird sie vertilgen und wird sie unterwerfen
   vor Dir her, und wirst sie vertreiben und umbringen *bald*,
   wie Dir der Herr geredet hat.
BELL *(irritiert)*:
   Premierminister – gesegnet die Nation mit einem Herrscher,

166

der fast immer das Trumpf-As im Ärmel hat:
wehe uns aber, wenn Sie glauben,
Gott persönlich habe es Ihnen hineingesteckt.
Sie glauben an einen Zusammenhang,
zwischen diesem Wort der Schrift – und Ihrem Befehl,
die fünfzig großen Städte der Deutschen abzubrennen. –
Dennoch, ich –
PM: *Kein* dennoch, Bischof!
Als mir zum zweitenmal die Admiralität zufiel
bald auch die Macht, den Bombern zu befehlen,
– »Dein Gott gehet vor Dir her, ein verzehrend Feuer« –
mußte ich da nicht gehorchen?
BELL *(sarkastisch)*: Man sollte die Bibel verbieten –
wie es die Katholiken tun.
PM *(schüttelt das ab, gibt aber zu)*: Wahr ist, das Unterhaus hätte nie
meine Heerzüge gegen die Hunnen als den Kampf Israels
gegen die Enakiter verstanden. –
Mir aber schrieb in fünfzehn schon, um mich zu trösten,
der Seelord Fisher, bei Gallipoli:
wir siegen ganz gewiß, denn *wir* sind
die zehn verlorenen Stämme Israels.
Daß ich *beizeiten* warnte – spricht *mich* frei.
– Hamburgs Verbrennung: Ich habe es vor achtzehn Jahren
so grell wie möglich an die Wand gepinselt.
Copyright Winston Churchill – die ganze Welt hat es gelesen.
BELL *(schockiert)*: Vor achtzehn Jahren war doch Hitler noch gar nicht da!
PM *(gelassen)*: *Lesen* konnte er schon. Und seine Deutschen auch.
Nächstes Mal würden wir den Hunnen
frei Haus das Feuer in die Stube tragen:
Ich schrieb, hätte der erste Krieg nur *ein* Jahr noch gedauert,
ich hätte neunzehnhundertneunzehn als Munitionsminister
Berlin heimgesucht.
Nationen, die sich in ihrer Existenz bedroht fühlen,
sie werden vor keinem Mittel zurückschrecken.
Man *weiß*, wie genau der Mann da drüben
diese meine Mahnung zur Kenntnis nahm.
BELL: Woher – wissen Sie das?
PM *(erbittert)*: Aus seinen impotenten Appellen ans Rote Kreuz,
den Luftkrieg gegen Städte zu verbieten – Bemühungen,
mit denen er auf die Pazifisten auch in Großbritannien –
Pazifisten sind Menschen, die andere für sich kämpfen lassen –
so großen Eindruck machte, daß ihm fast geglückt wäre,
uns die *einzige* Waffe aus der Hand zu schlagen,
die der Insel ohne Infanterie geblieben war!
Dazu die Imponderabilien!
Eine Entscheidungsschlacht, die kann auch so aussehen:
November vierzig sagte mein Geheimdienst,
Molotow fährt heut zu Hitler.
Teilen wir die Welt, schlug der vor, nehmt euch Indien,
die Briten sind am Ende. Das klang verlockend – nur:
als der Russe endlich schlafen wollte

(es muß ermüden, mit Hitler einen langen Tag zu reden) –
da kamen *wir*! Churchill-Cocktail.
Molotow mußte aufstehen, in den Keller klettern,
heftig betreut von Hitlers Lakai des Auswärtigen.
Stalin hat mir alsbald bestätigt,
wie das gezogen hat.

BELL: Heute aber: hat nicht der Sieg in Afrika bewiesen,
daß wir jetzt auch zu *Lande* mit Deutschen fertig werden?]

PM: Wenn Hitler, statt seine Städter zu schützen,
die Flakgeschütze – Zehntausende – an der Küste eingräbt,
wie soll denn dann nur *einer* von unsern Panzern
Strand unter seine Ketten kriegen?
Und wie viele Arbeiter und Arbeiterinnen
erscheinen deshalb Montag früh
nicht zum Granatendrehen – weil ihnen Sonntag nacht
ihr Treppenhaus ins Genick gestürzt ist!
Ein Volk, das Osteuropa verwandelt in »verbrannte Erde«:
darf nichts behalten als seine Augen,
um den Krieg zu beweinen.

BELL: Verbrannte Städte für verbrannte Erde –
warum aber belügt dann seit Jahren Ihr Luftfahrtminister
das Parlament?

[PM: Das hört jetzt auf. Der Stärkere darf ehrlich sein:
Im Frühjahr darf ein Buch erscheinen, Bombing Vindicated,
das mit Gelassenheit für Großbritannien
das Verdienst in Anspruch nimmt,
gewollt zu haben, daß der Krieg
durch Bombardierung der Städte entschieden wird.

BELL *(mit Hohn)*: Machen Sie doch nicht das britische Volk dafür haftbar.

PM *(sehr sicher, mit jener Sicherheit, die er erst wieder einbüßen sollte, als er die Reaktion der Welt auf die Verbrennung Dresdens studieren konnte. – Auch in der britischen Presse machte sich im November 43, während der fehlschlagenden Berlin-Offensive der Bomber, zuviel Enthusiasmus breit: Hitlers Propagandachef notierte kleinlaut – denn er war der einzige Nazibonze, der die eigene Familie im Bereich der britischen Bomber wohnen hatte –, in London werde davon gesprochen, schon eine Million Berliner seien totgebombt worden. Goebbels: »Das ist ein aufgelegter Quatsch: denn die Totenzahl von allen drei schweren Luftangriffen schwankt heute noch zwischen 3 000 und 4 000. Aber auch diese englischen Übertreibungen dementiere ich nicht. Je eher die Engländer glauben, daß in Berlin kein Leben mehr vorhanden ist, desto besser ist das für uns.«)*

PM: Nein, das Volk ist nur der Nutznießer.
Mr. Spaight kann Ihnen das Manuskript zeigen,
er ist stellvertretender Staatssekretär
im Luftfahrtministerium.
Spaight erinnert an die Somme.
Solche Kirchhöfe sollen *meinen* Schlaf nicht stören.

BELL: Das *ehrt* Sie. Aber was hätten Sie getan, wenn *nicht* Hitler

er folgte nur Hitlers beispiel!

das Bombardieren in Warschau und Rotterdam begonnen hätte?
PM *(blinzelnd, grimmig, schüttelt verneinend den Kopf)*:
 Daß der Mann über Polen, Holland,
 Belgrad herfiel,
 das sind Verbrechen, für die er *auch* hängen soll.
 Doch Warschau und Rotterdam:
 das waren *keine* Offenen Städte,
 beide waren zu Festungen erklärt und wurden mehrfach,
 beide, zur Übergabe aufgefordert,
 bevor die Hunnen ihre Flieger schickten.
BELL: Warum dann – versichert man das Gegenteil!]
PM: Weil Legenden mächtiger sind als Waffen.
 Meinen Sie, wenn's um den Hals geht –
 suche ich erst eine Rechtfertigung, die *Hitler* liefert?

 (Ein gekränktes Auflachen, er ist erbittert-erheitert, er begreift Bell
 überhaupt nicht.)
 Genf ist eine schöne Stadt –
 doch wären die Hunnen an unsrer Küste gelandet:
 wir hätten sie mit Gelbgas weggeätzt.
 (Helen hat ihm wortlos ein Zettelchen hereingereicht, jetzt liest er es
 ab und sagt ohne Triumph, während er es zerknüllt und mit sanfter
 Genugtuung ins Gras schnippt –)
 (Zu Bell:) ›Scharnhorst‹ hat Feuer eingestellt.
 (Zu Helen:) Freigeben für Funk und Presse.
BELL *(um die Pause zu unterbrechen, denn PM ist offensichtlich nicht*
 mehr »anwesend«):
 Versenkt?
PM: – Wie? Nein. Das wird erst mit Torpedos besorgt.
 Doch ihre Türme schweigen.
 Der Sieger, ›Duke of York‹, fährt schon nach Hause.
 Sie stellen *mir* so viele Fragen.
 Jetzt frage *ich*: Was haben *Sie* erreicht,
 seit Sie als erster Ausländer gegen Hitlers
 Rassengesetze protestierten?
BELL: Vierunddreißig, noch bei Hindenburg.
 [Unsere kuriose Regierung, damals, verurteilte das
 als Einmischung in innerdeutsche Angelegenheiten.]
 Erreicht – erreicht habe ich nichts.
PM: Und später protestierten Sie bei Hitler
 gegen die Einkerkerung Niemöllers.
 Sie töten keinen, Sie helfen keinem. –
 Ich töte, weil anders nicht zu helfen ist.
BELL *(inständig)*: Töten Sie *Feinde*, töten Sie *Feinde*,
 nicht Familien.
 Daß Sie mich so gar nicht begreifen!
PM: Man darf nur wollen, was man kann.
 Dem größten Landheer gegenüber besaß ich keine Infanterie.
 Der größten Stadt gegenüber – besaß der Mann da
 nur Kampfflugzeuge.
 (Er mußte die berühmten Stukas

169

nach einer Woche aus der Schlacht ziehen.)
Sein Udet hatte ihm eingeredet, Langstreckenbomber
müsse er nicht bauen, als Besitzer der Panzerwaffe.
BELL: Wenn er's nicht *konnte,*
warum versuchte er dann London »auszuradieren«?
PM *(einfach)*: Ich wollte, daß er's versuchte.
BELL: *Sie?*– Sir!
PM: Ich, ja: denn *wir* hatten im Spanienkrieg studiert,
daß zwar Marktflecken wie Guernica vandalisierbar sind,
98 Tote, daß aber seine Kampfflugzeuge niemals
Weltstädte »ausradieren« könnten – Großschnauze!
Die *Römer* nahmen mir diese Idee vorweg:
»Wenn *Du* ein Feldherr bist«,
sagt Pompaedius Silo zu Marius,
»komm herunter und kämpfe.«
»Wenn *Du* ein Feldherr bist«, war die berühmte Antwort,
»Dann bring mich gegen meinen Willen zum Kampf.«
Ich mußte ihm den Strick zuwerfen –
aufhängen würde er sich selbst.
Hitler bombte Docks und Flughäfen und Spitfirefabriken,
die Bresche für die Landung.
In mehr als fünfzig Angriffstagen tötete er
kaum vierzehnhundert Briten – doch unsre *Jäger:*
die waren nahezu erledigt.
Ich mußte ihnen eine Pause schaffen
und Hitler weglisten von Dowdings Jagdflughäfen.
Ich sagte dem Haus, unsre Acht-Millionen-Gemeinde
im Themsetal gleicht einem riesigen prähistorischen Tier:
nie zu töten und mag es bluten aus tausend Wunden.
Endlich wurde der Kranke da drüben
zum Günstling des Mißgeschicks:
einige Maschinen irrten ab, ein paar Bomben trafen London,
getötet wurden nur neun Menschen, ein Versehen.
Jetzt aber konnte ich
mit achtzig Bombern auf Berlin gehen.
Doch Hitler stieg nicht ein!
Er dachte nicht daran, London zu bomben.
Ich ging wieder auf Berlin.
Heulend drohte er Rache an,
verwüstet von Eitelkeit,
jammernd um Weib und Wurf und Wigwam
drohte er uns auszuradieren.
Aber er stieg noch nicht ein.
Wir machten es sehr schlecht – endlich:
nach unserm sechsten Angriff auf Berlin
schlug er zurück, unsre Flughäfen hatten Ruhe,
Dowdings Jäger schöpften Luft –
und zerrten dann den Kühen Görings,
wie Harris sie nannte, die Eingeweide 'raus.
BELL *(nicht ohne Schauder der Bewunderung):*
Dann war *das* Ihr Geniestreich – die List der Vernunft,

die der Erde die Freiheit erhielt.
Die Freiheit aber auch, jetzt damit aufzuhören.
[PM *(lächelnd über Bells Naivität)*:
Warum! Ich schrieb schon in fünfunddreißig,
jedes Hunnenflugzeug, das unsre Städte angreift,
wird nur widerwillig anderen Zwecken entzogen werden.
Auch heute ist mein Ziel, ich schrieb's im März an Stalin,
Hitlers neue Kampfflugzeuge,
mit denen er in Frankreich auf unsre Landungstruppen lauert,
über britische Städte zu locken.
Die fabelhafte Moral unsrer Bevölkerung ermutigt mich,
ihr neue Brände zuzumuten – wie in vierzig.
Beschämend genug, Bischof,
daß Hitler uns den *Krieg* aufzwingen konnte:
die *Machart* will immerhin *ich* festlegen.
Ha – wem Wien und Prag und Oslo und Brüssel,
ja Paris zur Beute wurden,
ohne *eine* demolierte Fensterscheibe,
der *mußte* ja erträumen,
selbst ein unzerstörtes *London*
als Okkupant notzüchtigen zu können
wie die schamlose Schöne an der Seine,
die sich zu ihrer Schande nicht gewehrt hat.
Städte sind Hindernisse allererster Qualität!
Nun, wir hätten nicht gebrochen mit dem jahrtausendealten Brauch,
daß Feinde *London* erst betreten,
wenn sie gefangen sind.
Hitlers Jaulen um Offene Städte, noch im Sommer vierzig,
als seine Preußen schon, das Messer im Maul,
in Boulogne hockten, bereit zum Sprung:
– hat nur bedeutet, offen für seine Infanterie.
Der muß uns verwechselt haben mit Luxemburg.
Erstaunlich.]
BELL *(dicht vor den PM hingetreten, sagt rasch, langsamer dann, sich
steigernd, überspielend, daß er resigniert, PM hört geduldig zu, weil
von Ruhm die Rede geht)*:
Premierminister – Sie pflegen den Aspekt auf die *Nachwelt*:
in zwanzig, in vierzig Jahren ist nicht mehr das Hitlervolk,
das Ausrottungsfabriken betreibt – Ziel der Bomber.
Die Ziele wechseln – *bleiben* wird,
was *Sie* vor achtzehn Jahren gemenetekelt haben:
die Tötung Wehrloser durch Luftangriffe.
Denn jeder Sieger ist ein *Gründer*.
[Sie – als Überwinder Hitlers werden moralisch und strategisch
zum großen *Maß*gebenden,
Ihr Ruhm und Ihre Haftung.
Denken Sie an Großbritannien, wir liegen auf der See
so schutzlos wie Manhattan auf Long Island!
Was aber, wenn es bald Explosivstoff geben wird,
der die Lehre von den letzten Dingen konkretisiert.]
Was, Herr Churchill, gründen *Sie* als Sieger?

Sie wissen als homme de lettres,
daß die Idee die Tat überdauert.
Lassen Sie das Zeitalter Churchills nicht stromab gehen,
ohne *eine* Idee, die seine Großtat: Hitlers Zernichtung –
überlebt!
[(Lächelnd:) Sie sagten es vorhin:
Ihre Gedanken hätten die Römer vorweggenommen.
Vergil *verachtete* den Homer,
weil der nur die *Ruinierung* aller Feinde
als Ziel des Krieges sah, sonst *nichts*!
Vergil läßt Diomedes den Feldzug gegen Troja
belustigt abtun als primitiven Kraftakt.
Römischer Staatsinstinkt verlangte *mehr*:
totum sub leges mitteret orbem – und Societät,
rings den Weltkreis unterm Gesetz zu befrieden.

PM *(düster, mit Pomp)*: Natürlich *sind* wir Briten die Römer!
Milton sagte nicht: wir gründeten *ein* neues Rom.
Er sagte: wir gründeten »Rom *neu*«.
Doch, Bischof: *jede* Gründung,
auch die des Romulus, gründet sich auf Mord. –
Ich sollte gründen, die Befreiung –
ohne zu ... töten?

BELL *(drängend)*: Nein. Aber ohne zu *morden*!
Ihr Befehl, bei Luftangriffen auf Länder,
die Hitler okkupiert hat,
keine Zivilisten umzubringen:
dieser Befehl *ist* der Anfang. Erweitern Sie ihn
auf Zivilisten selbst in Deutschland.
Das wäre ein Gesetz, das noch den Taten Ihrer Bomber
Ruhm einbrächte.
... von *Ruhm* rede ich,
weil all meine Hoffnung auf Ihre Liebe zum Ruhm baut,
die legitim ist.

PM *(ganz natürlich)*:
Nicht wahr! – Was sonst außer Ruhm und Freiheit könnte man lieben.

BELL *(trocken)*: Den *Menschen*, immerhin – empfehle ich.

PM *(spöttisch)*: Einem Regierenden? – Na!
Clemenceau meinte, *entwerten* müsse man die Menschen,
dann könne man sie beherrschen.

BELL *(sachlich)*: Aber Herrschaft ist nicht *Ruhm*!
Ruhm ist Dauer – Herrschaft *kann* nicht dauern.
Das macht die Welt erträglich, zuweilen.
Clemenceau – ein brauchbares Beispiel:
der hatte *keine* Idee. Und wo ist sein Ruhm hin?

(Lacht, mit Verachtung:)
Das linke Rheinufer zu Frankreich. Und: rechts vom Rhein
leben zwanzig Millionen Menschen zuviel –
das mag Strategie sein.
Gründen läßt sich darauf *nichts*.
Und demnach auch kein Ruhm.

Sie aber, Sir: sind ein *großer* Krieger.]
Seien Sie ein Gründer, wie Augustus, wie Constantin.
Bringen Sie eine Idee, wie Napoleon, wie Lenin
den Geist der Revolution brachten.
Da aber *Sie* nicht revolutionär sind,
so *erhalten* Sie: die Unantastbarkeit des Wehrlosen!
Und die *Ehre* des Soldaten – der nur so lange
kein Berufsverbrecher ist, wie er das Kind schont.
So viele Tabus werden weggeebnet im Windbruch dieser Jahre:
richten Sie, der Konservative, wieder eines auf!
Postulieren Sie: nur die *Zahl* seiner Opfer
unterscheidet *den* Sittlichkeitsverbrecher,
der, im Waffenrock und durch Befehl getarnt,
mit Vorsatz Zivilisten mordet – von jenem . . .
der *eine* Siebzehnjährige nachts im Park schlachtet.

PM *(ist aufgestanden bei dem Wort Sittlichkeitsverbrecher. Als er den
    Satz zu Ende gehört hat – Bell hat heftig und hastig gesprochen –, ist
    er weiß vor Wut. Wortlos. Und dann so laut, weil er noch nichts zu
    sagen weiß als Worte)*:
Bischof – ich verabscheue Sie für diesen Vergleich.
Ich stelle mich vor die Männer aller Bomberflotten –
selbst der der Feinde!
Ich weise mit Empörung –

BELL *(näher tretend, was PMs Zorn steigert – dann so vertraulich, wie
    nur der Stärkere es gegenüber dem Unterlegenen sein kann, mit ge-
    lassener Unverfrorenheit)*:
Was ist ein Asozialer, gemessen an einem Offizier,
der sich und seinen Männern *irgendeinen* Vorwand einredet,
um – gezielt – Städter auszurotten?
Die Überlebenschance der Schöpfung –
liegt in der persönlichen Diskriminierung *jedes* Mannes,
jedes *einzelnen* – der auf eigenen Instinkt oder als Söldner
Nonkombattanten . . . absichtlich totmacht.
[Der *Zweck* ist – gar nicht anzuhören.
Immer findet sich ein Zweck.
PM: Ich ließe Sie längst stehen – ich spreche nur noch,
um mich vor Männer wie Dorland zu stellen.
Dorlands *Motiv* zählte *nicht*?
BELL: – *Befehl* wollen Sie sagen!
Doch, zählt – aber entlastet nicht.
Denn *zählt* nur für den Täter – *nicht* für das Opfer.
Auch ich spreche *für* Dorland, denn ich erkenne *mich* in ihm:
wäre ich im *Zweiten* Weltkrieg
Soldat gewesen – ich wäre ebenso gedankenlos kriminell geworden
und hätte selber das Ehrloseste neben dem Ehrenvollen angerichtet.
Dennoch ist das, was der Bomberpilot tut,
nicht dessen subjektive Schuld,
sondern die unserer *Gesellschaft*.
Wir müssen erst das Bewußtsein wieder wecken

für das, was kriminell ist.
Dann aber muß solchen Tätern – die Höchststrafe drohen.]
Sogar Dorland hat angedeutet,
daß der kalte Rausch einer – weiß nicht: zahlenwütigen
technischen *Lust*erfüllung darin liegt
[– Kampflust ist ja auch *Lust* –,]
in *einer* Nacht, mit *einem* Hieb
eine *Stadt* zu übermächtigen.
PM *(böse lachend)*: *Natürlich*, im Kriege! Soll das pervers sein?
BELL: Nicht bei Staudämmen und Raffinerien und Brücken, nein,
Städte aber sind – *weiblich*. Es ist obszön,
daß schon die Schulkinder in Deutschland sich heiser brüllen
mit dem Lied »Bomben auf Engelland«.
Es *ist* obszön, daß offiziell die schwerste Bombe der RAF
den deutschen Namen »Wohnblockknacker« trägt.
[Ach – blicken wir weg vom Schaum unsrer Instinkte,
Psychologie ist Privatsache, demnach völlig uninteressant.
Doch] wenn das Ziel des Bombers die City ist
und also *auch* die Frauenklinik,
so *muß* der Täter sich gefallen lassen,
daß man ihn abschätzt nach dem *Ergebnis* seiner Tat:
und das gleicht fotografisch exakt dem des – Lustmörders.
PM *(wendet sich schroff ab und zu Helen)*:
Leutnant – einen Wagen für den Bischof. Sofort.
HELEN *(unbeweglich, dann zur Terrasse deutend, unangenehm)*:
Der ist schon *lange* vorgefahren, Sir.

*(Bell, da Churchill offensichtlich an ihm vorbei und weg will, hat
demonstrativ Helens Antwort überhört und stellt sich mit einer
Sicherheit dem Premierminister in den Weg, die noch zeigt, daß er
nicht den Eindruck aufkommen lassen will, als täte er das. Und nach
zwei Schritten ist auch Churchill wieder der Mann, der nicht weicht,
sondern sozusagen berufsgemäß der letzte auf jeder Szene zu sein
sich schuldig glaubt – sich und der Nation.)*

BELL: – Sie haben ausgesprochen, daß jede unsrer Taten
wie der Mond noch eine *unsichtbare* Hemisphäre hat.
Was, wenn die Nachtseite *Ihrer* Ruhmestaten wäre, Sir:
daß sich die Tilgungsingenieure des Dekalogs,
die das Flächenbombardement unsrer Harris
in *Zukunft* praktizieren werden –:
auch berufen – auf *Sie*.
Unser Volk hat dieser Erde den Engel geschenkt,
der dafür stritt, daß der Krieg *halt*macht vor denen,
die nicht und die nicht *mehr* kämpfen können.
Und hat *Sie* der Erde geschenkt,
ihre Freiheit zu retten.
Retten Sie auch, was eine Britin gründete.
Machen Sie halt vor dem Vermächtnis der Florence Nightingale –

(Er wendet sich ab, weil er, übermannt von Hoffnungslosigkeit und der Vibration, die seine Stimme ins Wanken brachte, sich zuletzt abwenden muß. Sieger, so lange er attackierte, ist er keiner mehr, seit er bittet – und was alles nur noch verhallt wie die Stimme des Menschen im Lärm der Geschichtsmetzeleien. Um zu verbergen, daß er in Verzweiflung geht, bemüht er sich um eine überlegene »Haltung« – aber bemühte Haltung ist eben keine sehr gute. So sagt er nur möglichst fest und kalt, scheinbar eisig amüsiert, zu Helen, die an der offengehaltenen Tür wartet –)

Jetzt, Leutnant, gehe ich.

*(Sie folgt ihm – mit Distanz – durch die Tür, die offenbleibt.
Churchill, allein, verdüstert – überläßt sich, unbeobachtet, dem Eindruck, den Bell offensichtlich doch auf ihn gemacht hat. So erleichtert ihn, daß Helen, kaum daß sie Bell im Haus einem Diener übergeben hat, schnell zurückkehrt, die Zeitung aufnimmt und weglegt, die Bell liegengelassen hat, dann Churchill bewußt aus Träumen zurückholt, indem sie sich ostentativ mit dem Schreibblock nähert, als solle nun, nach einer total fruchtlosen Unterbrechung, endlich die Arbeit aufgenommen werden –)*

HELEN: Um sieben bringt BBC die ›Scharnhorst‹-Meldung.
Sir – an die Polen wollten Sie etwas diktieren.
Oder wollten Sie jetzt ruhen?
PM: *Beides:* es macht ruhig, etwas zu tun. Also,
dem Chef des Empire-Generalstabs:
»Es ist an der Zeit, die polnischen Truppen aus Persien nach dem Mittelmeer zu schaffen. Politisch ist das sehr wünschenswert, denn die Leute wollen sich schlagen, und wenn sie erst in Aktion stehen, werden sie sich wegen ihrer eigenen –
(Er zögert:)
– sehr tragischen – Angelegenheiten weniger Sorgen machen ... auch ist auf die polnische Panzerdivision in Großbritannien zurückzugreifen. Absatz. Die Sowjetregierung neigt zu Mißtrauen – nein, schreiben Sie nur: neigt zu *einigem* Mißtrauen gegen dieses polnische Korps und argwöhnt, daß es zurückgehalten wird, um zur Verteidigung polnischer Rechte gegen die Russen bereit zu sein. Diese – Meinung wird – gegenstandslos, wenn das polnische Korps in die Schlachtfront gegen die Deutschen einrückt und sich schlägt.« Ende.
Legen Sie mir bitte vor, wie BBC die Sondermeldung formulierte.
HELEN: Sie wissen, daß Sir Alan kommt, um sieben – und Lord Cherwell.
PM: Sollen mich am Schießstand abholen. Gibt's Regen?
HELEN *(während sie zur Maschine geht und ein Blatt einspannt und PM Mütze und Stock nimmt und im Park, über dem es dunkler wird, verschwindet):*
Hoffentlich – für Kocjans Flug ist es zu klar.
*(Das hat PM schon nicht mehr aufgenommen. Sie beginnt zu tippen, nachdem sie das Radio angestellt und eine Zigarette entzündet hat.
Ein Dudelsack-Lied, Helen stellt leiser.
Alsbald öffnet die Tür Lord Cherwell –)*

CHERWELL: Nun, Leutnant, hat PM den Demagogen zur Ruhe gebracht –
   Am Schießstand?
HELEN *(seufzt, lächelt)*: Wenn *der* Erzbischof von Canterbury würde!
CHERWELL: PM wird achtgeben.
   *(Die Tür öffnet sich, Cherwell will in den Garten gehen, wartet auf
   Brooke, der Wing Commander Dorland vor sich herführt. Bevor
   Brooke, der den kurzen Offiziersstock zum Mützenrand hebt, etwas
   sagen kann, und man spürt, daß er aufgebracht ist – eröffnet Cher-
   well mit unüblichem Eifer eine Diskussion, als wolle er eine andere
   vermeiden –)*
   [Haben Sie das verfolgt? Ein *Aufwand* wegen ›Scharnhorst‹!
   Daß nicht nur Schlachtschiffe, daß noch zwei Träger
   in Scapa liegen müssen, nur um die malade ›Tirpitz‹ zu bewachen!
   Dorland – wenn Sie mit Gibson S-taudämme durchs-toßen konnten,
   dann könnten Sie mit einem Dutzend Zwölftausend-Pfund-Bomben –
                                                                    wie?
DORLAND: ›Tirpitz‹ wird sich einnebeln, aber wenn wir über *Schweden*
                                                               anfliegen –
HELEN *(zu Brooke, der kalt, bewußt desinteressiert dabeisteht)*:
   Ich schreibe etwas für Sie, Sir Alan.
   *(Die musikalische Einleitung zu Siegesmeldungen und Big-Ben-Schlä-
   ge. Helen stellt den Apparat leiser, um die Sprechenden nicht zu stö-
   ren, dann sieht man, wie sie die Meldung mitstenographiert.
   Brooke blickt ihr über die Schulter auf das Blatt in der Maschine, dann
   unterbricht er eisig Cherwell, der merkwürdig beredsam auf Dorland
   einspricht . . .)*
CHERWELL: Fliegt über Schweden und werft die Bomben ruhig *daneben*.
   Im seichten Fjord dicht danebengesetzt und ›Tirpitz‹ – pft! –:
   Gesicht aufs Wasser, Kiel oben, die eigenen Ankerketten
   zerren sie aufs Gesicht –
   (Er verspricht diesmal nur, was Harris halten wird.)]
BROOKE *(noch schroffer als gewöhnlich)*:
   Cherwell, ich hab' den Wing Commander mitgebracht, ich glaubte,
   Sie wollten ihn ausfragen, *warum Sikorski* –
   Dorland *fliegt* ja Liberators . . .
CHERWELL *(wie verstört)*: Natürlich – ja *wissen* Sie schon was!
DORLAND *(langsam, er schüttelt den Kopf)*:
   Nein – nur, Mylord, der Feldmarschall war erstaunt,
   daß die Maschine sofort wegsackte,
   so nah am Ufer, noch schneller als das Schnellboot draußen war.
   Aber *mich* erstaunt das nicht, wenn man hart aufsetzt,
   dann bricht der Liberator öfter als andre mitten durch.
CHERWELL *(unterbricht rasch)*: Daß er *sofort* absackte, ist also motiviert.
DORLAND *(noch vorsichtiger)*:
   – würde ich sagen, ja. Aber unerklärlich, absolut unerklärlich:
   daß erstens das Höhensteuer verklemmt gewesen sein soll,
   ich habe *niemals* von einem solchen Fall gehört,
   wir fühlen uns ausgesprochen sicher mit diesem Motor . . .
CHERWELL *(unterbricht noch ungeduldiger, gereizt)*:
   – »sicher«. Selbstverständlich ist der Liberator »sicher«,
   sonst hätten wir Sikorski ja eine andere gegeben,

176

war doch Anthonys – war *Edens* Maschine.
(Resignierend, als wolle er – Gott im Himmel – sich hüten zu sagen, was er sagt:)
Nur leider nicht – wie ich jetzt höre: nicht Edens *Pilot.*

DORLAND *(jetzt schnell, während Brooke, der unverschämt Cherwells Blick sucht, stumm beweist, daß Augen zuzeiten mehr sagen können als Lippen):*
Soo direkt wollt ich's nicht sagen, Mylord – aber tatsächlich:
wieso *der* lebend 'rauskam, da, als *einziger –*
also, ich werde das *nie* begreifen.

CHERWELL *(notgedrungen zu Brooke, da dessen Gesicht schwer zu ertragen ist):*
Was sagen *Sie?*

BROOKE *(verächtlich):*
Ich? – oh, ich stamme aus der Infanterie –
(Wegwerfend:) Der PM wartet –
(Er geht rasch in den Garten, Dorland will ihm folgen, Cherwell berührt ihn am Arm, sie gehen langsamer als Brooke gemeinsam ab, es muß nicht mehr verstanden werden, was sie sprechen . . .)

CHERWELL: Darf ich PM bitten, Wing Commander, *Sie* auf ›Tirpitz‹ anzusetzen?
(Schon als Brooke abging, hat Helen das Radio lauter gestellt, man hört:)
. . . hat nach diesem Sieg unseres Flaggschiffs unter Admiral Fraser die deutsche Marine ihr letztes momentan einsatzfähiges Großkampfschiff verloren.

(Musik: Land of Hope and Glory von Edward Elgar Mittelsatz zu Pomp and Circumstance March No. 4.)

(Helen hat drei Zeilen geschrieben, ihr Tippen geht unter in der Feiermusik, als Kocjan, nicht aus dem Freien, sondern aus dem Innern des Hauses kommt. Sie erschrickt und geht auf ihn zu, der – ein Verwandelter – nichts sagen kann.
Nur weil das erst einige Wochen später stattfand, bauen wir das Gespräch nicht ein, das der Gouverneur, General Mason MacFarlane, mit Madame Sikorska und anderen führte – eigens von Gibraltar nach London gekommen, nicht um einen Befehl zu erfüllen, sondern seine Gewissenspflicht, ein Mann, den der »Vorfall« in seinem Befehlsbereich seelisch zerbrochen hat. Unter Tränen versicherte er der Witwe, erst Sikorski, dann – als das nichts nutzte – dessen Tochter gewarnt zu haben, die Maschine zu besteigen. Dem General Kukiel versicherte er: »Die Russen können es nicht getan haben!« Der Witwe: »Es kann kein Unfall gewesen sein.«)

HELEN: – *Ich* wollte es dir sagen, aber ich kam erst nicht weg.
Und dann fand ich dich nicht im Park.

KOCJAN *(der sich gerade nur gefallen läßt, daß sie ihre Hände auf seine Arme legt, sieht sie an und sieht dann weg, tonlos):*
Kann schon begreifen, warum . . . Du bist *auffallend* beschäftigt.
Du hast *gewußt,* daß ihr ihn umbringt. Gib doch zu!

177

HELEN *(läßt von ihm ab, fassungslos)*:
Umbringt? Du meinst doch nicht. –

KOCJAN *(der ganze Jammer seines zertretenen Volkes bricht aus ihm heraus, er spricht klarer in Hitze und Haß, er »seziert« mit Worten, die mühelos Elgars Marsch zurückdrängen)*:
Sikorski – ja, ermordet habt ihr ihn.
Ermordet.
Viel für nur vier Tage.
Helen, mein Chef in Warschau hat vier *Jahre* im Untergrund gelebt,
doch nur vier *Tage*, bevor Sikorski umkommt,
– kidnappen die Hunnen Grot-Rowecki,
die ihn vier Jahre lang vergeblich jagten!
Die polnische Armee – geköpft.

HELEN *(will etwas sagen, aber Kocjan ist so bedrohlich in seiner Verzweiflung, daß sie nicht weit kommt)*:
Wahnsinnig bist du!

KOCJAN *(lacht)*: Wahnsinnig? Morgen falle ich im Kampf für Großbritannien in Hände der deutschen Gestapo oder falle schon
heute beim Kampf für Polen in Hände von britische Geheimdienst
wie Sikorski – es ist gleich, gleich – ganz gleich . . .
wahnsinnig werden, ist das – *Normale* für uns Polen.

HELEN *(entschieden)*: Bohdan – du sagst kein wahres Wort!
(Jetzt ist sie es, die ihn von sich wegschiebt.)

KOCJAN: Lüg *du* nicht – mich an, ich *kann* das nicht erwehren.

HELEN *(verabscheut jedes seiner Worte, zwingt sich, mit ihm zu reden)*:
Lügen! – Nur weil man dich so nicht wegschicken kann, rede ich noch –
(Da Intelligenz niemals eine Frau gehindert hat, zu glauben, was sie glauben will):
Der Premierminister hat geweint –

KOCJAN *(lacht)*:
*(Er will nicht glauben, daß Helen ihn belügt – und kann nicht glauben, daß sie den »Unsinn« nicht durchschaut, den sie redet.
Er hat sich auf die Balustrade gesetzt, zwingt Helen brutal am Handgelenk, sie widerstrebt, aber ihre Augen weichen den seinen nicht aus, leise inquisitorisch:)*
Und der Pilot?

HELEN: Der lebt noch!

KOCJAN: *Weiß* ich. Der einzige.

HELEN *(ironisch, erbittert)*: Ein Indiz! Er ist verwundet. *Frag* ihn!

KOCJAN *(gereizt, daß er fast schreit)*: Wie er *heißt*, Helen, Name!

HELEN: Ein Tscheche – – –
ein tschechischer Name. – Wie soll ich wissen . . .

KOCJAN: Genügt – das mußte ich noch einmal hören.
(Wieder sein angeekeltes Lachen:) Ein Tscheche!
Wie viele Piloten aus Polen dienen in der RAF: Tausende!
Aber wenn der polnische Oberbefehlshaber
auf wochenlange Reise geht,
zu besichtigen polnische Divisionen – dann muß ein:
Tscheche euer Flugzeug steuern.
(Er lacht entnervt wie manche bei Beerdigungen. Die britische Patriotin, die zuweilen noch fertigbringt, wenn auch krampfhaft wie

178

alle Witwen und Mütter von Gefallenen, ihrer Erschütterung in eine
Art Stolz zu entfliehen, kann sich ihres Entsetzens kaum mehr er-
wehren. Sie fühlt, daß sie nicht ertragen würde, Kocjan zu glauben.
Er steht ihr näher, als er weiß und als sie während des Krieges je wie-
der einen Mann an sich herankommen lassen wollte. Aber den Pre-
mierminister vergottet sie. Das äußerste, was Kocjan erreichen könnte
– aber er muß ja nur sprechen, er will nichts »erreichen« –, wäre, daß
Helen ihm glaubt. Nur würde das ihrer Bewunderung für den alten
Mann noch den Schauder hinzufügen – die letztmögliche Steigerung.)

(Mühsam sagt –)
HELEN: Tscheche! – Er ist nicht der *einzige* Tscheche
in britischer Uniform.
Beide Enkelsöhne des alten Masaryk
sind in britischen Bombern über Deutschland gefallen.
KOCJAN *(wieder verzerrt vor Mißtrauen, leise)*:
Wie ausgezeichnet du orientiert bist –
HELEN: Weil der PM kondoliert hat – als der zweite fiel.
(Sie ist nicht mehr gewillt, zu verbergen, daß sie ihn scheußlich findet,
auch verrückt – angesteckt von seinem Sarkasmus:)
Deine Beweise! Erst warst du sicher,
ich sei Mitwisserin, abscheulich!
Jetzt bist du sicher, der Tscheche sei ein Mörder.
Warum – hätten wir *den* überleben lassen?
KOCJAN *(lacht)*: Weil nur ein Tscheche, der *sich* als einziger *rettet*,
geeignet ist, Verdacht zuzuziehen den Tschechen.
Tscheche *auch* tot: Leute würden sagen,
Secret Service gemacht. [Pilot, der überlebt –
muß beschwören: war Maschinenschaden.
HELEN *(verächtlich)*: Ach – wer glaubt schon, was ein Pilot sagt,
der als *einziger* von einem Dutzend
lebend aus einem Flugzeug kommt.
KOCJAN *(lächelt)*: Siehst du – deine Skepsis jetzt bestätigt schon,
wie richtig Kalkulation war: so *ganz soll* ja
dem Tschechen auch die Welt nicht glauben] – Welt
soll sagen, die *armen* ahnungslosen Briten,
auch *die* sind hereingefallen auf solchen Pilot!
(Er hat das so infam gesagt, daß sie ihn in diesem Augenblick haßt.
Daher ist ihre Entgegnung ebenso schwach wie sie stark und stolz
vorgebracht wird –)
HELEN: Empörend, was du unterstellst – wir sind in *England*!
KOCJAN *(spottsprühend)*: Aha – und Neger fangen in Calais an.
Meinesgleichen kommt gar aus Polen.
[Dann nimm zur Kenntnis –
(Infam:) Sofern dir das nicht längst bekannt ist,
daß zwar nicht in England, aber in Edinburgh
der Pole pünktlich totgefahren wurde oder vergiftet,
Oberstleutnant Kleczynski, dekoriert in Battle of Britain,
der in Sikorskis Flugzeug, unterwegs nach Washington,
einen Zünder unschädlich machte.
HELEN: Das glaub ich nicht.

KOCJAN: Zweifellos das Bequemste.
　　Helen: Nichts ist diskreter als ein Straßenunfall,
　　bin selber vom Fach. Oder verwechselte Arznei.
　　Mit Kricketspielen allein euer Empire
　　habt ihr nicht zusammengepaukt, oder?
HELEN *(ebenso verletzend, wie sie verletzt ist)*:
　　Ich weiß nur, daß wir's jetzt in die Schanze schlagen, das Empire,
　　ohne ihm ein einziges Dorf zu erobern – für Polen.]
KOCJAN: Letzte Bitte, Helen, zwischen uns –
　　nie mehr ein Wort von Sikorski.
　　Du darfst doch nicht sprechen – und sollst nicht *mich*
　　belügen. Laß mich *heute* nicht allein.
　　Ich muß jetzt zu Madame Sikorska –
HELEN *(mit nächtlicher Intimität, flieht vor dem, was Kocjan ihr gesagt
　　hat, in die leichtere »Aufgabe«, sich um ihn zu kümmern, statt um
　　seine unerträgliche Aussage)*:
　　Ja, aber rede dir, um *deiner* Ruhe willen, Bohdan:
　　nicht länger diesen ... niederträchtigen Irrsinn ein.
KOCJAN *(hart, verschließt sich so plötzlich wie eine Tür)*:
　　Hier diese Schlüssel – ich komme *nicht* –
HELEN *(nimmt die Schlüssel nicht, Tränen)*:
　　Geh nicht – geh nicht jetzt, bitte.
[KOCJAN *(unversöhnt)*:
　　Willst du diese Uniform noch im Bett anbehalten, um
　　Integrität von Regierung Seiner Majestät vor Polen zu beweisen.
　　Hör auf!
HELEN: Begreifst du nicht, daß ich – eine *Sicherheit* habe,
　　stärker als alle deine Indizien:
　　zwei Jahre Zusammenarbeit mit ihm – widerlegen dich!]
　　(Im Garten, entfernt, lachen mehrere Herren.)
　　Hat er nicht auch *euch* gerettet!
KOCJAN *(als beziehe er dieses Lachen ein in seine Wort, trostlos)*:
　　Polen – gerettet: ah – *behandelt* hat er.
　　Man zahlt dem Arzt die Behandlung, nicht die Gesundung.
　　Er kann nicht dafür, daß der Patient stirbt.
　　*(Er zieht Helen in seinen Arm, unvermittelt wieder aufgehetzt durch
　　einen neuen entsetzlichen Gedanken, er redet ihr drängend zu, wer-
　　bend, als hinge seine Ruhe – und nicht vielmehr seine Verzweiflung
　　von ihrer Zustimmung ab:)*
　　Helen – *glaub* endlich!
　　Das Attentat in Montreal –
HELEN *(macht sich los, blickt in den Garten, aber zu Kocjan ganz ruhig,
　　ganz offen)*: Attentat in Montreal?
　　Nie davon gehört.
KOCJAN *(jetzt dermaßen getroffen, daß er kaum sprechen kann)*:
　　– Daß die Sondermaschine
　　abgestürzt ist in Montreal –
　　alle vier Motoren gleichmäßig ausgesetzt, aber zu früh.
HELEN *(erregt, ihr Gereiztsein wird noch deutlich an dem Handgriff am
　　Radio, mit dem sie die Elgar-Apotheose gleichsam wegdrückt)*:
　　Zu früh – was heißt das?

KOCJAN *(sarkastisch)*: Zerfetzt nur die Maschine.
Personen nur ... bekamen geschockt, ge-prellt.
In zu geringer Höhe Motoren ausgesetzt.
HELEN: *Glaub* es mir, Bohdan – nie, ich habe nie davon gehört.
KOCJAN: Ja. Ich glaube dir. Entsetzlich.
Im Hause des Premiers wird *nie* davon geredet,
daß *sein* Flugzeug abstürzte,
das er geliehen hat dem polnischen Ministerpräsidenten,
[wie heute das ... Sikorskis Tod:
war sein *vierter* ... Incident in Sondermaschine
von Downing Street.
(Helen kann nichts sagen.]
Kocjan zerschlagen:)
Helen, seit dieser Brandgranatenaffäre
ist Sikorski nicht einmal aus England abgereist,
ohne daß man versucht hat, ihn umzubringen:
drei Reisen hintereinander – drei »Unfälle« hintereinander.
Roosevelt hat Sabotage in Montreal nie bezweifelt.
HELEN: Warum kommst du aber nicht –
auf das Nächstliegende: daß Deutsche oder Russen ihn töteten.
KOCJAN *(mit Ironie, leise)*: *Das* weißt du aber doch – Bestimmung:
Wie Flugzeuge von Prominenten bewacht sein müssen,
immer zwei Bewächer *in* Maschine, Tag und Nacht,
immer zwei außenherum!
Stalin: Solange *der* Mann Polen regierte,
der ihn wegen Raub von Ostpolen bekriegte und Katyn,
brauchte er nicht reden mit Polen über Polen.
Nur mit Kreaturen, die unser Land Kreml verschachern.
Und *Hitler* siehst du nicht:
der würde wegverschenken ein *Sieg*,
könnte er Sikorski wiederbeleben! Endlich war doch ein Mann
in Zentrale von Alliierten,
der schwerste Notwehr gegen Stalin forderte.
(Im Garten, entfernt, lachen mehrere Herren.)
[HELEN *(als müsse sie erbrechen)*:
Oh, Bohdan – wenn das so wäre. Aber *warum*
brachte Sikorski es dahin –
KOCJAN: Sikorski! – Hat *er* Polen zerhackt und seine Offiziere
genickgeschossen?
HELEN: Aber – nein. –
Aber –? Wenn er doch Tausende ... in den Tod schicken muß.
Hunderttausende, *jeder* schuldlos, wie meinen Mann.
KOCJAN: Wie mich.
HELEN *(eng an ihm)*: Nein – nicht, sag das nicht auch noch.
KOCJAN: Sikorski hatte selbst Befürchtungen, zuletzt. Alle beschwörten
ihn vor dieser Reise – nur mit polnischer Besatzung fliegen.
Er sagte: nein – gerade wenn wir Briten mißtrauen,
muß ich mich geben in ihre Hände:
das verpflichtet sie ... oh, schaudervoll.
(Er muß weinen.]
Nicht mehr entfernt lachen mehrere Herren.)

HELEN *(löst sich von ihm)*: Er kommt. Geh!
(Sie wischt über ihre Augen, hat auf die Tür gedeutet, geht rasch zur Maschine, mehr reflexartig als überlegt hat sie: Geh – gesagt, aber Kocjan ist schroff verletzt, er tritt ostentativ in die Mitte der Terrasse und zischt, feindselig –)
KOCJAN: Gehen? – Warum!

*(Stimmen, Schritte – und sehr hoch oben, sehr langsam sich nähernd der zweite Bomberverband Richtung Kontinent. Mit dem letzten Wort der Szene erreicht die Resonanz des Bomberstroms ihre bedrohlichste Stärke. Scheinbar dröhnt er dann bewegungslos über Chequers.
Churchill betritt, Kopf gesenkt wie meist, rasch die Szene, mit ihm, um ihn: Lord Cherwell, der Empire-Stabschef und Wing Comman-der Dorland.
PM überrascht, den Polen noch hier zu sehen. Er sieht auf Helen, ste-hengeblieben. Jetzt erst wendet er sich – nicht zu nahe, Kocjan zu –)*

PM: Hauptmann – ah, Sie sind noch hier! – So kann ich –
(Er hebt jetzt die Hand zum militärischen Gruß an den Mützenschirm. Außer Lord Cherwell, der den Bowlerhut abzieht und hoch vor die Brust hält, heben auch die Herren der Suite nach und nach salutie-rend die rechte Hand. Helen ist aufgestanden, aber sie salutiert nicht, sie starrt auf die Steine, dann schließt sie lange die Augen.)

(Erschüttert:) – Ihnen als Repräsentanten Ihrer Nation und . . .
der tapferen Armee des unbesiegbaren Polen zum
– Tode Ihres Oberkommandierenden und Premierministers
mein tiefes Mitgefühl aussprechen
und das Beileid aller Briten.

(Er senkt die Hand. Er macht einen Schritt auf Kocjan zu, aber es scheint, als warne irgend etwas ihn, Kocjan die Hand hinzustrecken. Der sagt kein Wort. Der preßt mit unnatürlicher Festigkeit die Hände an die Hosennaht, als könne diese Flucht in militärische »Haltung« ihm Halt geben auch innerlich. Man spürt, Churchill wünscht jetzt, der Pole mache kehrt. Da das nicht geschieht, fügt er so außerordent-lich unbeholfen an, wie er es morgen dem Unterhaus sagen wird und in acht Tagen über den Funk den Soldaten Sikorskis – und es ist gut für ihn, zu reden, denn erst mit den ganz aus seinem Stil fallenden umständlichen, aber vollkommen ehrlichen Phrasen findet auch er sich wieder, der sehr weich geworden ist –)
General Sikorski – Hauptmann: lebte [bis zum Augenblick
seines Todes] der Überzeugung, alles müsse den – Notwendigkeiten
des gemeinsamen Kampfes untergeordnet werden. Nun ist er
dahin, doch stünde er neben mir, so . . . würde er, glaube ich . . .
wünschen, daß – ich dies zu Ihnen sage . . . [was – ich jetzt
aus vollstem Herzen sage]: Soldaten müssen sterben,
aber durch ihren Tod . . . stärken sie das Volk,
das sie geboren hat.
KOCJAN *(so angestrengt, daß er mit diesen Worten die letzte Energie aufzehrt, sich zu fassen)*:

– Jedenfalls *das* Volk, in dem wir zu Gast sind.
Sir – und . . . die Alliierten.

(Er wendet ohne zu grüßen, er stürzt weg.
Kaum mehr an ihm selber – an den anderen kann man ablesen, an
ihrer Bestürzung, die sie noch unbeweglicher macht, was in Kocjan
vorgegangen ist. Schweigen. Cherwells Gesicht allein bleibt denk-
malsglatt. Brooke streift Cherwell mit den Augen. Dorland hütet
sich, aufzublicken. Helen lehnt sich an die Balustrade. Den Premier
wagt keiner anzusehen.)

VORHANG

(Vorhang reißt sofort wieder auf, alle Spieler sind verschwunden, und
die Bühne liegt im fahlen Probenlicht.
Der Inspizient und zwei Bühnenarbeiter beginnen abzuräumen. Nun
kommt Dorland, während er den RAF-Rock ablegt, die Mütze eben-
falls, und weist den Inspizienten an, leicht ironisch –)
DORLAND: Sagen Sie allen, hier müssen wir uns in der Sakristei treffen,
zur Kritik. In zehn Minuten.
INSPIZIENT *(abgehend)*: Okay.
(Die Arbeiter rollen das weiße Tuch auf, da die Park-Projektion mit
dem Licht verschwunden war, und die Ruinenmauer – bisher nur
links und rechts noch angedeutet – wird wieder zum eigentlichen
Hintergrund der Bühne.)
STEINMETZ *(tritt zu Dorland)*:
Dorland, ich glaube, Sie müssen Ihren Sohn beruhigen.
DORLAND *(trocken)*: So, *den* auch!
STEINMETZ: Damit mußten Sie rechnen: unsre jungen Löwen
wollen zwar auch noch Fleisch fressen,
aber sie mögen nicht mehr wissen,
daß man dazu Tiere schlachten muß.
SOHN *(erscheint im Hintergrund)*:
Danke dir, Paps – ein Anruf aus dem Luftfahrtministerium.
Bin für morgen früh zu Oberstleutnant MacIntosh beordert:
[fein, Alter Herr, wie du mich da unmöglich machst.
DORLAND: Du kannst doch dein Ministerium über meine Lebensdauer
beruhigen, Atteste jederzeit erhältlich –
STEINMETZ: Peter, vielleicht kommt bald die Stunde,
da du *nicht* länger bedauerst,
daß man dich aus dem strategischen Bomberkommando hinauswarf.
SOHN *(um »seine« Einheit in Schutz zu nehmen, stolz)*:
Rausschmeißen werden die mich nicht – kaltstellen genügt.]
DORLAND: Erstaunlich, daß mein Herr Sohn, so jung noch,
schon ganz wie Marschall Harris reagiert:
Persönlich gekränkt angesichts eines Problems,
das vielleicht doch ein bißchen größer ist als unsre werte Person.

SOHN *(lenkt ab, erregt)*:
  Persönlich? – Nein: gekränkt für die RAF und für Churchill.
  Ich verstehe dich nicht mehr:
  wenn ich als Junge angeben wollte, dann zeigte ich auf dem College
  dein Wing-Commander-Foto mit Churchill in High Wycombe.
STEINMETZ: Ich hoffe, das wirst du weiter herumzeigen.
[SOHN *(zeigt auf seinen Vater)*: Wenn er ihn so verurteilt?
DORLAND: Ich spreche kein Urteil –
SOHN *(rasch)*: Nein, du vollstreckst es gleich!
STEINMETZ: Ich dachte, *du* seist es, der nun das Churchill-Foto
  nicht mehr herumzeigen will – warum? Soll das heißen, er hätte . . .
  anders besser handeln können, nach deiner Meinung?
SOHN *(leise)*: Mein Vater traut ihm einen Meuchelmord zu.
DORLAND *(eisig)*: Hardly cricket, what? – Oder: »So etwas tut man ein-
  fach nicht.«
  Und das ist auch völlig richtig – wenn *unsereiner* handelt.
  Denn es ist kein Zufall, daß nicht *er*, nicht *du* –
  (Er zeigt auf den Steinmetz, dann auf Peter – nun auf sich:)
  – nicht *ich* – sondern daß *Churchill*
  die Nation zum Sieg geführt hat.
  Maßest du dir an, etwas deshalb zu verurteilen,
  weil du es nicht tun könntest?
STEINMETZ: Ich erinnere, was Winston in seinen Essays über Asquith und
  Balfour für Selbstbildnisse projiziert hat . . .
  »So loyal er gegenüber Kollegen war,
  er schreckte doch nie davor zurück,
  sie ein für allemal zu beseitigen . . .
  wenn die öffentliche Not es verlangte,
  aber wie will man Staaten anders regieren.«
DORLAND *(fügt an)*: »Was wären wir für Schurken, täten wir für *uns*,
  was wir für die Nation getan haben.«
SOHN *(trotzig, ungeduldig)*:
  Ihr versteckt euch hinter Maximen:]
  Hat er Sikorski umgebracht? – Ja oder nein!
DORLAND: In VIP-Maschinen auf vier Reisen binnen achtzehn Mona-
                                                              ten . . .
STEINMETZ: Ergänzung: und andere Reisen unternahm Sikorski gar nicht!
DORLAND *(nickt, fährt fort)*:
  . . . vier Reisen: eine Notlandung; einmal Brandgefahr durch
  Zeitzünder; einmal Feuer und zweimal ›Abstürze‹,
  der zweite tödlich: demnach hielt man's für nötig
  zur Rettung der Koalition, die die Welt gerettet hat.
SOHN *(zerschockt)*:
  Und *euch* hielt ich für human – wie Churchill.
  Ich weiß natürlich, daß erst *Opfer* für eine Sache
  ihr den Ernst geben – aber er hat nicht *sich* geopfert.
DORLAND: Weil das so zwecklos gewesen wäre, als hätte *er*
  sich in einen Panzer gesetzt oder in einen Bomber –
  [andere vorschicken müssen, das war für einen,
  der den Tod so wenig fürchtete wie Churchill,
  schwerer als selber umzukommen.

STEINMETZ: Ich *sah* ihn, den PM, beim Staatsakt für Sikorski:
   er war erschüttert wie die Witwe.
SOHN *(hart, entschieden)*: Aber daß er einen *Polen* geopfert hat!
STEINMETZ: Für Polen, ja – das heute größer dasteht
   als sich Sikorski sein Vaterland jemals erträumt hat.]
   Gewiß, wenn Churchill sagte, im Krieg,
   er kämpfe nicht für Polens Grenzen,
   sondern für Polens Freiheit –
   so bestätigt das Ende auch hier:
   Krieg *ist* das Mißverhältnis von Absicht und Ergebnis.
   Denn die *Grenzen* Polens hat er weitergesteckt,
   als sie je waren;
   die *Freiheit* aber, wie er sie verstand,
   die brachte er ihm *nicht* zurück.
DORLAND: Die Biographie *jedes* großen Täters,
   glaub ich, schließt mit der Parabel vom Hexenmeister
   – nur ohne deren gutes Ende.
   Denn sie ist nicht *eine* Geschichte,
   sondern Geschichte.
   Ich denke da an Churchills letzten Appell als Premier,
   Bermuda-Konferenz 53: er forderte vergebens
   ein Gesetz zum Schutz der Offenen Städte.
   Aber der alt geworden war als Magier der Macht –
   er wurde damals nur noch belächelt . . .
   (Er zeigt auf den Sohn:)
   Von euch Zauberlehrlingen heute.

(Hastig ist der Amerikaner im Hintergrund zwischen den abräumen-
den Arbeitern aufgetreten und sucht das Transparent:
1864 Erste Genfer Konvention 1964 . . .
Die drei im Vordergrund haben ihn zunächst nicht beachtet, während
sie sprachen – jetzt torkelt er, nicht so sehr betrunken wie müde, auf
sie zu –)

AMERIKANER: Guten Abend – ach, wollen Sie mir bitte helfen:
   die räumen da alles fort, daß um Gottes willen nicht –
   das Plakat verlorengeht: hundert Jahre Rotes Kreuz!
   Hat doch *Sammler*wert, meine Mutter sammelt Kunst.
STEINMETZ *(da Dorland noch nichts sagt)*: Was meint er?
DORLAND: Er meint die *Kranzschleife* des Roten Kreuzes.
   – Ja, wir werden Ihnen die aufbewahren.
AMERIKANER: Ich will das gern bezahlen, Geld spielt keine Rolle.
   Ist ja historisch, sozusagen! Haben *Sie* das geschrieben?
DORLAND: Das Transparent?
AMERIKANER: Nein, ich hörte, ein Theaterspiel
   soll hier gegeben werden,
   gegen die Atombombe. Da bin ich *sehr* dafür.
DORLAND: Für die Bombe?
AMERIKANER: Nein, für das Theater – *gegen* die Bombe.
   Die Atombombe raubt uns doch *jede* Handlungsfreiheit.
   (Zum Sohn:) RAF! – Verstehen, was ich meine.

185

Die Bombe ist nur eine gigantische Wichtigtuerei.
Ich habe am zehnten März 45 Tokio angeflogen,
ein volles Vierteljahr *vor* Hiroshima, mit den B-29.
Wir – nicht die in Hiroshima und Nagasaki,
haben garantiert am rentabelsten gearbeitet.
Hundertvierundzwanzigtausend Japse binnen einer Nacht
– da blieb nichts von als die chemische Substanz,
68 Prozent Wasser, 20 Prozent Eiweiß,
2,5 Prozent Fett und neun oder zehn Prozent . . .
weiß nicht, Mineralsalze.
General Curtis E. LeMay, der auch in Vietnam dabei ist,
sagte nach dem Dankgottesdienst:
»Wir versetzten sie zurück in die Steinzeit.«
Wozu, das ist mein Reden, brauchen wir die Atombombe?
Die bringt ja nur die Leute gegens Militär auf!
Unsre Wissenschaftler haben uns den Sieg aus der Hand –
aus der Hand geschlagen; sitzen daheim, hinterher –
sie die Sieger!

[STEINMETZ *(den Tonfall verändert, jedes Wort ein Schlag auf Granit)*:
»Wenn man auf etwas technisch ungemein Reizvolles stößt,
dann besinnt man sich nicht lange, sondern führt es durch,
und erst wenn die Sache technisch ein Erfolg war,
überlegt man, was damit anzufangen wäre . . .«

AMERIKANER: Sehr richtig, ja! Was heißt das?

STEINMETZ *(fährt fort)*:
»Wir wollten, daß es geschah, ehe der Krieg vorüber war
und keine Gelegenheit mehr dazu sein würde.«
Dies die *wahre* Erklärung Robert Oppenheimers
für den Abwurf seiner zwei A-Bomben.]

SOHN *(zum Vater, der schon während des Geredes über Tokio auf den
im Hintergrund grüßend erschienenen Polizisten zugegangen ist und
dem ein Telegramm abnahm und es öffnete)*:
Etwas Besonderes?

DORLAND *(gelassen)*: Nur eine Nachricht – kein Ereignis:
In England wurde das Stück verboten.

VORHANG

Rolf Hochhuth

Die Hebamme

Komödie · Erzählungen · Gedichte · Essays
496 Seiten. Sonderausgabe. Geb.
33 Inszenierungen. Deutsche Gesamtauflage: 88. Tausend

«. . . der Verlag wollte nun, zugleich mit der Komödie ‹Die Hebamme›, mit dem
‹anderen Hochhuth› bekannt machen und hat einen dicken, fast 500 Seiten umfas-
senden Band zusammengestellt. Er enthält unter dem Titel ‹Kleine Prosa›: eine
Ehegeschichte, die ‹Berliner Antigone›, die Beschreibung eines Besuchs mit dem
britischen Historiker David Irving bei dem 94jährigen Wilhelm v. Scholz am Bo-
densee. Die Essays haben folgende Themen: Soll das Theater die heutige Welt
darstellen? – Appell an den Verteidigungsminister Schmidt – Die ‹abgeschriebe-
nen› Schriftsteller in der Bundesrepublik – Hat die Revolution in der Bundesrepublik eine Chance? – Vorstudien zu einer Ethologie der Geschichte.
   Die vier Nekrologe gelten großen alten Männern, die Hochhuth verehrte: Jo-
hannes XXIII., dem vergessenen deutschen Dichter Otto Flake, dem Regisseur
Erwin Piscator und dem Soziologen und Weltreisenden L. L. Matthias . . .
   In seinen Essays zeigt sich Hochhuth von seiner besten Seite. Er verfügt über
ein ungeheures Reservoir von Sachwissen, von Einzelfakten aus dem Gebiet der
Zeitgeschichte, der Historie, der Soziologie, der Wirtschaft und der Politik, vor
allem der Politik als Wirtschaft. Unzählige Details und Fakten hat er jederzeit
bei der Hand, um seine Dokumentation zu untermauern . . .»

Helmut A. Fiechtner in DIE FURCHE, Wien

«. . . dieser Band widerlegt ‹schlagend› das dumme Gerede, H. habe vor allem
ein sicheres ‹Gespür› (auch so ein dummes Wort) für das, was aktuell ist, habe
Mut usw., aber sprachlich, dichterisch, literarisch sei das doch alles sehr mäßig.
Gar nicht. Man spürt, wie er sich mit der Sprache, dem Ausdruck abquält, aber
nicht um eines Stils willen, sondern um dessentwillen, was er zu sagen hat:
z. B. der Dialekt als akustische Verstärkung eines bestimmten Charakters, ge-
nauer gesagt: als Beleuchtung durch Gegensätzlichkeit (‹Gemütlichkeit› im Grau-
sigen etc.). Hochhuths politische Prosa ist eine Waffe und wird so gebraucht,
spitz, scharf, federnd, derart brisant, daß es vorkommen kann, einen Satz in der
Luft zersplittern zu sehen . . . Was dieser Autor kann, auf wie vielen Gebieten
er fähig ist, zeigt der Band eindrucksvoll.»

Nino Erné im BÜCHERTAGEBUCH

Dramen

Sonderausgabe
Der Stellvertreter / Soldaten / Guerillas
704 Seiten. Geb.
Deutsche Gesamtauflage: 43. Tausend

Die Berliner Antigone

Prosa und Verse
Einführung Nino Erné
rororo Band 1842. Erstauflage: 18 Tausend Exemplare

Rowohlt

Rolf Hochhuth

Guerillas

Tragödie in 5 Akten
Deutsche Gesamtauflage 92. Tausend. 224 Seiten. rororo 1588
Inszenierungen in 16 Städten

Frankfurter Neue Presse: «Das brisanteste Buch des Jahres, pures Dynamit.»

Die Zeit, Hamburg: «Hochhuth reagiert wie ein überfeines moralisches Hygrometer auf die Korruptionsfeuchtigkeit der Welt.»

Mannheimer Morgen: «Daß Hochhuth immer wieder mit Problemen konfrontiert, die aller Probleme sind, verhilft ihm zu einem Echo und einer Wirkung, die ohne Beispiel sind auf dem Theater unserer Zeit.»

The Times Literary Supplement, London: «Hochhuth hat Mut, Mitleid und einen beispielhaften Sinn für Gerechtigkeit.»

The Guardian, London: «Trotz der Thriller-Elemente bleibt Hochhuths humanitäre Botschaft unerschütterlich.»

After Dark, New York: «Hochhuths Kritik an den Vereinigten Staaten ist zuweilen hart; er registriert jedes Versagen in unserer jüngeren Vergangenheit. Jedoch mit seiner Aufrichtigkeit und Redlichkeit, seiner Kenntnis der Geschichte und Gesellschaft der Vereinigten Staaten kann Hochhuth neben vielen unserer eigenen besten Kritiker bestehen. Sein Stück verdient es, daß jeder denkende Amerikaner sich ernsthaft und objektiv mit ihm auseinandersetzt.»

Elisabeth Brock-Sulzer / Die Tat, Zürich: «Es ist leicht zu beweisen, daß Rolf Hochhuths Stücke alles andere als regelrecht sind, alles andere als ursprünglich dichterisch... und doch darf man vielleicht voraussagen, daß Hochhuth seinen Platz in der Literaturgeschichte unserer Zeit behalten wird, den Platz eines Einzelgängers... Über 200 Seiten umfaßt der Text dieses Entwurfs eines Aufstands von oben herab, der nach Hochhuth die einzige Möglichkeit sei, grundstürzende Umwälzungen mit einem Mindestmaß von Blutvergießen zu bewirken. Wenn Platon das politische Ideal in der Herrschaft der ‹Besten› sah, so sieht Hochhuth die einzig vertretbare Revolution in einer Unterwanderung der anfechtbaren Verhältnisse von oben herab... Die Züricher Aufführung, die bei der Premiere starken Applaus bekam, beweist, daß es durchaus möglich ist, diesen Text auf der Bühne zum Erfolg zu führen... Irgendwie mochte man sich ein wenig erinnert fühlen an eine andere Premiere, die Hochhuths Welt der Guerillas nicht gar so fern steht: an die Uraufführung von Zuckmayers ‹Des Teufels General›. Ähnlicher Hochglanz im Hochpolitischen, ähnliche Verbindung von Zeitgeschichte und uraltem Theatereffekt.»

Rowohlt

Rolf Hochhuth

Der Stellvertreter

Ein christliches Trauerspiel. Mit Essays von Karl Jaspers, Golo Mann,
Walter Muschg und Erwin Piscator.
Erweiterte Taschenbuch-Ausgabe mit einer Variante zum fünften Akt.
rororo Band 997. Deutsche Gesamtauflage bisher 460 Tausend
Bereits 72 Inszenierungen in 26 Ländern. Buchausgabe in 17 Sprachen

Herbert Marcuse / Der eindimensionale Mensch: «Der wirkliche Geist
unserer Zeit zeigt sich in Samuel Becketts Romanen; ihre wirkliche
Geschichte wird in Rolf Hochhuths Stück ‹Der Stellvertreter› geschrieben.»

Hilde Spiel / Frankfurter Allgemeine: «Das umstrittene Schauspiel
des Jahrhunderts.»

Der Spiegel, Hamburg: «Vier Jesuiten halfen Hochhuth – freilich ohne
es zu wollen. Sie gaben den dritten Band einer Dokumentensammlung heraus, mit dem Rom eigentlich Papst Pius XII. gegen den Vorwurf des deutschen Dramatikers Hochhuth verteidigen wollte, er habe
die Nazi-Verbrechen gekannt, aber geschwiegen. Der Dokumentar-
Band, der Pius XII. reinwaschen sollte, klagt ihn im Grunde genau
jener Verfehlungen an, die Rolf Hochhuth ihm vorwirft.»

Willy Haas / Basilius Presse, Basel: «Daß Hochhuth kaum Vergangenes, noch tief in unsere Zeit Hineinreichendes schon mit dem ganzen
Pathos der großen vieldimensionalen Historie gestaltet – das wird
dem Erfolg dieses Dramas in Deutschland noch mehr im Wege sein
als das Ärgernis in katholischen Kreisen. Dennoch wird sich Rolf
Hochhuth, als der einzige deutsche historische Dramatiker unserer
Zeit von großem Format, der er ist, durchsetzen.»

Walter Muschg: «Hochhuth ist nicht Schiller und nicht Lessing, aber
er geht auf ihrer Spur. Auch sachlich knüpft er an sie an, denn der
‹Don Carlos› wurde ursprünglich als Drama gegen die Pfaffen geplant, und das Thema von ‹Nathan der Weise› ist der Antisemitismus.
... Auschwitz erscheint hier, wenn auch nur schattenhaft, als die Hölle, die es war, und der Doktor tritt darin als der Teufel auf, wie er
heute aussieht, im Rahmen eines modernen Mysterienspiels, das zwischen Satan und Gott ausgespannt ist. Wem das zu wenig oder zu
viel ist, der möge sich in Salzburg erbauen.»

Golo Mann / Basler Nachrichten: «Wieviel einfühlsame Menschenkenntnis, Phantasie und Mitleid, Kummer, tiefer Ekel und Zorn werden hier unter den Bann der Kunst gezwungen!»

Rowohlt

Rolf Hochhuth

Krieg und Klassenkrieg

Studien
Vorwort von Fritz J. Raddatz
rororo Band 1455
30. Tausend

Dieter Lattmann, Der Spiegel: «Den Anfang macht der vehemente Situationsbericht ‹Der Klassenkampf ist nicht zu Ende›, der 1965 ungeheure Wirkung auslöste und zum Teil die Apo vorwegnahm... Ausgangspunkt ist jedesmal eine Respekt gebietende Empörung. Sie entzündet sich an einem sozialen Mißstand oder an politischem Terror... Aus der Empörung wird Aktion, denn Hochhuth besitzt eine Reihe von Fähigkeiten, die ihn dazu sisyphushaft antreiben: Spontaneität, den Glauben an die Verbesserbarkeit vieler Dinge (also auch vieler Menschen)... dazu Furchtlosigkeit gegenüber den Mächtigen und vor allem die Bereitschaft zum sozialen Engagement. Er ist ein großer Themenfinder, einer, der Emotionen beim Publikum durchsetzt, eben weil er von dem eigenen Zorn ganz erfaßt ist und darum glaubwürdig.»

Margret Boveri, Frankfurter Allgemeine Zeitung: «Er ist als Historiker beneidenswert gut belesen... Diese inhaltlichen Hinweise geben keinen Begriff von der Fülle des Anschauungs- und Denkmaterials, das Hochhuth zwischen seine Polemiken gepackt hat... Ein Buch zum Ärgern und zum Nachdenken.»

Ulrike Marie Meinhof: «Die Sache, die im Gebelfer unterging, war die bundesdeutsche Sozialpolitik, die soziale Stellung des Arbeitnehmers, Vermögenskonzentration im Bündnis mit politischer Machtkonzentration, Klassenkampf... Hochhuth hat ein Tabu gebrochen.»

Rowohlt

Rolf Hochhuth

Lysistrate und die Nato

Komödie.
Mit einer Studie: Frauen und Mütter, Bachofen und Germaine Greer
das neue buch Band 46
6 Inszenierungen. Deutsche Auflage: 45 000 Exemplare

Westfälische Rundschau: «Schon während der mehr als zweistündigen Aufführung reagierte das Publikum fröhlich, am Schluß gab es über 20 Vorhänge . . . Wesentlichstes Kennzeichen der Rostocker Aufzeichnung ist ihre strenge Stilisierung, die die parabelhafte Modernisierung der alten Aristophanes-Komödie wieder mehr an das antike Vorbild heranführt.»

Roy Koch, NEWSWEEK: «Verrissen von Kritikern, wurde ‹Lysistrate› vom zahlenden Publikum, das wahrhaft enthusiastisch auf Hochhuths bodenständigen Humor, freien Sex und knappe Aphorismen reagierte, viel besser aufgenommen . . . Das Stück wurde für die Bühne drastisch gekürzt mit dem Ergebnis, daß die Kontinuität der Handlung sehr gelitten hat und die Charakterisierung häufig auf blanke Knochen reduziert war. Dadurch ist mit ‹Lysistrate› etwas theatralisch sehr Seltenes passiert: das Stück würde kürzer sein, wenn es eine halbe Stunde länger gedauert hätte.»

Der Morgen, Berlin: «Die besondere Form dieser Komödie, in der Hochhuth zum ersten Mal eine Gruppe als Helden entdeckt, ist eine Herausforderung an das Theater. Da steht die politische Intrige neben groteskem komödiantischem Spaß, da laufen Informationen über Zeitereignisse und dichterisch kraftvolle, große Theaterszenen durcheinander, da wechselt das wertende Licht auf Figuren und Figurengruppen oft überraschend schnell — einzige Klammer bleibt das Suchen nach der Befähigung des Individuums, die Kruste der Ichbezogenheit zu durchbrechen und in seinem Denken, Verhalten, Handeln Raum zu finden für Vernünftiges, Gutes . . . Die Verwendung von Masken, das Herauslösen chorischer Elemente, das kommentierende Einblenden solcher Zwischentexte machten anschaulich, daß es Hochhuth konkret und direkt um den Frieden . . . geht.»

Deutsche Welle, Köln: «Gewiß, die derbe Kehrseite des Streiks der Lysistrate, nämlich die emanzipatorisch-heitere Entscheidung der Frauen, ihre Männer durch Ehebruch gegen die Offiziere anzustacheln, ist, gespielt auf einer griechischen Insel, eine pure Utopie. Doch was keineswegs Utopie ist und als theatralischer Effekt mit realem Bezug von wirklicher dramatischer Kraft zeugt, ist die Interdependenz zwischen dem Widerstand, den Lysistrate vorher, und dem Widerstand, den sie nachher leistet . . . Dies aber sprengt Kulisse und Handlungsort und richtet sich an alle, mindestens an alle diejenigen, die begriffen haben, daß heute, was nebenan geschieht, uns morgen bereits angehen könnte.»

Das Da, Hamburg: «Rolf Hochhuth hat ein neues Stück geschrieben, diesmal eine Komödie: Lysistrate und die Nato. Ähnlich wie bei Aristophanes geht es auch bei Hochhuth um einen Liebesstreik der Frauen gegen den Krieg. Um zu verhindern, daß eine kleine griechische Insel Nato-Basis wird, ruft eine Art Bürgerinitiative unter Führung der Lehrerin Lysistrate den Liebes- und Arbeitsstreik aus. Doch erst als die Frauen zum ‹aktiven Streik› übergehen, die Nato-Offiziere anstelle ihrer Männer ins Bett ziehen, wird die Insel gerettet.»

Rowohlt

Rolf Hochhuth

Tod eines Jägers

128 Seiten. das neue buch 68
Erstauflage: 10 Tausend Exemplare

«Sonntagfrüh, am 2. Juli 1961», so beginnt Rolf Hochhuth seinen dramatischen Monolog «Tod eines Jägers», der – als literarische Fiktion – Ernest Hemingways letzte Stunden vor seinem Selbstmord zum Inhalt hat.

Sonntagfrüh, zwischen Dämmerung und Tag, in der Wohnhalle seines Hauses bereitet Hemingway sich auf seinen Tod vor. Irritiert und entmutigt durch das Nachlassen seiner geistigen und körperlichen Kräfte, bedrängt von der Angst, Opfer zu werden und nicht mehr länger Herr seiner selbst sein zu können, entschließt er sich zur größten und letzten Rebellion – zum Verzicht auf Leben.

Dem selbstgewählten Tod voraus geht der Versuch, Bilanz zu ziehen, Einsicht zu gewinnen in die inneren Antriebe seines Schaffens, in die Abhängigkeiten und Zeitbezogenheiten seiner Existenz als Schriftsteller.

Rowohlt

88o/1